LA VENGEANCE AUX YEUX NOIRS

Écrivain américain, Lisa Gardner a grandi à Hillsboro, dans l'Oregon. Auteur de plusieurs thrillers, elle est considérée comme l'une des grandes dames du roman policier féminin. Elle a reçu le Grand prix des lectrices de *Elle* en 2011 dans la catégorie Policier pour *La Maison d'à côté*.

Paru dans Le Livre de Poche :

DERNIERS ADIEUX

DISPARUE

LA MAISON D'À CÔTÉ

LES MORSURES DU PASSÉ

SAUVER SA PEAU

TU NE M'ÉCHAPPERAS PAS

LISA GARDNER

La Vengeance aux yeux noirs

TRADUIT DE L'ANGLAIS (ÉTATS-UNIS) PAR SEBASTIAN DANCHIN

LE LIVRE DE POCHE

Titre original :

THE NEXT ACCIDENT
publié par Bantam Books, New York, 2001.

ISBN : 978-2-253-00042-6

LE PLAN A

Prologue

En Virginie

La bouche de l'homme effleura le cou de la jeune femme. Elle aurait donné n'importe quoi pour que ses caresses, d'une délicatesse extrême, ne s'arrêtent jamais. S'abandonnant, elle bascula la tête en arrière avec un petit rire de gorge. L'homme prit le lobe de son oreille entre ses lèvres et au rire succéda un gémissement de plaisir.

Jamais personne ne l'avait aimée aussi bien.

Il glissa les doigts dans les cheveux de la jeune femme, déclenchant une vague soyeuse.

— Tu es tellement belle, Mandy, murmura-t-il. Tellement belle et tellement désirable. Mandy, si sexy.

Elle râla de plus belle, un râle amoureux qui ne tarda pas à se transformer en un rire d'excitation. Elle s'aperçut qu'elle pleurait de plaisir en découvrant soudain le goût du sel sur sa bouche, et ne pensa même pas à protester lorsqu'il la retourna sur le lit pour l'étendre sur le ventre.

Il caressa longuement la ligne tracée par la colonne vertébrale de la jeune femme avant de s'attarder sur le bas du dos.

— J'adore cet endroit, murmura-t-il, explorant d'un doigt curieux la fossette qui se dessinait dans le creux des reins. À partir d'aujourd'hui, ce sera ma coupe de champagne préférée. Je laisse tes seins et tes cuisses à d'autres. Tout ce que je revendique, c'est cette fossette. Dis-moi qu'elle est à moi, Mandy. Dis-moi qu'elle m'appartient.

À ce stade, elle ne savait même plus si elle lui avait répondu oui, ou bien si elle s'était contentée de gémir son consentement. Envahie par le plaisir, elle ne pensait plus à rien. Il y avait déjà un cadavre de bouteille de champagne sur le lit, et la deuxième bouteille était à moitié vide. Mandy était consciente d'avoir bravé un interdit en buvant cette nuit-là, mais elle essayait de se convaincre que ce n'était pas si grave. Après tout, ce n'était que du champagne, et ils avaient quelque chose à fêter ensemble. Il venait de trouver un nouveau boulot, un boulot important, un boulot qui risquait de les tenir séparés longtemps. Elle pourrait toujours aller le voir de temps en temps le week-end, et puis il y avait le téléphone, et rien ne leur interdisait de s'écrire…

Le champagne était le remède idéal à ce curieux mélange d'euphorie et d'amertume qui la submergeait. Ils avaient décidé de faire l'amour pour se dire adieu, et le champagne faisait partie de la fête, n'en déplaise aux rabat-joie de son groupe d'Alcooliques anonymes.

L'homme fit rouler une cascade de bulles le long du cou de Mandy. Le liquide ambré glissa sur ses épaules avant de se perdre dans les draps de satin blanc, au grand regret de la jeune femme qui tenta désespérément d'en sauver quelques gouttes.

— Mon amour adoré, murmura-t-il. Mon bel amour qui m'excite tant. Ouvre-toi, laisse-moi entrer dans ton ventre.

Elle écarta les jambes et se cambra, ne pensant plus qu'au triangle de désir douloureux qu'il était seul capable d'apaiser. Lui seul pouvait encore la sauver.

J'ai besoin de toi, toi seul peux me guérir.

— Mandy, mon bel amour. Mandy, si sexy.

— Oh, oui…

En s'enfonçant, il sentit les reins de Mandy se tendre et sa colonne vertébrale fondre littéralement sous ses mains au moment où elle s'abandonnait à lui.

J'ai besoin de toi, toi seul peux me guérir.

Un goût de sel sur ses joues, de champagne dans sa bouche. Elle aurait tellement voulu pouvoir retenir ses larmes. Elle enfouit sa tête dans les draps, tentant d'éponger le champagne avec sa langue, et la pièce se mit à tourner autour d'elle.

Quelques instants plus tard, le lit avait disparu et ils se retrouvaient dehors, devant la maison. Mandy était habillée et avait séché ses larmes. Plus de champagne, mais toujours cette soif ardente, aiguisée par six mois d'abstinence. Elle avait envie de boire à en avoir mal. Il restait pourtant une bouteille de champagne, elle en était sûre. Il fallait qu'elle parvienne à le convaincre de la lui donner. Du champagne pour la route.

Je ne veux pas que tu t'en ailles…

— Comment te sens-tu, ma chérie ?

— Ça va, répondit-elle d'une voix pâteuse.

— Je ne sais pas si c'est très prudent de te laisser conduire. Tu pourrais passer la nuit ici…

— Mais si, ça ira, je t'assure, marmonna-t-elle.

Elle ne pouvait pas rester là, il le savait aussi bien qu'elle. Alors pourquoi remuer le couteau dans la plaie? L'amour va et vient, c'est la vie, et rien ne sert de s'accrocher. Le remède est toujours pire que le mal.

Pourtant, l'homme hésitait encore. Elle le voyait dans ses yeux. Dès leur première rencontre, elle avait été séduite par l'intensité de son regard. Une façon de la dévisager qui donnait à Mandy l'impression d'exister pleinement. L'instant d'après, il lui souriait d'un sourire lumineux, comme si le simple fait de la regarder l'avait rendu heureux.

Personne ne lui avait jamais souri de cette manière-là. Personne ne s'était jamais intéressé à elle de cette façon-là.

Je t'en prie, Je ne veux pas que tu t'en ailles…

Très vite, son inconscient se chargea de chasser ses sombres pensées :

Je suis sûre qu'il reste une bouteille de champagne. Une bouteille encore pleine. Encore une, rien qu'une. En souvenir de tout ce que nous avons vécu ensemble. Rien qu'une, pour la route…

L'homme prit délicatement le visage de Mandy entre ses mains et lui caressa les joues avec les pouces.

— Mandy, murmura-t-il dans un souffle. Si tu savais à quel point j'aime le creux de tes reins…

La gorge nouée par les sanglots qu'elle tentait désespérément de retenir, Mandy ne disait rien.

— Attends, ma chérie, je crois que j'ai une idée, reprit-il brusquement.

Elle était au volant, à présent. Obligée de se concentrer car la route était extrêmement sinueuse, et il faisait nuit. Avec l'impression étrange qu'un gouffre séparait ses pensées de ses actes. Il lui fallait une éternité pour se faire obéir de ses bras et de ses jambes. Heureusement, il était là, à côté d'elle. Il avait insisté pour la raccompagner, afin de s'assurer qu'il ne lui arriverait rien. Il n'aurait qu'à rentrer chez lui en taxi. *Peut-être était-ce elle qui aurait dû prendre un taxi. Ce n'était pas très prudent de sa part de vouloir conduire. Mais alors, pourquoi n'avait-il pas pris le volant, puisqu'il avait insisté pour la raccompagner ?*

Autant de questions auxquelles Mandy n'avait plus la force de trouver des réponses.

— Attention, dit-il. La route est dangereuse par ici.

Elle hocha machinalement la tête, le front plissé, tentant désespérément de se concentrer. Le volant lui glissait entre les mains. Elle voulut freiner, appuya à la place sur l'accélérateur, et le 4 × 4 bondit en avant.

— Désolée, grommela-t-elle.

Le monde tournait de plus en plus vite autour d'elle. Elle se sentait de plus en plus mal, prête à vomir, ou à perdre connaissance. Avec cette envie terrible de fermer les yeux, de tout oublier…

La route glissait sous ses roues et la voiture dansait dangereusement sur la route.

Ma ceinture. Je devrais mettre ma ceinture.

Elle parvint à trouver la boucle derrière son épaule gauche, mais elle avait beau tirer, rien à faire.

C'est vrai, j'oubliais. Elle est cassée. La faire réparer. Dès que possible. Aujourd'hui. Dès qu'il fera jour. Les étoiles s'étiolent, la nuit s'effiloche, le jour va se lever. Il ne manque qu'une voix d'enfant pour chanter « Demain, demain, demain est déjà là… »

— Tu devrais aller moins vite, répéta la voix de l'homme à côté d'elle. Il y a un mauvais virage un peu plus loin.

Mandy le regarda d'un air hébété. Une lueur étrange dansait dans son regard. Une lueur amusée dont elle ne comprenait pas la raison.

— Je t'aime, s'entendit-elle lui dire.

— Je sais.

Il s'approcha d'elle et posa délicatement la main sur le volant.

— Mon bel amour. Ma Mandy, si sexy. Ma Mandy qui ne m'oubliera jamais.

Elle hocha la tête et fondit aussitôt en larmes. De grosses larmes qui lui roulaient le long des joues. Elle sanglotait comme une petite fille perdue et l'Explorer tanguait dangereusement sur la route étroite. À côté d'elle, l'homme l'observait d'un regard de plus en plus amusé.

— Jamais tu ne retrouveras quelqu'un comme moi, insista-t-il. Sans moi, tu n'es rien, Mandy.

— Je sais, je sais…

— Ton propre père t'a laissée tomber. Bientôt, ce sera mon tour. Les week-ends vont s'espacer, on ne se téléphonera même plus, et tu resteras seule, Mandy. Désespérément seule dans ton lit.

Elle sanglotait de plus belle. Et toujours ce goût de sel sur ses lèvres, de champagne dans sa bouche sèche. *Toute seule. Seule au fond d'un abîme sans fin. Désespérément seule…*

— Il faudra que tu t'y fasses, Mandy, poursuivit-il d'une voix douce. Tu n'as jamais su t'y prendre avec les hommes, et ils finissent invariablement par te laisser tomber. Tu n'es qu'une pauvre fille alcoolique. Nous sommes en train de nous séparer pour toujours, et tu ne penses qu'à la bouteille de champagne restée dans le réfrigérateur. Le pire, c'est que j'ai raison. Pas vrai, Mandy ?

Elle tenta vainement de nier et finit par hocher la tête.

— Accélère, Mandy, murmura-t-il.

Pourquoi papa n'est-il pas venu pour mon anniversaire ? Papa, j'ai tellement besoin de toi.

Mon bel amour. Mandy, si sexy.

J'ai besoin de toi, toi seul peux me guérir.

Désespérément seule…

— Tu souffres, Mandy. Je sais à quel point tu souffres en ce moment et je voudrais t'aider. Mais pour ça, tu dois accélérer.

Ce goût de sel sur ses lèvres, de champagne dans sa bouche. Et l'accélérateur qui aspire son pied droit…

— Un tout petit coup d'accélérateur et tu ne seras plus jamais seule. Tu ne penseras même plus à moi.

Son pied droit, de plus en plus lourd… *Le virage en épingle à cheveux. Si seule et si lasse…*

— Allez, Mandy, un dernier petit effort…

Elle accéléra…

Quand elle l'aperçut, il était trop tard. Un vieux monsieur promenant tranquillement son chien sur le bord de la petite route, surpris de voir une voiture lui foncer dessus, à une heure où ne circulait jamais personne.

Vite ! Faire quelque chose ! Tourner le volant !

Amanda Jane Quincy s'accrocha à son volant et tenta d'éviter le promeneur. Malgré tous ses efforts, le volant refusait de bouger, bloqué par la poigne énergique de l'homme assis à côté d'elle.

L'espace d'un instant, le temps se figea. Mandy leva lentement les yeux sur cet homme qu'elle croyait aimer et vit la nuit se refermer sur elle à travers la vitre. Elle eut le temps de voir la ceinture de sécurité se tendre à craquer sur la poitrine de son passager au moment où celui-ci lui disait d'un air narquois :

— Adieu, jolie petite Mandy. N'oublie pas de transmettre mes amitiés à ton père quand tu le croiseras en enfer.

L'Explorer heurta le promeneur avec un bruit mat, éteignant définitivement le cri du vieil homme avant de poursuivre sa course tragique. À l'instant où Mandy se croyait sauvée, le pylône surgit brutalement devant elle.

Elle n'eut même pas le temps de hurler, l'Explorer s'encastra dans le poteau à cinquante kilomètres-heure. Sous la violence de l'impact, le pare-chocs avant se plia en deux, l'arrière du 4 × 4 monta presque à la verticale et le corps de Mandy alla s'écraser contre le pare-brise, réduisant son crâne en bouillie.

Son passager s'en était nettement mieux tiré. Grâce à sa ceinture de sécurité, il était resté collé à son siège, même au moment du choc. Sa tête bascula violemment en avant et ses poumons se vidèrent d'un seul coup, comprimés par la ceinture. Le souffle coupé, les yeux exorbités, il mit un moment à recouvrer ses esprits. À l'instant où le 4 × 4 s'immobilisait définitivement, il sut qu'il était sauvé.

Il détacha sa ceinture. Il ne portait pas de gants, mais c'était sans importance, il avait veillé à tout. Pas besoin de se presser, la petite route de campagne était déserte à cette heure. Personne ne passerait par là avant longtemps.

L'homme regarda la jolie Mandy. *Mandy, si sexy.* Elle respirait encore faiblement. Même si elle s'en sortait, elle ne risquait pas de se souvenir de grand-chose, avec la moitié de sa cervelle étalée sur le pare-brise.

Après un an et demi d'efforts, il tenait enfin sa récompense : la satisfaction de savoir qu'Amanda Jane Quincy était morte de peur et de chagrin.

Mais l'homme n'avait pas encore fini de régler ses comptes avec Pierce Quincy. Comme chacun sait, la vengeance est un plat qui se mange froid…

1

Quatorze mois plus tard
Portland, Oregon

C'était un lundi après-midi d'été. Lorraine Conner, studieusement installée à son bureau, tapait rageusement sur le clavier d'un vieil ordinateur portable posé entre deux piles de dossiers. Elle regarda l'écran d'un œil dubitatif, aligna de nouvelles rangées de chiffres sur les colonnes de son tableur, sans parvenir à équilibrer son budget.

Putain de tableur, pensa-t-elle. *Putain de budget, putain de chaleur. Et putain de ventilateur*, acheté une semaine plus tôt, qui faisait déjà sa mauvaise tête et s'arrêtait à tout bout de champ. Elle lui donna une petite tape, et l'hélice se remit à brasser péniblement l'air étouffant de la pièce. Quelle canicule ! Elle aurait donné n'importe quoi pour un peu de fraîcheur.

Il était 3 heures de l'après-midi. Un soleil à faire fondre le bitume écrasait la ville, et elle n'aurait pas été étonnée d'apprendre que l'on venait de battre un nouveau record de chaleur à Portland. La ville, située à la frontière canadienne, près de la côte Pacifique, bénéficiait normalement d'un climat nettement plus tempéré que les grandes métropoles de la côte Est. L'humidité, surtout, était habituellement plus supportable que dans les États du Sud, mais le climat semblait l'avoir oublié ces derniers temps. Rainie avait troqué son tee-shirt pour un débardeur, mais le coton blanc lui collait à la peau comme un sparadrap, et ses coudes dessinaient des ronds de condensation sur la surface de son bureau. Encore un peu et elle se serait enfermée sous la douche avec son ordinateur.

Rainie avait bien l'air conditionné dans son loft, mais l'état de ses finances lui interdisait de s'offrir une facture d'électricité stratosphérique. Moyennant quoi, elle devait se contenter de faire des courants d'air avec les fenêtres et de mettre son ventilateur à fond pour brasser la chaleur dans l'appartement. Une méthode aussi éprouvée qu'inefficace, lui permettant de bénéficier des pics de pollution dus à la canicule sans pour autant faire baisser la température.

Le moment était mal choisi pour faire des économies d'électricité, mais Rainie n'avait pas le choix. La situation était d'autant plus frustrante qu'elle vivait depuis peu au cœur de Pearl District, un quartier cossu, réputé pour ses glaciers chics, où l'on servait du café glacé à tous les coins de rue. Elle préférait ne pas penser à tous les yuppies des environs qui se prélassaient tranquillement chez Starbucks.

La nouvelle Lorraine Conner, pétrie de bonnes résolutions, se contentait de gérer la crise dans son loft branché au cœur de ce quartier branché, hésitant entre dépenser les quelques dollars qui lui restaient au Lavomatic ou dans un nouveau carburateur pour sa vieille bagnole. Cruel dilemme... S'il était recommandé d'être propre sur soi pour impressionner les clients potentiels, à quoi bon décrocher une quelconque enquête si elle n'avait aucun moyen de locomotion ?

Rainie voulut remettre le nez dans ses calculs, mais son ordinateur, peu compréhensif, s'évertuait à mettre ses comptes dans le rouge. Elle poussa un soupir à décrocher les rideaux. Elle venait tout juste d'obtenir sa licence d'enquêteur privé auprès du conseil de l'ordre de l'État d'Oregon. En clair, cela signifiait qu'elle avait désormais le droit de jouer les Paul Drake auprès des Perry Mason locaux en proposant ses services aux avocats de la région. Avant même de rentrer le premier cent, sa licence lui avait coûté la bagatelle de sept cents dollars pour deux ans, sans parler des neuf cents dollars d'assurance obligatoire. Seize cents dollars qui avaient largement entamé le maigre pécule du cabinet Conner.

— J'ai quand même le droit de manger, non? grommela-t-elle en direction de son ordinateur, mais ce dernier ne voulait rien savoir.

Elle s'apprêtait à tout laisser tomber lorsque l'interphone grésilla. Rainie se redressa, étonnée. Elle n'attendait personne. Aucun client, en tout cas. Elle se tourna vers l'écran de contrôle du système de sécurité installé dans le hall d'entrée. Un homme élégant, aux cheveux poivre et sel, attendait patiemment devant la porte. Rainie le vit appuyer à nouveau sur l'interphone et lever les yeux vers la caméra.

Le cœur de Rainie bondit dans sa poitrine. Les yeux rivés sur le visage de son visiteur, elle restait pétrifiée. C'était bien la dernière personne qu'elle s'attendait à voir ce jour-là, elle en était déjà toute tourneboulée.

Elle se passa machinalement la main dans les cheveux. Elle ne s'était pas encore totalement habituée à ses cheveux courts ; avec la chaleur, elle avait l'air d'un balai-brosse. Sans parler de son débardeur, froissé et moite, ou de son short en jean effiloché, à moitié déchiré. Mais aussi, quelle idée de passer la voir un jour où elle faisait tranquillement de la paperasse chez elle ! Elle n'était même pas sûre d'avoir mis du déodorant ce matin-là après sa toilette, et comme il faisait une chaleur de bête…

L'agent Pierce Quincy du FBI fixait toujours la caméra de sécurité installée au-dessus de la porte d'entrée. La qualité était loin d'être parfaite sur le petit moniteur, mais l'intensité de son regard bleu crevait l'écran.

La main sur le cou, elle regardait Quincy d'un air songeur. Huit mois qu'elle ne l'avait pas revu, six mois qu'elle n'avait plus entendu le son de sa voix au téléphone.

Il n'avait pas changé. Les mêmes ridules sexy au coin des yeux, le même front large et grave. Toujours soigné, le visage impassible, les traits austères de quelqu'un qui côtoie la mort depuis trop longtemps. Rainie se demanda si c'était ça qui l'attirait le plus chez lui. *Cher Agenquêteur Quincy…*

Il poussa le bouton une troisième fois, visiblement peu décidé à rebrousser chemin. Quand il voulait vraiment quelque chose, Quincy renonçait rarement. *Sauf avec elle…*

Rainie secoua la tête, découragée. Elle n'avait pas envie de repenser à tout ça. Ils avaient essayé, mais ça n'avait pas marché entre eux. C'est comme ça. C'est la vie. Si Quincy passait la voir aujourd'hui, ce n'était certainement pas pour lui conter fleurette, et Rainie finit par se décider à lui ouvrir.

Le temps de prendre l'ascenseur pour monter au septième et il frappait à la porte. En l'attendant, Rainie avait filé en coup de vent dans la salle de bains se mettre du déodorant, mais il était trop tard pour faire quoi que ce soit pour sa tignasse. Elle ouvrit la porte d'un air faussement décontracté, la main sur la hanche, se contentant d'un « Salut » laconique.

— Bonjour, Rainie.

Elle lui faisait face, sans rien dire. C'était à qui craquerait le premier, et elle eut la satisfaction de ne pas avoir cédé.

— J'avais peur que tu sois sur une enquête, dit-il.

— Tu sais ce que c'est, on ne peut pas jouer aux gendarmes et aux voleurs tous les jours.

Quincy leva un sourcil d'un air dubitatif avant de répondre d'un ton sec qui provoqua en elle une bouffée de nostalgie :

— À qui le dis-tu…

Rainie ne put s'empêcher de sourire, et elle ouvrit grand la porte pour le laisser entrer.

Quincy commença par faire le tour de la pièce d'un air nonchalant, sans dire un mot. Rainie n'était pas dupe. Toutes ses économies étaient passées dans ce loft acheté quatre mois plus tôt, et elle savait pertinemment qu'il ne s'attendait pas à trouver un appartement aussi beau, avec ses quatre mètres de hauteur sous plafond. Un ancien entrepôt, à la fois spacieux et lumineux, parcouru par huit piliers délimitant l'espace cuisine, la chambre, le living et le bureau, le tout éclairé par de superbes baies vitrées Art déco donnant sur la rue.

La propriétaire précédente avait habillé l'entrée de briques couleur rouille qui donnaient une touche de chaleur au reste de l'appartement, entièrement peint dans une palette d'ocre et de brun clair. Tel que Rainie l'avait acheté, le lieu aurait pu figurer dans n'importe quel magazine de déco, et elle avait jugé plus prudent de ne toucher à rien.

Elle avait su que c'était l'appartement de ses rêves à l'instant où elle en avait franchi le seuil, et n'avait pas hésité une seconde à s'endetter lourdement. Inconsciemment, elle s'était sans doute imaginé que la nouvelle Lorraine Conner serait touchée par la grâce de ce lieu, à la fois élégant et branché.

— Pas mal, finit par lâcher Quincy.

Rainie le regarda longuement pour tenter de savoir s'il était sincère, puis grommela un remerciement inintelligible.

— Je ne savais pas que tu avais des talents cachés de décoratrice, reprit-il.

— Non, c'est l'ancienne propriétaire.

— Eh bien, c'est plutôt réussi. Tu as changé de coiffure ?

— J'ai été obligée de vendre mes longues tresses pour me payer ce petit coin de paradis.

— J'ai toujours su que tu ne manquais pas de ressources. Côté rangement, en revanche, ça laisse plutôt à désirer, si j'en juge par l'état de ton bureau.

— Je peux savoir ce qui t'amène ?

Quincy s'arrêta net. Il se tourna vers elle, avec un petit sourire dans lequel elle crut lire une pointe d'amertume.

— Je vois que tu es toujours aussi directe.

— Et toi, tu t'arranges toujours pour ne pas répondre aux questions que l'on te pose.

— Un à zéro pour toi.

Elle haussa un sourcil, histoire de bien lui montrer qu'elle espérait toujours une réponse à sa question.

Appuyée contre son bureau, elle attendait qu'il se décide à en dire plus.

L'agent enquêteur Pierce Quincy avait entamé sa carrière au FBI comme psychologue, à l'époque où le Département de psychologie criminelle existait encore, et il n'avait pas tardé à faire des étincelles. Six ans auparavant, à la suite d'une enquête particulièrement difficile, il avait demandé sa mutation au DSC, le Département des sciences du comportement, dont il était devenu l'un des spécialistes. Depuis, il donnait des cours au siège du FBI à Quantico. Rainie l'avait rencontré un an plus tôt à Bakersville, la petite ville dont elle était originaire, dans l'Oregon, à l'occasion d'une tuerie en milieu scolaire sur laquelle Quincy enquêtait[1]. Rainie appartenait alors à la police locale. Par un concours de circonstances, elle avait été chargée de l'affaire. Le jour de l'arrivée de Quincy, elle l'avait conduit sur les lieux du drame ; d'emblée, elle avait été impressionnée par son sang-froid et son détachement apparent alors qu'il découvrait, au détour d'un couloir, les contours dessinés à la craie de deux petites victimes.

Rainie elle-même avait mis plusieurs jours à accepter l'horreur du drame, d'autant qu'au fur et à mesure de l'enquête, elle se trouvait personnellement mêlée à cette sinistre affaire. Dès le début, Quincy s'était révélé un allié fidèle ; il l'avait soutenue dans les moments difficiles, et une histoire avait bien failli naître entre eux.

Par la suite, Rainie avait été contrainte de démissionner de son poste de shérif-adjoint, sous le coup d'une

1. *Tu ne m'échapperas pas*, L'Archipel, 2003 ; Le Livre de Poche n° 33368.

inculpation pour assassinat liée à un crime commis quatorze ans plus tôt. Après quatre mois d'une attente pénible, les charges retenues contre elle avaient brusquement été abandonnées, sans la moindre explication. Pour elle, c'était la fin d'un cauchemar.

Son avocat lui avait laissé entendre qu'elle devait sa relaxe à une personnalité importante. Rainie n'avait jamais abordé le sujet avec Quincy, mais elle était convaincue qu'il y était pour quelque chose. Loin de mettre de l'huile dans les rouages de leurs relations, ce non-dit avait fini par éloigner complètement ces deux êtres si dissemblables.

Pierce Quincy, l'un des meilleurs éléments du FBI, avait à son tableau de chasse les tristement célèbres Jim Becket et Henry Hawkins, et on murmurait qu'il en savait long sur la mort de Jimmy Hoffa, un syndicaliste dont la disparition mystérieuse avait fait la une des journaux en 1975.

Rainie, à l'inverse, n'était que Lorraine Conner, une ancienne flic d'un trou de l'Oregon, décidée à remettre un peu d'ordre dans sa vie.

— J'ai du travail pour toi, lança Quincy.

— Pour moi ? Tu veux dire que le FBI n'est plus assez bon pour toi ? railla Rainie.

— Ce n'est pas ça… Il s'agit de quelque chose de… privé.

— Tu sais bien que tu n'as pas de vie privée, Quincy. Ta vie privée, c'est le FBI.

— Non, cette fois, c'est différent… Tu n'aurais pas un verre d'eau ?

Rainie fronça les sourcils, intriguée.

Elle se dirigea vers l'espace cuisine et prépara deux verres d'eau avec beaucoup de glaçons, avant de le rejoindre dans le living. Quincy en avait profité pour s'installer sur un vénérable canapé à rayures bleues, rescapé de Bakersville. À l'époque, Rainie vivait seule dans une petite maison perdue dans les bois. Lorsqu'elle rentrait chez elle le soir, elle passait le plus clair de son temps sur le seuil de la porte, à guetter l'appel lugubre des chouettes dans l'air immobile, loin des bruits de la ville, la tête pleine de souvenirs douloureux hérités d'une mère alcoolique qui la brutalisait. Une mère qui avait fini tragiquement, la tête à moitié emportée par un coup de fusil.

Quincy porta le verre à ses lèvres et but longuement avant d'ôter sa veste et de la poser soigneusement sur l'accoudoir du canapé, découvrant sur sa chemise blanche la tache sombre d'une arme de service, dans son étui.

— Ma fille… Mandy a été enterrée la semaine dernière.

— Ah ! Je suis sincèrement désolée, Quince, répondit spontanément Rainie.

Pour un peu, elle aurait été capable de s'approcher de lui, et il n'en était pas question.

Quatorze mois plus tôt, la fille aînée de Quincy, âgée de vingt-trois ans, avait eu un accident de voiture. Mandy avait percuté de plein fouet un pylône avant de se fracasser le crâne sur le pare-brise. Elle avait eu le visage atrocement mutilé et le cerveau gravement endommagé. Si tout avait été tenté pour la sauver, c'était dans l'espoir de prélever ses organes, mais l'ancienne femme de Quincy, Bethie, s'était refusée à ce que l'on débranche les appareils maintenant artificiellement sa fille en vie. À bout d'arguments, Quincy avait fini par quitter le chevet de sa fille pour reprendre son travail, au grand dam de son ex-épouse.

— Bethie s'est enfin résolue à donner son accord ? demanda Rainie.

Quincy hocha la tête.

— J'ai été surpris qu'elle accepte... Pour moi, Mandy était déjà morte depuis longtemps, mais je dois avouer que je ne m'attendais pas à ce que ce soit aussi dur.

— Le contraire aurait été plutôt surprenant. C'était ta fille, Quince.

On aurait dit qu'ils retrouvaient spontanément leur ancienne complicité.

— Rainie...

Quincy allait poursuivre lorsqu'il se reprit :

— J'ai un boulot à te confier.

— À moi ? Et pourquoi moi ?

— Je voudrais que tu enquêtes sur l'accident de ma fille. Je souhaiterais être sûr que c'était bien un accident.

Rainie en avait le souffle coupé. Pour éviter toute confusion, Quincy s'empressa d'ajouter :

— Ce n'est pas ce que tu crois. Il y a des éléments nouveaux, des coïncidences troublantes. J'ai besoin de toi.

— Mais tu m'avais dit qu'elle avait bu le soir de l'accident, riposta la jeune femme. Conduite en état d'ivresse, un passant et un chien renversés, un pylône... Ça paraît clair, non ?

Il acquiesça.

— C'est vrai. Les analyses sanguines ont confirmé qu'elle avait un taux d'alcoolémie plus de deux fois supérieur au maximum autorisé, mais ça n'explique pas pourquoi elle avait bu. J'ai rencontré plusieurs de ses amis à l'enterrement. Une de ses copines, Mary Olsen, prétend que Mandy a passé la soirée chez elle, à jouer aux cartes, et qu'elle n'a bu que du Coca light. Au moment de l'accident, je n'avais pas parlé à Mandy depuis un bon bout de temps. Tu sais… tu sais que j'avais une relation difficile avec elle. Apparemment, Mandy avait rejoint un groupe d'Alcooliques anonymes six mois avant son accident et s'était arrêtée de boire. Ses amis étaient même fiers de ses progrès.

Rainie ne put s'empêcher de faire la grimace.

— S'est-il passé quelque chose d'anormal au cours de la soirée ? Quelque chose qui aurait pu la pousser à s'arrêter dans un bar sur le chemin du retour ?

— D'après Mary Olsen, non. Amanda est repartie vers 2 h 30. À cette heure-là, tous les bars sont fermés.

— Elle était seule ?

— Oui.

— Ou alors elle est rentrée chez elle et s'est mise à boire.

— Dans ce cas-là, pourquoi serait-elle ressortie ? Pour aller où ?

Rainie, perplexe, se mordillait la lèvre inférieure.

— Essayons d'imaginer comment les choses ont pu se passer. Et si elle avait une bouteille planquée dans sa voiture ? Elle aurait pu boire sur le chemin du retour.

— On n'a rien retrouvé dans son 4 × 4. Pas la moindre goutte d'alcool chez elle non plus, d'ailleurs. Et comme les magasins d'alcool sont tous fermés à cette heure-là…

— Elle n'avait qu'à passer dans un magasin d'alcool avant d'arriver chez ses amis, et elle se sera débarrassée de la bouteille vide dans la première poubelle venue avant de rentrer chez elle.

— Pour quelle raison ?

— Pour que personne ne s'aperçoive de son manège.

— L'accident a eu lieu à plus de vingt kilomètres de chez elle, sur une petite route perdue en pleine campagne, à des kilomètres de chez Mary Olsen.

— Elle aura voulu conduire pour se changer les idées…

— Soûle, à 5 h 30, sans la moindre goutte d'alcool dans sa voiture ? Non, Rainie, ça ne tient pas debout. Il y a réellement quelque chose qui cloche.

La jeune femme ne répondit pas immédiatement. Elle ne s'avouait pas vaincue, tentant de trouver une explication rationnelle.

— Reste encore une possibilité : elle aura rendu visite à quelqu'un d'autre après avoir passé la soirée chez Mary.

— C'est possible. Mary m'a confié qu'Amanda avait rencontré un homme quelques mois plus tôt. Aucun des amis de Mandy ne le connaissait, mais il paraît que c'était un type bien, qui faisait tout pour aider Mandy à s'en sortir. Ma fille… je veux dire, Amanda a même avoué à Mary qu'elle en était amoureuse.

— Elle ne t'a jamais présenté ce fameux type ?

— Non.

Rainie pencha la tête de côté.

— Il devait pourtant être là le jour de l'enterrement.

— Non, justement. Et comme personne ne connaissait son nom, impossible d'entrer en contact avec lui.

— Si ce type était aussi bien que ça, réfléchit Rainie en fronçant les sourcils, il aurait sûrement cherché à te rencontrer. Ce serait tout de même curieux que Mandy ne lui ait jamais parlé de son père, d'autant que tu n'es pas exactement le premier venu. On a suffisamment parlé de toi dans les journaux.

— Je me suis fait exactement la même réflexion.

— Et pourtant, le prince charmant reste introuvable. Bizarre, bizarre…

— Comme tu dis.

— Si je comprends bien, c'est pour cette raison que tu ne crois pas à un simple accident. Tu te dis que le prince d'Amanda n'est peut-être pas aussi charmant qu'il y paraît. Il aura fait boire ta fille avant de la laisser repartir au volant de sa voiture.

— Je ne sais pas ce qu'il a pu faire, répondit Quincy d'un ton calme, mais il n'en reste pas moins qu'Amanda a trouvé le moyen de boire entre 2 h 30 et 5 h 30 cette nuit-là, et que ça lui a coûté la vie. Elle était mal dans sa peau et elle avait un sérieux problème avec l'alcool, c'est vrai, mais j'aimerais rencontrer ce type, histoire d'avoir sa version des faits.

— Tu parles comme un flic, Quincy. Ton problème, c'est que tu n'arrives pas à faire le deuil de ta fille. Tu en es encore au stade du refus.

Rainie n'avait jamais été la reine de la diplomatie et Quincy se raidit aussitôt. Elle le comprit en voyant sa bouche se pincer, son regard se voiler et ses traits se durcir. Elle connaissait pourtant sa tendance à chercher des explications rationnelles à tout, à décortiquer les problèmes pour mieux les analyser et les résoudre. Elle savait aussi que, derrière ce vernis logique, se dissimulait un homme d'action. Lors de leur dernière soirée ensemble, elle avait même lu sur sa poitrine, sous forme de cicatrices, son passé de chasseur de têtes.

— J'ai la ferme intention de découvrir ce qui s'est passé cette nuit-là, déclara-t-il d'une voix sèche, et je souhaiterais t'engager pour ce travail. C'est oui ou non. À toi de choisir.

Rainie se leva comme une furie et fit plusieurs fois le tour de la pièce pour ne pas laisser éclater sa colère.

— Tu sais très bien que je ne te laisserai jamais tomber et que je ne veux pas de ton argent, lança-t-elle d'une voix amère.

— Mais enfin, Rainie, je te demande de travailler pour moi, et tu n'as aucune raison de faire ça gratuitement. Tu ne me dois rien.

— Conneries ! Tu t'arranges pour me faire l'aumône une fois de plus, voilà tout. Par ton boulot, tu as accès aux laboratoires les plus sophistiqués d'Amérique, sans parler des banques de données informatiques et des moyens gigantesques dont dispose le FBI.

— Il suffit que je pose le doigt sur un clavier d'ordinateur pour que tout le monde au Bureau soit au courant de mes petits secrets de famille. Mes collègues auront peut-être assez de tact pour ne pas me dire que j'en suis au stade du refus, mais ça ne les empêchera pas de me juger.

— J'ai simplement voulu te dire…

— Je sais très bien ce que tu as voulu me dire et je sais que tu as raison. Mais je suis quand même son père, nom d'un chien ! Bien sûr que j'ai du mal à accepter la mort de ma fille ! Mais il se trouve que je suis également flic, Rainie, comme toi, et que cette histoire pue le soufre à plein nez. Je te mets au défi de prétendre le contraire.

Rainie s'arrêta net pour le regarder droit dans les yeux, d'un air de défi. Elle le regretta presque aussitôt car sa colère fondait déjà : Pierce Quincy n'était jamais aussi beau que lorsqu'il était en colère, la mâchoire dure et les poings serrés. Rainie avait suffisamment pensé à lui ces derniers temps pour ne pas se troubler.

— Je suppose que c'est toi qui as demandé au procureur de classer mon affaire, questionna-t-elle d'une voix rauque.

— Mais de quoi parles-tu ?

— C'est bien toi qui as demandé au procureur de classer mon affaire ? répéta-t-elle, butée.

— Bien sûr que non !

Quincy tombait visiblement des nues.

— Souviens-toi, poursuivit-il, c'est même moi qui t'ai conseillé d'accepter ce procès et de laisser la justice suivre son cours. C'était le meilleur moyen d'exorciser les démons de ton passé. Pourquoi voudrais-tu que je me sois mêlé de ça ?

— Alors, OK, j'accepte de m'occuper de cette enquête.

— Comment ?

— Je suis d'accord pour m'occuper de ton enquête, bordel ! Quatre cents dollars par jour, plus les frais. J'ajoute que je ne suis jamais allée en Virginie et que je ne connais rien aux accidents de voiture, alors ne viens pas me reprocher plus tard de manquer d'expérience. Je n'y connais strictement rien, mais ça te coûtera quand même quatre cents dollars par jour.

— Rainie dans l'une de ses grandes offensives de charme…

— Ne t'inquiète pas pour mon charme, j'apprends vite, tu as déjà eu l'occasion de t'en rendre compte.

Les mots étaient sortis sans qu'elle y réfléchisse, avec une virulence telle que Quincy en fut presque ému.

— Tope là, dit-il en se reprenant.

Il prit sa veste sur le canapé et en sortit une grande enveloppe de papier kraft qu'il déposa sur la petite table en verre.

— C'est le rapport de police. Tu y trouveras le nom de l'agent chargé de l'enquête. Tu devrais commencer par lui.

— Tu veux dire que tu t'es arrangé pour lire le rapport d'enquête ? Tu voulais remuer le couteau dans la plaie, ou quoi ?

— Ma fille est morte des suites de cet accident, Rainie. C'est bien le moins que je puisse faire pour elle. Maintenant, assez parlé de tout ça, tu es mon invitée.

— Comment ça, *mon invitée* ?

— Je t'invite à dîner. Il fait bien trop chaud dans ce loft, et tu devrais penser à te changer.

— Puisque c'est comme ça, je reste comme je suis. Tant pis pour toi. Et puisque c'est toi qui payes, autant manger dans un endroit cher. Allons chez Oba.

2

Pearl District, Portland

Les vieux souvenirs ne demandaient qu'un prétexte pour remonter à la surface. Tout y concourait : l'arrivée inopinée de Quincy, une soirée en tête à tête dans l'un des restaurants huppés de la ville avec, au menu, gambas des Tropiques, thon mi-cuit et enchilladas de courge. Quincy avait arrosé son dîner de deux daiquiris, servis dans des verres à cocktail givrés, tandis que Rainie se contentait d'eau. Oba était un restaurant trop sélect pour qu'elle sacrifie à son rituel fétiche : commander une Bud light, qu'elle savourait du regard à défaut de la boire.

La conversation avait mis du temps à s'installer, mais Rainie était si heureuse de le retrouver qu'elle ne pouvait bouder indéfiniment son plaisir. C'était pourtant Quincy qui avait brisé la glace le premier.

— À part ça, comment vont les affaires ? lui avait-il demandé au moment du dessert, une fois les platitudes évacuées.

— Pas trop mal. Je viens enfin d'obtenir ma licence. Numéro 521, pour te servir.

— Que fais-tu principalement ? Des enquêtes pour des particuliers ?

— Quelques-unes, mais je travaille surtout pour des avocats d'assises. Ce sont eux qui m'ont convaincue de demander ma licence. J'enquête sur certains témoins, je tente de reconstituer les circonstances exactes dans lesquelles se sont déroulées les affaires dont ils s'occupent, j'épluche les rapports de police. Beaucoup de paperasserie, mais c'est toujours mieux que les enquêtes d'adultère.

— Ça doit être intéressant.

— Tu veux dire que c'est chiant comme la pluie, oui, répliqua Rainie en souriant. Je passe le plus clair de mon temps sur le site Internet du département de la Justice de l'Oregon. Les bons jours, je me sers de mon accréditation pour fouiller dans les archives de la Police d'État. Je ne dis pas que c'est un boulot idiot, mais de là à dire que c'est intéressant…

— Moi aussi, je passe mon temps le nez plongé dans des rapports, riposta Quincy, sur la défensive.

— D'accord, mais tu voyages beaucoup, tu rencontres toutes sortes de gens et tu arrives sur les lieux d'un crime quand il y a encore des trucs à découvrir.

— Le terrain te manque tant que ça ?

Rainie évita son regard pour ne pas avoir à répondre. Bien sûr que ça lui manquait terriblement. Si seulement elle avait eu une Bud light sous la main…

— Comment va Kimberly ?

— Je ne sais pas.

Rainie fronça les sourcils.

— Je croyais que tu t'entendais plutôt bien avec ta fille cadette, pourtant.

— Quel tact, Rainie ! Si tu étais ambassadrice, la planète serait à feu et à sang en moins de deux.

— Que veux-tu, je tiens à ma réputation.

— Pour en revenir à Kimberly, je crois qu'elle a besoin de souffler. L'accident de sa sœur a peut-être été encore plus dur pour elle que pour nous. Elle en veut à la terre entière, et elle n'arrive toujours pas à l'accepter.

— Tu veux dire qu'elle en veut à Amanda, ou bien qu'elle en veut à Bethie et à toi ?

— Pour tout te dire, je ne sais pas exactement.

Rainie hocha lentement la tête.

— Quand j'étais petite, je rêvais d'avoir une sœur. Quelqu'un du même sang, qui soit toujours de mon côté. Pour jouer ensemble, se battre ensemble. J'aurais voulu qu'elle puisse me dire si ma mère avait vraiment une case en moins, ou bien si je fantasmais. En même temps, d'après ce que j'ai cru comprendre de votre relation, Mandy et Kimberly n'étaient pas vraiment proches. Mandy était pour elle l'élément perturbateur.

— C'est vrai. Pour Kimberly, Mandy était l'aînée rebelle, qui monopolisait l'attention de ses parents.

— Alors que Kimberly était l'enfant modèle, celle qui fait de son mieux pour arranger les choses.

— Bethie me tuerait si elle m'entendait, mais je suis convaincu que Kim fera un flic de premier ordre le moment venu.

— Elle continue ses études de criminologie ?

— Elle termine sa licence de psycho, avant de se spécialiser en criminologie pour sa maîtrise.

L'espace d'un instant, le visage de Quincy s'était illuminé. Il était particulièrement fier de sa benjamine, et cela se lisait sur son visage.

— Comment va la vie à Bakersville ? demanda-t-il, changeant de sujet de conversation.

— Ça va. Comme ça peut aller après un traumatisme aussi fort que le drame de l'an dernier.

— Shep et Sandy ?

— Ils sont toujours ensemble, répondit Rainie d'un air dubitatif. Shep travaille pour une société de gardiennage de Salem, et Sandy s'implique beaucoup dans une association qui réfléchit aux problèmes de délinquance juvénile.

— Je pense qu'elle a raison. Et comment va Luke Hayes ?

— Il se débrouille plutôt bien dans son nouveau job de shérif, d'après ce qu'il me dit. Je suis retournée là-bas il y a cinq ou six mois, la ville est entre de bonnes mains.

— Je ne pensais pas que tu y retournerais aussi vite.

— Luke avait des trucs à me dire.

Quincy l'observa longuement, attendant qu'elle s'explique. Elle finit par le faire, en haussant les épaules :

— Quelqu'un posait un peu trop de questions sur ma mère.

— Ta mère ? s'étonna Quincy.

La mère de Rainie avait été assassinée quinze ans plus tôt, la tête emportée par un coup de fusil. Sachant le calvaire quotidien que Molly Conner faisait subir à sa fille, beaucoup de gens à Bakersville avaient pensé que l'adolescente serait une coupable idéale, d'autant qu'on l'avait vue sortir de chez elle peu après le drame, les cheveux dégoulinant de cervelle.

— Oui, un type de passage à Bakersville qui cherchait à la retrouver. Luke a tenu à me mettre au courant.

— Pourquoi se préoccuper d'elle après toutes ces années ?

Rainie eut un petit sourire amer.

— Le type sortait de taule, après trente ans passés à l'ombre pour meurtre. Ma mère avait le don d'attirer les mecs les plus attachants.

— En tout cas, elle leur laissait visiblement des souvenirs impérissables, si ce type pensait toujours à elle au bout de trente ans, plaisanta Quincy.

— Luke lui a raconté ce qui s'était passé après s'être assuré que le type était réglo, mais il a tout de même préféré m'en parler.

Quincy avait à nouveau une expression étrange. Rainie crut qu'il allait lui dire quelque chose, mais il se ravisa au dernier moment.

Le serveur apporta l'addition. Quincy la régla d'autorité et Rainie feignit de trouver le geste normal, comme au bon vieux temps.

Ils auraient probablement mieux fait de s'en tenir là. Quincy était venu en coup de vent lui proposer une enquête dont elle avait besoin, et ils avaient dîné ensemble après s'être mis d'accord sur les détails, voilà tout. Rainie savait fort bien qu'il était temps de se dire au revoir, mais il n'était que 19 heures, la température commençait tout juste à redevenir supportable et son amour-propre la chatouillait, comme toujours.

Elle décida de lui faire les honneurs de Pearl District. Ici, un magasin d'antiquités, avec une Porsche en stationnement interdit, juste devant, pour faire bonne mesure ; là, un salon de thé fréquenté par les bobos du quartier, une galerie de peinture, le show-room d'un créateur de meubles à la mode. Un peu plus loin, des entrepôts transformés en appartements de luxe et autres duplex hors de prix, leurs façades jaune et brique pimpantes à souhait. Certains heureux propriétaires prenaient le frais dans des jardins grands comme des timbres-poste, d'autres promenaient leurs labradors noirs d'un air nonchalant, dans des tenues faussement décontractées.

Voilà où j'habite, pensait Rainie. *Ça t'en bouche un coin, hein ? Pas mal, pour une fille des mauvais quartiers de Bakersville.*

Mais ses complexes étaient trop ancrés dans son subconscient pour qu'elle puisse longtemps se jouer la comédie. Un simple coup d'œil à son short déchiré et à son débardeur miteux suffit à la faire redescendre de son petit nuage. Ce monde de rêve lui faisait envie et la dégoûtait tout à la fois. À trente-deux ans, elle ne savait toujours pas quoi faire de sa vie, une frustration chronique alimentant le ressentiment qu'elle éprouvait avant tout envers elle-même.

Brusquement, elle s'arrêta et fit demi-tour, au grand étonnement de Quincy, qui finit par lui emboîter le pas.

Quelques minutes plus tard, ils arrivaient devant chez Touché, un bar d'habitués datant de l'époque où le quartier était encore un repaire d'étudiants, logés à bas prix dans les anciens entrepôts de Pearl District. Il y avait fort à parier que Touché serait encore là lorsque les yuppies en 4 × 4 finiraient par se lasser des lofts et émigreraient ailleurs. Au rez-de-chaussée, l'immeuble abritait un restaurant assez convenable, mais c'était surtout la salle de billard installée à l'étage qui faisait la réputation du lieu.

Depuis quatre mois que Rainie vivait à Pearl District, Touché lui faisait office de quartier général. Avec ses tables polies par les ans, sa moquette usée, l'endroit en avait vu d'autres. Comme elle.

Rainie tendit son permis de conduire et quelques billets à l'homme qui tenait le bar et reçut en échange deux queues de billard, un jeu de boules et deux Bud light. Quincy, intrigué, leva un sourcil avant de se décider à ôter sa veste. Avec son costume et sa quarantaine élégante, il avait la nette impression de faire tache au milieu des motards et autres étudiants rassemblés là.

— D'accord pour se faire un petit Jeu du 8 ? proposa Rainie. La blanche ne compte pas et si tu touches la 8 au premier coup, tu perds ton tour.

— Je connais les règles, tu sais, répliqua Quincy d'une voix calme.

— Alors on y va.

Rainie rassembla les boules au milieu de la table à l'aide du triangle et lui tendit une queue de billard. Quincy s'empressa de s'assurer qu'elle était bien droite en la faisant rouler sur la table, à la surprise de Rainie qui ne s'attendait pas à avoir affaire à un spécialiste.

— Ça ira, commenta-t-il.

— Ne t'inquiète pas, ils connaissent leur boulot, ici. Maintenant, arrête de faire le beau et jette-toi à l'eau.

Rainie avait déjà compris que Quincy serait un adversaire à sa hauteur. Au cours des trop rares moments passés ensemble, elle avait pu voir qu'il était bon dans tous les domaines, une constatation qui l'agaçait et la séduisait tout à la fois.

Quincy ouvrit le jeu en empochant deux boules et poursuivit sur sa lancée avant de rater la septième. Léonard, le barman, s'arrêta longuement devant leur table avant de s'éloigner avec un haussement d'épaules. Touché était le rendez-vous des amateurs de billard de la ville et Léonard avait vu mieux.

Rainie avait attendu son tour suffisamment longtemps et se sentait en forme. Une bouffée d'adrénaline rassurante dans les veines, les oreilles légèrement bourdonnantes, elle souriait, sûre d'elle. Penchée au-dessus de la table, elle sentait le regard de Quincy sur ses bras nus. Il avait déboutonné le col de sa chemise, remonté ses manches, et son morceau de craie lui avait laissé une éraflure bleue sur la joue.

Rainie prenait un malin plaisir à savourer le rapport de forces qui était en train de s'établir entre eux.

— Poche de coin, dit-elle, passant brusquement aux choses sérieuses.

Pris par le jeu, ils ne voyaient pas le temps s'écouler. Quincy remporta la première partie lorsque Rainie rata un coup un peu trop audacieux, puis la deuxième au moment où son adversaire, de plus en plus agressive, voulut forcer un peu trop sa chance. Mais Rainie avait trop d'amour-propre pour se laisser mener davantage, et elle gagna les trois jeux suivants en réussissant les coups qui lui avaient coûté les deux premières parties. De quoi damer le pion à cet animal à sang froid de Quincy et lui prouver que la témérité est parfois payante.

— Alors, prêt à remballer ?

— Pas encore, Rainie, pas encore. Je commence tout juste à me sentir en forme.

Elle lui adressa un large sourire et reprit sa place face à la table. Au sixième jeu, il la surprit en passant en force, renonçant à sa méticulosité coutumière. Voilà qui allait donner un peu de piment à la soirée. À trois jeux partout, ils décidèrent de régler leur différend lors de la partie suivante.

— Je constate que tu ne manques pas d'entraînement, remarqua-t-il au milieu d'une série de quatre.

Le léger voile de sueur qu'il avait sur le front contredisait son apparente désinvolture, et il était visiblement beaucoup plus concentré qu'au début.

— J'aime bien l'endroit.

— Je comprends ça, acquiesça-t-il. Mais si tu veux vraiment t'amuser au billard, il faut aller à Chicago.

Il rata la 8 de justesse et Rainie le regarda d'un petit air satisfait.

— Tant pis pour Chicago, rétorqua-t-elle en ramassant les boules.

— Quelle est la suite du programme ? demanda Quincy, la respiration lourde.

Dans la salle, la chaleur était étouffante.

Il était 22 heures passées et le sous-entendu n'échappa pas à Rainie qui observa longuement le décor miteux qui les entourait. Elle pensa à son loft chic et choc, à sa vieille baraque en bois de Bakersville, perdue au milieu des pins, qui lui manquait tant. Puis elle leva les yeux sur Quincy.

— Je crois que je vais rentrer, annonça-t-elle.

— Tu as raison.

— J'ai pas mal de boulot qui m'attend demain.

— Rainie…

— Et puis rien n'a changé, tu le sais aussi bien que moi. Pas la peine de se raconter des histoires.

— Je ne sais pas si les choses ont changé, Rainie, et je ne sais d'ailleurs toujours pas ce que tu me reproches.

— Pas ici, tu veux bien ?

— Et pourquoi pas ici ? Je sais très bien ce qui s'est passé la dernière fois. J'ai peut-être été maladroit, mais j'étais prêt à tenter ma chance de nouveau. Au lieu de ça, tu me fais comprendre que tu n'as pas le temps de me voir quand je suis de passage dans le coin, et tu ne me rappelles même plus quand je laisse des messages sur ton répondeur. Je ne sais vraiment pas ce que tu as, Rainie. Je sais bien que tout n'est pas rose pour toi…

— Une fois de plus, tu me fais le coup de la pitié.

— Mais enfin ! Ce n'est pas parce que j'essaie de te comprendre que j'ai pitié de toi !

— La différence est trop subtile pour moi.

Il ferma les yeux, s'obligeant visiblement à compter jusqu'à dix pour résister à l'envie de l'étrangler. C'était bien le paradoxe de leur relation, d'ailleurs. À travers son histoire personnelle, Rainie avait toujours entretenu des rapports ambigus avec la violence, mais Quincy s'était systématiquement refusé à s'aventurer sur ce terrain-là.

— Écoute, finit-il par dire. Tu me manques infiniment. Depuis huit mois, tu me manques toujours autant et tu as sans doute raison : c'est peut-être aussi pour ça que je suis venu te proposer ce boulot, mais…

— J'en étais sûre !

— Tu sais, Rainie, un jour, je finirai par en avoir marre.

L'espace d'un instant, le temps s'arrêta. Rainie était parfaitement consciente de tirer sur la corde. Elle repensa à Bakersville, à cette maison de bois où elle avait grandi, à la forêt qu'elle adorait. Puis elle repensa à cette journée tragique, quinze ans plus tôt, à la nuit tout aussi dramatique qui avait suivi. Lui aussi devait y penser. Quincy lui avait affirmé un jour qu'elle se libérerait en disant la vérité.

Elle avait fini par s'y résoudre, mais un an plus tard, elle n'était pas si sûre d'avoir bien fait. Elle avait appris à vivre avec la vérité brutale de son adolescence, c'est vrai, mais il lui restait tellement d'obstacles à surmonter…

— Je crois que je vais rentrer.

— Tu as raison, répéta-t-il.

Quincy reprit le chemin de son hôtel et Rainie rentra seule chez elle. Elle alluma la lumière, prit une douche froide, se brossa les dents et se mit au lit. Seule, plus seule que jamais.

Sa nuit fut peuplée de cauchemars.

Elle se trouvait en plein désert, au fin fond de l'Afrique. Elle reconnaissait le décor pour l'avoir déjà vu dans un documentaire animalier quelconque sur le câble. Dans son rêve, les scènes du documentaire se mélangeaient avec celles de sa réalité, en temps réel.

De vastes étendues désertiques ravagées par la sécheresse et un bébé éléphant, tout juste sorti du ventre de sa mère, se dressant maladroitement sur ses pattes, encore poisseux, au moment où sa mère expirait.

Rainie regardait la scène de loin, impuissante, se contentant de crier :

— Sauve-toi, mon bébé, sauve-toi vite.

Elle avait peur. Une peur instinctive, irréfléchie. Elle savait pourtant que l'éléphanteau était en danger.

Le petit finit par s'éloigner à regret du corps de sa mère après avoir vainement tenté de la téter.

Rainie le suivait à travers le désert. La chaleur était intense, presque palpable, et la terre craquelée crissait sous leurs pas. Tenaillé par la faim, incapable de comprendre pourquoi il se trouvait là, tout seul, le bébé éléphant gémissait en titubant. Arrivé près d'un bosquet d'arbres à moitié morts, il se frotta lentement contre un tronc.

« *Le nouveau-né prend le tronc de l'arbre pour les jambes de sa mère*, disait la voix du commentateur. *Il s'y frotte pour signaler sa présence, dans l'espoir d'un peu d'amour et de réconfort. Épuisé, il finit par reprendre sa quête de nourriture et d'eau à travers la savane desséchée.* »

— Sauve-toi, petit. Sauve-toi vite, murmura à nouveau Rainie.

Le petit éléphant s'éloigna à regret. Les heures passant, il avançait de plus en plus péniblement et tombait fréquemment, se relevant tant bien que mal après avoir recouvré quelques forces.

« *L'éléphanteau doit impérativement trouver de l'eau*, poursuivait le commentateur. *En plein désert, l'eau est l'unique différence entre la vie et la mort.* »

Brusquement, un troupeau d'éléphants apparut à l'horizon. Ils s'approchèrent et Rainie distingua bientôt plusieurs petits avançant prudemment à l'ombre de leurs mères. Le troupeau fit halte et les petits en profitèrent pour téter, caressés par la trompe maternelle.

Rainie se sentit aussitôt soulagée, rassurée sur le sort de l'éléphanteau orphelin.

Le troupeau s'approcha et le petit courut dans leur direction, mais le vieux chef s'avança aussitôt, attrapa le bébé éléphant avec sa trompe et le projeta brutalement un peu plus loin. Le nouveau-né ne bougeait plus et la voix du commentateur reprit :

« Il n'est pas inhabituel pour un troupeau d'éléphants d'adopter un jeune orphelin, mais ce n'est pas le cas ici, du fait de l'extrême sécheresse régnant dans la savane. Trop préoccupés d'assurer la survie de leur propre clan, ces éléphants ne peuvent se permettre d'accueillir un nouveau membre parmi eux. Pour le chef, le nouveau-né perdu est une menace pour la survie du troupeau, ce qui explique son comportement. »

Rainie voulut se précipiter vers le petit, mais le désert formait autour d'elle une barrière infranchissable.

— Sauve-toi, petit. Sauve-toi vite !

L'éléphanteau finit par bouger. Secouant la tête dans tous les sens, il se remit péniblement sur ses pattes tremblantes. Rainie crut qu'il allait s'écrouler, mais il baissa la tête, rassembla les forces qui lui restaient et se remit en marche.

Le troupeau était encore en vue et le petit se précipita dans sa direction.

Un jeune se retourna et donna un méchant coup de patte au nouveau-né qui tomba en gémissant. La scène se répéta et deux grands éléphants mâles s'approchèrent. L'éléphanteau vint à eux pour être aussitôt repoussé avec brutalité. Le bébé gémissait de plus belle, inexorablement chassé par les éléphants qui finirent par s'éloigner.

— Sauve-toi, petit. Sauve-toi vite, sanglota Rainie.

Le nouveau-né se releva péniblement. Sa tête saignait et des mouches tournoyaient déjà autour de ses blessures. Il avait un œil tuméfié, à moitié fermé. À peine né, et déjà confronté au tragique de l'existence. Il faut croire que l'instinct de survie était le plus fort car il esquissa un pas en avant, puis un autre. Pas à pas, il suivait le troupeau sans broncher, veillant à rester assez loin pour éviter d'être brutalisé.

Au coucher du soleil, le troupeau s'arrêta près d'un maigre point d'eau. L'un après l'autre, les pachydermes s'approchèrent de l'eau boueuse. À en croire le commentateur, le nouveau-né attendait que les animaux se soient abreuvés pour boire à son tour.

Rainie respirait enfin, convaincue que le petit était sauvé. Rassurés par la présence de l'eau, les pachydermes pouvaient à présent se permettre de prendre en charge le jeune orphelin. Par son courage et sa détermination, il avait mérité sa place au milieu du troupeau. L'épreuve était terminée et le conte pouvait se fermer sur une note heureuse.

C'est à cet instant précis qu'elle aperçut les chacals. En un clin d'œil, ils se précipitèrent sur l'éléphanteau et le déchirèrent de leurs dents acérées sous le regard indifférent des autres éléphants.

Rainie se réveilla en sursaut. Les cris déchirants du bébé éléphant lui vrillaient encore les tympans et elle avait des larmes plein les yeux.

Elle se leva lourdement et se dirigea dans l'obscurité jusqu'au coin cuisine pour se verser un grand verre d'eau fraîche.

Le loft était silencieux. Il était 3 heures du matin et la nuit épaisse semblait figée. Debout à côté de l'évier, Rainie tremblait de tous ses membres, avec la désagréable impression que ce corps apeuré n'était pas le sien.

Elle n'aurait jamais voulu le reconnaître, mais Quincy lui manquait…

3

South Street, Philadelphie

Elizabeth Ann Quincy portait superbement sa quarantaine.

Dès son plus jeune âge, on lui avait appris que le rôle principal de la femme était de se faire belle. Dans le milieu dont elle était issue, les femmes veillaient scrupuleusement à s'épiler les sourcils, à rester toujours impeccablement coiffées, à prendre soin de leur visage. Sans oublier d'utiliser du fil dentaire deux fois par jour. Les bactéries coincées entre les dents étant le symbole même de la négligence et du déclin.

Elizabeth avait suivi tous ces préceptes à la lettre. Elle s'épilait, se coiffait et prenait soin de son visage. Jamais négligée, elle se faisait élégante même pour aller faire ses courses et ne portait jamais de chaussures de tennis en dehors des courts.

Elle tirait d'ailleurs la plus grande fierté de cette docilité. Fille d'une famille patricienne de la banlieue de Pittsburgh, elle avait grandi en faisant de l'équitation tous les week-ends, pratiquant assidûment le saut d'obstacle. À l'âge de dix-huit ans, elle dansait sur *Le Lac des cygnes* avec autant de grâce qu'elle fabriquait des sets de table en crochet. On lui avait également appris à mouiller ses beaux cheveux bruns à la bière, avant de les enrouler sur des bigoudis, à se servir d'un fer à repasser pour les lisser tous les matins. Quant aux filles d'aujourd'hui, qui reprochaient à la génération précédente sa frivolité, on en reparlerait le jour où elles auraient essayé de lisser leurs cheveux sur une planche à repasser.

Elizabeth n'en était pas pour autant une potiche. Elle avait même tenu à faire des études universitaires, contrairement à l'avis maternel, et c'est là qu'elle avait rencontré un garçon très différent de ceux de son milieu. L'énigmatique Pierce Quincy était originaire de Nouvelle-Angleterre, ce qui n'était pas pour déplaire à la mère d'Elizabeth. Qui sait s'il ne descendait pas des premiers immigrants du *Mayflower* ? Il n'avait peut-être pas d'ancêtres anglais avérés, mais son père possédait plusieurs centaines d'hectares de terre dans le Rhode Island. Et surtout, Quincy préparait un doctorat en psychologie. La mère d'Elizabeth voyait d'un très bon œil l'arrivée dans la famille d'un gendre universitaire. Pierce Quincy, docteur en psychologie : voilà qui ronflait agréablement à l'oreille maternelle. Une fois ses études achevées, il ouvrirait tout naturellement un cabinet privé et, par les temps qui courent, avec tous les gens dérangés qui se promènent dans la rue, il se ferait très vite une belle situation.

Il était évident pour tout le monde que Quincy avait une passion pour les détraqués. Après plusieurs années passées dans la police de Chicago, il avait décidé d'entamer des études de psychocriminologie. Davantage qu'aux armes à feu et au côté macho de son travail de policier, il s'intéressait au fonctionnement de l'esprit criminel. D'où tenaient-ils leur déviance ? Pourquoi et comment passaient-ils à l'acte pour la première fois ? Comment les empêcher de recommencer ?

Autant de questions qui avaient fait l'objet de discussions intenses entre Pierce et Elizabeth. Il la fascinait par son esprit logique et ses raisonnements limpides, par l'amour qu'il portait à son métier. En outre, c'était un garçon pondéré et bien élevé, même s'il avait une façon presque malsaine de se glisser dans la peau des tueurs en série qu'il étudiait pour mieux les arrêter.

Cette part d'ombre n'était pas pour déplaire à Elizabeth, qui trouvait la chose assez excitante. Elle était fascinée par ses mains lorsqu'il évoquait le cas de tel sadique ou de tel psychopathe, imaginant ses doigts crispés sur une arme… Car si Pierce était un théoricien brillant, c'était aussi un homme d'action confirmé, et Elizabeth en était fière.

Tout au moins dans les premiers temps, c'est-à-dire à l'époque où elle s'imaginait encore qu'ils se marieraient et mèneraient une vie de famille normale. Avant qu'elle s'aperçoive que la normalité, pour un homme comme Pierce, ne passait pas par sa vie de famille, mais par son travail. Car Quincy ne vivait que pour son travail, Elizabeth et leurs deux filles ne jouant qu'un rôle subalterne dans son quotidien.

Elizabeth avait bouleversé la tradition familiale en demandant le divorce afin d'élever seule ses deux enfants. Sa mère avait tenté de la raisonner en lui recommandant de s'accrocher, mais Elizabeth avait une nouvelle fois fait preuve de caractère en s'obstinant. Amanda et Kimberly avant tout ; elles avaient besoin de stabilité, d'une vie tranquille loin d'un père plus intéressé par les cadavres que par les tournois de foot de ses enfants. Amanda, en particulier, avait du mal à accepter le travail de son père. Elle ne comprenait pas pourquoi celui-ci ne lui consacrait du temps que les jours où les psychopathes faisaient relâche.

À l'inverse, Elizabeth s'était consacrée corps et âme à ses enfants. Les derniers temps, elle se le répétait à tout bout de champ, comme pour s'en convaincre.

Corps et âme… Mais alors, comment avait-elle pu accepter que l'on débranche les appareils qui maintenaient Mandy en vie ?

À quarante-sept ans, Elizabeth Ann Quincy était une très belle femme. Une femme cultivée, élégante, et terriblement seule.

C'était un lundi soir, à Philadelphie. Elle marchait d'un pas décidé, indifférente à la foule animée déambulant devant l'étrange mélange de boutiques chic et de sex-shops alignés le long de South Street. Elle dépassa sans les voir trois adolescents aux tatouages voyants et évita machinalement une limousine noire interminable. Les calèches pour touristes étaient de sortie ce soir-là, et une forte odeur de crottin se mêlait aux relents de transpiration et de fast-food habituels.

Bethie avançait sans se préoccuper des effluves qui l'entouraient, s'appliquant à ignorer ses semblables. Elle n'avait qu'une idée en tête : retrouver le plus rapidement possible le confort rassurant de sa jolie maison de Society Hill, avec ses murs écrus et ses canapés recouverts de soie. Une soirée de plus, seule devant sa télévision, à éviter de regarder un téléphone qui ne sonnait jamais.

Tout à ses pensées, elle ne vit pas l'homme sortir de l'épicerie fine et ne put éviter la collision. Elle se serait étalée de tout son long sur la chaussée, si l'homme n'avait eu la présence d'esprit de la retenir par le bras.

— Je suis vraiment désolé. Je ne sais pas ce qui m'arrive ces temps-ci, je suis si distrait. Mais vous n'avez rien, vous êtes debout, Dieu soit loué ! Je m'en voudrais tellement de vous avoir fait mal.

Elizabeth, encore tout étourdie, hocha la tête. Elle s'apprêtait à débiter les banalités d'usage lorsqu'elle vit le visage de l'inconnu qui l'avait bousculée, et son cœur s'arrêta dans sa poitrine. L'homme en question avait un visage particulièrement marquant. Des traits trahissant une origine européenne, des yeux d'un bleu profond dans lesquels dansait une flamme amusée, quelques mèches argentées tranchant avec les boucles sombres qui lui tombaient sur les oreilles. La cinquantaine élégante, une chemise de lin blanc ouverte sur un cou distingué, avec juste ce qu'il fallait de poils gris à hauteur de la poitrine. Un pantalon beige au pli impeccable, une ceinture Gucci, des mocassins Armani. Un homme d'une prestance admirable.

Elizabeth, brusquement consciente que la main de l'homme n'avait pas quitté son bras, balbutia à son tour des excuses :

— C'est ma faute… J'avançais sans regarder, perdue dans mes pensées. Je vous en prie, ne vous excusez pas…

— Mais vous êtes… Elizabeth ! Elizabeth Quincy !

— Comment connaissez-vous mon nom ?

Plus perturbée que jamais par l'irruption dans sa vie de cet inconnu, elle ne savait quelle posture adopter. Un très bel homme, c'est vrai. Comment pouvait-il connaître son nom ? Elizabeth était certaine de ne l'avoir jamais vu auparavant.

— Je suis désolé, répliqua-t-il aussitôt. Je ne voulais pas vous troubler encore davantage, mais c'est tout simple. Je vous connais, mais vous ne me connaissez pas.

— Je ne crois pas vous avoir jamais rencontré, en effet, concéda Bethie.

Elle baissa les yeux et vit que l'inconnu lui tenait toujours le bras. L'homme suivit son regard et s'empressa de retirer sa main en rougissant, au grand étonnement de Bethie.

— Voilà qui est pour le moins curieux, bégaya-t-il d'un air gêné qui accentuait encore son charme naturel. Je ne sais trop comment vous expliquer. Je n'aurais jamais dû avouer vous avoir reconnue, mais puisque le mal est fait… C'est tout simple. Je vous ai aperçue le mois dernier. À l'hôpital, en Virginie.

Elizabeth ne saisit pas immédiatement les implications de cet aveu. Brusquement, elle se pétrifia, le visage blême, les bras serrés sur la poitrine, comme pour se protéger. S'il l'avait vue à l'hôpital… Elle crut comprendre et son sang se glaça dans ses veines. Elle ferma les yeux et déglutit péniblement avant de prononcer d'une voix mal assurée :

— Comment… comment vous appelez-vous ?

— Tristan. Tristan Shandling.

— Pourriez-vous me dire exactement comment vous me connaissez, monsieur Shandling ?

Comme elle s'y attendait, il garda le silence et se contenta de dégager un pan de sa chemise de lin de son pantalon pour lui montrer son flanc droit.

La cicatrice, d'un rouge sombre trahissant une opération récente, ne mesurait que quelques centimètres. Encore quelques semaines, voire quelques mois, et elle finirait par s'estomper pour ne plus former qu'une mince ligne claire sur sa peau bronzée.

Elle avança machinalement une main tremblante et toucha la cicatrice.

Le petit cri qu'elle laissa échapper la ramena à la réalité. Elle papillonna des yeux, prenant brusquement conscience qu'elle promenait ses doigts sur le dos d'un parfait inconnu. Shandling tenait toujours sa chemise levée et un attroupement était en train de se former.

Bethie pleurait. Sans qu'elle s'en fût aperçue, des larmes s'étaient mises à rouler le long de ses joues.

— C'est grâce à votre fille que je suis en vie.

La brutalité de la situation, le ton apaisant de Tristan Shandling, tout concourait à faire craquer Elizabeth Quincy. Dans un sanglot, elle enlaça soudain cet homme qui vivait désormais avec le rein de Mandy. Elle le serra avec la même force qu'elle mettait à serrer sa fille quelques mois plus tôt, comme si ce geste pouvait lui rendre Mandy. Une mère ne devrait jamais survivre à l'un de ses enfants. Et c'était elle qui avait demandé qu'on la débranche. Elle avait fini par se résigner à accepter l'inacceptable et on lui avait enlevé sa petite fille pour toujours…

Tristan Shandling enlaça délicatement Elizabeth. Là, au beau milieu de la foule, il lui tapota l'épaule, maladroitement tout d'abord, puis avec davantage d'assurance. Elle pleurait à chaudes larmes contre sa poitrine, et il tenta d'apaiser sa douleur :

— Là, là, ça va aller. Je suis là, Bethie. Je prendrai soin de vous, je vous le promets.

4

Pearl District, Portland

Rainie sortit péniblement de son lit vers 5 heures du matin. Elle courut ses dix kilomètres quotidiens par une chaleur déjà torride, histoire de se meurtrir le corps. Ce qui ne te tue pas te rend plus fort, dit-on…

De retour chez elle, elle prit une douche glacée, tout en se demandant à quoi pouvait bien ressembler la vie en Virginie. Elle n'avait jamais quitté l'Oregon de sa vie. Elle avait bien envisagé, une fois ou deux, de visiter Seattle, mais l'occasion ne s'était jamais présentée et, à trente-deux ans, Rainie ne connaissait rien des États-Unis. Elle était loin d'être une exception en Oregon, un État offrant à ses habitants une incroyable diversité de plages, de montagnes, de déserts, de lacs, de métropoles modernes et de petites villes à l'ancienne. Et si l'on trouvait tous les paysages en Oregon, on pouvait également y faire de tout, ou presque : du surf, de la planche à voile, de l'escalade, du ski, de la randonnée, du golf, de la pêche, de la voile, du rafting et de l'équitation, sans parler des casinos. Alors, à quoi bon aller ailleurs ?

Au sortir de la douche, Rainie choisit d'enfiler une tenue légère pour l'avion, puis réserva une place de dernière minute, pour la bagatelle de deux mille dollars. Avec la voiture de location qu'elle avait retenue, ce n'était plus un trou qu'elle allait creuser dans son budget, mais un ravin, le tout avec la bénédiction d'American Express.

Comme elle comptait s'adresser au service des cartes grises de Virginie, il lui fallait encore se mettre en règle, la plupart des organismes publics demandant une licence locale aux enquêteurs privés avant de répondre à leurs questions. Elle sortit l'annuaire officiel de la profession et appela au hasard une agence privée en Virginie. Un quart d'heure plus tard, après avoir expliqué à son interlocuteur la nature de son enquête, Rainie avait un « associé ». En cas de besoin, Phil De Beers se ferait un plaisir d'effectuer les démarches officielles à sa place pour un montant raisonnable. L'occasion rêvée pour Rainie de justifier les mille six cents dollars que lui avait coûté sa licence.

Elle entassa à la hâte des affaires pour trois jours dans un sac de voyage, et jugea plus prudent d'emporter son Glock. Avec Quincy, on ne savait jamais. Quelques instants plus tard, elle claquait la porte de son loft.

L'avion avait atteint son altitude de croisière lorsque Rainie se résolut enfin à lâcher les accoudoirs de son siège. Elle se plongea alors dans la lecture du rapport officiel établi lors de l'accident d'Amanda Jane Quincy.

Le premier policier arrivé sur les lieux appartenait à la brigade routière de Virginie, un chauffeur de poids lourd qui passait par hasard sur les lieux de l'accident ayant donné l'alerte à l'aide de son téléphone portable. L'appel avait été enregistré à 5 h 52 et le témoin, très ému, avait raconté s'être arrêté en apercevant un corps inanimé sur le bord de la route. Le corps était celui d'un homme âgé et il avait l'air mort ; à côté de lui gisait le cadavre d'un petit chien. Un peu plus loin dans les broussailles, il avait découvert un Ford Explorer encastré contre un pylône. Le camionneur avait tenté de parler à la conductrice du 4 × 4, sans succès. Il n'avait pas voulu la toucher, sachant qu'il ne faut jamais déplacer le corps d'un accidenté avant l'arrivée des secours.

Le camionneur se trouvait toujours sur place lorsque le policier était arrivé. Il lui avait montré le corps du promeneur, et le fonctionnaire n'avait pu que constater le décès du vieil homme. Ils s'étaient ensuite approchés de l'Explorer ; le policier, après avoir débloqué à grand-peine la portière avant, avait découvert que la conductrice vivait encore. Il s'était empressé de demander au Central l'envoi d'une ambulance, pendant que le camionneur se retournait pour vomir, après avoir vu l'état dans lequel se trouvait la jeune femme.

Comme le policier était arrivé avant les secours, le rapport était extrêmement détaillé. Rainie le savait d'expérience, rien de tel que les pompiers et les ambulanciers pour brouiller les pistes en cas de meurtre ou d'accident.

Elle regarda longuement les Polaroid et les croquis détaillant la position du promeneur et du chien, ainsi que celles du véhicule et du pylône. Il s'agissait d'un Ford Explorer vert, datant de 1994 et immatriculé au nom d'Amanda Jane Quincy, acheté d'occasion trois ans plus tôt. Un modèle de base avec une boîte manuelle et sans airbag conducteur, malheureusement pour Mandy.

La jeune femme ne portait pas sa ceinture au moment de l'impact. À en croire une annotation du policier, la ceinture était « hors d'usage ». L'expression ne voulait pas dire grand-chose et Rainie ne trouva aucune autre précision à ce sujet dans le rapport.

En Oregon, la police de la route possède une unité spéciale chargée d'étudier et d'analyser les accidents de la circulation. Ce n'était visiblement pas le cas en Virginie, ou bien alors on n'avait pas jugé bon de faire appel à des spécialistes. Le flic chargé de l'enquête avait quand même fait son boulot ; il n'avait remarqué aucune trace de pneus sur la chaussée, comme si la conductrice n'avait pas eu le temps de freiner, et pas la moindre trace de choc à l'arrière ou sur les côtés de l'Explorer signalant la présence sur les lieux d'un autre véhicule.

La conclusion du policier était sans équivoque : « Accident impliquant un véhicule unique. Conductrice responsable de la perte de contrôle de son véhicule. Procéder aux examens d'usage afin de détecter la présence d'alcool ou de drogue chez la victime. »

Aux urgences, la blessée avait effectivement subi une prise de sang et le policier avait pu compléter son rapport : « Examens sanguins confirmant un taux d'alcoolémie de 0,20. Conductrice responsable gravement blessée à la tête. Peu de chances de survie. »

Le dossier ne contenait rien d'autre. La « conductrice responsable » n'avait jamais repris connaissance, de sorte qu'elle n'avait pu être inculpée, et elle était morte un an plus tard. Affaire classée.

Rainie fut parcourue d'un frisson.

Elle repoussa le rapport avant de s'intéresser à nouveau aux photos annexées au dossier : le malheureux promeneur, parti de bon matin promener son chien ; le petit fox-terrier, attaché par sa laisse au destin tragique de son maître ; l'avant défoncé de l'Explorer, déchiqueté par l'impact.

Les secours avaient transporté Mandy aux urgences avant l'arrivée du photographe, évitant à tout le monde l'horreur d'images insupportables, mais plusieurs clichés du pare-brise avaient été pris, avec en gros plan la partie supérieure gauche du vitrage feuilleté sur laquelle apparaissait l'empreinte macabre du visage d'Amanda.

Quincy avait eu ces photos entre les mains, et Rainie se demanda combien de temps il avait tenu avant de détourner le regard.

Elle poussa un long soupir. Le rapport ne lui laissait que peu d'espoir de découvrir quelque chose de nouveau. Aucune trace d'un autre véhicule. Aucune trace d'une tierce personne sur les lieux de l'accident. Même l'absence de traces de freinage n'avait rien d'anormal, la plupart des conducteurs en état d'ivresse n'ayant pas le réflexe de freiner face à un obstacle inattendu. Le flic de la police de la route avait rédigé son rapport de manière claire et circonstanciée, et Rainie n'y trouvait rien à redire.

Restait à comprendre comment Mandy avait pu se retrouver sur une route de campagne à 5 h 30 du matin, à moitié soûle, alors que ses amis affirmaient l'avoir vue sobre trois heures plus tôt. Il y avait également cette ceinture « hors d'usage » qui avait transformé en tragédie un banal accident. Enfin, Rainie ne devait pas oublier l'homme mystère dont Amanda Quincy était amoureuse et que ses proches prétendaient n'avoir jamais vu.

— Pas grand-chose, en fin de compte, grommela Rainie.

Pourtant, il fallait croire que les soupçons de Quincy étaient contagieux car elle commençait à éprouver à son tour un certain malaise.

Greenwich Village, New York

Voilà que ça la reprenait ! Kimberly August Quincy se trouvait à la hauteur de Washington Square, sur le campus de l'université de New York. Une journée parfaite, avec un soleil radieux et un ciel d'un bleu profond. Jusqu'à la pelouse de l'arche, au milieu de la place, qui formait une tache d'un vert rassurant. Autour d'elle circulait la faune habituelle des habitants du quartier, avec leurs tenues à la mode et leurs petites lunettes de soleil à la John Lennon. Quelques étudiants en short et tee-shirt profitaient du beau temps pour travailler ou faire la sieste, allongés sur l'herbe. Un mardi après-midi de juillet idyllique à New York.

Kimberly se sentait oppressée. Elle avait du mal à respirer et n'arrêtait pas de changer son sac d'épaule. Elle ne savait même plus où elle allait, et son visage était recouvert d'un voile moite.

Un type en costume trois-pièces qui marchait d'un pas décidé, intrigué par son comportement, s'arrêta pour lui demander si elle se sentait mal.

— Allez-vous-en !

— Mais, mademoiselle…

— Allez-vous-en, je vous dis !

L'homme s'éloigna d'un air désemparé, regrettant sans doute d'avoir voulu rendre service à son prochain dans une ville de cinglés comme New York.

Mais Kimberly n'était pas folle. Pas encore. Au fond d'elle-même, elle était encore capable de rationaliser sa peur. Elle avait suivi assez de cours de psycho pour ça, mais c'était plus fort qu'elle. Depuis plusieurs mois maintenant, elle était régulièrement la proie de crises d'angoisse de plus en plus effrayantes.

Des jours et des semaines durant, tout allait parfaitement bien. Elle venait de passer un an à l'université de New York, suivait deux séminaires cet été-là et avait eu la chance d'être prise comme stagiaire par son prof de criminologie, sans parler de son boulot de bénévole dans un foyer pour SDF. Elle avait donc de quoi s'occuper, mais Kimberly était une hyperactive, sur le pont dès 6 heures du matin et rarement chez elle avant 10 heures du soir.

Maintenant, plus rien n'était comme avant…

Ses crises commençaient généralement par une sensation bizarre, un frisson le long du dos, une démangeaison dans la nuque. Elle s'arrêtait en pleine rue pour regarder autour d'elle, ou bien alors elle se retournait brusquement dans le métro pour scruter les visages des autres voyageurs. Sans véritable raison, avec la désagréable impression qu'on l'observait à la dérobée.

Les bouffées d'angoisse de Kimberly disparaissaient aussi vite qu'elles étaient venues. Son cœur se remettait à battre normalement, sa respiration se calmait et tout allait bien pendant quelques jours, quelques mois, jusqu'à la crise suivante.

Les choses n'avaient fait qu'empirer depuis l'enterrement de sa sœur. Ses crises la prenaient parfois pendant plusieurs heures de suite avant de lui laisser deux ou trois jours de répit. D'un seul coup, sans crier gare, elle montait dans le métro et son univers s'écroulait à nouveau.

Ce n'étaient pas les explications rationnelles qui manquaient. On ne perd pas sa sœur tous les jours, sa relation avec sa mère n'était pas des plus simples, et Dieu sait ce qui se passait dans la tête de son père. Kimberly était donc allée consulter l'éminent Marcus Andrews, son prof de criminologie, qui avait attribué ses crises au stress.

— Prenez un peu de recul, lui avait-il conseillé. Vous avez besoin de vous reposer, d'autant que vous n'avez que vingt et un ans. Vous avez la vie devant vous.

Marcus Andrews la connaissait bien et devinait qu'elle ne lèverait pas le pied. Comme le disait volontiers sa mère avec une pointe d'amertume, Kimberly était le portrait craché de son père. Une constatation qui ne faisait que compliquer un peu plus les choses dans sa tête : comme son père, Kimberly n'avait jamais eu peur de sa vie.

Elle avait conservé le souvenir précis d'un épisode marquant de son enfance. Elle devait avoir huit ans, et elle s'était rendue à une foire quelconque avec Mandy et son père. Les deux sœurs étaient tout excitées à l'idée de passer un après-midi entier avec ce père rarement disponible, sans parler des tours de manège et des barbes à papa.

Ensemble, ils avaient fait un tour de Tapis Volant avant de visiter le Château Hanté et de monter sur la grande roue. Les filles s'étaient gavées de pommes d'amour, de pop-corn et de Coca glacé. Sous l'effet du sucre et de la caféine, elles avaient voulu faire un nouveau tour de foire, mais Quincy semblait distrait.

Depuis quelques minutes, il observait attentivement un inconnu posté à côté des manèges. L'homme était vêtu d'un grand manteau sale et râpé, et Kimberly se souvenait clairement que sa sœur s'était bouché le nez en disant : « Ouh ! Ça sent pas bon ! »

Leur père leur avait fait signe de se taire et il lui avait suffi d'un regard pour leur faire comprendre qu'il ne plaisantait pas.

L'inconnu portait un appareil photo en bandoulière, et prenait quantité de photos des enfants sur les manèges.

— C'est un pédophile, avait soudain murmuré leur père. Ils commencent toujours de la même façon, en prenant des photos de tous ces enfants qu'ils voudraient posséder. Celui-ci n'est pas encore passé à l'acte, sinon il ne s'intéresserait pas à des enfants habillés, mais il ne résistera pas longtemps. Quand il finira par surmonter son tabou, il fera tout pour se rassurer en se disant que c'est la faute des enfants, que ce sont eux qui l'ont dévoyé.

Mandy se trouvait à côté de Kimberly, et celle-ci l'avait vue se décomposer. Elle regardait le drôle de bonhomme avec son appareil photo, et sa lèvre inférieure s'était mise à trembler.

Leur père avait poursuivi :

— Si jamais vous apercevez un jour un type comme celui-là, les filles, partez tout de suite. N'hésitez pas un seul instant. Allez jusqu'au stand de la sécurité pour demander qu'on vous protège, et si c'est trop loin, réfugiez-vous derrière une maman qui promène ses enfants. Il pensera que c'est votre mère et vous laissera tranquilles.

— Tu vas faire quoi, papa ? avait demandé Kimberly, les yeux brillants.

— Je vais donner son signalement à la sécurité. Et puis je reviendrai demain et les jours suivants. Si je vois qu'il traîne toujours là, je m'arrangerai pour le faire arrêter. Ça devrait le calmer.

Au même moment, Mandy s'était mise à pleurer en disant qu'elle voulait rentrer à la maison.

Kimberly l'avait regardée sans comprendre avant de se tourner vers son père. Il avait l'air navré de l'attitude de sa fille aînée. Kimmy était d'accord avec lui. Mandy pleurait pour un rien alors que Kimmy ne pleurait jamais.

Lorsque son instituteur lui avait demandé la profession de ses parents à la rentrée suivante, Kimberly avait dit que son papa était Superman. Les autres enfants s'étaient moqués d'elle pendant toute l'année, mais elle n'avait jamais voulu en démordre.

Son papa sortait les enfants des griffes des vilains inconnus. Un jour, elle ferait comme lui.

Un jour comme aujourd'hui, ses rêves se dissipaient dans le brouillard de ses angoisses ; elle ne pensait plus qu'à calmer le rythme infernal de son cœur, à chasser la boule qui l'empêchait de respirer et les taches qui lui brouillaient la vue.

Son prof, M. Andrews, lui avait conseillé de faire des exercices de bio-feedback ; elle faisait de son mieux, regardant fixement ses mains jusqu'à ce qu'elles deviennent brûlantes. Peu à peu, le brouillard se dissipait. Le ciel redevenait bleu, l'herbe verte, et

Kimberly percevait à nouveau la rumeur de la rue. Elle n'avait plus la chair de poule et ses frissons s'estompaient.

Elle relâcha progressivement son étreinte sur son sac et fit lentement un tour complet sur elle-même pour reprendre pied dans la réalité.

Tu vois bien, se dit-elle intérieurement, *les gens marchent normalement dans la rue, comme si de rien n'était. Personne ne te regarde, personne ne te veut le moindre mal. C'est dans ta tête, ma vieille Kimberly, rien que dans ta tête.*

Elle se remit en route mais, arrivée au carrefour suivant, elle fut prise d'une hésitation et s'arrêta. Un nouveau frisson la parcourut de la tête aux pieds, alors qu'il faisait particulièrement chaud. Elle eut beau se répéter que tout ça était absurde et qu'elle était aussi forte que son père, rien ne put l'empêcher de prendre ses jambes à son cou et de courir jusqu'à épuisement.

5

Quantico, Virginie

Quincy ralentit en arrivant au poste de contrôle du FBI à Quantico et s'arrêta devant la guérite. Il attendit que le type de la sécurité aperçoive le badge collé sur son pare-brise et lui fasse signe de passer. Il fit un petit mouvement de tête pour le remercier, mais le garde resta de marbre. Au FBI, les types de la sécurité n'ont pas le droit de sourire, histoire de montrer qu'on ne rigole pas avec le Bureau. Quincy avait beau connaître la consigne, il ne pouvait s'empêcher de penser qu'il évoluait dans un drôle d'univers.

Comme il n'avait pas besoin de beaucoup de sommeil, il s'était levé à 3 heures du matin pour prendre l'avion à Seattle. Depuis des années qu'il passait son temps à voyager d'un bout à l'autre du pays, il ne supportait plus les haltes inutiles et rentrait chez lui dès que possible. Il préférait d'ailleurs conduire et s'appliquait depuis quelques années à prendre sa voiture pour les petites distances. Au lendemain de l'accident de Mandy, il avait pensé que le goût de la route lui passerait, mais il n'en était rien.

Quincy se gara près du champ de tir et prit la direction du bâtiment. Il fit glisser son badge d'identification sur le champ électronique et la porte s'ouvrit.

Les locaux réservés au Département des sciences du comportement étaient situés au deuxième sous-sol. Dans l'escalier, il croisa un collègue qu'il salua. L'agent Deacon lui répondit par un petit signe de tête, évitant de le regarder dans les yeux. C'était comme ça depuis près d'un mois, et Quincy finissait par ne plus y prêter attention. La disparition accidentelle de sa fille avait de quoi frapper les esprits dans n'importe quel milieu professionnel, mais ce genre de drame semblait plus éprouvant encore pour des gens dont le métier consiste à prévenir les tragédies. Pour ses collègues, Quincy était la preuve vivante que la mort choisit aveuglément ses victimes, même dans les rangs d'une institution telle que le FBI. Personne n'aurait osé le lui dire ouvertement, bien sûr, mais on lui en voulait quelque part de continuer à venir au Bureau comme si de rien n'était, au risque de bousculer dans leurs certitudes ses petits camarades. Quincy avait même appris que certains collègues lui reprochaient dans son dos d'être retourné travailler juste après l'enterrement. Sa froideur, son manque apparent d'émotions n'avaient pas manqué de choquer son entourage professionnel.

Quincy n'en avait cure. Face à la mort d'un proche, chacun réagit comme il le peut.

Il poussa la porte anti-feu et se retrouva dans le Département des sciences du comportement.

Contrairement à l'image que peut en donner Hollywood, les locaux du FBI à Quantico sont étrangement insignifiants. Ceux du DSC, en sous-sol, juste en dessous des salles de tir, le sont peut-être même davantage que les autres, avec leurs murs de parpaings aveugles.

Le bureau du responsable du Département est situé au centre, entouré par ceux de ses adjoints. Une disposition curieuse que Quincy avait toujours assimilée à celle des quartiers de haute sécurité des prisons où la salle de garde trône au milieu des cellules des détenus les plus dangereux. Qui sait si les têtes pensantes du FBI ne l'avaient pas voulu ainsi, pour mieux mettre leurs agents en condition ?

Le DSC est également doté d'une salle de réunion ultra-perfectionnée, arrangée comme un studio de télévision pour l'organisation de vidéoconférences. Quincy avait souvent été frappé par le contraste surprenant entre la banalité de son cadre de travail et la sophistication des moyens de communication du service. Cette disproportion ne laissait planer aucun doute sur les priorités de la direction.

Quincy n'avait pas toujours travaillé pour le compte du DSC. Il faisait même partie des rares agents ayant dérogé aux habitudes du Bureau en faisant ses classes dans l'unité affectée aux rapts d'enfants et aux tueurs en série. Les théoriciens comme les praticiens du crime avaient ainsi eu recours à ses services, faisant de lui un cas à part dont personne, d'un côté comme de l'autre de la barrière, ne savait trop quoi penser.

Quincy n'en avait parlé à personne, pas même à Rainie, mais il avait l'intention de bousculer les traditions une nouvelle fois, la direction du Bureau lui ayant récemment demandé de refaire la bascule en intégrant le Centre national d'analyse criminelle comme psychologue. Le changement n'était pas pour lui déplaire ; à presque cinquante ans, il se réjouissait de reprendre du service sur le terrain. Après des années de théorie, la pratique lui manquait.

À ses débuts, Quincy considérait son travail pour le FBI comme un sacerdoce. Au terme de deux années lucratives (ce qui n'était pas pour déplaire à Bethie) et néanmoins intéressantes en tant que psychologue de ville, il avait eu envie de passer à quelque chose de plus concret. Lorsqu'il avait quitté la police pour faire des études, c'était avant tout par envie de mieux comprendre la psychologie criminelle, mais son travail de limier n'avait pas tardé à lui manquer. Il éprouvait une véritable nostalgie pour l'atmosphère des enquêtes, pour la camaraderie très particulière qui règne dans la police. Jusqu'à son arme de service dont il regrettait la présence rassurante. Lorsqu'un ami du FBI l'avait contacté, sa décision avait vite été prise.

En l'espace de quelques mois, Quincy jonglait d'une affaire à l'autre avec une facilité déconcertante. Une moyenne de cent vingt enquêtes par an, des déplacements constants qui le conduisaient à écumer jusqu'à quatre villes différentes par semaine, armé d'un attaché-case rempli à ras bords de photos effrayantes collectées à l'occasion de crimes monstrueux. Grâce à son intuition, il sauvait des vies humaines, mais il lui arrivait aussi de négliger des indices avec les conséquences tragiques que l'on imagine.

Pendant ce temps-là, ses filles grandissaient et son couple partait en quenouille. Lui, qui avait si souvent été amené à témoigner dans des procès pour garde d'enfants, n'avait rien vu venir.

Le jour où Jim Beckett s'était évadé d'une prison du Massachusetts en égorgeant deux gardiens, Quincy était presque au bout du rouleau. Au terme d'une enquête particulièrement éprouvante, ayant coûté la vie à plusieurs collègues qu'il appréciait et respectait, il avait décidé de passer à autre chose.

Son transfert au DSC lui avait permis de limiter ses déplacements et de consacrer davantage de temps à ses filles. À défaut de les avoir vues grandir, il espérait au moins être présent pour accompagner leur adolescence.

Les cours qu'il donnait à Quantico lui permettaient de suivre les matchs de foot et les pièces de théâtre de ses filles, mais aussi de rouvrir certains dossiers – notamment celui de Russell Lee Holmes, un assassin d'enfants tristement célèbre – afin d'alimenter la banque de données du FBI. L'année où Mandy avait passé son bac, il s'était intéressé à des crimes en série jamais élucidés. Plus tard, tout en réfléchissant avec Kimberly aux études qu'elle souhaitait faire, il avait mis au point un système d'évaluation permettant de repérer les assassins en série potentiels. C'était à cette époque qu'on l'avait appelé un matin d'un hôpital de Virginie pour lui annoncer que sa fille aînée se trouvait dans un état désespéré.

Le temps avait apporté à Quincy des regrets ; il lui avait aussi appris à ne pas se mentir à lui-même. Il avait fini par comprendre qu'il ne se trouvait pas sur terre pour sauver le monde, mais tout simplement pour faire son boulot d'enquêteur, comme d'autres sont comptables, avocats ou employés de bureau. C'était son métier et il le faisait bien, avec les satisfactions qui accompagnent généralement le sentiment du devoir accompli.

Il n'avait été ni un mari idéal, ni le père qu'il aurait voulu être, mais cela ne l'avait pas empêché d'obtenir des résultats concrets dans son boulot ; un an plus tôt, pour ne prendre que cet exemple, il avait mis fin à la course sanglante d'un tueur en série, en reliant entre elles des affaires apparemment sans rapport les unes avec les autres.

Quincy avait toujours été un excellent flic, personne n'aurait songé à le nier. Avec le temps, il aurait souhaité s'améliorer sur le plan personnel. Avant l'accident, il avait tout fait pour renouer avec sa fille aînée, et il avait bien l'intention de ne pas rompre le fil avec Kimberly, même si cette dernière se montrait rebelle depuis quelque temps. Le mois dernier, il avait même passé un après-midi entier avec son père de soixante-quinze ans dans sa maison de retraite du Rhode Island. Le vieil homme était atteint de la maladie d'Alzheimer. Quand Quincy était arrivé, il ne l'avait pas reconnu et lui avait demandé de le laisser tranquille. Quincy était resté, Abraham Quincy avait fini par arrêter de crier, et ils avaient passé plusieurs heures assis l'un en face de l'autre, le fils s'appliquant à faire revivre certains moments de leur vie commune.

Quincy avait appris à ses dépens que la solitude et l'isolement sont des écrans fragiles, que sa familiarité avec la mort des autres ne l'avait pas véritablement préparé à celle de sa propre fille, et qu'en dépit du temps qui passait il n'arrivait toujours pas à dormir seul.

Un jour, Rainie lui avait jeté à la figure qu'il était trop bien élevé. Il lui avait répondu que le monde était suffisamment dur pour qu'il n'éprouve pas le besoin d'y ajouter sa goutte d'amertume, et il était sincère.

Quincy avait vraiment aimé Mandy.

Son plus grand regret était qu'elle ne l'ait jamais su.

En Virginie

Lorsque l'avion atterrit à l'aéroport international de Washington, Rainie se sentit un peu perdue. Elle attrapa son sac dans le casier au-dessus de sa tête, prit sa valise au vol sur le tapis roulant et se dirigea vers l'agence de location où elle récupéra rapidement une petite voiture. Pour son premier voyage loin de chez elle, elle ne se débrouillait pas trop mal. Dirty Harry n'avait qu'à bien se tenir.

N'ayant pas touché à l'ersatz de repas qu'on lui avait servi pendant le vol, son estomac commençait à gargouiller sérieusement, mais comme il était déjà 16 heures et que la circulation était dense, elle ne voulait pas risquer d'arriver dans les locaux de la police de Virginie après le changement d'équipes. Elle aurait tout le temps de manger plus tard.

Elle prit la direction du poste de police dont l'adresse figurait dans le dossier de Mandy. Avec un peu de chance, le flic chargé de l'enquête, Vince Amity, serait encore là.

Une heure et demie d'embouteillages plus tard, elle attrapait Amity à l'instant où il s'en allait.

— Vous êtes bien Vince Amity ? cria-t-elle à la haute silhouette que venait de lui désigner le planton à l'entrée.

Le policier se retourna et constata avec intérêt que la voix qui venait de le héler était celle d'une jolie jeune femme.

Rainie en profita pour lui décocher un grand sourire. Pour quelqu'un comme elle qui n'avait jamais eu la réputation de se montrer amène dans son boulot, le résultat était plutôt encourageant car Amity rebroussa chemin. À vue de nez, Amity devait son mètre quatre-vingt-quinze, ses épaules carrées, son cou de taureau et son menton décidé autant au football américain qu'à ses origines scandinaves.

— Je peux vous aider, mademoiselle ? demanda le géant avec un léger accent sudiste qui n'était pas pour déplaire à Rainie.

Comme elle n'était pas là pour se faire draguer, elle sortit son badge de détective privé et le visage d'Amity s'assombrit aussitôt.

— J'aurais quelques questions à vous poser au sujet d'un accident de la route, précisa-t-elle. Les faits remontent à plus d'un an et c'est vous qui avez rédigé le rapport d'enquête.

Amity, une moue dubitative aux lèvres, ne disait rien.

— L'affaire a été classée, la conductrice est morte à l'hôpital, mais j'ai été chargée par la famille d'éclaircir un ou deux points.

— J'allais partir en patrouille, se contenta de répondre Amity.

— Pas de problème, je peux facilement vous accompagner.

— J'ai bien peur que non, mademoiselle. Nous n'avons pas l'habitude de prendre des civils en patrouille, par ici. Trop dangereux.

— Ne vous inquiétez pas, je n'ai pas l'intention de vous faire un procès.

— Je ne sais pas si vous savez, mademoiselle…

— Écoutez-moi. Je suis venue exprès en avion de Portland pour vous poser quelques questions. Plus tôt vous y répondrez, plus vite vous serez débarrassé de moi.

Amity fronça les sourcils d'un air sévère. Avec sa carrure, la mimique était d'autant plus inquiétante. Lorsqu'il intervenait quelque part, les gens qui n'avaient pas la conscience tranquille devaient lever les mains en l'air à sa seule apparition. Ex-flic elle-même, Rainie connaissait bien le problème ; en tant que femme, il lui avait souvent fallu imposer sa loi pour se faire respecter.

Amity la regardait toujours avec son air de croquemitaine. Rainie croisa les bras patiemment et attendit, jusqu'à ce qu'il finisse par céder avec un grand soupir.

— Bon, je vais prévenir le Central. On se retrouve à mon bureau.

Rainie hocha la tête, mais n'étant pas née de la dernière pluie, elle préféra le suivre jusqu'au Central pour éviter de le voir s'évanouir par une sortie de secours quelconque. Cinq minutes plus tard, ils étaient assis l'un en face de l'autre devant son bureau, tous deux munis d'un gobelet de café brûlant.

— Le 28 avril, précisa Rainie. Il y a un peu plus d'un an. Un seul véhicule, un 4 × 4 qui a renversé un promeneur et son chien avant de s'écraser contre un pylône. Un peu comme le jeu de la pierre, des ciseaux et du papier : le promeneur est écrasé par le 4 × 4 qui est démoli par le pylône.

— Avec une fille au volant.

— Oui, Amanda Jane Quincy. Suite à l'accident, elle est restée dans le coma pendant des mois avant que ses parents ne donnent l'autorisation de la débrancher il y a quelques semaines. J'ai une copie du rapport d'enquête avec moi.

Amity ferma les yeux pour mieux rassembler ses souvenirs.

— Le père de la fille était un flic fédéral, c'est bien ça ?

— Bingo.

— J'aurais dû m'en douter, grommela-t-il en soupirant.

Il ouvrit un tiroir de son bureau et exhuma un carnet à spirale portant la date de l'année précédente, qu'il entreprit de feuilleter.

Rainie lui laissa le temps de se rafraîchir la mémoire avant d'entrer dans le vif du sujet.

— Vous étiez le seul officier de police sur les lieux ?

— Oui.

— Comment se fait-il ?

— Le promeneur était mort, la conductrice était dans un état désespéré, rien qui puisse justifier l'appel de renforts.

— La conductrice était peut-être dans un état désespéré, mais elle était encore en vie. En plus, il y avait eu mort d'homme et tout donnait à croire que la fille ne conduisait pas dans son état normal. En Oregon, c'est considéré comme un homicide par imprudence au minimum, et on fait automatiquement appel à des enquêteurs spécialisés.

Amity secoua la tête.

— Avec tout le respect que je vous dois, mademoiselle, la conductrice n'avait pas sa ceinture de sécurité et était allée s'écraser sur le pare-brise en y laissant la moitié de sa cervelle. Elle n'était peut-être pas morte, mais c'était tout comme. Je ne sais pas comment ça se passe en Oregon, mais en Virginie, on n'a pas l'habitude de perdre notre temps à faire des enquêtes poussées quand le conducteur responsable est réduit à l'état de bouillie.

— Restrictions budgétaires, commenta Rainie d'un air entendu.

Amity lui lança un regard étonné. Il acquiesça lentement, étudiant son interlocutrice avec curiosité.

L'univers de la police n'est pas différent du reste de la société ; avec la crise, les enquêteurs des brigades routières ont été les premiers à faire les frais des restrictions budgétaires, bien que les accidents de la circulation restent la première cause de mortalité pour la police, bien avant les crimes de sang. Comme si la mort était plus acceptable lorsque la route est responsable.

Rainie en profita pour revenir au sujet qui l'intéressait.

— Parlez-moi un peu de cette ceinture de sécurité.

— Elle ne l'avait pas mise.

— Dans votre rapport, vous dites que la ceinture était « hors d'usage ». Dans quel sens ?

Amity fronça les sourcils et se gratta la tête avant de feuilleter à nouveau son carnet à spirale.

— Au moment où j'ai voulu vérifier si la conductrice était encore en vie, j'ai accroché la ceinture avec mon bras et elle s'est dévidée par terre, comme si le ressort était cassé.

— Vous voulez dire que la ceinture était défectueuse ?

— J'ai simplement dit qu'elle ne fonctionnait pas.

— Ben, voyons, ironisa Rainie avec une légère excitation dans la voix. Et pourquoi ne fonctionnait-elle pas ?

— Je n'en ai pas la moindre idée, répondit Amity d'un air détaché.

— Vous voulez dire que vous n'êtes pas allé vérifier ? Mais enfin, Amity, vous savez aussi bien que moi que cette ceinture aurait pu sauver la vie d'Amanda Quincy. La chose méritait bien qu'on s'y intéresse, non ?

— Je vous ferai remarquer qu'une ceinture défectueuse relève du civil, et non du pénal, chère demoiselle. Si on n'avait que ça à faire et que l'argent coulait à flots, je suis bien persuadé qu'on passerait notre temps à vérifier ce genre de détail, mais dans l'état actuel des choses, on se contente de faire notre boulot, ce qui n'est déjà pas si mal.

Voilà bien la différence entre ce qu'on apprend dans les écoles de police et la réalité sur le terrain, pensa Rainie. Si elle avait été confrontée à un accident comme celui de Mandy quand elle était flic à Bakersville, elle aurait vérifié la ceinture.

— J'ai tout de même passé un coup de téléphone, poursuivit Amity.

Il avait l'air toujours aussi imperturbable, mais il parlait moins fort, comme s'il avait quelque chose sur le cœur.

— Au sujet de la ceinture ?

— Oui, d'autant qu'il ne lui serait probablement rien arrivé si sa ceinture n'avait pas été cassée. J'ai donc passé un coup de fil au garage qui entretenait son Explorer. La ceinture était cassée depuis un petit moment, au moins un mois. La fille avait pris rendez-vous pour qu'on la répare, mais elle n'est jamais venue.

— Quand avait-elle rendez-vous ?

— Une semaine avant l'accident.

— Le garage a pu vous dire pourquoi elle avait raté son rendez-vous ?

— Elle les a appelés pour les prévenir. Elle était censée prendre un nouveau rendez-vous, souligna

Amity en haussant les épaules. Vous voyez un peu le tableau. Voilà une fille qui se balade sans ceinture pendant un mois et qui prend le volant un soir complètement bourrée. Je ne sais pas comment vous voyez les choses, mais j'aurais tendance à penser qu'elle avait une case en moins.

Rainie se mâchonnait la lèvre inférieure d'un air préoccupé.

— Ouais ! N'empêche que cette histoire de ceinture cassée me travaille.

— Je suppose que papa a dû trouver ça bizarre, ironisa Amity.

Rainie changea brusquement de sujet.

— Et le vieux type qui se promenait avec son chien ?

— Un certain Oliver Jenkins qui vivait à moins de deux kilomètres du lieu de l'accident. D'après sa femme, il avait l'habitude de promener son chien à l'aube sur cette route et elle lui avait toujours dit que c'était dangereux.

— Aucune raison de penser qu'il avait quelque chose à voir là-dedans ?

— Jenkins était un ancien combattant de la guerre de Corée. Il avait une petite retraite et un goût prononcé pour la glace à la noix de pécan. Je le vois mal être la cible d'un complot international. Reste le chien. Il paraît qu'il avait la mauvaise habitude de bouffer les chaussures des voisins, précisa Amity d'un air impassible.

Rainie se demanda si tous les Sudistes avaient l'humour chevillé au corps, ou bien si elle avait tapé dans l'œil de son interlocuteur.

— Vous n'avez relevé aucune trace de freinage, reprit-elle.

— Je n'ai jamais vu un conducteur bourré prendre le temps de freiner.

— Et si l'Explorer avait été poussé par un autre véhicule ?

— Pas la moindre trace de peinture ou d'accrochage sur le 4 × 4. Rien sur le flanc des pneus, aucune autre trace sur la route. Si je peux me permettre, vous n'avez qu'à jeter un œil sur les photos de l'accident.

La désinvolture d'Amity commençait à agacer Rainie fortement.

— Et s'il y avait eu quelqu'un d'autre dans l'Explorer ?

— Je n'ai vu personne.

— Vous avez regardé ?

— J'ai regardé du côté passager et je peux vous assurer qu'il n'y avait personne.

— Des empreintes ?

Amity leva les yeux au ciel.

— Pourquoi voulez-vous que je sois allé chercher des empreintes ? Primo, les empreintes ne tiennent pas sur le plastique qu'on trouve dans les voitures. Secundo, les surfaces lisses, c'est-à-dire les boucles de ceinture, les poignées de porte et le volant de n'importe quel véhicule ont été touchés par la moitié de la création et ça ne donne jamais rien. Je me permets de vous rappeler que la procédure habituelle d'enquête…

— Je sais, je sais. Vous êtes un flic modèle, digne de figurer dans le livre des records, et il n'y avait personne d'autre sur le lieu de l'accident.

— Je suis ravi de constater que nous sommes enfin d'accord, chère demoiselle.

Rainie lui adressa un petit sourire avant de se pencher en avant.

— Par le plus grand des hasards, est-ce que vous auriez essayé d'ouvrir la portière côté passager ?

Le regard d'Amity se fit aussitôt plus grave. Il avait compris où elle voulait en venir.

— En fait…

— La portière s'ouvrait normalement, c'est bien ça ?

— Oui.

— Vous avez pensé à regarder s'il n'y avait pas de traces de pas ?

— L'herbe était trop épaisse, on ne voyait rien.

— Mais vous avez tout de même pris la peine de regarder. Pour quelle raison ?

Amity marqua un long silence avant de répondre :

— Je ne sais pas.

— Je ne vous demande pas de réponse officielle.

— Je ne sais vraiment pas.

— Rien qu'une impression. Vous avez visiblement pris le temps de faire les choses à fond, alors que la conductrice était mourante et que tout était contre elle. Vous me l'avez dit vous-même tout à l'heure, vous avez suffisamment de boulot comme ça pour ne pas faire de zèle. C'est donc que quelque chose vous chiffonnait, et que ça vous chiffonne toujours. Je suis même prête à parier que ma visite ne vous surprend pas plus que ça.

Amity ne répondit pas. Rainie se disait qu'il n'était pas encore mûr lorsqu'il lui jeta brusquement :

— Quand je suis arrivé là-bas, j'ai eu l'impression qu'il y avait quelqu'un d'autre.

— Quoi ?!!

Il pinça les lèvres avant de poursuivre.

— Je m'étais approché du 4 × 4 et je regardais la pauvre fille en lambeaux derrière son volant pendant que le camionneur dégueulait tout ce qu'il savait derrière moi quand… Je jurerais avoir entendu quelqu'un rire.

— Quelqu'un rire ? Mais qui ?

— Je ne sais pas. C'était peut-être dans ma tête. Le soleil n'était pas encore levé et ces petites routes de campagne sont pleines de broussailles. C'est rare que les cantonniers dégagent les bas-côtés et n'importe qui pourrait se planquer dans cette jungle. J'ai jeté un coup d'œil autour de moi sans rien voir d'anormal, et je me suis dit que ça devait être dans ma tête. Il faut dire que le bon Samaritain ne m'aidait pas beaucoup, j'ai cru qu'il allait me gerber sur les pieds.

— Je voudrais voir le véhicule.

— Je vous souhaite bien du plaisir.

— Allez, ne faites pas le méchant ! Un simple coup d'œil à la fourrière de la police.

— On a dû garder l'Explorer chez nous un moment, mais c'était il y a quatorze mois et on s'en débarrasse dès que les problèmes d'assurance sont réglés. La carcasse de l'auto a dû être envoyée à la casse il y a belle lurette.

— Et merde ! marmonna Rainie.

Elle se mâchonna à nouveau la lèvre, à la recherche d'une solution.

— Je croyais qu'on n'avait pas le droit de réutiliser les ceintures en cas d'accident.

— Et alors ?

— Alors la casse devrait toujours avoir les ceintures.

— Si elles ne sont pas parties à la poubelle entre-temps.

— Ça vaut le coup de vérifier. Comment s'appelle la casse ?

— Pas la moindre idée. Faut voir avec l'assurance.

— Et si je vous le demande gentiment, dit-elle en souriant.

Amity soupira longuement avant de répondre :

— Je suppose que je pourrais téléphoner pour me renseigner…

Rainie lui sourit de plus belle, mais Vince Amity ne croyait plus au Père Noël depuis longtemps, et se contenta de grogner en secouant la tête.

— Vous auriez dû le dire tout de suite, laissa-t-il tomber.

— Dire quoi ?

— Que vous êtes un ancien flic.

— J'étais flic dans une petite ville. Je suis étonnée que vous ayez deviné.

— Je me débrouille pas trop mal en devinettes.

— C'est bien ce que j'avais cru comprendre, répliqua Rainie d'un air farouche.

6

Society Hill, Philadelphie

Bethie se sentait nerveuse, tendue. Elle avait mis tellement de temps à apprendre à vivre seule qu'elle ne souhaitait pas prendre le risque de bousculer à nouveau ses habitudes. Pourquoi avait-elle accepté ? Et d'abord, ses boucles d'oreilles allaient-elles avec sa robe ? Des boucles d'oreilles trop chic, d'ailleurs. Comme la robe. Ça n'allait pas du tout, il fallait qu'elle se change entièrement et elle était déjà en retard.

Elle retira sa petite robe noire pour passer à la place un chemisier en satin bleu électrique et une jupe noire descendant au-dessous du genou. C'était nettement mieux. Elle décida de garder aux pieds ses sandales à talons. Bethie était particulièrement fière de ses mollets, surtout à son âge. Quel mal y avait-il à les exhiber un peu, histoire de faire une honnête moyenne avec les quelques kilos superflus qu'elle avait ailleurs ? Bethie était encore belle, mais pour son premier rendez-vous depuis plus de deux ans, elle ne pouvait s'empêcher de se poser des questions sur les ravages du temps. Pourquoi les hommes ont-ils tendance à mieux vieillir que les femmes ?

Restait le problème des boucles d'oreilles, mais après tout, ce n'était qu'un premier rendez-vous. Bethie prit les premiers pendants en or qui lui tombèrent sous la main et se dirigea vers la porte d'entrée.

Ce dîner avec Tristan Shandling était pour le moins inattendu. Tout avait commencé lorsqu'il l'avait invitée à prendre un café avec lui la veille. Il voulait à tout prix se faire pardonner sa maladresse et elle n'avait pas su dire non. Il l'avait emmenée dans un petit café de South Street où il lui avait fait servir d'autorité un cappuccino avant de lui raconter toutes sortes de choses qui avaient fini par la faire sourire.

Au bout d'un moment, son regard se portait déjà moins vers son côté droit. Elle s'appliquait même à l'écouter raconter ses voyages en Irlande, en Angleterre, en Autriche, ses séjours de plongée dans la mer de Corail, ses virées à Hong Kong dans le quartier des orfèvres. Il avait une belle voix de baryton, parfaite pour ce genre d'histoires, et Bethie se fichait complètement de savoir s'il disait la vérité ou s'il brodait. C'était le genre d'homme qu'on prend plaisir à écouter, et elle aimait la façon dont ses yeux bleus se plissaient à chaque fois qu'il lui souriait. Pour un peu, à la manière dont il la regardait, on aurait pu croire que Dieu l'avait envoyé sur terre pour lui rendre le bonheur.

Quand il l'avait invitée à dîner le lendemain, elle avait hésité et s'était fait un peu prier. Tout allait si vite…

Il s'était montré très persuasif. Il était de passage à Philadelphie une semaine seulement, un dîner n'engageait à rien, et elle avait fini par dire oui du bout des lèvres. Il lui avait donné rendez-vous au Zanzibar

Blue, un club de jazz huppé et l'un des restaurants préférés de Bethie.

Bethie n'était pas totalement une oie blanche. Elle avait lu suffisamment d'articles dans *Cosmopolitan* pour savoir que la femme vient toujours par ses propres moyens lors d'un premier rendez-vous afin de pouvoir repartir lorsqu'elle l'a décidé. Ne jamais divulguer trop de détails privés, notamment son adresse, la première fois. Commencer par apprendre à mieux connaître l'autre avant de lui faire des confidences. Ce n'est pas parce qu'un type est charmant et bien habillé qu'on peut lui faire confiance. N'importe qui vous le dirait, à commencer par son ancien mari, Pierce.

Bethie héla un taxi et donna l'adresse du Zanzibar.

Tristan Shandling l'attendait galamment devant le club. Il portait un pantalon noir et une chemise prune avec une cravate argent et turquoise à gros motifs. Comme le temps était chaud et humide, il avait préféré se passer de veste. Les mains dans les poches, les pieds croisés, c'était un modèle de distinction et de décontraction. Bethie regretta aussitôt de ne pas avoir mis sa petite robe noire qui lui aurait donné un air nettement plus jeune. Cet homme-là avait besoin d'une jolie petite blonde, pas d'une quadragénaire à l'aube de la ménopause.

Gênée, elle tira sur sa jupe en descendant de voiture après avoir réglé le chauffeur. Un sourire illumina aussitôt le visage de Tristan qui se précipita vers elle.

— Elizabeth ! Je suis si content que vous ayez accepté de venir.

Debout sur le trottoir, empruntée avec son petit sac à main noir, Bethie ne savait quoi répondre. D'office, il la prit par le bras et son cœur fit un bond dans sa poitrine.

Tout sourire, il la regardait avec une infinie gentillesse. Bethie comprit aussitôt qu'il faisait tout pour la mettre à l'aise.

— Je suis en retard, s'excusa-t-elle.

Il la prit par le coude et lui tapota la main d'un air rassurant.

— Je suis fan de jazz, lui glissa-t-il à l'oreille en la dirigeant vers la porte du Zanzibar par laquelle s'échappaient des bouffées de notes bleues. J'espère que ça ne vous dérange pas.

— Au contraire, j'adore ça, moi aussi.

— C'est vrai ? Vous êtes plutôt Miles ou Coltrane ?

— Miles Davis.

— Plutôt *Round Midnight* ou *Kind of Blue* ?

— *Round Midnight*, bien sûr.

— Ahhh ! À l'instant où je vous ai vue, j'ai su que vous étiez une femme de goût. Évidemment, ma théorie a pris du plomb dans l'aile le jour où vous avez accepté de dîner avec moi, plaisanta-t-il en lui lançant un clin d'œil complice.

Sans même s'en apercevoir, Bethie lui souriait déjà.

— Rien n'interdit d'aimer la mer et la montagne, répliqua-t-elle avec humour.

— Je me trompe ou bien vous êtes en train de m'insulter ?

— Je ne sais pas. Ça dépend si je vous classe du côté de la mer ou de la montagne. J'ai toute la soirée pour me décider.

— Elizabeth, s'exclama-t-il, je sens que nous allons passer ensemble une soirée formidable !

— Je mentirais en vous disant que je n'en ai pas envie…

Pour la première fois depuis de longs mois, Elizabeth Quincy laissait parler ses sentiments.

Un peu plus tard, attablés devant un plat de moules et de pâtes, arrosé d'un bon bordeaux, elle lui posa enfin la question qui lui brûlait les lèvres depuis la veille.

— Dites-moi, Tristan. Est-ce douloureux ? demanda-t-elle en désignant son côté droit des yeux.

Il hocha la tête lentement.

— Oui, mais ça va nettement mieux qu'au début. Je n'ai plus d'élancements depuis un moment.

— Mais comment vous sentez-vous ?

— Vous savez, ma très belle, le Bon Dieu m'a gratifié de deux reins malades, confia-t-il en souriant. Le premier a lâché lorsque j'avais dix-huit ans et le second a commencé à montrer des signes de faiblesse l'an dernier. Je me suis retrouvé en dialyse pendant seize longs mois, et ce n'était pas une partie de plaisir. Par comparaison, je vis sur un nuage depuis mon opération.

— Y a-t-il encore des risques de… rejet ?

— Comme en amour, tout est possible. Mais je m'applique à prendre mes médicaments comme un bon petit soldat et je n'oublie jamais de faire mes prières le soir avant de me coucher. Je ne sais pas vraiment pourquoi le Bon Dieu s'amuse à donner une seconde vie à un vieux forban comme moi, mais je ne m'en plains pas.

— J'imagine sans peine le soulagement de vos proches.

Il sourit à nouveau, mais elle crut déceler cette fois une pointe de nostalgie dans son regard.

— J'ai bien peur de ne pas avoir beaucoup de proches, Bethie. Un frère aîné que je ne vois plus depuis longtemps. Une femme que j'ai aimée dans une autre vie. Elle m'a annoncé un jour qu'elle attendait un enfant de moi. J'étais jeune et stupide à l'époque, et je n'ai pas eu la réaction qu'elle souhaitait. Quand on m'a dit que j'avais besoin d'un rein, je n'ai pas vraiment eu le cœur de me manifester. Je suis un vieil ours solitaire, une espèce qui fait rarement de bons pères.

— Je suis désolée, murmura Bethie. Je ne voulais pas vous faire de peine.

— Aucune importance. Comme tout un chacun, l'existence m'a servi mon lot de coups durs, mais ça ne me dérange pas. Tout vaut mieux que l'ennui d'une vie tranquille. J'appartiens à la race de ceux qui meurent debout. Probablement relié à une machine à dialyse, ironisa-t-il.

— Ne dites pas ça. Vous revenez de loin et la vie vous réserve encore de bonnes surprises, j'en suis convaincue. Retrouver votre enfant, par exemple.

— Vous croyez vraiment que je pourrais retrouver mon enfant un jour ?

— Absolument.

— Qu'est-ce qui vous fait dire ça ?

— Tout simplement le fait que vous venez de parler de cet enfant à une parfaite inconnue comme moi. C'est bien le signe que ce sujet vous préoccupe.

Shandling ne répondit pas immédiatement. Ses doigts dansaient lentement sur son verre à vin.

— Je ne sais pas si on vous l'a déjà dit, Elizabeth, mais vous êtes une femme particulièrement perspicace.

— Non, j'ai des enfants, c'est tout.

— Je ne sais pas…

Il se recula sur sa chaise, souleva son verre et le porta à ses lèvres avant de poursuivre.

— Je ne sais même pas si c'est un garçon ou une fille, et encore moins si cet enfant est vraiment de moi. Et même à mon âge… je passe la moitié de mon temps à courir le monde, je ne crois pas avoir le profil du père idéal.

— Je ne sais même pas ce que vous faites dans la vie, Tristan.

— Je suis spécialisé dans les trucs, les machins et les bidules.

— Les trucs, les machins et les bidules ? Mais encore ?

— Eh oui, les bricoles en tout genre, répondit-il avec un petit rire. Je cours le monde à la recherche de trucs inhabituels, de machins inattendus et de bidules pas chers. Des boîtes en bois pseudo-précieux en provenance de Thaïlande, des objets en laque noire de Singapour, des cerfs-volants en papier fabriqués en Chine. Les figurines mal taillées, les gadgets faussement bon marché que vous trouvez dans les boutiques de cadeaux, c'est moi qui les importe la plupart du temps, en faisant au passage de jolis profits.

— Et vous gagnez votre vie de cette façon-là ? demanda Bethie d'un air amusé.

— Je gagne même très bien ma vie comme ça, si vous voulez savoir. Je fais venir mes trucs, bidules et machins par containers entiers, et la quantité fait la différence.

— Il faut avoir l'œil, pour faire un métier comme celui-là.

— Non, il faut surtout du culot et de l'intuition. Mais parlez-moi un peu de vous.

La question prêtait d'autant moins à conséquence qu'il venait lui-même d'évoquer sa vie privée, mais Bethie se rembrunit aussitôt. Sa réaction n'échappa pas à Shandling qui s'empressa de s'excuser :

— Je suis absolument désolé, Bethie. J'ai la mauvaise habitude de parler sans réfléchir. Chaque année, j'essaie de prendre de bonnes résolutions, mais…

— Non, non. C'était une question toute naturelle, surtout après ce que vous venez de me dire…

— Je sais que vous traversez des moments particulièrement difficiles. Je suis un goujat incorrigible et je n'aurais jamais dû vous poser la moindre question indiscrète.

— Ce n'est pas ça, balbutia Bethie.

Il hocha la tête pour l'inciter à poursuivre, levant sur elle ses yeux candides. Face à lui, Bethie ne ressentait pas les mêmes pudeurs. Tristan faisait partie de ces gens à qui il est facile de se confier.

— Je viens d'une famille de la bonne société où les filles sont élevées à devenir des épouses modèles, commença-t-elle. On m'a appris à avoir une belle maison, à bien recevoir, à sourire au côté de mon mari. Et à être une mère idéale, bien évidemment, pour perpétuer la tradition.

Tristan acquiesça gravement.

— Et puis… et puis j'ai divorcé, ce qui ne se fait pas. Curieusement, je n'ai pas tout de suite compris ce qui m'arrivait. Je pensais surtout au sort de Kimberly et d'Amanda, qui n'avaient pas eu une enfance très rose. Elles avaient besoin qu'on s'occupe d'elles, et c'est ce que j'ai fait. Au lieu d'être l'ombre soumise de mon mari, je suis devenue celle de mes enfants. C'était comme ça…

— Sauf que les petites filles finissent toujours par grandir.

— Kimberly est effectivement partie à l'université il y a trois ans, poursuivit Bethie d'une voix sourde, et rien n'a plus été comme avant.

Elle baissa les yeux, incapable d'affronter son regard. L'orchestre jouait un blues et la chanteuse, une femme déjà âgée, évoquait l'amour retrouvé avec une nostalgie sourde qui trahissait son propos. Bethie en avait la gorge nouée. Elle revoyait en pensée sa jolie maison. Sa maison désespérément vide, murée dans un silence que le téléphone venait trop rarement troubler. Jusqu'aux cadres sur les murs, témoins muets des visages de ceux qu'elle avait aimés et qu'elle ne verrait plus. Elle revoyait surtout le trou noir, creusé à même l'herbe trop verte, dans lequel s'était évanouie à jamais une partie d'elle-même un mois plus tôt. « Tu es poussière… »

À quarante-sept ans, elle avait cessé d'être la femme de Quincy, la mère de Mandy, au point de ne plus vraiment savoir qui elle était.

Tristan avança la main et glissa ses doigts entre ceux de Bethie. Elle leva les yeux sur lui et constata que son regard était empreint de gravité. L'espace d'un instant, elle le vit à son réveil à l'hôpital, au lendemain de la transplantation, sans personne à ses côtés pour lui tenir la main. *Lui seul peut comprendre*, se dit-elle.

Elle enroula ses doigts autour de ceux de son compagnon. Derrière eux, la vieille chanteuse célébrait avec la même mélancolie un amour impossible et le temps semblait s'être arrêté.

— Bethie, vous ne voulez pas faire quelques pas ? demanda-t-il avec douceur.

Dehors, l'air était chaud et humide, mais le soleil ne tarderait plus à se coucher. C'était l'heure préférée de Bethie, lorsque le monde trouve enfin l'apaisement, que les bruits se font plus ouatés, que les couleurs perdent de leur intensité, que les formes s'adoucissent. Pour Bethie, le crépuscule était synonyme de réconfort.

Ils marchaient en silence, sans but précis, en direction de Rittenhouse Square.

— À mon tour de poser une question, demanda Tristan.

Il avait dénoué sa cravate et relevé ses manches de chemise pour tenter d'échapper à l'humidité ambiante.

— Allez-y, lui rétorqua-t-elle d'un air de défi, consciente que Tristan l'observait.

— Mais d'abord, promettez-moi de ne pas vous offusquer.

— Après deux verres de vin, je crois qu'il en faudrait beaucoup pour m'offusquer.

Il s'arrêta au milieu du trottoir et l'obligea gentiment à se tourner vers lui pour lui faire face.

— Est-ce uniquement à cause de mon rein ?

— Comment ?

— Ce n'est pas uniquement à cause du rein de votre fille que vous vous trouvez avec moi ce soir, n'est-ce pas ? Je sais que la question peut paraître brutale, et loin de moi l'intention de vous brusquer, mais après ce qui s'est passé entre nous, ce soir, j'ai besoin de savoir. On dit que le fait de porter en soi l'organe d'un autre suffit à vous faire partager son âme. Est-ce pour cette seule raison que vous avez accepté de dîner avec moi ce soir ? Pour retrouver votre fille par procuration ? Si je vous pose la question, se hâta-t-il d'ajouter, c'est parce que j'ai une envie folle de vous embrasser, Elizabeth Quincy, et que je ne devrais pas le faire si vous me voyez avec ces yeux-là.

Bethie en était tout étourdie. Elle lâcha la main de Tristan pour jouer machinalement avec le col de son chemisier.

— Mais non... Bien sûr que non ! C'est... c'est parfaitement ridicule, voyons. Je ne crois pas à ces histoires de bonnes femmes.

Tristan marqua sa satisfaction de la tête. Ils allaient reprendre leur promenade lorsqu'elle se trahit en demandant :

— Mais vous vous sentez... exactement comme avant ?

— Je vous demande pardon ?

— Nous nous sommes rencontrés par hasard, se hâta-t-elle d'enchaîner, et pourtant vous avez tout de suite su qui j'étais, alors que vous ne m'aviez vue qu'une seule fois auparavant, et de loin. Vous ne trouvez pas ça étrange ? Quand je suis invitée quelque part, il faut que je voie quelqu'un au moins trois ou quatre fois pour être en mesure de mettre un nom sur son visage.

— N'oubliez pas que vous m'avez sauvé la vie. Ce n'est pas tout à fait la même chose que de croiser quelqu'un lors d'une soirée mondaine.

— Il y a autre chose, j'en suis sûre.

— Autre chose ? Mais quoi ?

La voix de Tristan trahissait une note d'inquiétude. La soirée avait été parfaite jusque-là, et Elizabeth s'en voulait déjà de ce qu'elle allait lui dire.

— Vous connaissiez mon nom.

— Votre nom ?

— Bethie. Vous m'avez appelée Bethie depuis le début. Jamais Liz ou Beth. Je ne vous l'ai pourtant pas dit. Combien connaissez-vous d'Elizabeth qui se font appeler Bethie ?

Shandling était blême, les yeux écarquillés. L'espace d'un instant, elle regretta ce qu'elle venait de lui dire. Leurs regards se portèrent simultanément sur son côté droit, à l'endroit précis où sa chemise dissimulait une petite cicatrice rose.

— Sacrebleu ! murmura-t-il.

Bethie fut parcourue d'un frisson. La nuit formait un cocon moite autour d'eux, mais elle éprouva le besoin de se frotter les bras pour se réchauffer.

— Nous avons eu tort, dit-elle brusquement.

— Non…

— Si !

— Bien sûr que non, bon sang !

Il reprit son bras d'un geste doucement autoritaire avant d'ajouter :

— Je ne suis pas votre fille.

— Je sais bien.

— J'ai cinquante-deux ans, Bethie… euh, Elizabeth. Je suis un gros mangeur de viande rouge devant l'Éternel, un amateur de Glenfiddich invétéré, je dirige ma propre affaire, j'adore les voitures rapides et les bateaux de course, et j'achète régulièrement *Playboy* sans m'attarder outre mesure sur les articles, Dieu m'en est témoin. Alors si vous trouvez que j'ai l'air d'une jeune fille de vingt-trois ans…

— Comment connaissez-vous l'âge d'Amanda ?

— Parce que les docteurs me l'ont dit, nom d'un chien !

— Vous leur avez posé des questions ?

— Bethie jolie… bien sûr que je leur ai posé des questions. En mourant, quelqu'un m'avait permis de vivre. Je n'arrête pas d'y penser, au point que ça m'empêche de dormir la nuit. Je ne suis pas votre fille, ni même son fantôme. Je vous suis reconnaissant de ce que vous avez fait, c'est tout.

Bethie resta longtemps plongée dans ses pensées, puis elle hocha la tête.

— Quelqu'un à l'hôpital a dû m'appeler Bethie…

Tristan relâcha son bras.

— Oui, ça doit être ça.

Pourtant, Bethie cherchait toujours à comprendre.

— On vous a parlé de son accident ?

— Je sais qu'elle avait bu, si c'est ce que vous voulez savoir.

— Quand je pense à tous les progrès qu'elle avait faits, murmura Bethie, pensive. Elle avait rejoint un groupe d'Alcooliques anonymes six mois plus tôt, et j'étais sûre qu'elle allait s'en sortir.

Il ne répondit pas, mais son visage s'adoucit. Il lui prit une mèche de cheveux, la ramena derrière l'oreille, et ses doigts s'attardèrent sur son cou.

— Mandy était quelqu'un d'extrêmement sensible, continua Bethie. Déjà toute petite. Rien ne faisait peur à Kimberly, mais ma Mandy était tout l'inverse. Elle était timide, réservée. Elle n'aimait pas les insectes, elle avait même peur des oiseaux depuis qu'elle avait vu le film d'Hitchcock. Quand elle était petite, le toboggan de l'école la terrifiait, on n'a jamais su pourquoi. Jusqu'à l'âge de douze ans, elle a dormi avec une petite lumière dans sa chambre.

— Vous avez dû vous faire beaucoup de souci pour elle.

— J'aurais tant voulu qu'elle se sente bien, qu'elle soit forte et indépendante. J'aurais voulu pour elle tout ce que je n'ai pas eu.

— Vous n'avez rien à vous reprocher, répondit Tristan.

— C'est ce que j'essaie de me dire, répondit-elle avec un sourire timide. Du coup, j'en veux à mon ex-mari.

— Pour quelle raison ?

— À cause de son travail. Il est entré au FBI quand les filles étaient petites, et on ne l'a plus vu. Je suppose que son travail de psychologue était important, mais j'ai toujours pensé que nos enfants auraient dû passer en premier. Encore une illusion.

Prenant conscience de l'amertume de ses propos, elle grimaça.

— Je suis désolée de vous embêter avec tout ça.

— Mais non.

Elle lui sourit à nouveau. L'insouciance du dîner avait disparu, mais elle faisait tout de même l'effort de sourire.

— Je vous suis très reconnaissante de m'avoir écoutée, murmura-t-elle.

— Vous savez, Bethie, je ne regrette rien. C'est la meilleure soirée que j'ai passée depuis longtemps. De tout mal sort un bien. Il m'aura fallu cinquante-deux ans et une opération majeure pour m'en apercevoir, mais j'ai enfin compris la leçon.

— Vous devez repartir bientôt ?

— Oui, mais je peux aisément m'arranger pour revenir.

— Pour vos affaires ?

— Si c'est le terme qui vous convient.

Bethie baissa la tête en rougissant. Il s'en aperçut aussitôt et lui releva le menton en s'approchant. Elle sentit sa chaleur et comprit qu'il allait l'embrasser. Lentement, elle se pencha en avant.

— Bethie, susurra-t-il avant de toucher ses lèvres. Si nous allions faire un tour à la campagne demain ?

7

La maison de Pierce Quincy en Virginie

Il était 22 heures passées lorsque Quincy rentra chez lui. La maison était plongée dans l'obscurité. Il jongla entre sa sacoche d'ordinateur, son téléphone portable et un carton rempli de dossiers pour trouver ses clés. La porte à peine ouverte, il reconnut les petits bips de l'alarme.

Il franchit le seuil et tapa machinalement son code sans même regarder le clavier. La porte fermée et verrouillée, il réactiva les détecteurs extérieurs, laissant en sommeil ceux de la maison. *Home, sweet home…*

Quincy était particulièrement fier de son système d'alarme. C'était d'ailleurs le seul objet de valeur chez lui.

Il entra dans la cuisine, déposa sa sacoche et le carton de dossiers sur le plan de travail et ouvrit le réfrigérateur par acquit de conscience, sachant pertinemment qu'il ne s'était pas rempli tout seul pendant son absence. Il referma la porte, se servit un verre d'eau qu'il but lentement, à petites gorgées, appuyé contre l'évier.

La cuisine était spacieuse, bien équipée, avec un plancher en chêne, une énorme gazinière en acier brossé surmontée d'une hotte et un réfrigérateur géant. Les placards étaient en merisier, le plan de travail en granit noir. Lorsqu'il avait acheté la maison, l'agent immobilier lui avait expliqué que la cuisine avait été conçue pour l'organisation de réceptions ; cinq ans plus tard, le bow-window donnant sur le jardin attendait toujours qu'on y installe une table.

Quincy passait le plus clair de son temps en voyage, et cela se sentait.

Il quitta son appui et commença à faire les cent pas. La journée avait été longue, comme d'habitude. Et toujours personne à qui parler le soir…

Il aurait peut-être dû s'acheter un animal quelconque : un chat, un poisson rouge, une perruche, n'importe quoi… Quincy n'était pas quelqu'un d'exigeant dans son quotidien. Il pouvait aisément se passer de meubles dans les pièces et de cadres sur les murs. Il était encore jeune quand sa mère était morte et n'avait jamais été habitué au confort. En revanche, il n'avait jamais pu s'accoutumer au silence.

Il se souvenait encore des soirées de son enfance, le père et le fils assis l'un en face de l'autre devant leur vieille table de cuisine, mangeant sans se dire un mot. Le travail à la ferme était éreintant. Abraham se levait avec le soleil et rentrait rarement avant la nuit. Un repas spartiate et muet, quelques minutes devant la télé, et beaucoup de lecture. Tous les soirs, le père et le fils s'installaient chacun dans un fauteuil avec un roman qui les emmenait dans des univers bien séparés…

Quincy secoua la tête. Abraham avait fait de son mieux pour élever son fils unique. Il avait toujours travaillé dur pour que Quincy ne manque de rien, et c'était lui qui avait inculqué à son fils le goût des livres. Quincy lui en serait éternellement reconnaissant.

Jusqu'au mois dernier, si on lui avait posé la question, Quincy aurait répondu qu'il était en paix avec lui-même, mais le chagrin est un poison lent aux effets pernicieux. La mort de Mandy, les doutes sur les circonstances de son accident l'avaient profondément ébranlé, et les pèlerinages qu'il effectuait régulièrement sur la tombe de sa fille au cimetière d'Arlington n'étaient pas pour arranger les choses. Jusqu'à l'attitude de ses collègues, avec leurs petits regards en coin qui lui mettaient les nerfs à vif.

Quincy n'avait pas l'habitude de vivre de la sorte, rongé par l'incertitude et le doute, persuadé qu'il pouvait glisser dans le vide à tout moment. Il se réveillait en pleine nuit, le cœur battant, avec l'envie d'appeler Kimberly pour s'assurer qu'elle allait bien, mais aussi se convaincre qu'il lui restait encore une fille. Il lui arrivait également d'éprouver le besoin de téléphoner à Bethie, alors qu'elle avait pour lui le plus profond mépris. Probablement parce qu'elle constituait un lien évident avec Mandy. L'un des rares liens avec sa fille qui lui restaient.

Quincy n'avait pas imaginé que ce serait si dur. En tant que psychologue, il savait pourtant ce qu'était le deuil. Il connaissait tout du moins la théorie. Dans son métier, il avait souvent eu l'occasion d'annoncer à quelqu'un la mort d'un proche. Dans ces cas-là, on recommande une alimentation saine, de l'exercice, jamais d'alcool. On suggère de repenser au défunt le plus objectivement possible, sans jamais céder à l'hystérie.

Mais Quincy n'était pas différent des autres, persuadé que le destin ne frapperait jamais à sa porte. Il oubliait de manger convenablement, se montrait incapable de penser à sa fille sereinement, et résistait tant bien que mal à l'envie de boire pour oublier, à la tentation de hurler pour ne plus penser.

Si seulement Rainie avait pu l'appeler… Il s'étonnait de ne pas avoir reçu de ses nouvelles plus tôt. Il se massa lentement les tempes, dans l'espoir de chasser le mal de tête qui ne le quittait plus depuis quelques jours. À cet instant précis, le téléphone posé sur le plan de travail sonna.

— Enfin, grommela Quincy en décrochant. Allô ?

Seul le silence lui répondit. Un silence rythmé par des bruits parasites en arrière-plan, comme si on frappait des objets métalliques.

— Tiens, tiens, tiens, fit une voix masculine. Le grand homme en personne.

Quincy fronça les sourcils. Cette voix lui rappelait vaguement quelque chose.

— Qui est à l'appareil ?

— Tu ne te souviens pas de moi ? Je suis sincèrement déçu, amigo. Moi qui croyais être ton taré préféré. Vous avez toujours la mémoire aussi courte, au FBI ?

Il n'en fallut pas davantage pour que Quincy mette un nom sur la voix.

— Qui vous a donné ce numéro ? demanda-t-il d'un air tendu.

Il avait les mains moites. Machinalement, il jeta un coup d'œil du côté de l'alarme pour s'assurer qu'elle était bien enclenchée.

— Tu ne vas tout de même pas me dire que tu n'es pas au courant.

— Qui vous a donné ce numéro ?

— Calme-toi, amigo. Je voulais juste faire un brin de causette avec toi, en souvenir du bon vieux temps.

— Va te faire foutre !

L'insulte était sortie toute seule, sans y penser. Une réaction d'autant plus inattendue que Quincy avait toujours eu horreur de la grossièreté et ne prononçait jamais de jurons. Il regretta aussitôt ses paroles en entendant l'autre s'esclaffer.

— Allons, Quincy amigo, faudra un peu plus d'imagination si tu veux apprendre à causer comme les grands. Putain, mec, on n'est pas des enfants de chœur, ici. Tu pourrais essayer « enculé de ta mère ». Ou bien alors « J'encule ta mère sans vaseline et avec des graviers ». Tiens, elle me plaît, celle-là. Surtout qu'elle a des variantes, précisa l'homme d'une voix onctueuse. Que dirais-tu de « J'encule ta putain de fille dans sa putain de tombe avec sa putain de croix blanche » ? Je suis sûr que ça doit te plaire, pas vrai ?

La main de Quincy se crispa sur le téléphone. Une bouffée de haine l'envahit. Pour un peu, il aurait fracassé le combiné sur le plan de travail avant de le piétiner. Il aurait surtout aimé pouvoir casser la gueule à cette ordure de Miguel Sanchez, le condamné à mort de trente-quatre ans qui riait à l'autre bout du fil.

Quincy n'avait jamais été dans un état pareil. Il avait les tempes prêtes à imploser, le corps tétanisé de rage.

Soudain, il posa les yeux sur son répondeur. La diode était allumée et le chiffre 56 clignotait en gros chiffres rouges sur le cadran. Cinquante-six messages alors qu'il était sur liste rouge !

Il fut le premier surpris en entendant le son de sa voix. Une voix étonnamment calme et posée.

— Écoute-moi bien, Sanchez. Je n'ai qu'un coup de fil à donner pour que tu te retrouves au trou. Et quand on sait comme moi à quel point tu as peur de la solitude…

— Tu n'as plus envie de parler de ta fille, amigo ? Ta jolie petite fille, avec un si joli prénom.

— Réfléchis bien. Plusieurs semaines de trou, sans personne à qui parler, sans pouvoir ouvrir ta grande gueule, sans personne à violer dans les douches, à te dire que jamais plus tu n'auras l'occasion de toucher une femme de ta pauvre vie, Sanchez.

— Eh, flicard de mes deux, la prochaine fois que tu écoutes l'enregistrement de cette petite conversation, pense à ta fille de ma part. Et n'oublie pas d'embrasser la seconde pour moi. Un jour, crois-moi, je trouverai le moyen de m'évader de cette putain de taule et je bande déjà à l'idée qu'il te reste encore une fille.

— Une dernière fois, Sanchez, je te demande qui t'a donné mon numéro puisque je suis sur liste rouge.

— Sur liste rouge ? C'est de l'histoire ancienne, amigo, ricana Sanchez.

Quincy venait tout juste de raccrocher lorsque le téléphone sonna de nouveau.

— Oui ? demanda-t-il brutalement en décrochant.

Après quelques secondes de silence, il reconnut la voix de son ex-femme.

— Pierce ?

Quincy ferma les yeux, conscient qu'il devait se ressaisir. Aucun doute, il était en train de perdre les pédales.

— Oui, Elizabeth.

— J'aurais voulu te demander un petit service, murmura Bethie. Rien de bien compliqué, une simple vérification.

— C’est encore pour ton père ?

Quincy serrait le téléphone tellement fort dans sa main qu’il en avait une crampe. Il s’obligea à relâcher son étreinte et respira profondément. Son ancien beau-père avait fait agrandir sa maison l’année précédente, et il avait demandé à sa fille d’appeler Quincy pour s’assurer de l’intégrité des ouvriers.

— Non, pas cette fois. Je voudrais que tu te renseignes sur quelqu’un qui s’appelle Shandling. Tristan Shandling.

Quincy prit un bout de papier et nota le nom qu’elle lui donnait. Il se sentait un peu mieux. Les battements de son cœur commençaient à s’apaiser, il n’avait plus d’éclairs devant les yeux, son calme reprenait peu à peu le dessus. Un peu plus loin, le cadran rouge du répondeur clignotait toujours avec insolence. Cinquante-six messages. Il devait y avoir un problème, ce n’était pas possible autrement. Mais chaque chose en son temps.

— C’est pressé ? demanda-t-il à Bethie.

— Non, pas vraiment. Dès que tu auras un moment. Je crois qu’il habite en Virginie, si ça peut t’aider.

— Pas de problème. Je te dis ça d’ici quelques jours.

— Je te remercie, Pierce, répondit-elle sur un ton sincère, ce qui était une première.

Comme elle ne raccrochait pas, il finit par demander :

— Tu as eu des nouvelles de Kimberly, récemment ?

La question prit visiblement Bethie au dépourvu.

— Non, mais je pensais que tu en avais.

— Ah ! Ce qui voudrait dire qu’elle nous évite tous les deux.

— Elle aura peut-être essayé de te joindre quand tu n'étais pas là, tenta Bethie avant de s'apercevoir que l'explication ne tenait pas. Ce n'est pas la première fois que je t'appelle cette semaine, mais il n'y avait personne et je n'ai pas voulu laisser de message.

— J'étais à Portland pour voir quelqu'un. Une vieille copine.

La précision sonnait faux. Une vieille copine ! À qui allait-il faire croire ça ? La chose n'avait pourtant pas l'air d'ébranler Bethie qui reprit :

— Tu ne crois pas que je devrais aller voir Kimberly ? Je suis à une heure de voiture, je n'ai qu'à lui dire que j'avais une course à faire à New York. Ça fait tout de même un mois.

Quincy faillit dire non avant de se reprendre. Rainie lui avait déjà reproché de tout décider pour les autres dans son boulot. C'était la même chose dans sa vie privée.

— Kimberly a sans doute besoin de prendre un peu de recul, analysa-t-il d'une voix neutre.

— Je ne vois pas pourquoi. Elle n'a personne d'autre que nous, maintenant. Franchement, j'avais espéré que ça la rapprocherait de nous, et pas le contraire.

— Bethie, je sais à quel point tu es malheureuse, répondit-il en se massant les tempes. Moi aussi.

— Pierce, arrête de me parler comme si j'avais cinq ans !

— On a fait tout ce qu'on pouvait faire pour elle. Je sais que nous n'étions pas d'accord sur la façon d'élever nos enfants, mais personne ne peut nous accuser de ne pas avoir aimé Mandy. Nous voulions qu'elle soit heureuse, moi comme toi. Nous étions prêts… prêts à tout lui donner. Au lieu de ça, elle s'est remise à boire, a pris le volant ivre et provoqué un accident qui a tué un promeneur innocent. Si tu savais à quel point je l'aime et combien elle me manque. Par moments, il m'arrive d'avoir envie de tout casser.

Il repensa à l'appel de Sanchez, à la bouffée de rage qui l'avait submergé. Une rage inquiétante, persistante, qu'il risquait de mettre des années à éradiquer.

— Bethie, poursuivit-il, je voudrais savoir. Il t'arrive aussi d'avoir envie de tout casser ?

Elizabeth ne répondit pas tout de suite. Lorsqu'elle finit par reprendre la parole, elle avait une voix étrange.

— Pierce, tu crois qu'on hérite d'une partie de la personnalité ou de l'âme de quelqu'un quand on reçoit l'un de ses organes ?

— Bien sûr que non. C'est une simple opération, rien de plus.

— J'étais sûre que tu allais dire ça.

— Pour en revenir à Kimberly…

— Elle est malheureuse, elle a besoin d'être seule, je sais. J'ai compris, Pierce, je ne suis pas complètement idiote, tu sais.

— Mais, Bethie…

Trop tard. Elle avait raccroché.

Quincy reposa le téléphone d'un air las. Et dire que cette conversation avait été l'un des moments les plus sereins de sa journée…

Quelques minutes plus tard, Quincy s'installait face au plan de travail de la cuisine avec un carnet à spirale et trois stylos. Il repoussa le morceau de papier où était inscrit le nom de Tristan Shandling et mit en marche son répondeur.

Cinquante-six messages plus tard, il avait devant lui une liste impressionnante de criminels endurcis. Tous semblaient s'être donné le mot pour lui laisser des menaces de mort.

Sur le boîtier de son système d'alarme, la petite lampe clignotait d'un air rassurant. Il la regarda longuement en pensant à Kimberly et à Mandy.

Au bout d'un moment, il se leva pesamment et quitta la cuisine pour se rendre dans son bureau. Il sortit l'une après l'autre plusieurs boîtes de rangement étiquetées « Criminologie. Théories élémentaires » qu'il fouilla minutieusement avant de mettre la main sur une cassette portant l'inscription : « Miguel Sanchez. Huitième victime ». L'original de la cassette se trouvait dans un dépôt du FBI en Californie ; celle-ci n'était qu'une simple copie dont Quincy s'était souvent servi pour ses étudiants.

Il glissa la cassette dans un vieux magnétophone qu'il mit en marche avant de s'asseoir. Le bureau était plongé dans l'obscurité et les murs se mirent à résonner des cris désespérés d'Amanda Johnson, quinze ans. Il lui restait huit longues heures à vivre lorsque Sanchez avait enregistré ces hurlements.

— *Nooooooooooooon*, pleurait-elle. *Oh, mon Dieu ! Nooooooooooooooooon !*

Quincy se prit la tête entre les mains, conscient du chemin qu'il lui restait à parcourir : un mois après avoir enterré sa fille, il n'arrivait toujours pas à pleurer.

8

Un Motel 6 en Virginie

— Qui est ce Miguel Sanchez ? demanda Rainie une heure plus tard.

Allongée sur son lit, le dos appuyé contre le mur de couleur indéfinissable de sa chambre, elle avait fini par se résoudre à appeler Quincy après avoir avalé des pancakes à la myrtille en guise de dîner dans un Waffle House tout proche.

Elle avait aperçu l'enseigne du Motel 6 depuis l'autoroute. Dormir là ou ailleurs… À cinquante dollars la nuit, son banquier ne risquait pas de lui faire des reproches. Et comme il y avait un Waffle House à côté… Elle avait mangé seule, repensant à ce que lui avait dit Vince Amity sur les circonstances de l'accident. Ses pancakes engloutis, elle avait passé le temps en regardant les autres clients. Surtout des ouvriers accompagnant leur petite amie au restaurant, mais aussi quelques familles. Pour la première fois de sa vie, elle se trouvait à cinq mille kilomètres de chez elle, et rien pour la dépayser.

Elle avait fini par reprendre le chemin du motel, consciente que Quincy attendait son appel. Mais au lieu de lui téléphoner pour lui raconter sa journée, elle avait allumé la télé et s'était appliquée à faire le tour des cinquante-sept chaînes sans trouver le moindre programme intéressant. Après tout, elle n'avait rien ou presque à raconter à Quincy, et elle ne voulait surtout pas lui donner l'impression qu'il lui manquait. Elle faisait une enquête pour lui, point barre. Boulot, boulot.

Après s'être abrutie devant la télé, elle avait tout de même fini par appeler et s'était aussitôt rendu compte qu'elle aurait dû téléphoner plus tôt. Quincy avait une voix lasse, vide de toute émotion. Elle ne l'avait jamais entendu comme ça.

— Miguel Sanchez est le premier type que j'ai coincé, expliqua-t-il. Il sévissait en Californie au milieu des années quatre-vingt avec son cousin Richard Millos. Deux sadiques qui violaient et torturaient des prostituées adolescentes avant de les assassiner. Ils ont eu le temps d'en tuer huit avant d'être arrêtés. Sanchez avait la bonne habitude d'enregistrer les hurlements de ses victimes.

— Super, répliqua Rainie en éteignant la télé avec sa télécommande. Et c'est grâce à toi qu'on a pu arrêter ce Sanchez ?

— Oui, j'ai proposé à la police un plan qui a permis de l'attraper. Un témoin avait vu deux hommes transporter la huitième victime dans une camionnette blanche vingt-quatre heures avant qu'on découvre son corps mutilé le long de l'autoroute. On savait déjà qu'on avait affaire à un assassin d'un type particulier. Comme je l'ai expliqué à l'époque aux enquêteurs de la police de Los Angeles, les psychopathes font rarement appel à des complices, mais il arrive dans certains cas qu'ils aient besoin d'assouvir leurs pulsions en présence d'un comparse, une sorte de faire-valoir. Une fois les deux suspects identifiés, j'ai suggéré aux enquêteurs de s'attaquer au plus faible des deux, de le faire craquer pour qu'il dénonce son complice. C'est comme ça que Richard a donné Miguel, qui était de loin le plus dangereux des deux, en échange d'une peine réduite.

— Plus facile à dire qu'à faire, je suppose.

— Oui. Richard éprouvait une admiration sans borne pour ce cousin plus âgé. Il avait également très peur de lui. Il n'avait pas tort, d'ailleurs. Six mois plus tard, on l'a retrouvé dans les douches de la prison, son sexe dans la bouche. Miguel n'est pas exactement du genre subtil.

— Et c'est ce charmant spécimen d'*homo sapiens* qui t'a appelé ce soir, sur ta ligne privée ?

— Lui et quarante-sept autres de ses congénères. J'ai également reçu huit appels de divers responsables d'institutions pénitentiaires me signalant que mon numéro de téléphone circulait actuellement dans leurs établissements sur des bouts de papier ou des paquets de cigarettes. On a même retrouvé mon numéro, gravé au couteau, sur un mur de douche dans l'une de ces prisons.

— Quincy…

— Au total, j'ai été appelé par des détenus de vingt et un établissements pénitentiaires différents, et il n'y a pas de raison que ça s'arrête.

— Quincy…

— Ne t'en fais pas pour moi, poursuivit-il d'un ton qui retrouvait son agressivité. La plupart des prisons surveillent les appels passés par les détenus. Les membres de mon fan-club risquent donc d'en payer les conséquences par des sanctions disciplinaires ou des mesures d'isolement. De quoi faire réfléchir ceux qui comptent encore s'amuser aux dépens d'un agent fédéral.

— Tu n'as qu'à faire changer ton numéro.

— Pas encore.

— Mais enfin, ne sois pas ridicule !

— Pas du tout, je suis juste quelqu'un de patient.

— Tu espères que l'un de ces fêlés finira par te dire d'où ça vient, c'est ça ?

— J'ai bien l'intention d'en parler au Bureau dès demain. Le FBI n'a pas l'habitude de se laisser terroriser. Ma ligne va être mise sur écoute et ça risque de faire des vagues. Je ne serais pas surpris que Miguel Sanchez entende parler de moi dans les temps qui viennent.

— Tu as une idée de qui a pu faire ça ? Il s'agit forcément de quelqu'un que tu connais.

— Probablement, mais ce n'est pas certain. Il pourrait s'agir d'un étudiant en informatique qui s'est amusé à pirater les fichiers de la compagnie du téléphone.

— Tu n'as pas l'air d'y croire.

— Pas vraiment. J'ai plutôt l'impression que c'est personnel. Je pense même que le petit malin qui m'en veut ne s'est pas arrêté là. En parlant de ma fille, Sanchez a évoqué une « putain de croix blanche ». Pourquoi une croix blanche ?

Rainie ferma les yeux, et des croix blanches se mirent à danser devant elle.

— Arlington, murmura-t-elle.

— Exactement. Le cimetière d'Arlington. Celui qui a fait ça ne s'est pas contenté de faire circuler mon numéro privé. Il s'est également chargé de faire savoir à ce psychopathe de Sanchez que ma fille est enterrée à Arlington. Le salopard !

Rainie attendit que Quincy retrouve son calme. À l'autre bout du fil, sa respiration s'apaisait progressivement. On entendait, presque de manière palpable, les efforts qu'il faisait pour reprendre le dessus et redevenir le personnage pondéré qu'il affichait habituellement. C'était la première fois qu'elle le voyait craquer, et Rainie en avait mal au ventre pour lui. Comme elle, il avait toujours éprouvé le besoin de dissimuler ses émotions derrière un masque de sérénité.

Sans savoir pourquoi, elle repensa à la course inutile du bébé éléphant de son rêve, que ses efforts poussaient irrémédiablement vers les chacals.

— Tu crois qu'il y a un rapport ? demanda-t-elle après un long silence.

— Que veux-tu dire ?

— Entre ces appels et l'accident de Mandy. Tu ne trouves pas étrange de recevoir des menaces au téléphone au moment où tu engages quelqu'un pour enquêter sur la mort de ta fille ?

— Je ne sais pas, Rainie. C'est peut-être un simple hasard. J'ai eu le temps de me faire pas mal d'ennemis au cours de ma carrière. Il suffit que quelqu'un ait entendu dire que ma fille était morte et qu'il ait décidé de s'amuser un peu. Ce n'est pas la première fois que ce genre de chose arrive à un agent du FBI.

— En tout cas, je trouve que cette histoire pue, riposta Rainie d'un ton sec. Sanchez a volontairement mis l'accent sur Mandy au téléphone, et je ne crois pas aux coïncidences.

— Je ne sais pas, répliqua Quincy d'une voix lasse. Je sens que tous ces événements doivent avoir un rapport, mais, ensuite, en analysant tout ça à tête reposée, j'ai l'impression de devenir totalement parano. Je ne sais vraiment pas. Je ne suis plus moi-même, ces temps-ci.

Rainie ne répondit pas, incapable de trouver les mots pour lui remonter le moral. Avec l'enfance qu'elle avait eue, elle manquait singulièrement d'habitude en la matière. C'est fou le nombre de choses qu'il lui restait à apprendre, à trente-deux ans.

Elle préféra revenir sur un terrain moins glissant.

— Tu sais, j'ai eu une longue conversation avec le flic qui se trouvait sur le lieu de l'accident. Un type sérieux, qui n'a rien laissé au hasard.

— Il t'a parlé de la ceinture de sécurité ?

— La conductrice…

Elle s'arrêta aussitôt, choquée par sa propre froideur. Quincy se taisait et un silence épais s'installa. *Jamais ils n'y arriveraient*, pensa Rainie, découragée. Ils avaient beau essayer, c'était trop difficile.

— Mandy s'est aperçue que sa ceinture était cassée un mois avant l'accident, reprit-elle d'une petite voix. Elle a pris rendez-vous avec le garage pour la faire réparer, avant de le reporter à la dernière minute.

— Tu veux dire qu'elle conduisait sans ceinture depuis un mois ?

— Apparemment.

— Mais elle aurait dû se faire contrôler ! Je croyais que le port de la ceinture était obligatoire, dans ce pays ! s'indigna-t-il.

Rainie préféra ne rien répondre.

— Qu'est devenue la ceinture ? poursuivit Quincy. Pourquoi était-elle cassée ?

— Je ne sais pas encore. Le flic de la brigade routière, Amity, essaie de retrouver la carcasse de l'Explorer, mais ce n'est pas évident au bout de quatorze mois. Il est très possible que la voiture de Mandy ait été désossée depuis.

— Je veux savoir ce qui n'allait pas avec cette ceinture.

— Je sais, Quincy, et je fais tout mon possible.

— Tu as pu en savoir plus sur le type qu'elle voyait ?

— Je m'en occupe demain. J'ai rendez-vous avec Mary Olsen. J'espère qu'elle pourra m'aider. Je compte également me renseigner auprès des membres de son groupe d'Alcooliques anonymes. Ils doivent sûrement savoir quelque chose.

— Les Alcooliques anonymes, comme leur nom l'indique, n'ont pas l'habitude de trahir les petits secrets de leurs membres.

— Alors je leur ferai du charme.

— Rainie…

— Ne t'inquiète pas, Quincy. Je suis parfaitement capable de me débrouiller. De toute façon, il faut avancer.

Un nouveau silence s'installa, plus feutré cette fois. Ils avaient beau ne pas se trouver loin l'un de l'autre, trop de choses les séparaient encore. Elle se demanda s'il était dans le noir, s'il avait oublié de dîner, comme elle avait oublié de déjeuner après avoir pris l'avion le ventre vide. Elle se demanda s'il tournerait encore longtemps en rond ce soir-là avant de sombrer dans un sommeil pesant. Elle se demanda surtout pourquoi ils avaient tant de mal à communiquer alors qu'ils se connaissaient si bien.

— Il faut que j'aille me coucher, conclut Quincy. Je dois appeler Everett très tôt demain matin.

— Qui est-ce ?

— Mon responsable au FBI. Il faut que je l'avertisse de ces coups de téléphone, s'il n'est pas déjà au courant. Il faut surtout que je fasse ma petite enquête sur tous les types qui m'ont appelé.

Rainie regarda le réveil posé sur sa table de nuit. Il était minuit passé.

— Quincy…

— Ne te fais pas de souci pour moi, ça ira.

— Je ne suis pas très loin. Je peux être là en moins d'une heure.

— Tu t'imagines peut-être que tu peux tout arranger en me prenant sous ton aile ? Je croyais que la pitié était un sentiment qui te révulsait.

— Mais ce n'est pas ça du tout !

— Je suis ravi de te l'entendre dire, mais tu ne réagissais pas comme ça quand je te proposais de venir te voir. Mais j'oubliais que tu ne sais pas faire la différence entre pitié et générosité.

— Quincy…

— Merci de votre rapport, mademoiselle Conner. Et bonne nuit.

Il avait déjà raccroché. Rainie, les lèvres pincées, secoua la tête en reposant doucement son téléphone.

— Moi, ce n'était pas la même chose, grommela-t-elle.

Seul le silence lui répondit.

Six petites heures plus tard, le réveil du motel sonna. Rainie sortit péniblement de son lit, déphasée par le décalage horaire. La canette de Coca qu'elle avala en guise de petit déjeuner ne suffit pas à dissiper les écharpes de brume qu'elle avait dans la tête.

Pour ne pas perdre ses bonnes habitudes, elle fit son jogging matinal autour de la zone commerciale où se trouvait son Motel 6, dans le bourdonnement des voitures circulant sur l'autoroute toute proche. À cette heure, la faune habituelle des représentants de commerce prêts pour une nouvelle journée de travail s'activait autour du motel, et plusieurs véhicules faisaient déjà la queue au McDrive voisin.

Rainie courait entre les voitures d'un parking à l'autre, attirée par les érables et magnolias dont elle avait aperçu les silhouettes un peu plus loin. Même dans cette jungle urbaine, la nature semblait décidée à reprendre ses droits, des buissons touffus de chèvrefeuille sauvage prenant possession des glissières de béton. Au terme d'une bonne cure de gaz d'échappement, Rainie reprit le chemin du Motel 6, non sans un pincement au cœur en pensant aux paysages verdoyants et à la brise marine de Bakersville.

Elle prit une douche rapide, se contentant de sécher ses cheveux courts avec une serviette de toilette avant de les coiffer avec un peu de gel. Dehors, il faisait déjà une chaleur étouffante. Elle aurait préféré porter un short et des sandales, mais finit par enfiler l'uniforme réglementaire de tout détective privé qui se respecte, jean délavé et tee-shirt blanc.

Au moment de mettre ses chaussures, elle pensa à relever à distance sa boîte vocale et fut étonnée de trouver six messages. Un record pour une toute jeune agence comme la sienne. Elle profita du petit carnet et du stylo fournis par le motel pour prendre des notes. Les deux premiers messages émanaient de clients soucieux de savoir où elle en était de leurs affaires. Il faudrait qu'elle les rappelle. Les trois correspondants suivants avaient appelé à une heure d'intervalle sans laisser de message. Tant pis pour eux. Le dernier avait été enregistré par un avocat dont elle ne connaissait pas le nom et qui souhaitait connaître ses tarifs.

Elle jeta un coup d'œil au réveil et calcula qu'il n'était que 4 heures du matin sur la côte Pacifique. Elle en profita pour rappeler le bureau de l'avocat, précisant que sa secrétaire enverrait les renseignements demandés par courrier avant de laisser le numéro du Motel 6 à tout hasard.

Elle acheva de nouer ses lacets et décida de prendre son arme après un moment d'hésitation. Sous sa veste noire, à l'abri dans son étui à hauteur de l'aisselle, le Glock ne se voyait même pas.

Il était 7 heures lorsqu'elle ramassa ses notes et quitta sa chambre. Aveuglée par le soleil, elle plissa les yeux en ouvrant la porte et se dirigea vers sa petite voiture surchauffée. Une journée fatigante en perspective.

9

Quantico, Virginie

— Le premier appel a été enregistré mardi après-midi à 14 h 32.

Dans les locaux en sous-sol du DSC, Quincy faisait un rapport précis des événements de la veille à son responsable, l'agent spécial Chad Everett. Celui-ci se contenta de hocher la tête d'un air préoccupé. Au-dessus de sa tête, le bourdonnement solennel de l'éclairage au néon semblait accentuer la gravité de la situation.

— À 22 h 18, j'ai personnellement répondu à Miguel Sanchez. Il y a eu d'autres appels depuis, mais étant donné les circonstances, j'ai préféré laisser le répondeur prendre le relais.

Quincy distribua le dossier récapitulatif aux collègues réunis autour de la table. Tous l'avaient écouté en silence d'un air soucieux.

— Vous trouverez dans ce dossier la liste complète de mes correspondants, ainsi que celle des établissements pénitentiaires concernés, poursuivit Quincy. Vous constaterez que les responsables de huit de ces établissements ont personnellement pris contact avec moi. Dans la plupart des cas, ils souhaitaient m'avertir que mon numéro de téléphone privé circulait parmi les détenus. Deux autres gardiens-chefs me font savoir que l'information a été diffusée sous la forme d'une petite annonce publiée dans des bulletins internes. Dans le premier cas, je suis présenté comme un producteur cherchant à interviewer des détenus dans le cadre d'un documentaire sur l'univers carcéral. Les personnes intéressées sont invitées à m'appeler directement au numéro figurant dans l'annonce. Dans le second, je suis simplement à la recherche d'un correspondant en milieu carcéral.

Quincy glissa un petit sourire avant de reprendre :

— J'attends que l'on me rappelle pour avoir davantage de détails, mais il semble que des petites annonces de ce genre aient été publiées dans au moins six autres journaux internes, notamment *Compagnons de cellule, Liberté pour tous* et mon préféré, *Le Journal des prisons*, diffusé tous les mois à plus de trois mille exemplaires. Sans parler de sites Internet comme correspondancedeprison.com qui ont reçu de l'argent pour envoyer mon annonce par e-mail à tous les détenus à la recherche d'un « ami ». Vous ne le saviez pas encore, ironisa-t-il, mais j'ai l'un des fan-clubs les plus actifs de ce pays.

Quincy referma son dossier avant de se rasseoir. Tous les regards étaient encore tournés vers lui, mais il n'avait rien à ajouter. Quelqu'un lui en voulait. Quelqu'un qui le poursuivait jusque dans sa vie privée, par le biais de ces dizaines de messages de mort qui lui avaient couru dans la tête toute la nuit.

Il pouvait au moins se consoler en se disant que le Bureau prenait l'affaire très au sérieux. Everett avait immédiatement convoqué une cellule de crise composée de plusieurs spécialistes : l'agent Randy Jackson, un jeune type à la tignasse brune appartenant aux services techniques, chargé de surveiller sa ligne ; l'agent Glenda Rodman du Centre national d'analyse criminelle, une femme d'âge indéfinissable connue au Bureau pour ses tenues austères ; l'agent enquêteur Albert Montgomery, enfin, dont les yeux injectés de sang et le visage de bouledogue avaient immédiatement mis Quincy mal à l'aise. Ou bien il revenait d'une mission lointaine et n'avait pas dormi dans l'avion ou bien il avait bu. À moins que ce ne soit les deux. Quincy s'en voulait de se montrer aussi dur ; après la nuit qu'il venait de passer, il ne devait pas avoir l'air beaucoup plus reluisant que Montgomery.

— Pour mémoire, pouvez-vous nous préciser qui se trouve normalement en possession de votre numéro privé ? demanda Everett.

Glenda Rodman se redressa sur son siège, prête à prendre des notes.

— Les membres de ma famille ainsi que des collègues du Bureau ou de divers organismes de police, répliqua Quincy. Également quelques amis. Vous trouverez dans le dossier une liste aussi complète que possible de toutes ces personnes. Je voudrais ajouter que j'ai le même numéro de téléphone depuis cinq ans, et j'avoue avoir été moi-même surpris par le nombre de personnes qui le connaissent.

— Dans les archives du service, j'ai pu voir que tu avais travaillé activement sur deux cent quatre-vingt-seize affaires différentes, précisa Glenda.

Quincy acquiesça, légèrement surpris. Il aurait pensé qu'il y en avait davantage, les psychologues étant susceptibles d'intervenir comme consultants sur des dizaines de cas à la fois.

— Concrètement, autant de personnes capables de t'en vouloir.

— Si tant est qu'ils aient entendu parler de moi, concéda Quincy. Tu le sais comme moi, Glenda. Dans l'immense majorité des cas, on nous contacte par téléphone, on reçoit un dossier par la poste et on se contente de renvoyer notre rapport par fax. Pour toutes ces affaires-là, je vois mal le coupable en vouloir à quelqu'un d'autre qu'aux enquêteurs locaux.

— D'accord, enlevons ces affaires-là. Combien de suspects peut-il rester ?

Quincy fit un rapide calcul dans sa tête.

— Je dirais une cinquantaine de condamnés.

— Les affaires en cours ?

— Je ne travaille plus directement sur le terrain depuis six ans.

— Sauf l'an dernier, rétorqua Glenda.

— Henry Hawkins est mort.

Montgomery se pencha en avant, les coudes sur les genoux. Sous l'effet de l'éclairage au néon, il avait le teint cireux, et Quincy se demanda une nouvelle fois ce que son collègue pouvait bien faire à cette réunion. Montgomery avait l'air contrarié, comme s'il se trouvait là contre son gré. Son attitude hostile était d'autant plus inexplicable que les agents du FBI ont la réputation de se montrer très soudés dès que l'on touche à l'un d'entre eux.

— Vous ne croyez pas qu'on met la charrue avant les bœufs ? demanda Montgomery. Quincy a reçu des menaces par téléphone. La belle affaire !

— Pour moi, le simple fait de voir circuler dans une vingtaine d'établissements pénitentiaires le numéro privé de l'un de mes agents est effectivement une belle affaire, et je n'ai pas l'intention d'en rester là, répliqua sèchement Everett.

Vexé, Montgomery se tourna vers son chef. Quincy pensait qu'il allait en rester là, mais il se trompait.

— Tout ça, c'est des conneries ! bougonna Montgomery à la surprise générale. Si c'était autre chose qu'un simple canular, celui qui a fait ça ne se contenterait pas de donner le numéro de Quincy à une bande de taulards frustrés. Il irait directement chez lui ou bien il s'arrangerait pour envoyer quelqu'un à sa place. Vous me faites rigoler, avec vos putains de menaces sur répondeur.

Le visage d'Everett s'empourpra. Il avait trente ans de maison derrière lui et appartenait à la vieille école. Depuis qu'il était responsable de service, il avait toujours exigé un minimum de tenue de la part de ses agents, supportant mal les discours grossiers et les costumes froissés.

— Montgomery…

— Juste un instant, s'interposa Quincy, évitant à Montgomery de se faire remonter les bretelles. Tu peux nous répéter ce que tu viens de dire ?

— Ton téléphone, précisa Montgomery en haussant les épaules. La question n'est pas tant de savoir *qui*, mais de savoir *pourquoi* il se sert de ta ligne privée pour t'atteindre.

Glenda Rodman se recula sur sa chaise en hochant la tête.

— Montgomery a raison, intervint Randy Jackson, le spécialiste des services techniques. Si ce gars-là a pu se procurer le numéro privé de Quincy en piratant les fichiers des télécoms, il lui était tout aussi facile de dénicher son adresse personnelle. Et s'il est tombé sur le numéro par une indiscrétion quelconque, c'était un jeu d'enfant pour lui d'appeler les renseignements et d'obtenir l'adresse par l'annuaire inversé. Dans un cas comme dans l'autre, on peut être sûr qu'il sait où habite Quincy.

— Génial, commenta ce dernier.

Le raisonnement était élémentaire, mais il n'y avait pas pensé. Une preuve de plus qu'il n'était pas dans son assiette depuis la mort de Mandy. Son mal de crâne ne lui laissait aucun répit, une sorte de gueule de bois qui refuserait de s'en aller.

Pourquoi son téléphone ? Il ne faisait aucun doute que quelqu'un lui en voulait, probablement un criminel qu'il avait fait arrêter. Les psychopathes sont des hyènes assoiffées de sang. Attiré par la mort de sa fille, son mystérieux ennemi était prêt à se ruer à la curée. Mais si c'était effectivement le cas, pourquoi ne pas s'en prendre à lui directement, à un moment où il était particulièrement vulnérable ?

Peut-être s'était-il adressé inconsciemment à Rainie pour cette raison, par peur de ne pas se montrer à la hauteur. Rainie n'était pas du genre à se laisser faire, même lorsque la situation paraissait désespérée.

Tout cela ne lui disait pas pourquoi l'inconnu avait diffusé son numéro de téléphone à la moitié de la population carcérale du pays.

— Je reste convaincu que nous sommes en présence d'une affaire très grave, reprit Everett. Je vous demande donc d'enquêter immédiatement auprès des bulletins internes et des sites Internet concernés afin de savoir d'où proviennent ces petites annonces. Il faut également déterminer avec précision le nombre de détenus actuellement en possession de ce numéro de téléphone. Nous finirons bien par découvrir quelque chose.

— Autant chercher une aiguille dans une botte de foin, murmura Quincy. Il a visiblement contacté des dizaines de bulletins internes et de sites web, et il nous faudra un temps infini…

Quincy s'arrêta brusquement sans achever sa phrase, les yeux écarquillés. Il venait enfin de comprendre.

— Une diversion ! s'exclama-t-il.

— Que voulez-vous dire, Quincy ?

— Une diversion, répéta Montgomery entre ses dents. Oui, tu as peut-être raison, concéda-t-il à regret. Supposons que le type ait ton adresse privée, ce qui est très probablement le cas. S'il te fait la peau demain, on finira par découvrir son identité en s'intéressant d'un peu plus près aux affaires dont tu t'es occupé. En revanche, s'il donne ton numéro à des dizaines de criminels qui se chargent ensuite de le disséminer autour d'eux, il nous complique singulièrement la tâche. Si jamais il te tue, on risque de lui courir après pendant très longtemps.

— Charmante perspective, ironisa Quincy.

— Montgomery n'a pas tort, intervint Glenda d'un ton nettement plus préoccupé que celui de son collègue. Ce ne sont pas les détraqués qui manquent en prison et s'il devait t'arriver quelque chose, on ne saurait pas par quel bout commencer. N'importe qui pourrait faire l'affaire : un néo-nazi ayant une dent contre le FBI, un gangster prêt à tout pour se faire une réputation, un tueur en série en mal de victime. D'un point de vue stratégique, c'est plutôt bien imaginé de la part de notre inconnu.

— Une affaire très grave, répéta Everett.

Depuis la veille, Quincy en était déjà convaincu.

— Certains de ces bulletins internes sont plus sérieux que d'autres, remarqua Glenda en feuilletant le dossier préparé par Quincy. Il a bien fallu qu'ils reçoivent le texte de l'annonce et de l'argent par la poste. Si jamais ils n'ont pas jeté l'enveloppe et la lettre, on a une petite chance. Le cachet de la poste nous indiquera l'origine de l'envoi, on peut chercher des empreintes et faire des tests ADN. D'un autre côté…

Glenda hésita, jetant un coup d'œil ennuyé du côté de Quincy avant de poursuivre :

— D'un autre côté, ces bulletins sont rédigés par des bénévoles et tout ça risque de prendre des semaines…

Elle n'eut pas besoin de terminer. Tout le monde avait compris. L'enquête n'avait que peu de chances d'aboutir. Dans les années soixante, les paquets de cigarettes envoyés aux prisonniers depuis l'extérieur servaient à faire circuler l'information. Pour réduire les trafics en tout genre, les autorités pénitentiaires avaient fini par interdire l'envoi de colis. Depuis, les détenus avaient uniquement le droit de recevoir de l'argent avec lequel ils pouvaient s'acheter des cigarettes au sein de l'établissement. Le système n'était pas venu à bout des problèmes de drogue, mais il avait limité la circulation de l'information.

Dans les années quatre-vingt-dix, s'appuyant sur l'article premier de la Constitution qui garantit la liberté d'expression, les détenus avaient obtenu le droit de se servir d'ordinateurs pour publier des bulletins spécialisés, diffusés pour certains à grande échelle. On avait alors assisté à la naissance des petites annonces codées, permettant à n'importe qui de communiquer avec l'extérieur pour quelques dollars. Sans parler des sites Internet spécialisés qui présentaient l'avantage supplémentaire d'être gratuits. Ce n'est pas parce qu'un fou furieux a assassiné huit personnes qu'il n'a plus le droit de s'exprimer ou qu'il lui est interdit de se dégoter une jolie petite correspondante sur le Web.

— Tu as malheureusement raison, Glenda, approuva Quincy. Beaucoup de ces bulletins fonctionnent de façon artisanale. Quant aux autres, je serais surpris qu'ils conservent les courriers qu'on leur envoie, ne serait-ce que pour éviter les enquêtes de ce genre.

— Nous pouvons tout de même tenter notre chance avec *Le Journal des prisons*, suggéra Glenda.

— Parfait, acquiesça Everett.

— Je compte appeler les opérateurs téléphoniques, proposa Jackson, afin de m'assurer que personne n'a piraté leurs systèmes informatiques récemment. Si jamais ils sont prêts à l'admettre.

Everett approuva de la tête, visiblement satisfait, mais Quincy était nettement plus dubitatif.

— Je doute que l'on puisse retrouver l'enveloppe et la lettre, soupira-t-il en se massant les tempes. Quand bien même, on ne trouvera dessus ni ADN ni empreintes. Quelqu'un qui met au point une opération de cette envergure ne s'amuse pas à laisser ses empreintes sur une enveloppe ou à lécher un timbre. Il est plus malin que ça.

— Tu as l'air de penser que c'est quelqu'un qui t'en veut personnellement, commenta Glenda.

— Je vois mal quelqu'un à qui je n'ai rien fait se donner autant de mal.

— Il y a une autre possibilité, suggéra Montgomery. Faire surveiller la tombe de ta fille.

— Pas question ! s'écria aussitôt Quincy.

— C'est pourtant la procédure normale.

— Rien à foutre de la procédure ! répliqua Quincy de manière d'autant plus cinglante qu'il ne prononçait jamais de gros mots. C'est ma fille, et je refuse qu'on utilise sa tombe comme un piège à rats.

Montgomery se leva pesamment. Ses petits yeux noirs faisaient penser à ceux d'un oiseau de proie. Quincy se demanda si les proches de la victime ne le considéraient pas comme un vautour, lorsqu'il enquêtait sur un meurtre.

— Tu nous as pourtant expliqué tout à l'heure que Sanchez avait l'air de savoir où est enterrée ta fille, riposta Montgomery.

— Je me suis trompé.

— Trompé mon cul, oui. Sanchez sait très bien où elle est enterrée. Notre inconnu le lui a donc dit, ce qui signifie qu'il s'intéresse à sa tombe. Il doit se douter que nous allons surveiller ta maison, et il peut très bien se rabattre sur la tombe de ta fille pour rigoler derrière ton dos.

— Je refuse qu'on dissimule des caméras autour de la tombe de ma fille ! explosa Quincy.

Comme Glenda et Jackson n'avaient pas l'air de partager son indignation, Quincy se tourna vers Everett. Celui-ci le regarda d'un air compréhensif, mais il était visiblement convaincu par le raisonnement de Montgomery.

Quincy en avait le tournis. Soudain, sans raison précise, un souvenir lui revint en mémoire. Il se revoyait avec ses deux filles sur un champ de foire, des années auparavant. Une fois n'est pas coutume, il avait passé l'après-midi avec Mandy et Kimberly, leur offrant des tours de manège à la pelle. À un moment, elles avaient voulu de la barbe à papa. C'est alors qu'il avait aperçu un homme photographiant de jeunes enfants.

Il avait été pris de vertige, comme aujourd'hui, en voyant la manœuvre du pédophile, installé avec son appareil photo à deux pas de ses ravissantes petites filles aux tresses blondes.

Du coup, il s'était montré presque brutal avec ses filles. Le cœur battant, il leur avait expliqué que cet homme d'apparence inoffensive était dangereux, et qu'il ne fallait pas hésiter à s'enfuir si quelqu'un dans son genre s'approchait d'elles un jour.

Kimberly avait enregistré ses recommandations d'un air grave en hochant la tête, mais Mandy s'était mise à pleurer. Pendant plusieurs semaines, elle avait fait des cauchemars, rêvant que l'homme à l'appareil photo et à l'imperméable douteux voulait l'enlever.

— Pas question, répéta-t-il. Je refuse qu'on installe des caméras au cimetière. Si jamais vous outrepassez mes ordres, je fais déplacer le corps de ma fille.

Ses collègues regardaient Quincy d'un air inquiet, et Everett finit par dire :

— Peut-être devriez-vous prendre quelques jours de congé, Quincy…

— Je vais bien, merci !

Mais Quincy n'était pas aussi convaincant qu'il aurait voulu le paraître. Il était au bout du rouleau, il s'en rendait parfaitement compte, et personne n'était dupe.

Soudain, la vérité lui apparut comme un éclair. Bien sûr ! C'était précisément ce que recherchait l'inconnu. Il ne s'était pas contenté de diffuser à tout va son numéro privé pour brouiller les pistes, il comptait aussi s'amuser à ses dépens. Son but était de frapper là où ça faisait le plus mal.

Quincy passa la langue sur ses lèvres sèches, tentant une dernière fois de recouvrer son sang-froid.

— Écoutez, il ne s'agit pas de ma fille. Ce type se contrefiche de ma fille. S'il fait tout ça, c'est pour m'atteindre.

— Tu parles de lui comme si tu le connaissais, s'exclama Glenda Rodman.

— Mais non, je ne sais pas qui c'est, mais j'ai ma petite idée sur sa manière de fonctionner.

— En clair, tu sais que dalle, ajouta Montgomery avec sa délicatesse coutumière.

— Tu penses ce que tu veux, Montgomery, mais tu ne transformeras pas la tombe de ma fille en chapiteau de cirque.

— Et pourquoi ça ? Tu ne t'es jamais gêné, de ton côté, avec les familles des victimes.

— Espèce de sale con…

— Quincy !

L'intervention d'Everett suffit à ramener Quincy à la réalité. Il s'aperçut, non sans étonnement, qu'il avait le doigt tendu en direction de Montgomery, comme s'il s'apprêtait à le transpercer.

— J'ai bien conscience que vous traversez une passe difficile, reprit Everett, mais je fais appel à votre sens des responsabilités. Le moindre dérapage peut se révéler dangereux pour nous tous. Je souhaite donc que vous preniez quelques jours de congé. Une équipe surveillera votre maison et nous vous avertirons immédiatement en cas de problème. En attendant, je vous suggère de prendre une chambre d'hôtel quelque part ou de passer un peu de temps dans votre famille.

— Écoutez…

— Quincy, depuis quand n'avez-vous pas dormi ?

Quincy préféra ne pas répondre. Il avait des poches sous les yeux et avait tellement maigri que son costume flottait sur lui. Lorsque Mandy était morte, il s'était juré de ne pas se laisser aller, mais rien n'y avait fait.

Ses collègues dissimulaient mal leur étonnement. Quincy ne savait que trop bien ce qu'ils pensaient. *Quincy est en train de perdre la boule. Il n'aurait jamais dû reprendre le boulot comme ça, après avoir enterré sa fille…*

À bien des égards, le FBI est une meute d'animaux sauvages, prompte à éliminer les individus les plus faibles pour assurer sa survie.

— Très bien, finit-il par articuler. Le temps de mettre quelques affaires dans un sac et je prends une chambre d'hôtel.

— Parfait. Glenda, je vous demanderai d'établir une surveillance autour de la maison de Quincy avec Montgomery.

Glenda marqua son approbation avant d'ajouter à l'intention de Quincy :

— Je te ferai un point quotidien de la situation.

— Merci, Glenda, répondit-il d'un ton sec.

— Nous avons la situation en main, conclut Everett. Ne vous inquiétez pas, Quincy, tout va bien se passer.

Celui-ci se contenta de hocher la tête, puis il se leva pour regagner son bureau. En chemin, il regarda longuement les murs aveugles et se demanda comment on pouvait passer sa vie enfermé dans un sous-sol.

Arrivé à son bureau, il referma soigneusement la porte et prit son téléphone afin d'appeler la seule personne capable de l'aider à protéger Mandy des prédateurs qui entendaient troubler son repos.

Quelque part à Philadelphie, une sonnerie résonna longuement dans le vide : Bethie ne répondait pas.

10

Greenwich Village, New York

Kimberly s'éloigna de chez elle d'un pas rapide. Elle s'était levée tôt, comme tous les mercredis, pour sa leçon de tir hebdomadaire. Depuis quelque temps, ce qui n'était au départ qu'un simple hobby avait fini par prendre des allures de thérapie. Vêtue d'un jean et d'un tee-shirt, ses longs cheveux blonds en queue-de-cheval, elle se dirigeait vers la gare, direction le New Jersey. Elle avait envie de croire que tout était normal, que rien ne différenciait ce mercredi matin des mercredis précédents. Elle marchait vite dans l'air chargé de gaz d'échappement, la respiration courte.

Ce mercredi était pourtant différent des autres. Tout d'abord, elle ne travaillait pas ce jour-là. Elle était dans un tel état de fatigue et de nervosité que, la veille, le professeur Andrews lui avait conseillé d'un ton bourru de décrocher pendant une semaine. Ses premières vacances depuis la mort de Mandy. Elle avait donc tout son temps et comptait bien en profiter, comme le lui avait recommandé Andrews.

Cela ne l'empêchait pas d'avancer d'un pas si rapide qu'on aurait dit qu'elle courait, regardant constamment par-dessus son épaule. Contre toutes les règles de prudence, elle avait décidé de prendre son Glock chargé avec elle, la sécurité enlevée. Elle avait beau se raisonner, se répéter qu'elle n'avait aucune raison d'avoir peur, rien n'y faisait.

Le pire, c'est qu'elle se sentait plutôt bien. Aucun frisson dans le dos, pas le moindre picotement derrière la nuque, aucun des symptômes annonçant habituellement ses crises d'angoisse. Il faisait beau, avec juste ce qu'il fallait de passants autour d'elle pour la rassurer sans lui donner l'impression d'étouffer. Elle n'arrêtait pas de se dire qu'en cas d'attaque elle serait tout à fait capable de se défendre, ce qui ne l'empêcha pas de se sentir mieux en arrivant saine et sauve à Penn Station. Quelques instants plus tard, elle montait dans un train de banlieue, non sans avoir longuement observé les autres voyageurs. Des gens normaux qui lisaient le journal ou regardaient par la fenêtre, plus soucieux de leur petite vie que de celle de Kimberly Quincy.

— Ma pauvre fille, tu as vraiment un grain, grommela-t-elle entre ses dents, ce qui lui valut un regard en coin de son voisin.

Elle hésita à lui dire qu'elle était armée, mais après tout, peut-être l'était-il aussi. Le professeur Andrews aimait le dire, la normalité est une notion éminemment subjective.

Au moment où le train ralentissait avant son arrêt, elle décocha un grand sourire à son voisin qui s'empressa de baisser les yeux. Kimberly ne s'était pas sentie aussi bien depuis longtemps.

Elle descendit du train d'un pas léger avant de voir son ardeur tempérée par l'humidité ambiante. Bienvenue dans le New Jersey.

Fouillant négligemment dans son sac à dos, elle remit la sécurité de son pistolet et se dirigea vers son club de tir d'un pas plus serein. New York lui semblait déjà loin, même si le New Jersey n'est en réalité guère plus sûr que Greenwich Village. Kimberly n'aurait pas su dire pourquoi, mais elle se sentait soudain beaucoup plus légère.

Sa passion pour les armes n'était pas récente. Elle avait tout juste huit ans lorsqu'elle avait demandé pour la première fois à ses parents l'autorisation de s'inscrire dans un club de tir. Son père, comme on pouvait s'y attendre, l'avait renvoyée vers sa mère et celle-ci, comme on pouvait s'y attendre, avait répondu qu'il n'en était pas question. Mais Kimberly n'était pas du genre à se satisfaire longtemps d'un refus. À force d'accompagner son père à ses entraînements et de tanner sa mère, elle avait fini par obtenir la permission maternelle le jour de ses douze ans.

— Les armes à feu sont bruyantes et brutales. Elles sèment la mort et la désolation. Mais puisque tu n'en fais jamais qu'à ta tête, ma fille, joue au cow-boy tant que tu veux. Je t'aurai prévenue.

Sa sœur avait demandé la permission d'y aller à son tour, mais ses parents, d'accord entre eux pour une fois, avaient opposé leur veto, et ce gros bébé de Mandy en avait fait une comédie. Ce n'était pas pour déplaire à Kimberly qui, du coup, profitait pleinement de son père un après-midi par semaine.

Elle n'avait jamais su ce qu'en pensait son père. Qui savait jamais ce que pensait son père ?

Lors de ses premières leçons, il avait longuement insisté sur les règles de prudence et de sécurité élémentaires, lui exposant en détail le maniement d'une arme. Il lui avait montré comment démonter un 38 *Chief's Special*, et comment en nettoyer les différents éléments avant de les remonter dans le bon ordre. Il lui avait ensuite appris à diriger son arme vers la cible en toutes circonstances, à ne la charger qu'au moment de tirer, à bien se protéger les yeux et les oreilles, à obéir aux ordres de son instructeur.

Une fois ces règles assimilées, son père s'était posté derrière elle afin de l'aider à ajuster son tir avant de l'autoriser à viser une cible en carton avec le 38 *Chief's Special* déchargé. Elle se souvenait encore du ronronnement de la voix paternelle, étouffé par son casque de protection. Après deux heures de recommandations et d'exercices, elle était impatiente de passer à la pratique, mais son père, avec son flegme habituel, s'était chargé de modérer son enthousiasme.

— Les armes à feu ne sont pas des jouets. Tant que tu ne le prends pas en main, ton pistolet n'est qu'un objet inanimé. C'est toi qui lui donnes tout son pouvoir offensif, tu dois donc faire preuve de responsabilité chaque fois que tu t'en sers. Qui est responsable de ton arme ?

— C'est moi.

— Très bien. Maintenant, recommençons depuis le début une nouvelle fois…

Il lui avait fallu pas moins de quatre séances avant d'obtenir l'autorisation de tirer à balles réelles. Il avait commencé par placer la cible à cinq mètres, et elle l'avait atteinte de six balles, dont quatre au centre. Kimberly était tellement heureuse qu'elle en avait lâché son arme et ôté ses lunettes de protection pour embrasser son père.

— J'ai réussi, papa, j'ai réussi !

Quincy avait immédiatement tempéré son ardeur.

— Jamais tu ne laisses tomber ton arme comme ça ! Tu risques de blesser ou de tuer quelqu'un si le coup part tout seul. Tu dois commencer par mettre la sécurité et t'éloigner du champ de tir. Tu dois faire preuve de responsabilité chaque fois que tu te sers de ton arme.

Ce petit sermon lui avait fait l'effet d'une douche froide. Elle en avait peut-être même eu les larmes aux yeux, car elle avait vu le visage de son père se transformer aussitôt. La voyant désemparée, il avait pris la mesure de sa déception.

— En tout cas, c'était très bien, Kimberly. Très beau carton. Mais… tu sais, ma chérie, ton père se comporte parfois comme un idiot et un maladroit…

Elle n'avait jamais entendu son père dire qu'il était idiot ou maladroit. Elle avait tout de suite compris que cette petite conversation devait rester entre eux, que c'était un peu leur secret. Elle partageait un secret avec son père ! Non seulement elle savait tirer, mais son père était un idiot maladroit.

Pour elle, cette séance initiatique avait marqué le début d'une véritable passion. Sous la tutelle de son père, elle avait appris à se servir successivement d'un 357 Magnum et d'un 9 mm semi-automatique. Espérant lui faire passer le goût des armes à feu, sa mère avait cru bon de l'inscrire dans un cours de danse. Le soir de sa deuxième leçon, Kimberly était rentrée chez elle furieuse, déclarant de but en blanc à ses parents : « Rien à foutre du ballet ! Je veux qu'on m'achète un fusil. »

Cela lui avait valu un sérieux savon et l'interdiction de regarder la télé pendant une semaine, mais elle n'avait jamais regretté son geste. Même Mandy l'avait suivie ; pendant quelques semaines, son aînée répétait à tout bout de champ qu'elle n'en avait rien à foutre de rien, et les deux sœurs avaient soudé leurs destinées autour des mêmes punitions. Bref, une période plutôt rock'n roll, avant l'éclatement définitif de la famille Quincy.

Kimberly ne savait pas pourquoi elle repensait à tout ça d'un seul coup. Elle en éprouvait une sensation de malaise curieuse, comme si elle venait de recevoir un coup de poing dans l'estomac, une sorte de poids qui l'empêchait de respirer.

Mais putain, Mandy ! Tu n'aurais pas pu refiler le volant à quelqu'un d'autre ?Je me doute que ce n'est pas facile d'arrêter de boire, mais alors pourquoi conduire ?

Rien à foutre du ballet. Plus rien à foutre de rien. Plus rien qu'une croix blanche dans le célèbre cimetière d'Arlington, à côté du président Kennedy et des héros de la nation, grâce à la famille de Bethie qui avait des relations dans l'armée.

Kimberly avait eu le plus grand mal à se contenir pendant l'enterrement. Mandy l'alcoolique enterrée aux côtés des héros de la nation. Qui l'eût cru ? La situation était pour le moins surréaliste, mais Bethie n'aurait pas compris que sa fille cadette soit prise d'une crise de fou rire au beau milieu de la cérémonie, et Kimberly avait dû faire des efforts surhumains pour ne pas exploser. Pendant ce temps-là, son père restait impassible, le visage impénétrable comme à son habitude.

Depuis quelque temps, Quincy appelait régulièrement sa fille, se contentant de laisser des messages d'un ton préoccupé sur son répondeur. Elle s'arrangeait pour filtrer les appels et ne rappelait jamais ni son père, ni sa mère, ni personne d'autre, d'ailleurs. Elle ne se sentait pas prête. C'était encore trop tôt. Plus tard, peut-être…

Elle avait honte de ses crises d'angoisse et craignait que son père ne s'aperçoive immédiatement de son malaise si elle lui parlait au téléphone.

Tu sais quoi, papa ? Moi qui étais la plus forte, je n'ai jamais réussi à déteindre sur Mandy. Eh bien, maintenant, c'est elle qui déteint sur moi. Mon pauvre papa, c'est bien ta chance d'avoir eu deux cinglées trouillardes comme filles.

Arrivée à destination, elle poussa la porte du club et fut accueillie par une bouffée d'air frais en pénétrant dans le salon d'accueil mal éclairé. La pièce était encore vide à cette heure matinale. Sans voir le canapé usé, les vitrines pleines de médailles et les trophées d'animaux sur les murs, Kimberly chercha des yeux son nouveau moniteur de tir, Doug James.

Elle aurait voulu se convaincre du contraire, mais c'était un peu pour lui qu'elle venait aussi tôt. Avec sa tignasse brune argentée aux tempes, son regard bleu espiègle, son teint bronzé et ses épaules carrées, Doug James faisait des ravages auprès de ses élèves féminines depuis son arrivée au club six mois plus tôt.

Kimberly n'avait pourtant pas ce type de rapport-là avec les hommes. Contrairement à Mandy, toujours prête à se jeter au cou du premier venu. Contrairement à sa mère qui n'avait longtemps existé qu'à travers le regard de son mari. En outre, Doug James aurait pu être son père, et il était marié. En tout cas, c'était un tireur d'élite à qui la rumeur attribuait de nombreuses victoires dans les concours les plus prestigieux.

C'était surtout un excellent moniteur qui lui avait beaucoup appris, faisant preuve d'une patience angélique lorsqu'elle s'entraînait sous sa direction. Il avait une façon bien à lui de la regarder et de l'écouter comme si tout ce qu'elle racontait était passionnant, de l'accueillir à chacun de ses cours en ayant l'air de n'attendre qu'elle. Il avait surtout une façon toute personnelle de lui parler, devinant ses pensées, sans qu'elle ait jamais eu besoin de lui raconter ses cauchemars, le sentiment de solitude qui l'étouffait depuis que sa sœur avait disparu, l'impression d'abandon qui l'étreignait depuis la séparation de ses parents…

Lui seul semblait capable de comprendre pourquoi elle éprouvait le besoin de déchiqueter des cibles en carton avec une arme à feu. Comme si cela pouvait suffire à recoller les morceaux de sa vie…

Elle s'approcha du comptoir d'où dépassait la tête de Fred Eagen, le responsable du club.

— J'ai un cours avec Doug, annonça-t-elle.

— Doug ne peut pas venir aujourd'hui, il est malade, répondit Fred en feuilletant négligemment ses dossiers. Il a essayé de t'appeler chez toi, mais tu étais déjà partie.

— Mais… balbutia Kimberly.

— Je suppose que ça l'a pris d'un coup.

— Pourtant…

Hébétée, Kimberly avait l'air d'une bécasse et Fred finit par lever les yeux de ses papiers.

— Écoute, s'il est malade, il est malade. Il te donnera ta leçon la semaine prochaine.

— Oui, bien sûr, la semaine prochaine, murmura-t-elle, essayant de se reprendre.

Il était malade, et c'est tout. Pas de quoi en faire un drame. Après tout, Doug n'était que son moniteur de tir. Elle n'avait pas besoin de lui. D'ailleurs, elle n'avait besoin de personne. Mais alors, pourquoi ses mains tremblaient-elles ? Et pourquoi cette impression hallucinante d'être seule au monde, abandonnée de tous ?

Elle tira son Glock de son sac, pénétra dans la salle de tir et commença à se préparer : ses lunettes de protection, son casque, une boîte de cartouches. Et, dans l'air, cette odeur de poudre avec laquelle elle avait grandi, la chaleur froide et rassurante de l'acier bleuté au bout de son bras.

Elle avait choisi des cibles distantes de vingt mètres qu'elle déchiqueta consciencieusement, pulvérisant les silhouettes de carton à l'emplacement du cœur et de la tête. Elle ne tarda pas à s'apercevoir que cette séance de tir solitaire ne suffirait pas à dissiper ses angoisses. Ce dont elle avait besoin, c'était de quelqu'un.

C'était bien ça le plus curieux, car Kimberly, toujours maîtresse d'elle-même, n'avait jamais eu besoin de personne.

En s'éloignant du club quelques minutes plus tard, elle courait presque et la chaleur avait beau être intense, Kimberly avait froid.

Society Hill, Philadelphie

Bethie se sentait fébrile. Ou plutôt, la tête lui tournait. Enfin, un peu les deux.

Elle attendait devant sa belle demeure en brique de Society Hill. Pour se donner une contenance et tromper son impatience, elle passa la main sur sa robe de soie claire à fleurs mauves afin d'enlever un fil imaginaire. Examinant l'extrémité de ses sandales dorées, elle s'assura que le vernis lie-de-vin de ses orteils ne s'était pas écaillé avant d'inspecter ses mains. Tout était en ordre.

Ce mercredi-là, elle s'était réveillée à 5 heures du matin ; pour la première fois depuis des mois, elle n'avait pas eu la moindre difficulté à se lever, poussée par la perspective de passer cette journée ensoleillée en compagnie de Tristan. Elle avait encore deux heures devant elle, et se plongea avec délectation dans un bain moussant avant de s'occuper de ses pieds et de ses mains. Depuis le temps qu'elle se négligeait…

Elle avait décidé de prendre son beau panier à pique-nique en osier. Un panier acheté des années auparavant, à une époque où elle rêvait encore de week-ends au soleil avec son mari et ses filles. Curieusement, elle avait tout de suite pensé à ce panier lorsque Tristan lui avait proposé de l'emmener à la campagne, mais elle avait mis près de vingt minutes à le retrouver, coincé au fond d'un placard de son arrière-cuisine. Elle l'avait rempli d'une tonne de bonnes choses : des crackers avec du brie, du raisin, du caviar, une baguette de pain frais et une bouteille de champagne. Tristan était un homme de goût, il s'agissait de ne pas le décevoir.

Elle jeta un coup d'œil à sa montre : 7 h 10. Bethie se sentait de plus en plus fébrile. Et s'il ne venait pas ? Non, il n'avait aucune raison de lui poser un lapin. Elle-même avait bien eu vingt minutes de retard, la veille, pour leur rendez-vous au restaurant.

Elle était impatiente de le voir. Elle avait hâte de prendre place à côté de lui, de partir le plus loin possible de cette maison trop grande pour sa solitude, de cette ville pleine de souvenirs douloureux. Elle voulait sentir la caresse du soleil sur son visage, oublier un instant qu'elle était divorcée et plus toute jeune.

La veille au soir, en rentrant de ce qui était son premier rendez-vous depuis des années, elle avait pris la décision de ne plus se laisser porter par le cours de la vie. Ce n'était pas facile, mais il était grand temps de réagir.

Un petit coup de klaxon vint interrompre sa réflexion. Bethie leva les yeux et vit une jolie décapotable rouge immatriculée dans l'État de New York fondre sur elle et s'arrêter à ses pieds dans un crissement de pneus.

— Mon Dieu ! Qu'est-ce que c'est que ça? demanda-t-elle à un Tristan sûr de lui et souriant.

— Le carrosse de Madame est avancé.

— C'est incroyable ! Elle est magnifique !

— Très chère Bethie, laissez-moi vous faire les honneurs de la nouvelle Audi Quatro TT 225, répondit-il fièrement. Un modèle largement inspiré de la célèbre Boxter Porsche des années cinquante. Jolie petite chose, non ?

Profitant de la surprise, il ouvrit sa portière et sauta à terre d'un bond leste pour la saluer.

Son panier à la main, Bethie ne savait plus quoi dire, éblouie par sa pétulance, charmée par le sourire qui brillait dans ses yeux.

— J'ai préparé un pique-nique, annonça-t-elle d'un air gauche.

— Génial !

Elle hocha la tête, presque gênée, et s'empressa de lui détailler le contenu de son panier.

— J'ai pris du champagne, du caviar et du brie. J'espère que vous aimez ça.

— J'adore le champagne, le caviar et le brie, répondit-il en s'emparant du panier.

Elle le trouvait particulièrement séduisant ce matin avec son pantalon beige et son pull bleu foncé. Il se tenait à quelques centimètres et elle respira discrètement son parfum. Une fragrance citronnée au bois de santal.

— Avez-vous bien dormi, très chère Bethie? demanda-t-il en lui caressant la main.

— Comme un charme, une fois n'est pas coutume. Et vous ?

— Je n'ai pas dormi de la nuit. Je n'arrêtais pas de penser à vous.

Elle rougit avant d'ajouter en souriant :

— Vilain flatteur !

— Je le prends comme un compliment. Je me suis entraîné tout le long du chemin, plaisanta-t-il.

Sans lui laisser le temps de répondre, il l'embrassa sur la bouche. Elle en avait encore le tournis lorsqu'il s'éloigna quelques instants plus tard avec le panier.

— Plus sérieusement, lui confia-t-il en ouvrant le coffre, ça fait longtemps que je n'ai pas été aussi impatient de retrouver quelqu'un. Je vous emmène dans un bel endroit, Bethie, et je sens que nous allons passer une journée merveilleuse. D'accord ?

— Si vous saviez à quel point j'en ai besoin…

— Alors, tout va bien !

Il referma le coffre et s'avança pour lui tenir la portière. La petite voiture rouge étincelait au soleil.

Une décapotable de vieux film hollywoodien, avec ses lignes tout en rondeurs, ses sièges en cuir noir et son tableau de bord chromé. Une voiture digne de Marilyn Monroe ou de James Dean. Bethie hésitait presque à s'asseoir dedans, mais Tristan lui prit la main et l'assit d'autorité avant de se raviser.

— J'ai une idée! s'exclama-t-il. C'est vous qui allez conduire.

— Moi ? Mais je ne peux pas…

— Bien sûr que si. Il faut conduire une voiture de sport au moins une fois dans sa vie. Aujourd'hui, c'est votre tour.

Il l'aida aussitôt à s'extraire de son siège, lui fit faire le tour de l'auto et la poussa derrière le volant malgré ses protestations. Sans comprendre ce qui lui arrivait, Bethie se retrouva bientôt la clé de contact à la main, un sourire niais aux lèvres. Elle regarda longuement les cadrans chromés avant de caresser le levier de vitesse, et Tristan en profita pour s'installer à côté d'elle. Tout occupée à apprivoiser la décapotable, Bethie ne le voyait même plus. Avant même de démarrer, elle était tombée amoureuse de cette petite voiture.

— Vous voyez ce petit truc ? dit-il en désignant un bouton argenté sur le porte-clés. Appuyez dessus.

Elle obéit et la clé de contact jaillit du porte-clés, comme un couteau à cran d'arrêt. Surprise, elle faillit tout lâcher et éclata de rire.

— C'est extraordinaire ! Je n'avais jamais vu ça.

— Un gadget de plus, mais plutôt amusant. Maintenant, vous n'avez plus qu'à glisser la clé dans le contact. Ici, vous avez la commande des phares… là, les essuie-glaces et ici, le frein à main. Vous êtes fin prête !

Elle commença par caler, fit une embardée en passant la seconde, et finit par retrouver ses marques. Elle n'avait pas touché un levier de vitesse depuis l'époque où elle était étudiante, mais ses vieux réflexes revenaient vite, avec cette impression de conduire un pur-sang, cette sensation grisante de dominer la route. Elle tourna au coin de la rue en faisant grincer les vitesses, sans que Tristan paraisse s'en soucier le moins du monde. Cette aventure inattendue la mettait dans un état d'euphorie complète. La petite décapotable lui plaisait, son compagnon aussi, la vie était belle.

— Tenez, Bethie, une petite surprise rien que pour vous.

D'un doigt, Tristan fit pivoter un panneau argenté sur le tableau de bord, révélant un autoradio rutilant. Il pressa un premier bouton, puis un autre, et la mélodie de *Round Midnight* s'échappa de deux petits haut-parleurs dissimulés dans l'habitacle.

— Vous y avez pensé…

— Comment aurais-je pu ne pas y penser, très chère Bethie ?

Au rythme de la trompette de Miles Davis, Bethie s'habituait peu à peu aux changements de vitesse, et la petite voiture ronronnait de plaisir. *Tristan a raison*, se dit-elle. *Tout le monde devrait conduire une voiture comme celle-ci au moins une fois dans sa vie.*

Elle s'engagea sur la bretelle de l'Interstate 76, prête à passer aux choses sérieuses. Première, seconde, troisième… L'aiguille du compte-tours flirtait allégrement avec la zone rouge. En se déclenchant, le deuxième turbo les colla sur leurs sièges. Quarante, quatre-vingts, cent trente à l'heure. L'Audi s'envolait sur l'autoroute comme si de rien n'était.

— Très bien, l'encouragea Tristan. Je vois que vous avez compris la manœuvre, très chère Bethie. Allez-y à fond, la route vous appartient.

Elle appuya sur l'accélérateur en souriant et monta à cent soixante, les cheveux au vent, la tête levée pour mieux offrir son visage à la brûlure du soleil.

— Vous roulez comme une limace à frein, Bethie. Allez, n'ayez pas peur !

Elle éclata de rire et accéléra, sans penser à lui dire que « limace à frein » était l'une des expressions préférées de Mandy. *Si tu savais comme je t'aime*, pensa-t-elle. *Mon Dieu, que je suis heureuse !*

Tristan l'observait plus attentivement que jamais. Il enfila une paire de gants de cuir noir et lui caressa doucement la joue d'un doigt.

— Bethie, finit-il par demander. Je voudrais que vous me parliez de votre fille cadette. Parlez-moi de Kimberly…

11

La maison des Olsen en Virginie

Rainie avait tourné un bon moment avant de trouver la maison de Mary Olsen.

La première fois, elle n'avait pas vu le petit chemin y conduisant à travers bois. La deuxième fois, elle avait aperçu le sentier, mais pas la maison, et s'était imaginé qu'il s'agissait d'une allée forestière. À son troisième passage, elle s'était enfin décidée à emprunter le chemin ; découvrant une immense propriété, elle était repartie en marche arrière de peur qu'un majordome quelconque ne lâche les chiens sur elle.

De guerre lasse, elle finit par se garer le long de la route, descendit de voiture et s'approcha prudemment de la boîte aux lettres noire vissée sur un poteau en fonte à l'entrée du chemin afin de vérifier le nom du propriétaire.

— J'ai dû me tromper, conclut-elle à voix haute, feuilletant ses notes à la hâte afin de s'assurer de l'adresse. C'est pourtant bien ici ! Une serveuse au chômage de vingt-cinq ans qui se paye une baraque pareille ! Elle doit au moins coucher avec un banquier, maugréa-t-elle. Si son mec cherche une petite amie, c'est quand il veut.

Le banquier en question était en réalité un neurochirurgien, comme Rainie ne tarda pas à l'apprendre de Mary elle-même après avoir sonné à la porte de l'imposante demeure. À défaut de rencontrer le maître de maison, déjà parti à sa clinique, elle eut l'honneur de découvrir les traits du grand-père Olsen sur un tableau de maître accroché dans le hall, où l'avait invitée à entrer un majordome stylé. Car il y avait bien un majordome, qui lui laissa tout le loisir d'admirer les lieux pendant qu'il allait chercher Mme Olsen.

Pour passer le temps, Rainie s'amusa à jouer au « Juste prix ». Une énorme table en cristal surmontée d'une lampe Lalique ? Au bas mot vingt mille dollars. Une console en loupe d'érable décorée de motifs de noyer, avec des pieds à rendre jaloux Louis XIV ? À vue de nez dans les quinze mille dollars. Des rideaux de soie couleur pêche avec des pompons dorés, gros comme le bras ? Vingt mille, peut-être même trente mille dollars. En tout cas, rien à moins de quinze mille dollars, et pour le hall d'entrée seulement. Avec sa tenue à trois francs six sous, Rainie avait conscience de faire désordre dans ce décor.

— Vous prendrez bien une tasse de café ?

La voix venait d'en haut. Rainie leva les yeux et découvrit une silhouette sur le palier supérieur. Elle s'attendait presque à voir Scarlett O'Hara et fut déçue en découvrant une Mary Olsen habillée de manière très simple. Ni robe à crinoline ni longues boucles enrubannées, mais une toute jeune femme dans une robe Laura Ashley bleu et jaune, penchée au-dessus de la rambarde.

— Un café serait le bienvenu, répondit Rainie d'une voix que le marbre du hall faisait résonner.

— Normal ou décaféiné ?

— J'avoue n'avoir jamais compris l'intérêt du café sans café.

Mary Olsen esquissa un petit sourire forcé, dissimulant mal sa nervosité. La jeune Mme Olsen n'avait pas l'air très à son aise, ce qui n'était pas pour déplaire à Rainie. Enfin quelqu'un qui avait peur d'elle.

Mary descendit l'escalier, tenant la rampe à deux mains, et Rainie, à ce détail, conclut que Cendrillon ne s'était toujours pas faite à cette demeure princière.

Elle eut une nouvelle surprise en s'apercevant que Mary avait dix bons centimètres de plus qu'elle, les yeux noirs et les traits délicats d'un top model. Voilà qui expliquait l'intérêt du neurochirurgien pour la jeune femme.

Son côté Laura Ashley va en revanche très mal avec son genre de beauté, pensa Rainie. Quand on est faite comme ça, on se balade en robe rouge sang avec un décolleté plongeant. D'un autre côté, ça évite de créer des problèmes avec le maître d'hôtel ou le chauffeur.

— Nous serons mieux dans le petit salon, proposa Mary d'une voix volontairement neutre. Suivez-moi.

En fait de petit salon, la pièce était plus vaste que le loft de Rainie et contenait une foule de meubles français anciens sur fond de murs bleu pastel et beige.

Mary prit place sur une causeuse entre deux coussins à fleurs assortis à sa robe. Elle se fondait si bien avec le décor… on aurait dit un canapé orné d'une tête humaine.

— Comme je vous l'ai dit au téléphone, commença Rainie, j'ai quelques petites questions à vous poser au sujet d'Amanda Quincy.

— Le café, l'interrompit Mary en levant la main.

Décontenancée, Rainie s'aperçut alors que Nestor attendait patiemment derrière elle, un plateau d'argent à la main sur lequel étaient posées une cafetière et deux minuscules tasses d'une porcelaine presque transparente. Il déposa lentement le plateau sur une petite table et entreprit de remplir une tasse qu'il offrit cérémonieusement à Rainie. La tasse ne devait guère contenir plus de trois gorgées ; effrayée à l'idée d'avoir à se resservir elle-même, Rainie décida de s'en contenter.

— Vous avez une jolie maison, dit-elle en essayant de poser sa tasse en équilibre sur son genou tout en se demandant ce qui pouvait bien mettre son hôtesse si mal à l'aise.

— Cette propriété appartient à la famille de mon mari depuis plusieurs générations.

— Si j'ai bien compris, votre mari est chirurgien.

— Oui.

— Beaucoup de travail ?

— Naturellement. C'est l'un des plus grands neurochirurgiens d'Amérique et il est extrêmement sollicité.

Rainie était décidée à en savoir davantage.

— Plus âgé que vous ?

— La quarantaine.

— Vous l'avez rencontré quand vous étiez serveuse, je suppose. À force de vous donner de gros pourboires, il aura décidé de vous nourrir à l'année. Pas mal.

Mary rougit sous l'insulte.

— Je suppose qu'on peut voir les choses comme ça.

— Ne le prenez pas mal, je ne disais pas ça méchamment, bien au contraire. Moi aussi, ça m'irait assez bien de rencontrer un neurochirurgien plein aux as.

— Mark est un mari formidable, se défendit Mary.

— Mark et Mary, comme c'est charmant ! Ça doit être bien joli sur vos cartes de Noël.

— Je croyais que vous vouliez me parler de l'accident de Mandy.

— Vous avez raison, revenons à nos moutons. La nuit en question…

— Quel est le problème ? l'interrompit aussitôt Mary. Je ne comprends pas très bien la raison de votre enquête, d'autant que l'accident a eu lieu il y a plus d'un an. Mandy avait bu avant de prendre le volant, et ce n'était pas la première fois. Alors pourquoi venir m'en parler aujourd'hui ?

— On m'avait dit que le café était super chez vous, et comme j'ai vu de la lumière… ironisa Rainie avant de poursuivre, constatant que son interlocutrice ne goûtait guère la plaisanterie : Vous avez dit au père de Mandy qu'elle avait passé la soirée en question à jouer aux cartes.

— Exactement. On jouait aux cartes tous les mercredis.

— Qui ça, « on » ?

— Mandy, Tommy, Sue et moi.

— Vous vous connaissiez depuis longtemps ?

— On travaillait tous dans le même restaurant avant que je rencontre Mark. Mais pourquoi toutes ces questions ? demanda à nouveau Mary, sur la défensive.

— Simple curiosité, répondit Rainie d'un air dégagé. Vous avez donc joué aux cartes. À quelle heure a commencé votre petite fête ?

— Ce n'était pas exactement une fête, vous savez. Il n'y avait que du Coca, comme je l'ai dit à M. Quincy.

— Oui, il m'en a parlé. Donc, vous jouez aux cartes en buvant du Coca. À partir de quelle heure ?

— Je ne sais pas, 21 ou 22 heures. Le temps que Sue finisse son service au restaurant.

— Vous aviez l'habitude de vous réunir aussi tard un soir de semaine ?

— Tommy est barman, Sue et Mandy étaient serveuses, personne ne reprenait le travail avant midi le lendemain. Quant à moi, je n'ai plus vraiment de problèmes d'horaires.

Rainie crut sentir comme un soupçon d'amertume dans la voix de Mary. Il y avait visiblement de l'eau dans le gaz entre Cendrillon et le prince charmant.

— Vous avez joué jusqu'à quelle heure ?

— 2 h 30 du matin.

— Il n'y avait à boire que du Coca.

— Oui, s'empressa de confirmer Mary sans regarder sa visiteuse.

Tiens, tiens, pensa Rainie.

— Vous avez dit au père de Mandy qu'elle n'avait bu que du Coca light, c'est bien ça ?

— J'ai dit que je ne l'avais rien vue boire d'autre.

— Mais encore ?

— Comme je viens de vous le dire.

Rainie se leva et reposa sa tasse sur le plateau d'argent, soulagée de n'avoir rien cassé. Puis elle se tourna vers Mary en lui demandant d'une voix dure :

— Vu la façon dont vous racontez les choses, on pourrait croire que Mandy avait bu, mais que vous ne voulez pas l'avouer.

Mary, la tête baissée, croisait et décroisait ses doigts, jouant fébrilement avec l'énorme pierre qu'elle portait à l'annulaire de la main gauche.

— Je vous jure, je ne le savais pas, murmura-t-elle.

— Au point où vous en êtes, vous feriez bien de tout me dire.

Mary Olsen releva brusquement la tête, le regard sombre. La jeune femme du docteur Olsen n'était peut-être pas aussi molle qu'elle en avait l'air.

— Elle n'a pas quitté sa canette de Coca light de toute la soirée, même pour aller aux toilettes. À l'époque, ça ne m'avait pas frappée, mais en y repensant…

— Vous voulez dire qu'elle s'était peut-être préparé un petit mélange de son invention. La couleur du Coca light, le goût du Coca light, et une bonne rasade de rhum pour corser le tout, c'est ça ?

— Ça n'aurait pas été la première fois.

— C'est vrai que les alcooliques ont le chic pour se planquer, acquiesça Rainie. Si je comprends bien, Mandy faisait ses petits mélanges en douce. Elle arrive à 22 heures, repart à 2 h 30, plus de quatre heures de Coca amélioré au compteur. Et vous ne vous êtes aperçue de rien ?

— Non, s'exclama Mary d'une voix nettement plus affirmée. C'était bien le problème avec Mandy. Même quand elle buvait beaucoup, on ne s'en apercevait pas et elle continuait à se comporter comme si de rien n'était. Au restaurant, elle se vantait souvent de bien tenir l'alcool et on le croyait tous. En fait, on… on ne savait pas qu'elle avait un problème d'alcool.

— Vous avez été étonnée d'apprendre qu'elle avait rejoint un groupe d'Alcooliques anonymes ?

— Complètement, même si je me suis posé pas mal de questions depuis. Certains soirs, après la fermeture, elle s'asseyait au bar et descendait sept ou huit verres avant de rentrer chez elle. Elle avait l'air normal, mais ça devait forcément lui faire de l'effet, surtout qu'elle était presque aussi mince que moi.

— Si elle avait bu en douce le soir de l'accident, vous auriez pu ne pas vous en apercevoir ?

— Absolument, affirma Mary en hochant énergiquement la tête. Je vous le jure.

— Vous pourriez me parler de l'homme mystère ?

— L'homme mystère ? répliqua Mary, déroutée.

— À l'enterrement, vous avez laissé entendre à Quincy que Mandy avait rencontré l'homme de sa vie.

— Absolument pas.

— Vous ne lui avez pas dit ça ?

— Non. Je ne sais pas où M. Quincy est allé pêcher cette histoire. Pourquoi lui aurais-je raconté un truc pareil ?

Mary Olsen s'exprimait de façon trop volubile pour être sincère. Rainie pencha la tête sur le côté et étudia longuement son interlocutrice avant de reprendre.

— Il vous aura mal comprise.

— Peut-être. C'était l'enterrement de sa fille, il n'avait pas l'air dans son assiette, comme nous tous, d'ailleurs…

Pour la première fois depuis le début de leur conversation, Mary avait la gorge nouée.

— Comme nous tous, répéta-t-elle, la tête baissée.

— Vous souhaitez vous en tenir à cette nouvelle version des faits, Mary ? C'est-à-dire que votre meilleure amie a picolé en douce, qu'elle est repartie toute seule et qu'elle était seule quand elle a fauché un pauvre type et son chien ?

— Je vous dis ce qui s'est passé, c'est tout.

— Le problème, c'est que vous aviez une autre version des faits le jour de l'enterrement.

— C'est faux ! M. Quincy n'a rien compris. Si ça se trouve, il était dans un tel état qu'il s'est raccroché à n'importe quoi, au point de déformer ce que j'ai pu lui dire. Allez savoir ce qui se passe dans la tête d'un père rendu fou par la douleur !

— Rendu fou par la douleur ? Quincy ? répéta Rainie sur un ton dubitatif.

Mary, rouge comme une pivoine, détourna la tête, tordant ses doigts dans tous les sens. Rainie la regarda faire longuement d'un air pensif avant de parcourir la pièce à grands pas.

— Beaux meubles, persifla-t-elle.

Mary ne répondit même pas. Elle avait l'air au bord des larmes.

— Ça doit coûter un paquet d'argent, tout ça.

— Mark a hérité de quasiment tout ce qui se trouve ici, murmura Mary.

— N'importe, vous avez dû être sur un petit nuage la première fois que vous êtes arrivée ici. Cendrillon au château.

— Je vous en prie. Je vous ai dit tout ce que je savais au sujet de Mandy.

— Très bien, vous me dites la vérité. Je n'ai d'ailleurs jamais prétendu le contraire. Après tout, je n'étais pas là, le soir fatidique. Je n'ai aucun moyen de savoir si votre meilleure copine a picolé ou non le soir où vous avez joué aux cartes ensemble pour la dernière fois. Si elle riait de bon cœur ou bien si elle était tellement bourrée qu'elle ne savait plus ce qu'elle faisait. Je ne sais même pas si elle vous a embrassée avant de partir, en vous remerciant de vous occuper d'elle les soirs où elle avait envie de replonger. C'est dur de s'arrêter du jour au lendemain, vous savez. Je sais de quoi je parle. C'est dur, mais avec de vrais amis, on peut s'en sortir. Mandy n'a pas eu cette chance.

Mary, la tête baissée, tremblait de tous ses membres et Rainie décida d'enfoncer le clou.

— Vous êtes seule dans la vie, Mary, ça se voit. Vous avez trouvé le moyen de vivre dans une maison de conte de fées avant de comprendre que c'était une prison dorée, pour reprendre l'expression consacrée.

— Je n'ai plus rien à vous dire.

— Votre meilleure amie est morte, votre mari n'est jamais là. Si je me sentais aussi seule que vous et si je rencontrais un type qui me disait que je suis belle, je crois que je ferais tout ce qu'il me dit de faire, moi aussi.

— Ça suffit ! Je ne sais pas où vous voulez en venir, mais j'en ai assez, répondit Mary en levant la tête. Sortez !

Sans se laisser démonter, Rainie poursuivit avec la même fausse ingénuité dont faisait preuve Mary quelques minutes plus tôt.

— Vous êtes sûre de n'avoir pas besoin d'une nouvelle amie, Mary ? Quelqu'un que vous pourriez trahir comme Mandy ?

— Allez vous faire foutre ! explosa Mary en se levant brusquement. Harold ! cria-t-elle. Harold !

Le majordome accourut en entendant les appels hystériques de sa maîtresse et découvrit Rainie bâillant d'un air dégagé tandis que Mary, rouge de colère, désignait sa visiteuse d'un doigt accusateur.

— Mettez-la dehors ! Tout de suite ! *J'ai dit : tout de suite !*

Le majordome regarda Rainie d'un air inquiet. Avec ses traits tirés et sa calvitie avancée, il n'était plus tout jeune. Parant à toute éventualité, Rainie avait négligemment posé la main sur une console à quelques centimètres d'un lourd candélabre, et le pauvre homme ne savait plus que faire.

— Vous pensez encore à Mandy ? lança Rainie à l'adresse de Mary. Elle vous manque encore le mercredi soir ?

— Dehors !

— Le plus étrange, insista Rainie, c'est que Mandy avait beau être une pauvre fille alcoolique, je suis convaincue qu'elle était fidèle en amitié. Si les rôles avaient été inversés, je suis sûre que vous lui manqueriez.

— Harooooooold !!!

Le majordome finit par faire un pas en direction de Rainie et la prit fermement par le bras, tout en s'efforçant de conserver intacte sa dignité.

Par égard pour lui, Rainie se laissa entraîner sans résister vers le hall d'entrée.

Paradoxalement, Mary les suivit, le visage contracté de haine, la main droite collée contre son ventre.

— Encore merci pour le café, glissa Rainie au malheureux Harold, avant d'ajouter en direction de Mary : Je suis certaine que nous aurons l'occasion de reprendre cette petite conversation.

Au moment de remonter dans sa guimbarde de location, elle tourna la tête vers Mary Olsen. Debout sur le perron de sa demeure princière, celle-ci se mit à hurler de toutes ses forces :

— Tu vas voir ce qui va t'arriver, espèce de sale conne !

Quelques kilomètres plus loin, Rainie arrêta sa voiture sur le bas-côté, incapable de poursuivre sa route. Elle avait veillé à rester calme jusqu'au bout, mais l'épreuve avait été rude et ses mains tremblaient.

— Eh bien, murmura-t-elle, si je m'attendais à ça...

Le visage haineux et les dernières paroles de Mary Olsen la hantaient. Elle pensa à Quincy, à toutes les menaces trouvées sur son répondeur la veille. L'histoire se répétait.

Épuisée, elle posa le front sur son volant. La dernière fois que ses oreilles s'étaient mises à bourdonner de la sorte, elle venait de découvrir les cadavres de deux petites filles au détour d'un couloir d'école. Depuis, sa vie n'avait plus jamais été la même.

Il lui fallut un bon moment pour se calmer et échafauder un plan. Elle redémarra et s'engagea sur une petite route de campagne. Faute de portable, elle s'arrêta à la première station-service pour appeler son correspondant en Virginie, Phil De Beers. Par chance, il se trouvait à son bureau et n'avait aucune affaire pressée sur le feu. Après avoir discuté ses tarifs, elle lui demanda de surveiller Mary Olsen.

Rainie appela ensuite Vince Amity à son bureau, mais le policier de garde au standard lui annonça qu'il effectuait une patrouille. Il lui proposa de transférer son appel au Central, et elle demanda, de sa voix la plus onctueuse, à être branchée sur la voiture d'Amity. À peine avait-il entendu son nom que le géant lui répondit d'un ton bourru :

— Que voulez-vous encore ?

— Je reconnais bien là mon flic préféré.

— Vous voulez quoi ?

— Je souhaitais simplement savoir si vous aviez pu retrouver le 4 × 4 d'Amanda Quincy.

— On s'est vus il y a moins de douze heures. Vous croyez que je n'ai que ça à faire ?

— Je pensais que vous aviez eu le temps de téléphoner.

— Et mon boulot, je le fais quand ?

— En clair, je crois comprendre que vous n'avez pas encore la réponse. Et moi qui m'imaginais que vous aviez un faible pour moi.

— J'en doute, rétorqua-t-il sèchement.

— Vous pensez avoir le temps d'appeler d'ici demain ?

— Je ne sais pas. Tout dépend de nos concitoyens. Si vous vous arrangez pour qu'ils se tuent moins sur la route dans les prochaines vingt-quatre heures, je trouverai peut-être un moment.

— Si je comprends bien, je n'ai plus qu'à mettre tous les habitants de la région sous tranquillisants.

— Je vois que vous m'avez compris.

Rainie poussa un soupir. Pour obtenir quelque chose de cet escogriffe, mieux valait faire preuve d'humour.

Amity soupira à son tour.

— Je ne travaille pas le jeudi, annonça-t-il. Si je n'ai pas le temps aujourd'hui, je le ferai demain.

— Amity, vous êtes un amour !

— Il ne manquait plus que ça, bougonna-t-il. Pour une fois qu'une femme me fait des compliments, elle habite à cinq mille kilomètres. À demain, mademoiselle.

Il raccrocha avant même que Rainie ait pu répondre, ce qui lui évita de trouver quelque chose de spirituel à dire.

Elle retourna à sa voiture et sortit le rapport d'accident de Mandy avant de déplier la carte de Virginie qu'elle venait d'acheter.

Moins d'une heure plus tard, elle se trouvait sur le lieu du drame. Quincy ne lui avait pas menti. Mandy n'avait aucune raison d'emprunter cette route sinueuse en repartant de chez Mary Olsen. Il s'agissait d'une étroite route de campagne ne menant nulle part.

Le virage où avait eu lieu l'accident était particulièrement dangereux du fait de la présence du pylône sur lequel s'était encastré le 4 × 4. Tout près de là, Rainie aperçut une petite croix avec une couronne de fleurs en plastique, sans doute plantée là par la veuve d'Oliver Jenkins.

Rainie se gara un peu plus loin et sortit de sa voiture. Elle resta longtemps plantée là, bercée par une petite brise. La campagne était silencieuse et le vent dans les arbres donnait à la scène une atmosphère étrange, le bruissement des feuilles faisant penser au claquement des ossements d'une danse macabre.

Elle parcourut la vingtaine de mètres séparant la route du poteau téléphonique. Même en roulant un peu trop vite, on avait le temps de s'arrêter ou tout au moins de commencer à freiner. Elle caressa les marques laissées par la voiture de Mandy dans le pylône. Des entailles profondes qui avaient entamé le bois, laissant une cicatrice claire qu'elle tenta de refermer en repoussant les longues échardes, peut-être pour faire oublier le drame qui s'était joué là.

Une bourrasque soudaine agita les arbres alentour, provoquant un murmure qu'il était facile de confondre avec un éclat de rire.

Le cœur de Rainie se mit à battre plus vite dans sa poitrine.

Mandy avait heurté le pylône à 5 heures du matin. À cette heure-là, alors que les premières lueurs de l'aube commençaient à peine à éclairer la cime des arbres, il devait encore faire froid et l'endroit devait être particulièrement sinistre.

Toute frissonnante, Rainie remonta dans sa voiture, s'installa derrière le volant et verrouilla les portes.

Elle restait là, immobile, les épaules voûtées, attendant que se calment les battements de son cœur, à se demander combien de fois Quincy avait fait ce pèlerinage. Soudain, elle mit le contact, pressée de s'éloigner, persuadée que quelqu'un l'avait observée lorsqu'elle examinait le poteau téléphonique.

12

Dans la campagne proche de Philadelphie

Bethie n'avait pas été aussi heureuse depuis une éternité. Il faisait un temps radieux, le ciel était limpide, avec une petite brise rafraîchissante. Jamais elle n'avait éprouvé autant de plaisir à conduire une voiture. À son côté, Tristan multipliait les histoires sur sa vie d'une voix légère. À son tour, elle lui parlait d'un ton enjoué de sa mère, de ses filles, et même de son ex-mari, Pierce, qu'elle soupçonnait d'avoir une petite amie à Portland, dans l'Oregon.

Le temps filait aussi vite que les kilomètres. Ils avaient commencé par se diriger vers l'ouest, sans but précis, avant de changer d'avis et de bifurquer en direction du sud à travers les espaces verdoyants et les vieilles fermes de la Pennsylvanie méridionale. Ici et là, on découvrait des femmes en bonnet de coton blanc foulant la poussière de chemins de campagne, ou bien on doublait des carrioles à cheval. À un moment, ils aperçurent un homme en train de fendre son bois avec une hache devant une grange en pierre.

Tristan savait tout des groupes religieux d'origine germanique encore en activité dans la région. Bethie l'écoutait avec ravissement, humant l'odeur du foin fraîchement coupé, respirant la vie par tous les pores.

À un moment, ils arrivèrent devant une petite route serpentant entre deux champs.

— Et si on l'explorait? proposa Tristan, aussitôt obéi par sa compagne.

La route laissa place à du gravier, puis à un chemin de terre tout juste assez large pour laisser passer l'Audi qui traçait un sillage rouge à travers les blés mûrs.

— On continue, commanda Tristan à qui Bethie ne pouvait rien refuser.

Tout au bout d'un champ de blé, le chemin s'arrêtait sur la rive herbeuse d'une petite rivière et Bethie, surprise, eut tout juste le temps de freiner, ce qui les amusa beaucoup. Le premier, Tristan sortit de la décapotable, avant d'inviter sa compagne à faire de même.

— L'endroit rêvé pour pique-niquer, suggéra-t-il. Moi aussi, j'ai apporté du champagne.

Entre deux gorgées, ils savourèrent le caviar et dégustèrent un brie moelleux à souhait. Tristan s'était installé sur l'herbe et Bethie, lovée contre lui, avait placé un bras protecteur autour de sa précieuse cicatrice. Le repas terminé, il chassa les miettes de pain de la robe de sa compagne et l'allongea délicatement sur la rive avant de poser ses lèvres sur les siennes, tout en cherchant ses seins d'une main adroite.

À son tour, Bethie caressa tendrement son flanc droit…

Lorsqu'ils se relevèrent pour se rhabiller un peu plus tard, nulle parole ne s'avéra nécessaire.

— Cet endroit n'est-il pas merveilleux ? murmura-t-elle. Quelle quiétude ! Quelle douceur ! Quand je pense qu'il suffit de prendre cette petite route pour trouver le paradis. On dirait que nous sommes seuls au monde, comme si cet endroit nous appartenait.

Tristan se retourna pour la regarder d'un œil que l'amour rendait plus brillant encore.

— Allons nous promener, conclut-il simplement.

Et comme Bethie ne pouvait décidément rien lui refuser, elle le suivit.

13

Virginie

Rainie s'apprêtait à s'engager sur une pente glissante. Plutôt que de reprendre le chemin du Motel 6 ainsi qu'elle avait tout d'abord pensé le faire, elle décida brusquement de se rendre chez Quincy. À force de réfléchir à l'affaire, elle était arrivée à la conclusion qu'elle devait avoir un entretien avec lui.

Sans avoir rien découvert de concret, elle n'en avait pas moins l'impression que quelque chose clochait dans l'accident de Mandy, et il n'était pas question de lui expliquer ça par téléphone. Quincy était un homme pointilleux, soucieux d'analyser le moindre détail, et elle l'imaginait déjà, assis dans l'obscurité de la pièce qui lui servait de bureau, ruminant les circonstances d'un accident qui n'en était probablement pas un.

Car les questions ne manquaient pas. Bien sûr, on pouvait se rassurer en concluant que Mary Olsen était une petite arriviste un peu niaise, que l'avalanche de menaces sur le répondeur de Quincy était une simple coïncidence, un moyen comme un autre de passer le temps pour des taulards dégénérés. Dans ce cas, la mort accidentelle de Mandy n'aurait été qu'un prétexte pour traumatiser un membre du FBI.

Ou bien pouvait-on lire les événements d'une tout autre façon ? Si l'homme mystère existait vraiment, on pouvait penser qu'il avait fait boire Mandy le soir de l'accident, conscient des conséquences de son acte. Si le but était de déstabiliser Quincy et de lui faire baisser la garde, il n'était pas bien difficile de prévoir l'effet que pourrait avoir sur lui la mort de sa fille.

Il n'y avait pas si longtemps, Rainie aurait refusé de croire à la théorie du complot, la jugeant tirée par les cheveux, trop machiavélique. Mais depuis le drame de Bakersville l'année précédente, elle avait appris à connaître la perversité de l'âme humaine. Une prise de conscience qui la rapprochait de Quincy. Elle savait désormais que l'homme est parfois capable du pire, et que tout peut arriver.

L'immense majorité des gens s'imaginent que les assassins tuent par nécessité. C'est vrai dans de nombreux cas, les moins compliqués. Pour certains psychopathes, en revanche, la souffrance et la mort sont un plaisir, un sport de détente.

Lorsque Rainie avait compris, à ses dépens, cette triste réalité, Quincy se trouvait à ses côtés, et elle n'avait pas l'intention de le laisser tomber, maintenant que les rôles étaient inversés.

Elle jeta un dernier coup d'œil sur la carte et s'aperçut qu'elle avait raté la bonne sortie. Elle exécuta aussitôt un demi-tour aussi réussi qu'illégal pour se retrouver sur le bon chemin. Il ne lui avait guère fallu plus de vingt-quatre heures avant de se mettre au diapason des conducteurs virginiens.

Arrivée à destination, elle découvrit une rue élégante aux trottoirs impeccables, bordés de magnolias fraîchement plantés. Un quartier cossu, visiblement récent. Elle s'engagea dans une rue en cul-de-sac et découvrit – non sans surprise – une longue litanie de belles demeures coloniales trônant dans leur écrin de verdure, sévèrement protégées par des murs d'enceinte.

Elle pensait bien trouver la maison de Quincy dans un quartier bourgeois, mais elle ne s'attendait pas à un camp retranché comme celui-là. Elle avançait en regardant les numéros et finit par tomber, tout au bout, sur une maison de brique plus discrète, située à l'écart. Rainie n'eut pas besoin de vérifier l'adresse pour être certaine que c'était la maison de Quincy : les arbres et les massifs avaient été scrupuleusement déracinés afin de compliquer la tâche des intrus désireux de s'introduire chez lui.

— Quincy, mon pauvre vieux, je crains que tu n'aies besoin de vacances, murmura-t-elle entre ses dents à la vue du jardin dévasté.

Elle s'arrêta devant la grille de fer forgé noir et appuya sur l'interphone. Étant donné qu'il n'était que 16 heures, elle ne s'attendait pas vraiment à le trouver chez lui et fut surprise d'entendre une voix grésiller dans le haut-parleur. Une voix de femme.

— Merci de m'indiquer votre nom et la raison de votre visite, annonça la voix.

— Euh… Je m'appelle Lorraine Conner, et je travaille avec Quincy.

C'était presque vrai.

— Veuillez à présent vous tourner vers la caméra et me montrer une pièce d'identité.

C'est quitte ou double, pensa Rainie, décidée à jouer le grand jeu. Sans ciller, elle regarda droit dans l'objectif de la caméra en agitant sa licence de détective privé.

Presque aussitôt, la grille se mit à glisser lentement sur son rail avec un léger bourdonnement, et Rainie remonta l'allée conduisant à la maison au volant de sa voiture. La porte était ouverte et une femme l'attendait sur le seuil. Rainie sortit de l'auto, à la fois intriguée et désarçonnée.

C'était une femme d'âge indéterminé. Probablement la quarantaine, peut-être moins, avec une coupe de cheveux désuète, une tenue grise et des chaussures noires qui ne faisaient rien pour la rajeunir. Elle attendait sa visiteuse, raide comme la justice, les bras croisés sur la poitrine.

Sûrement pas la femme de ménage. Encore moins son ancienne femme, si j'ai à peu près compris le fonctionnement de Quincy. En tout cas, elle peut jouer les gouvernantes à Hollywood quand elle veut, pensa Rainie en s'approchant, les épaules droites et la tête haute.

— Qui êtes-vous ? demanda-t-elle au cerbère.

— Je crois que c'est plutôt à moi de vous demander qui vous êtes.

— Si vous savez lire, vous le savez déjà. Je vous ai montré mes papiers devant la caméra. De plus, j'ai posé la question la première.

Le cerbère esquissa un sourire crispé.

— Vous avez peut-être raison, ma petite, mais j'ai plus de références que vous, répliqua-t-elle en fourrant son badge du FBI sous le nez de Rainie, histoire de bien lui faire comprendre qu'elle ne faisait pas le poids avec sa licence de détective.

Rainie fronça les sourcils, soudain inquiète.

— Je voudrais voir Quincy.

— Pour quelle raison ?

— Il me semble que ça le regarde, et pas vous.

— En ce moment, ses affaires sont mes affaires, ma petite.

— Pourquoi ? Vous couchez avec lui ?

Le cerbère eut un moment d'hésitation.

— Je crois que vous n'avez pas très bien compris…

— Donc, vous ne couchez pas avec lui. Dans ce cas, ses affaires et les miennes ne sont pas vos affaires.

La femme du FBI mit quelques secondes à prendre la mesure du sous-entendu, et Rainie sut qu'elle avait enfin compris lorsqu'elle la vit rougir.

— Vous m'avez dit que vous étiez détective privé, demanda le cerbère d'un air surpris.

— C'était au cas où j'aurais affaire à son ex-femme, mentit Rainie. Maintenant que vous savez tout de moi, ça vous dérangerait de me dire où je peux le trouver ?

L'agent du FBI marqua une hésitation.

— Je suppose que vous le trouverez à Quantico, finit-elle par déclarer à regret. C'est tout ce que je peux vous dire.

— Il ne rentre pas ce soir ?

— Je ne peux rien vous dire de plus.

— Ça y est ! J'ai pigé ! s'exclama soudain Rainie en se frappant le front. C'est à cause de ces coups de téléphone. Vous êtes la cavalerie.

La femme hésita une fois encore avant d'acquiescer. Rainie lui répondit par un hochement de tête en l'observant d'un œil nouveau. Elle s'en voulait d'avoir mis autant de temps à comprendre ; le costume idéal pour dissimuler une arme, la coupe de cheveux réglementaire, le visage impénétrable. Pour un peu, Rainie en aurait eu des complexes. De même que Quincy, cette femme jouait dans la cour des grands et Rainie avait brusquement l'impression d'être un chien dans un jeu de quilles.

— Bon, je m'en vais, lâcha-t-elle.

— Je lui ferai part de votre visite.

Rainie se mordilla la lèvre inférieure. Le cerbère allait même s'empresser de l'avertir, ce n'était pas le genre à faire son boulot par-dessous la jambe.

— Merci. En attendant, je vais essayer de le voir à son bureau…

— À Quantico.

— Oui, à Quantico…

— Il s'agit d'une base des Marines…

— Je sais ce qu'est Quantico, merci !

Le cerbère eut un petit sourire. Elle aussi regardait son interlocutrice d'un œil neuf, et ce n'était visiblement pas à l'avantage de Rainie.

Rien à foutre. Sans même dire au revoir, elle remonta dans sa voiture et sortit en trombe de la propriété pour être sûre que la grille ne se referme pas sur elle.

— Espèce de pimbêche, grommela-t-elle avant de s'apercevoir qu'elle roulait bien trop vite pour un quartier résidentiel aussi chic.

Plus elle y pensait, plus elle se disait qu'elle ne s'en sortirait jamais. Dans la vie, il y a ceux qui font des études et se font engager au FBI, et puis il y a les autres. Elle ne savait que trop bien à quelle catégorie elle appartenait…

— Oh, et puis merde ! grommela-t-elle entre ses dents.

Rainie n'aurait pas dû insister, mais elle s'entêta. Elle prit la sortie de Quantico et traversa une forêt pendant un bon quart d'heure, dépassant plusieurs pelotons de Marines qui couraient sur le bas-côté. Le crépitement des tirs d'entraînement trouait régulièrement le silence. S'enfonçant dans la base, elle longea des rangées entières de bâtiments, de plus en plus convaincue qu'elle n'avait rien à faire dans ce sanctuaire des troupes d'élite de l'Oncle Sam. Personne ne songeait pourtant à l'arrêter, encore moins à lui demander ses papiers, et ce n'était pas sans l'inquiéter.

Elle commençait tout juste à se dire que c'était peut-être normal lorsqu'elle aperçut brusquement un poste de garde. Le gouvernement pensait visiblement que les Marines étaient assez grands pour se défendre tout seuls, contrairement aux agents du FBI. Elle s'arrêta devant la barrière et un garde au visage grave lui demanda son nom et ses papiers. Il les examina longuement avant de lui dire qu'elle n'avait pas le droit d'entrer. Elle eut beau redire son nom et insister sur son statut d'enquêtrice privée, le type ne voulait rien entendre.

— Écoutez, je travaille avec l'agenquêteur… euh, je veux dire l'agent enquêteur Pierce Quincy. Je ne vous demande pas de me laisser aller n'importe où. J'ai juste besoin d'aller lui parler à son bureau. Je croyais qu'il existait des badges pour les visiteurs.

Elle apprit que pour avoir droit à un badge de visiteur, il fallait s'y prendre très longtemps à l'avance. Au terme de longs pourparlers, le garde l'autorisa finalement à attendre dans sa voiture pendant qu'il contactait le Département des sciences du comportement.

Au bout d'un quart d'heure, Rainie vit arriver la voiture de Quincy. Il avait les traits tirés et n'était visiblement pas particulièrement heureux de la voir. On était loin des retrouvailles au ralenti des films hollywoodiens. Quincy sortit de l'enceinte du FBI et lui fit signe de le suivre. L'un derrière l'autre, ils prirent la direction de la petite ville voisine. Quelques minutes plus tard, ils s'arrêtaient côte à côte sur le parking d'un restaurant.

— J'ai besoin de boire un café, se contenta-t-il de dire en descendant de voiture.

— Et surtout, ne me dis pas bonjour.

— Ça t'arrive souvent de faire le forcing d'une agence gouvernementale ?

— Je n'aurais jamais pensé que c'était aussi difficile.

— Mais enfin, Rainie, c'est le siège du FBI ! On n'entre pas chez nous comme dans un moulin, tout de même.

— Pas de problème. La prochaine fois, je penserai à prendre une robe de soirée.

— Ce que tu peux être puérile, par moments, soupira-t-il en levant les yeux au ciel, avant de se diriger vers l'entrée du restaurant.

Debout à côté de sa voiture, Rainie n'en revenait pas de sa froideur, et il lui fallut quelques instants pour le suivre.

— Tu as un problème ? demanda-t-elle d'une voix agressive en lui agrippant le bras au moment où il passait la porte.

— Deux cafés, commanda-t-il au serveur. Un noir pour moi, et l'autre avec un océan de lait et une montagne de sucre.

— Je ne suis pas venue ici pour prendre un café, mais pour avoir une explication, Quincy.

— Tu as tort. C'est moins compliqué de commander un café, se contenta-t-il de répondre.

Le serveur, amusé, arrivait déjà avec les cafés. Quincy les lui prit des mains et entraîna Rainie à l'extérieur pour s'installer sur une table à pique-nique, sous un bouquet d'arbres un peu plus loin. Loin de la calmer, cette diversion ne fit qu'exacerber l'irritation de Rainie.

— OK, lança-t-elle alors que Quincy s'asseyait. Que se passe-t-il ? Je te conseille de me répondre si tu ne veux pas te retrouver avec un océan de lait et une montagne de sucre sur la cravate.

Imperturbable, Quincy souffla lentement sur son café noir brûlant. Ce n'était plus des valises qu'il avait sous les yeux, mais des malles-cabines, et ses joues étaient gonflées comme s'il n'avait pas dormi depuis une semaine.

Rainie fut frappée par l'ironie de la situation. Un an plus tôt, c'était elle qui avait l'air d'un fantôme, et Quincy n'avait pas manqué de la raisonner, lui ordonnant de manger et de dormir. « Ce n'est pas parce qu'on est stressé qu'il ne faut pas faire attention à soi, bien au contraire, l'avait-il chapitrée. La santé du psychique passe par celle du physique. » Elle avait bien envie de lui rappeler ses petits sermons de l'année précédente, mais il risquait de lui répéter qu'elle avait un comportement puéril.

— As-tu déjà entendu parler de vol d'identité ? lui demanda-t-il à brûle-pourpoint.

Rainie prit le temps de s'asseoir à son tour et de tremper les lèvres dans son café avant de faire oui de la tête.

— Si tu savais à quel point c'est simple de s'approprier l'identité de quelqu'un d'autre, aujourd'hui. Il suffit de se procurer le numéro de sécurité sociale et le nom de jeune fille de la mère de la personne ciblée pour obtenir un acte de naissance en bonne et due forme, et le tour est joué. C'est fou, le nombre de choses qu'on peut faire ensuite. Se faire délivrer un permis de conduire parfaitement valable, pour commencer. Ensuite, ouvrir un compte en banque et se faire établir une carte de crédit, avant de s'acheter à crédit une jolie petite décapotable Audi TT rouge, tout ça au nom du pauvre innocent qui sert de prête-nom.

— Quelqu'un s'est servi de ton nom pour s'acheter une voiture de sport ?

— À New York, il y a deux semaines. À l'heure où je te parle, je dois au concessionnaire Audi de Westchester la somme rondelette de quarante mille dollars, remboursable en mensualités de huit cent onze dollars sur cinq ans.

— Tu veux dire que quelqu'un s'est amusé à piquer l'identité d'un *agent* du FBI !

— Pourquoi se gêner ? Il avait déjà donné mon numéro de téléphone privé à la moitié des gibiers de potence de ce pays. À côté de ça, s'acheter une décapotable sur mon dos, c'était de la rigolade.

Quincy s'arrêta un instant avant d'ajouter :

— Il a bon goût en matière de voitures, on peut au moins lui reconnaître ça.

Rainie n'en croyait pas ses oreilles.

— Le FBI doit bien avoir des spécialistes pour ce genre d'affaires.

— Le FBI a des spécialistes pour tout, répondit-il d'un air sombre.

Il posa son gobelet de café et Rainie vit avec étonnement que ses mains tremblaient.

— Ils ont mis ma maison sous surveillance, Rainie, ajouta-t-il doucement. Cet après-midi, des collègues sont allés dissimuler des caméras près de la tombe de ma fille. Le plus drôle, c'est que, d'habitude, c'est moi qui m'occupe de ce genre de choses. Mais depuis 7 h 05, on ne me demande même plus mon avis. À 7 h 05 ce matin, je suis passé du statut d'enquêteur à celui de victime, et je ne me suis jamais senti aussi mal de ma vie.

— Je t'ai toujours dit que c'était des imbéciles, Quince. Si les types du FBI étaient malins, ils arrêteraient de se balader déguisés comme des pingouins tout droit sortis du petit séminaire quand tout le monde s'habille en jean. Qui va encore au boulot avec une cravate serrée autour du cou de nos jours ?

Quincy jeta machinalement un coup d'œil furtif à sa cravate lie-de-vin, avec les inévitables petits motifs géométriques bleus et verts.

— Je n'en peux plus, finit-il par articuler. Quelqu'un est en train de me prendre ma vie, et je ne sais même pas pourquoi.

— Mais si, tu le sais. Il t'en veut parce que tu fais partie des bons, et que tous les méchants détestent les bons.

— Mes collègues Rodman et Montgomery s'occupent des messages laissés sur mon répondeur. Ils surveillent ma maison et enquêtent sur les petites annonces publiées dans tous ces bulletins de prisonniers, comme si ça pouvait servir à quelque chose. Ils essaient également de chercher des indices du côté du concessionnaire Audi. Je ne sais pas si les deux affaires sont liées, mais il s'agit probablement d'un pied de nez de plus de l'inconnu. Pendant que j'essaye péniblement de remonter la filière, il se paye tranquillement ma tête en s'achetant une voiture de luxe avec une carte de crédit à mon nom. Pour l'instant, il a une bonne longueur d'avance sur moi.

Quincy poussa un long soupir en se passant la main dans les cheveux d'un air las.

— Aujourd'hui, j'ai passé ma journée à ressortir mes vieux dossiers pour dresser la liste de tous les types que j'ai fait arrêter. Crois-moi, ce ne sont pas les suspects qui manquent, à ceci près que la grande majorité d'entre eux sont soit morts, soit en prison. Quelqu'un m'a pris pour cible. Le tout est de savoir qui, et pourquoi. Probablement s'agit-il d'une vengeance. C'est l'explication la plus rationnelle.

— Ce qu'il y a de bien avec toi, Quincy, c'est que, même quand tu n'es pas dans ton assiette, tu restes rationnel, ironisa Rainie.

Quincy acquiesça d'un air absent, avant de poursuivre.

— Quoi qu'il en soit, l'araignée a tissé sa toile et je suis empêtré de tous les côtés.

— N'oublie pas que tu as aussi des amis, Quince, dit-elle d'une voix douce. Des amis sur lesquels tu peux compter. À commencer par moi.

— C'est vrai ? demanda-t-il en la regardant droit dans les yeux. Rainie, ajouta-t-il calmement, dis-moi ce que tu as appris aujourd'hui au sujet de Mandy. J'ai besoin d'entendre de ta bouche ce dont nous sommes déjà intimement convaincus.

Rainie ne put s'empêcher de détourner le regard. Elle avala son reste de café, replaça le gobelet vide sur la table et le fit tourner entre ses mains. Elle n'avait pas envie de répondre à sa question, mais elle ne voulait pas non plus jouer au chat et à la souris avec lui. S'ils avaient une qualité en commun, c'était la franchise. Rainie, comme Quincy, n'était pas du genre à tergiverser.

— Tu as raison, finit-elle par dire. Toute cette affaire pue.

— Elle a été assassinée ?

— Il est trop tôt pour le dire, s'empressa-t-elle de répondre d'un ton ferme. Dans une enquête, il ne faut jamais vendre la peau de l'ours avant de l'avoir tué, ce n'est pas à toi que je vais l'apprendre. Jusqu'à présent, je ne dispose d'aucun élément tangible permettant d'affirmer qu'elle a été assassinée.

— D'un autre côté… poursuivit-il à sa place.

— D'un autre côté, il y a quelque chose qui cloche du côté de Mary Olsen.

— Ah bon ? s'écria Quincy sans chercher à dissimuler son étonnement.

— Je l'ai vue ce matin, Quince, et elle a nié tout ce qu'elle avait pu te dire à l'enterrement de Mandy. À l'entendre, Mandy avait seulement *l'air* de boire du Coca light ce soir-là. En fait, elle aurait versé du rhum en douce dans sa canette. Quant à son mystérieux petit ami, tu as dû mal comprendre ce qu'elle a voulu te dire, car Mandy n'a jamais rencontré personne. Et comme ce n'était pas la première fois que Mandy conduisait en état d'ivresse, pas besoin d'aller chercher plus loin, d'après elle.

— Tu veux dire qu'on a retrouvé Mandy à moitié morte contre un poteau sur une route paumée parce qu'elle buvait du rhum en douce dans son Coca ?

— Je ne t'ai pas dit que son histoire tenait debout, Quince, mais qu'elle était revenue sur sa version des faits.

— Mais pourquoi ? Je croyais que c'était la meilleure amie de Mandy ?

Derrière cette question se cachait une autre interrogation, plus inquiétante encore. Pourquoi s'en être pris à Mandy ? Qui pouvait avoir intérêt à tuer sa fille ? Pourquoi le monde n'était-il pas aussi simple que l'auraient voulu les spécialistes du comportement humain ?

— Je crois que Mary est une Cendrillon en détresse, répondit Rainie. Je suis persuadée qu'il n'a pas fallu grand-chose pour la manipuler.

— Celui qui m'en veut, tu crois ? Il lui aurait soufflé une autre version ?

— À moins qu'il ne lui ait soufflé la première version pour t'atteindre. Nous ne sommes même pas certains que ce n'était pas un accident. Tout ce qu'on sait, c'est que Mary t'a raconté des trucs à l'enterrement de Mandy qui t'ont laissé croire qu'elle avait pu être assassinée.

— Quelqu'un a décidé de me faire marcher, poursuivit Quincy. Ces menaces sur mon répondeur, cette voiture achetée à mon nom, ces rumeurs sur la mort de ma fille…

Il se redressa avant d'ajouter :

— Putain, Rainie. On ne me fait même plus marcher, on me fait courir.

— Depuis quand dis-tu des gros mots ? interrogea Rainie, surprise.

— Ça m'a pris hier. Le pire, c'est que je commence à aimer ça. C'est comme la cigarette, il suffit d'y goûter une fois.

— Parce tu t'es mis à fumer ?

— Non, Rainie, je ne fume pas, mais je n'ai pas encore renoncé à mon goût prononcé pour les métaphores.

— Sérieusement, Quincy, tu me fais peur. Tu es en train de partir en vrille.

— Je vois que, de ton côté, tu n'as pas encore renoncé à ton sens inné de la diplomatie.

— Quincy !

— Quel est le problème, Rainie ? demanda-t-il d'une voix coupante. Ça te chagrine de t'apercevoir que j'ai des réflexes humains ?

Elle se leva comme un ressort avant même d'avoir compris ce qu'elle faisait, le cœur battant, les poings serrés.

— Tu peux m'expliquer ce que ça veut dire ?

— Ça veut dire... ça veut tout simplement dire que je suis au bord de l'épuisement, concéda Quincy sur un ton plus conciliant. Ça veut dire que je suis sous pression et que je saute sur la moindre occasion de chercher la bagarre. Ça veut surtout dire que je me trompe de cible en m'en prenant à toi. Arrêtons avant qu'il soit trop tard. Je te demande d'oublier ce que je viens de te dire.

— Trop tard.

— Toi aussi, tu cherches la bagarre, Rainie ?

Elle savait qu'elle avait tort, qu'il avait raison de vouloir calmer le jeu, qu'ils étaient tous les deux trop fatigués pour user inutilement leurs forces. Six longs mois sans un seul coup de fil. Elle releva fièrement la tête et se contenta de répondre :

— Tu dois avoir raison.

Quincy se leva à son tour en s'époussetant les mains. Il la fixa droit dans les yeux, et son regard était nettement plus posé qu'elle ne l'aurait pensé. Une fois de plus, elle était impressionnée par sa capacité à se contenir.

— Tu veux savoir pourquoi ça n'a pas marché entre nous ? s'exclama-t-il brusquement. Tu veux savoir pourquoi le volcan s'est éteint aussi vite qu'il s'était allumé ? Je vais te dire pourquoi, Rainie. C'est parce que tu n'avais pas la foi, et qu'au bout d'un an la nouvelle Lorraine Conner n'a toujours pas la foi. Tu ne crois pas en moi et, surtout, tu ne crois pas en toi-même, ce qui est plus inquiétant.

— Je n'ai pas la foi ? rétorqua-t-elle. Moi, je n'ai pas la foi ? Je trouve la chose plutôt curieuse, venant de quelqu'un qui se sent obligé de croire que sa fille a été assassinée pour arriver à accepter sa mort.

Quincy blêmit avant de murmurer d'une voix neutre :

— Un à zéro pour la fille en jean.

Mais Rainie n'était pas prête à céder. Depuis qu'elle était toute petite, elle voyait la vie comme une lutte sans merci.

— Ce n'est pas la peine de te planquer derrière tes jolis sermons, Quincy. Si tu veux que je te trouve humain, agis en conséquence. Tu ne vois donc pas que tu passes ton temps à me faire la leçon comme si j'étais une gamine ?

— Je dis simplement que tu ne crois pas en nous et…

— Arrête de me psychanalyser, bordel ! J'ai besoin d'un mec, pas d'un psy !

— Tu as besoin d'un mec ? La dernière fois que j'ai voulu me comporter comme un mec avec toi, j'ai cru que tu allais me frapper. Ce n'est pas d'un mec que tu as besoin, Rainie. C'est d'une poupée gonflable ou d'un saint !

— Sale con !

Elle se serait mise à hurler de plus belle si elle ne s'était brusquement souvenue de ce jour-là. Leur dernier soir ensemble, huit mois plus tôt, à Portland. Ils avaient entamé la soirée à Pioneer Square, en buvant un café devant chez Starbucks, à écouter un groupe *a cappella*. Ils discutaient tranquillement, sans un souci en tête. Ils avaient ensuite pris le chemin de son hôtel. C'était avant que Rainie n'achète son loft, lorsqu'elle vivait encore dans un studio minable. Depuis le temps qu'elle se sentait seule dans cette ville, elle était heureuse de le revoir.

Elle avait fini par s'approcher de lui pour sentir son parfum. Elle avait toujours adoré son odeur. Quincy restait parfaitement immobile, presque sans respirer, comme si un souffle eût suffi à la faire fuir. Elle s'était approchée plus près encore, effleurant son cou, son oreille. Elle ne savait pas exactement ce qui la poussait à faire ça. Le désir, sans doute, mais comme elle n'avait jamais connu de vrai désir… Elle avait envie de le toucher. De le toucher partout. À condition qu'il reste comme ça, sans bouger, sans respirer. Elle avait enlevé l'un après l'autre les boutons de sa chemise avant de la faire glisser de ses épaules. Son torse, musclé par des années de jogging quotidien, était d'une douceur incomparable sous la caresse de ses doigts. En cherchant son cœur, elle l'avait senti s'accélérer sous sa main.

À hauteur de la clavicule et sur l'avant-bras, trois petites cicatrices, souvenir de projectiles que son gilet pare-balles n'avait pas suffi à arrêter. Du bout des doigts, elle s'était attardée sur ces traces d'une vie mouvementée. Quincy, super-héros…

La main de son compagnon s'était brusquement refermée sur son poignet. Surprise, elle avait levé les yeux pour découvrir tout son désir dans son regard.

Aussitôt, le charme s'était rompu. Son propre désir s'était évaporé alors que son corps se pétrifiait, et elle avait vu danser dans sa tête des champs de fleurs, l'eau d'un ruisseau, toutes ces recettes dont elle avait appris à se servir depuis tant d'années pour s'enfermer dans son désir solitaire. Elle avait voulu continuer à le caresser, mais d'une manière machinale, presque dure, ainsi qu'elle l'avait toujours fait avec les autres.

Quincy, pas dupe un instant de la transformation qui s'était opérée en elle, l'avait repoussée en lui demandant quelques minutes de patience, mais il était trop tard. Elle se sentait honteuse, humiliée, gênée. Comme on ne se refait pas, elle s'était dit que tout était de la faute de Quincy, et avait quitté la chambre sans dire un mot. Au cours des mois suivants, elle ne décrochait même plus le téléphone la plupart du temps. Et s'il arrivait à la joindre par le plus grand des hasards, elle abrégeait la conversation en prétendant être occupée.

Quincy avait raison quand il l'accusait d'avoir coupé les ponts, mais il aurait pu faire l'effort de comprendre. C'était à lui de la réapprivoiser, et il ne l'avait pas fait.

— Je sais bien que tu me demandes d'être patient, dit-il, devinant ses pensées. Je dois me montrer patient, obstiné, je dois accepter tes sautes d'humeur, ton sale caractère et ton passé compliqué sans rien dire. Je n'ai surtout jamais le droit d'être frustré ou en colère…

— Tu connais aussi bien que moi les problèmes qui me hantent…

— Moi aussi, Rainie, j'ai des problèmes. Tout le monde a des problèmes, il n'y a pas que toi, contrairement à ce que tu penses. Je sais que ça va te surprendre, mais figure-toi que j'ai enterré ma fille aînée le mois dernier, et que mes collègues surveillent sa tombe. La seule qui pourrait les en empêcher, c'est mon ex-femme parce que sa famille a le bras long, mais je n'arrive pas à la joindre. Tu ne peux pas savoir à quel point je suis fou de rage !

— C'est justement ça le problème, Quincy. Tu es en train de devenir aussi agressif que moi alors que c'est ton calme qui devrait déteindre sur moi.

— Désolé de te décevoir, Rainie, mais je suis loin d'être parfait, surtout en ce moment.

— Mais ce n'est pas ce que je te demande, bordel !

— Je te l'ai dit tout à l'heure, tu n'as pas la foi, se contenta-t-il de répondre en secouant la tête. Je sais que ce n'est pas facile, mais on ne peut pas passer sa vie à ne croire en rien, ni en personne. C'est vrai qu'il y aura toujours des salauds pour te faire du mal, mais ça n'empêche qu'il existe aussi des gens généreux et désintéressés. Ce n'est pas en t'enfermant dans ta tour d'ivoire que tu arriveras à t'en sortir. La solitude n'offre qu'une protection éphémère, Rainie. Je le sais pour l'avoir vécu. Pendant longtemps, j'ai vécu isolé des miens en pensant mieux me protéger, ce qui ne m'a pas empêché de perdre les pédales quand ma fille est morte. Parce que je suis en train de perdre les pédales, Rainie.

— Quincy…

— Ne t'inquiète pas, je finirai par m'en remettre, poursuivit-il, comme s'il ne l'entendait plus. J'ai bien l'intention de trouver le fils de pute qui a fait ça, et s'il faut que j'éprouve de la haine pour y parvenir, je saurai être plein de haine. S'il faut ne plus dormir, jurer comme un charretier et me comporter en parfait abruti, pas de problème. Je peux le faire. Je fais ce que je peux, Rainie, même si ce n'est pas terrible. Maintenant si tu veux bien, il faut absolument que j'appelle Bethie.

Lui tournant le dos, il se dirigea vers sa voiture. Rainie aurait dû lui répondre quelque chose de plus pertinent, mais elle n'était pas au mieux de sa forme.

— Ce n'est pas en arrivant tout juste à survivre que tu t'en porteras mieux, lui cria-t-elle de loin. Et ce n'est pas en prenant le problème à bras-le-corps que tu gagneras. Le pire est peut-être à venir, tu sais. Tu n'as pas l'air de t'en apercevoir, mais nous vivons dans un monde de hyènes.

— Bonsoir, Rainie.

Quincy n'avait pas l'intention de s'arrêter. Si elle entendait le retenir, c'était à elle de faire le premier pas, pour une fois. Elle revit son enfance en un éclair, et comprit que personne ne lui avait jamais appris à aimer.

— Ce n'est pas à un vieux singe qu'on apprend à faire des grimaces, bougonna-t-elle, trop fière pour céder.

Ses paroles se perdirent dans le vent car Quincy était déjà reparti. La nuit commençait à tomber. Tout en conduisant, Quincy prit son téléphone portable et tenta une nouvelle fois d'appeler son ex-femme. En vain.

Comme Rainie n'avait pas de portable, elle reprit le chemin du restaurant pour appeler depuis l'appareil public situé dans l'entrée.

— Bonsoir, mon grand, dit-elle d'une voix enjôleuse à son correspondant. Je t'invite à prendre un verre.

14

En Virginie

À 21 heures ce soir-là, Rainie n'était pas à prendre avec des pincettes. Elle avait eu le temps de repasser à son motel se doucher avant son rendez-vous avec Vince Amity. Dans sa chambre, elle avait découvert un message de l'avocat qui avait déjà tenté de la joindre. Le dénommé Carl Mitz semblait particulièrement soucieux de la contacter, lui laissant toute une batterie de numéros de téléphone.

Bizarre autant qu'étrange… D'habitude, les nouveaux clients ne sont jamais si pressés. Ils s'arrangent surtout pour vous faire comprendre que vous êtes à leur service, et non l'inverse. Rainie nota scrupuleusement les numéros de Mitz sur un morceau de papier et décida de ne pas l'appeler.

Elle reposa son bloc sur la table de nuit et se déshabilla pour prendre sa douche. Elle se lava les cheveux et fit longtemps couler l'eau brûlante sur son cou et ses épaules, puis elle remit les mêmes vêtements et prit le chemin du bar où elle avait donné rendez-vous à Amity.

Le policier était déjà là. Lui aussi sortait de sa douche. Il avait enfilé une chemise western noire sur un jean délavé et portait des bottes mexicaines usées. Sa chemise faisait ressortir sa carrure et ses cuisses éclataient dans son pantalon moulant. « Un beau mec », pour reprendre l'expression consacrée.

Rainie commanda une Bud light glacée, comme à son habitude, tentant de se convaincre que Quincy ne lui manquait pas.

— Je vous conseille les travers de porc, annonça-t-il d'une voix neutre.

— Ça me va.

— Vous devriez aussi essayer leurs frites. Ils les font avec des patates douces. Vous avez déjà goûté ? Pas terrible pour les artères, mais délicieux.

— Va pour les frites de patates douces.

La serveuse arrivait et Vince attendit qu'elle ait pris leur commande pour se lancer.

— Vous comptez rester un moment dans le coin ?

— Je ne sais pas encore. Pour l'instant, j'ai plus de questions que de réponses, et au train où vont les choses, je ne suis pas encore partie.

— Où êtes-vous descendue ?

— Dans un Motel 6.

— Ce n'est pas pour critiquer, mais il y a mieux que les Motel 6 en Virginie. Si vous avez un moment et si ça vous dit de voir un peu la région…

L'invitation était claire, mais Amity était suffisamment délicat pour ne pas insister lourdement. Rainie se contenta de hocher la tête poliment. Elle fut d'autant plus surprise lorsqu'il lui déclara calmement :

— Vous savez, j'ai fait ma petite enquête sur vous, Rainie. Pas besoin de faire semblant avec moi.

Elle se cabra aussitôt. Elle n'avait rien à se reprocher, le passé était le passé, mais c'était plus fort qu'elle. On ne se refait pas en un jour après des années de méfiance, et Rainie s'aperçut qu'elle caressait furieusement le col glacé de sa bouteille de bière.

— Vous faites des enquêtes sur toutes les filles avec qui vous sortez ? finit-elle par demander.

— On n'est jamais assez prudent.

Elle roula les yeux en direction de ses biceps et il lui répondit par un petit sourire.

— Vous venez me voir au boulot, vous me posez tout un tas de questions et puis vous ne me lâchez plus, constata-t-il. Je suis peut-être vieux jeu, mais j'aime bien savoir à qui j'ai affaire dans ces cas-là. D'autant que votre copain, le shérif Hayes, n'a fait que me chanter vos louanges.

— Il vous a également dit que j'avais été accusée de meurtre ?

— Accusée, mais pas condamnée.

— Les gens ont souvent tendance à confondre.

— Vous savez, ma petite, je suis originaire de Géorgie. Chez nous, on pense que les femmes sont toutes dangereuses. Ça fait partie de leur charme.

— Les célèbres gentlemen sudistes ! Qui l'eût cru ?

Amity sourit à nouveau. Il se pencha au-dessus de la table en bois sur laquelle il planta solidement ses avant-bras.

— Je ne dis pas que vous ne me plaisez pas, dit-il sans détour, mais je n'aime pas qu'on me prenne pour un imbécile.

— Pourquoi dites-vous ça ?

— Parce que je sais très bien que ce n'est pas avec moi que vous avez envie de dîner ce soir.

— Cet idiot de Luke Hayes avec sa grande gueule ! lança Rainie avec une grimace.

— Ne dites pas de mal de lui, c'est un ami fidèle. Je suis heureux de voir qu'on en trouve aussi en Oregon. Avant la fin de la soirée, vous ne douterez plus de mon amitié.

— Ah oui ? Et pourquoi ?

Amity n'eut pas le temps de répondre car la serveuse leur apportait deux assiettes gigantesques. Il attendit qu'elle se soit éloignée pour déclarer :

— Commencez par manger vos travers de porc, ma petite demoiselle. Ensuite, nous irons voir ce qui reste de la voiture d'Amanda Quincy.

Society Hill, Philadelphie

Bethie fredonnait un vieux refrain lorsque la petite décapotable rouge s'arrêta devant chez elle, vers 22 heures. En cette nuit de pleine lune, une brise rafraîchissante et parfumée lui caressait le visage, conclusion idéale d'une journée dont elle se souviendrait longtemps. Une journée merveilleuse que Bethie n'avait pas envie de voir s'achever, malgré l'heure tardive.

— Quelle nuit magnifique ! murmura-t-elle, aux anges.

Tristan lui répondit par un sourire. Trois heures plus tôt, alors que la chaleur du jour laissait place à un coucher de soleil violacé, il avait retiré son pull afin de le lui passer autour des épaules. À présent, blottie dans ce pull de gros coton qui portait le parfum de son compagnon, elle était aussi émue que lorsqu'ils avaient fait l'amour cet après-midi-là. Tristan alla chercher dans le coffre une veste bleu marine pour se réchauffer. La veste lui allait plutôt bien, mais Bethie lui trouvait pourtant quelque chose de bizarre, jusqu'à ce qu'elle mette le doigt sur ce qui la dérangeait. Elle pouffa de rire, et après s'être fait prier, finit par lui avouer qu'il ressemblait à un agent du FBI avec cette veste, ce qui amusa grandement Tristan.

— Quelle est la suite du programme ? interrogea-t-elle en reprenant son sérieux.

— À ton tour, ma toute belle.

— Tu ne vas pas me dire que tu te fais prier, à présent ?

— Et pourquoi pas ? Ça donnerait un peu de piment à la soirée, non ? plaisanta-t-il.

Bethie gloussa. Sans doute était-ce la faute de tout le champagne qu'elle avait bu, car elle n'avait jamais été du genre à glousser pour un oui ou pour un non, même au pire moment de l'adolescence. Mais après une première bouteille au bord de la rivière, suivie d'une autre en fin de journée à Philadelphie sur les quais, pour arroser un homard mémorable chez Bookbinder's, elle se trouvait des circonstances atténuantes. Elle avait même renoncé à prendre le volant pour rentrer chez elle ; heureusement pour eux, Tristan tenait remarquablement bien le champagne. Il faut dire qu'il était solidement bâti.

Elle s'était même demandé, un court instant, si une personne à qui l'on venait de greffer un rein pouvait boire autant. Et elle ne l'avait même pas vu prendre ses médicaments.

— J'ai l'impression que nous ne sommes plus seuls, remarqua Tristan.

— Quelqu'un ? Mais où donc ? s'inquiéta Bethie, tournant la tête de tous les côtés.

Le bras de Tristan était négligemment posé sur le dossier de son siège, et elle se blottit contre lui.

— Je ne vois personne, murmura-t-elle d'un air mystérieux.

— Chez tes voisins. Derrière les rideaux.

— Ah ! C'est cette vieille pie de Betty Wilson. Elle passe son temps à m'observer. Pour une fois, je vais lui en donner pour son argent.

Sans attendre, Bethie enlaça Tristan et l'embrassa sur la bouche. Il se laissa faire docilement et voulut même la serrer dans ses bras, mais le levier de vitesse le gênait. L'inconfort de la situation finit par les dissuader de continuer. Encore tout essoufflée, elle eut envie de lui, s'étonnant de la violence de son propre désir.

Le regard de Tristan s'était fait plus sombre. Bethie adorait ses yeux quand ils avaient cet éclat intense, presque inquiétant.

— Bethie… dit-il d'une voix rauque.

— Allez, viens chez moi !

Un sourire étira les lèvres de Tristan qui ajouta :

— J'ai cru que tu n'allais jamais me le demander.

En Virginie

Le cimetière de voitures était plongé dans l'obscurité, mais Vince Amity avait pensé à tout. Il commença par sortir deux puissantes torches, avant de s'attacher un sac banane rempli d'outils autour de la taille.

Rainie, les yeux écarquillés, ne cachait pas son étonnement.

— Vince Amity, gentleman-cambrioleur. Qui l'aurait cru ? s'exclama-t-elle.

Amity haussa les épaules.

— Quand j'ai téléphoné cet après-midi, j'ai tout de suite compris que le patron de la casse ne ferait rien pour nous faciliter la tâche. C'est souvent comme ça avec ces types-là. Quand ils achètent une carcasse de voiture, c'est pour la désosser et la revendre. Ils n'ont aucune envie qu'elle soit saisie dans le cadre d'une enquête de police. Ça peut se comprendre, mais d'un autre côté, je ne vois pas pourquoi on se passerait d'aller jeter un œil à ce 4 × 4 alors qu'il suffit d'escalader un grillage.

— Ce ne sont pas les grillages qui me font peur, concéda Rainie, mais plutôt les dobermans qu'on trouve généralement derrière.

— Pas de risque, j'ai déjà vérifié tout à l'heure.

— Un cimetière de voitures sans le moindre chien pour monter la garde ? Ce serait bien la première fois que je vois ça.

— Tout arrive. La SPA a porté plainte deux fois contre le patron de cette casse pour maltraitance animale, et il n'a plus les moyens de recommencer. Du coup, il a fait appel à une compagnie de gardiennage qui fait des rondes toutes les heures. Quand vous apercevrez des phares, planquez-vous.

— Génial, commenta Rainie, avant de siffler le thème du *Magicien d'Oz* pour marquer son admiration.

Cinq minutes plus tard, la clôture franchie, ils déambulaient tranquillement au milieu d'un océan de voitures, contournant des carcasses rouillées, compressées, et des montagnes de pare-chocs. Les véhicules les plus récents se trouvaient un peu plus loin, attendant sagement l'un derrière l'autre que quelqu'un décide de leur sort.

— Putain ! souffla Amity, comprenant brusquement qu'ils n'étaient pas au bout de leurs peines.

— Je pensais qu'un 4 × 4 ne serait pas trop difficile à retrouver dans la masse, mais vu la mode actuelle, je crois que je me suis montrée un peu présomptueuse.

— Je comprends pourquoi on dit que l'Amérique est le pays de l'automobile, acquiesça Amity. Je n'aurais jamais pensé à comparer un Explorer avec une aiguille, et une casse avec une meule de foin, mais je crois que je vais changer d'avis.

— On se partage le terrain ?

— Non, je préfère qu'on reste ensemble. On ne sait jamais.

Rainie signifia son accord d'un signe de tête, feignant de ne pas s'apercevoir que son compagnon avait l'air préoccupé. C'était une nuit de pleine lune et on y voyait comme en plein jour, mais le silence épais qui régnait autour d'eux et les ombres menaçantes des carcasses de voitures auraient suffi à refroidir l'ardeur des plus téméraires.

Ils progressaient sans bruit. Chaque fois qu'ils s'approchaient des restes d'un 4 × 4, ils vérifiaient de quel modèle il s'agissait à l'aide de leurs lampes avant de poursuivre leur quête interminable.

À un moment, ils arrivèrent devant les restes déchiquetés de ce qui avait été une voiture et Rainie recula d'un air dégoûté, assaillie par une odeur insupportable de sang séché.

— Quelle horreur ! s'écria-t-elle avant de se mettre la main sur la bouche pour étouffer son cri.

Un peu plus loin, Vince Amity fit glisser le pinceau de sa torche sur une berline transformée en décapotable.

Le tissu des sièges, bleu à l'origine, était recouvert de taches brunâtres sinistres.

— Celle-ci a dû passer sous un camion, constata Amity.

— Et ses passagers ont probablement été guillotinés sous le choc, poursuivit Rainie en s'éloignant rapidement.

Un bruit de moteur vint brusquement troubler le silence. La ronde de la société de gardiennage. Ils se précipitèrent aussitôt sous un abri de tôle, trop près de la berline-décapotable au goût de Rainie qui se boucha le nez pour ne pas vomir.

Elle repensa au rapport rédigé au lendemain de l'accident d'Amanda, que Quincy avait probablement lu des dizaines de fois afin de comprendre les circonstances du drame. Le 4 × 4 s'était écrasé contre le pylône à plus de cinquante à l'heure. Sous la violence du choc, la voiture s'était cabrée, projetant la malheureuse en avant. Le volant avait amorti le choc et la colonne de direction s'était pliée comme prévu, protégeant les organes internes, mais rien n'avait pu empêcher le torse d'Amanda de s'écraser contre le tableau de bord tandis que le haut de son crâne s'encastrait dans le châssis et que le verre *securit* du pare-brise réduisait son visage en bouillie.

La voiture de la société de gardiennage s'éloigna enfin, permettant à Amity et à Rainie de se redresser.

— Je crois avoir trouvé le moyen d'identifier facilement l'Explorer, murmura-t-elle.

— Le pare-brise ?

— Oui.

La réponse pouvait paraître cynique, mais l'idée de Rainie ne tarda pas à prouver son efficacité.

L'épave vert foncé du 4 × 4 les attendait tout au bout de la casse. La carcasse ou plutôt ce qu'il en restait. Toute la partie arrière de l'Explorer avait été découpée au chalumeau, sans doute pour recomposer un 4 × 4 de fortune avec un avant en bon état, à la manière du monstre de Frankenstein. Les portes et les sièges avant avaient disparu, de même que les pneus. La voiture d'Amanda Quincy ressemblait à une tête de poisson mort, avec son pare-chocs broyé et son avant béant, souriant de façon obscène sous le regard imperturbable de la lune.

— Quelle vision sinistre… commenta Amity.

— Oui. Faisons vite, proposa Rainie.

Le policier ouvrit aussitôt son sac et sortit deux paires de gants en caoutchouc. Il n'y avait sans doute plus la moindre empreinte à protéger, mais après tout… Amity s'était également muni d'un canif, d'un tournevis, d'une clé à molette, de quatre sacs en plastique, ainsi que d'une loupe.

Il tendit le tournevis à Rainie et ils se mirent au travail silencieusement, commençant par démonter la garniture de la ceinture de sécurité côté conducteur. Rainie constata que l'enrouleur ne fonctionnait plus, comme l'indiquait le rapport d'enquête d'Amity. Comme il l'éclairait avec sa torche, elle en profita pour examiner la garniture à la loupe. Au bout de quelques instants, elle tourna vers son compagnon un regard sombre : le capot de protection de la ceinture portait encore des éraflures parfaitement visibles, apportant la preuve que quelqu'un l'avait ouvert avant elle.

— Dorénavant, je jure de vérifier toutes les ceintures avant de rédiger un rapport, murmura Amity.

Rainie reposa sa loupe et saisit le canif dont elle se servit pour ouvrir le boîtier, découvrant un mécanisme d'enroulement équipé de deux goupilles d'arrêt : une grande, et une plus petite au cas où la première ne fonctionnerait pas. En cas de choc, les deux goupilles servaient normalement à bloquer la ceinture automatiquement, mais dans le cas présent, la première avait été limée et la plus petite enlevée. Rainie testa le mécanisme une nouvelle fois et ne put que constater son inutilité.

— Si elle avait conduit sa voiture au garage comme elle devait le faire, le mécanicien s'en serait immédiatement rendu compte, conclut Amity, au bout d'un moment.

— Il fallait donc que le salopard qui a fait ça l'empêche d'aller à son rendez-vous coûte que coûte.

— C'est tout de même étrange. Pourquoi avoir attendu si longtemps après avoir bidouillé la ceinture ? À sa place, je me serais arrangé pour provoquer l'accident le jour même. Mais peut-être que je regarde trop la télévision.

— Je crois que c'est plus compliqué, répliqua Rainie. Elle s'aperçoit que sa ceinture est cassée, elle prend l'habitude de ne plus la mettre, et le jour où elle a un accident après avoir bu, aucun enquêteur normalement constitué ne pensera à vérifier le mécanisme.

— C'est vrai, reconnut Amity. Dans un cas comme celui-ci, on pense simplement que la fille n'est pas très futée, on se dit inconsciemment qu'elle l'a bien cherché et on ne creuse pas plus.

— Une mise en scène parfaite, approuva Rainie.

Les sourcils froncés, elle mâchonnait sa lèvre inférieure.

— C'est tout de même risqué, ajouta-t-elle. Ses chances d'avoir un accident avant de faire réparer sa ceinture étaient tout de même assez minces.

— Pas forcément. Les amis de la victime savent qu'il lui arrive de conduire en état d'ivresse. Le coupable s'arrange pour la faire boire avant de la renvoyer chez elle, comptant sur un accident. Si ça ne marche pas la première fois, ça risque fatalement de se produire un jour ou l'autre.

— Vous croyez vraiment ? Quand on voit le nombre de gens qui conduisent bourrés tous les jours et à qui il n'arrive jamais rien… Mandy elle-même avait dû faire ça des dizaines de fois dans sa vie

— À moins que le type fasse très attention. Imaginez qu'on s'en soit aperçu immédiatement, comment savoir qui s'est amusé à trafiquer la ceinture plusieurs semaines avant l'accident ? Il ne nous reste plus qu'à trouver celui qui l'a fait boire, mais comme elle était majeure, rien n'empêchait le coupable de lui servir de l'alcool. Quant à la laisser repartir au volant de sa voiture en état d'ébriété, c'est un délit mineur, sans plus.

— Je comprends que le meurtrier ait voulu se protéger, murmura Rainie, les yeux perdus dans le vague, mais ça ne colle pas. Je n'y crois pas. On ne s'amuse pas à mettre au point un plan aussi élaboré sans être certain que ça va marcher… Bon sang ! Mais bien sûr ! Nous sommes complètement à côté de la plaque !

Avant que Vince Amity soit revenu de sa surprise, Rainie avait pris la loupe et s'était précipitée de l'autre côté de la voiture. Elle tira un grand coup sur la ceinture qui se bloqua immédiatement. Du côté passager, le mécanisme fonctionnait parfaitement. Évidemment !

— L'enfant de salaud, grommela-t-elle entre ses dents.

Amity était déjà à ses côtés. Sa lampe à la main, il éclaira Rainie afin qu'elle puisse examiner à la loupe la lanière de nylon.

— Là ! s'exclama-t-elle, désignant du doigt un endroit où les fibres de la ceinture s'étaient distendues sur plusieurs centimètres sous le poids d'un passager au moment où le 4 × 4 s'était encastré sur le poteau téléphonique.

— Voilà bien la preuve qu'il y avait quelqu'un à côté de Mandy, s'écria Rainie d'un ton victorieux.

Sa joie fut de courte durée, car elle mesura aussitôt les implications de sa découverte.

— Mon pauvre Quincy, soupira-t-elle, la gorge nouée.

15

Society Hill, Philadelphie

À l'instant où Bethie ouvrit la porte de chez elle, un petit signal sonore lui indiqua la présence de l'alarme. Elle franchit aussitôt le seuil et se dirigea vers le boîtier de commande. Comme à son habitude, elle commença par désactiver l'alarme à l'aide de son code avant de vérifier sur la mémoire du système que tout était normal autour de la maison.

Tristan en profita pour refermer la porte derrière lui et mettre le verrou.

— Tu as un système très sophistiqué, dis-moi.

— Tu ne vas pas me croire, mais le jugement de divorce oblige mon ex-mari à assurer ma sécurité et celle de nos filles jusqu'à la fin de ses jours. Le pire, c'est que ça ne le dérange même pas. À force de travailler sur des crimes abominables, il voit des psychopathes et des tueurs en série partout.

— On ne se méfie jamais assez, répondit Tristan, philosophe.

— Tu as peut-être raison.

Bethie déposa son panier à pique-nique dans l'entrée. Elle aurait tout le temps de s'en occuper plus tard. Sur un nuage, elle fredonnait avec insouciance, pensant déjà au lendemain matin et au petit déjeuner qu'elle se promettait de prendre au lit avec Tristan. Depuis quand n'avait-elle pas préparé une omelette, des petits pains ou des crêpes Suzette, au lieu de la malheureuse biscotte qu'elle trempait dans son café tous les matins ? Cette promenade avec Tristan avait été merveilleuse. Pour Bethie, cette journée était comme une renaissance.

Elle jeta machinalement un coup d'œil à son répondeur et fut étonnée de voir qu'il affichait huit appels.

— Ça ne t'embête pas ? demanda-t-elle. J'en ai pour une minute.

— Aucun problème. Aurais-tu un peu de sherry ? J'en profiterai pour nous servir un verre.

Bethie lui désigna le petit bar dans la salle à manger, espérant que la femme de ménage avait bien pensé à épousseter les bouteilles. Depuis combien de temps n'avait-elle pas bu de sherry ? Au moins cinq ans. Un signe de plus qu'une nouvelle vie commençait.

Elle prit le petit carnet à spirale posé à côté du répondeur et mit celui-ci en route.

Le premier appel avait été enregistré à 7 h 10 ce matin-là, mais la personne avait raccroché. Bethie venait tout juste de partir avec Tristan. Un nouvel appel sans message, puis un autre. Au quatrième, elle reconnut la voix de Pierce, qui l'avait appelée peu après midi : « J'ai quelque chose d'urgent à te dire, disait la voix de son ancien mari. C'est au sujet de Mandy. »

Bethie fronça les sourcils, légèrement inquiète. Trois nouveaux appels sans message. Bethie, de plus en plus oppressée, s'attendait désormais au pire.

Le dernier message, enregistré à 20 h 02, émanait à nouveau de Pierce.

— Elizabeth, j'ai essayé de te joindre toute la journée. Pour ne rien te cacher, je suis extrêmement inquiet. Merci de me rappeler sur mon portable dès que tu as ce message, à n'importe quelle heure. J'ai des choses très importantes à te dire. Et puis il faut absolument qu'on discute de ce Tristan Shandling dont tu m'as parlé. J'ai fait faire une recherche sur lui aujourd'hui, et ce type n'existe pas. Appelle-moi d'urgence.

Bethie se figea. Elle chercha maladroitement à couper le haut-parleur du répondeur, mais il était trop tard. Tristan, debout dans l'encadrement de la porte, deux petits verres à sherry à la main, l'observait d'un regard étrange.

— Tu as demandé à Pierce d'effectuer une recherche sur moi ?

Le visage livide, elle acquiesça bêtement. La tête lui tournait déjà et elle dut s'appuyer contre le mur pour ne pas tomber.

— Je vais te dire quelque chose, Elizabeth Quincy. Pour une fois, je crois bien que tu m'épates.

Tristan posa lentement ses deux verres à sherry sur une desserte. Une voix résonna dans la tête de Bethie. *Va-t'en !* Mais où ? Elle repensa soudain à tous ces horribles bouquins que Pierce rapportait de son travail. Un jour, elle avait trouvé les filles en train de feuilleter d'un air horrifié des séries de photos en couleurs de corps mutilés, torturés, défigurés. L'une des victimes avait même eu les seins arrachés.

— Qui… qui es-tu ?

— Tu ne me reconnais pas ? Mais je suis l'agent enquêteur Pierce Quincy, bien sûr. Tu veux voir mon permis de conduire ?

— Pourtant… cette cicatrice. Je l'ai vue, je l'ai touchée ! Tu n'as pas pu l'inventer ! cria-t-elle d'une voix proche de l'hystérie.

Contrairement à elle, Tristan s'exprimait de façon incroyablement posée.

— Je ne l'ai pas inventée, non. Je me suis contenté de me la faire moi-même. Le jour même où tu as donné la permission de débrancher ta chère grande fille. Il suffit de peu de chose, tu sais. Rien qu'une lame de couteau stérilisée, une aiguille et un peu de fil. Il ne faut jamais rien laisser au hasard.

— Mais alors… tu avais rencontré Mandy ! C'est pour ça que tu connaissais mon diminutif et que tu employais les mêmes expressions qu'elle !

— Je suis surpris par ton inconséquence, ma chère Bethie. M'aurais-tu vu prendre le moindre médicament aujourd'hui ? Et tu ne t'es jamais posé la question de savoir comment mon beau rein tout neuf pouvait filtrer une telle quantité de champagne ? J'ai pourtant veillé à laisser quelques indices pour te mettre sur la voie. Il faut toujours laisser une petite chance à son adversaire. L'ennui avec les femmes, c'est qu'elles ne voient pas plus loin que le bout de leur nez. Vous ne voyez que ce que vous avez envie de voir. Tant que vous êtes amoureuses, en tout cas. Après, c'est une autre histoire.

— Je… je ne comprends pas.

— Mais je me contrefous que tu comprennes ou non, ma chère Bethie.

— Pierce a un poste très important au FBI. Tu ne t'en tireras pas comme ça !

Il lui répondit par un sourire amer et tira de la poche de sa veste une paire de gants de cuir noir.

— Mais j'y compte bien, ma chère. Pour tout te dire, je n'avais pas l'intention de mettre un terme aussi vite à notre belle histoire d'amour. J'aurais préféré attendre de te voir te jeter dans mes bras un soir, en m'expliquant ce qui venait d'arriver à ta petite Kimberly. J'en aurais profité pour te dire à quel point elle te hait, ta petite Kimberly. Mandy aussi te haïssait. Tu sais, Bethie, ce n'était pas leur père qui les traumatisait. C'était toi, avec ton caractère de mère poule possessive, bornée et bête.

— Je t'en supplie, ne fais pas de mal à Kimberly ! Laisse ma fille tranquille.

— Il est malheureusement trop tard pour avoir des regrets, ma chère Bethie, trancha-t-il en enfilant lentement ses gants.

Puis il ajouta :

— Allez ! Va-t'en ! Cours, Bethie, cours !

Greenwich Village, New York

Kimberly Quincy se réveilla en sursaut en plein milieu de la nuit. Elle suffoquait, son tee-shirt était trempé de sueur et pourtant elle grelottait de froid. Elle ne se souvenait de rien, sinon qu'elle avait fait un cauchemar atroce.

Elle s'efforça de respirer plus calmement afin d'apaiser les battements de son cœur. Elle finit par allumer sa lampe de chevet et se dirigea en tâtonnant vers la cuisine.

La porte de son colocataire était fermée, mais le rythme régulier du ronflement de Bobby lui parvenait pourtant, légèrement étouffé. Elle se sentait déjà plus rassurée, Bobby avait une nouvelle petite amie et il n'était pas souvent là ces derniers temps. Ça le regardait, bien sûr, mais Kimberly préférait le savoir présent. Au moins, elle n'était pas toute seule dans son petit appartement.

Elle s'assit à la table de la cuisine, sachant d'avance qu'elle n'arriverait pas à se rendormir avant un bon moment. Et même si elle se rendormait, comment éviter de faire de nouveaux cauchemars ? Parfois, Mandy conduisait son Explorer et Kimberly tentait désespérément de lui arracher le volant des mains. D'autres fois, elle courait à perdre haleine dans un tunnel sombre interminable, tentant vainement de rejoindre son père. Il lui était même arrivé de rêver de sa mère. Bethie dansait dans une troupe de ballet, vêtue d'un tutu blanc immaculé ; Kimberly avait beau lui faire de grands gestes, sa mère ne regardait jamais de son côté. Une faille s'ouvrait alors au milieu de la scène et sa mère disparaissait brusquement, engloutie par les entrailles de la terre.

Des rêves terrifiants, dictés par un subconscient terrifié. Kimberly posa les yeux sur le téléphone. Elle n'avait qu'à décrocher pour appeler sa mère ou bien son père, afin de régler une fois pour toutes les problèmes qui la taraudaient.

Ce n'était pas la première fois qu'elle avait la tentation de leur téléphoner, mais elle n'en fit rien et resta longtemps prostrée sur la table de la cuisine, à écouter la nuit silencieuse. Ce n'est qu'une heure plus tard qu'elle regagna enfin son lit, épuisée.

Le Motel 6 en Virginie

De retour de son expédition dans le cimetière de voitures avec Vince Amity, Rainie se glissait dans son lit au moment où le téléphone sonna. Le cadran lumineux du réveil marquait 3 heures du matin. Intriguée, elle regarda l'appareil, se demandant qui pouvait bien l'appeler à cette heure-là : Quincy ou bien Carl Mitz, le mystérieux avocat qui la poursuivait depuis deux jours ? Rien de bon, de toute façon, mais elle décrocha. C'était Quincy.

— Rainie, je suis à Philadelphie, chez Bethie. Elle a été assassinée.

— J'arrive, se contenta de répondre Rainie.

16

Society Hill, Philadelphie

Rainie était d'une humeur belliqueuse lorsqu'elle déboula à Philadelphie deux heures plus tard. Elle avait roulé à tombeau ouvert, sans se soucier des limitations de vitesse et des règles les plus élémentaires de courtoisie routière.

Elle n'eut aucun mal à trouver la belle maison d'Elizabeth Quincy à Society Hill : il suffisait de suivre la direction des gyrophares qui zébraient de rouge le quartier. La camionnette blanche du médecin légiste était garée à cheval sur le trottoir, derrière trois voitures de patrouille et un véhicule banalisé. Probablement celui des flics de la criminelle. Ils avaient eu la bonne idée de se mettre sur le trottoir pour laisser la place à la circulation, mais la précaution était inutile car trois autres voitures officielles en avaient profité pour s'installer là, bloquant momentanément le trafic. Il devait s'agir des équipes du FBI. Pléthore de généraux, manque de troupes, pensa Rainie en se demandant comment Quincy allait traverser cette nouvelle épreuve.

Elle gara sa voiture un peu plus loin et parvint à la maison d'Elizabeth au moment où les premières lueurs de l'aube commençaient à éclaircir le ciel. Plusieurs voisins, en robes de chambre de soie et autres imperméables Burberry, la regardèrent passer d'un air circonspect, depuis le seuil de leurs maisons cossues. Tous portaient sur le visage les stigmates de la peur. L'une des leurs venait de trouver la mort dans ce qui aurait dû être un havre de tranquillité bourgeoise. Malgré l'opulence discrète du quartier, les maisons étaient entassées les unes sur les autres, comme dans n'importe quel lotissement, et tous ces braves gens réalisaient brusquement que l'argent ne fournit qu'un rempart éphémère contre la violence et la mort.

Arrivée devant chez Bethie, Rainie montra sa licence de détective privé au jeune flic censé filtrer les intrus à l'entrée du périmètre de sécurité. Mal réveillé, il buvait machinalement un café entre deux bâillements.

— On n'entre pas, annonça-t-il.

— Je travaille pour un agent du FBI du nom de Pierce Quincy, répondit-elle aussitôt.

— Et moi je suis Jeanne d'Arc. Allez vous faire foutre.

— Tu parles à ta mère de la même façon ? demanda-t-elle d'un air grave en fronçant les sourcils. Tu vas me faire le plaisir d'aller chercher l'agent enquêteur Quincy pour lui dire que Lorraine Conner l'attend.

— Et pourquoi je ferais ça ?

— Pourquoi ? Tout simplement parce que je travaille pour lui, qu'il m'a appelée cette nuit pour me demander de venir ici, et que tu ne dois pas avoir envie de commencer ta journée en recevant une baffe, même envoyée par une jolie fille. Ça te va comme explication ?

— En tout cas, je n'ai pas l'intention de commencer ma journée en obéissant aux ordres d'une…

— Hé ! vous !

Le jeune flic se retourna. Debout sur le seuil de la maison, l'agent Glenda Rodman leur faisait signe. Elle portait le même costume gris que la veille, mais ses cheveux noirs étaient en bataille, car elle avait dû accourir en catastrophe. Rainie ne prit guère le temps de s'attarder sur ce genre de détail, vexée d'être surprise une nouvelle fois en position de faiblesse.

— M. Quincy a effectivement demandé à Mlle Conner de venir ici, se contenta de dire Glenda au jeune flic. Laissez-la passer et ne vous inquiétez pas, elle est toujours de mauvais poil à cette heure-ci.

— Ce n'est pas l'heure qui me dérange, c'est la connerie des gens, grommela Rainie.

— Si vous voulez bien me suivre…

Le jeune flic souleva à regret la lanière de plastique délimitant son royaume et Rainie lui lança un sourire ravageur avant de reprendre un visage de circonstance. Dès le seuil de la maison, l'odeur de sang était insupportable et elle en eut aussitôt la nausée. Glenda Rodman s'arrêta pour lui jeter un regard presque compatissant, et Rainie comprit que le pire était encore à venir.

Il y avait effectivement du sang partout : sur les murs beiges et sur les tableaux, en flaques grasses sur le plancher de même que sur les tapis précieux de la malheureuse Bethie. La tablette de l'entrée avait été renversée, la prise du téléphone arrachée, le répondeur jeté à la volée sur un vieux miroir au cadre doré, et des débris de bouteille sur le sol expliquaient l'odeur entêtante d'alcool qui se mêlait à celle de la mort.

Mon Dieu! pensa Rainie. *Mon Dieu*... Les seuls mots qui lui venaient spontanément à l'esprit.

Glenda Rodman pénétra dans la salle à manger et Rainie la suivit. Les techniciens de la brigade criminelle s'affairaient autour d'une table en merisier, à la recherche d'empreintes, tandis que deux autres agents enroulaient soigneusement un tapis d'Orient pour l'expédier au labo. Glenda s'arrêta à nouveau, et Rainie comprit qu'elle procédait par étapes afin de lui donner une idée des circonstances du drame.

Bethie avait été attaquée dans l'entrée. À en juger par les éclaboussures de sang, son assassin s'était servi d'un couteau ou d'un instrument tranchant quelconque. Rainie vit défiler devant ses yeux le film des événements : Bethie, surprise au moment où elle rentre chez elle, tente de se défendre. Elle se précipite dans la salle à manger. Là, quelqu'un s'empare de cette lampe à abat-jour qui gît par terre un peu plus loin et sur le pied de laquelle on aperçoit des traces de sang et des mèches de cheveux. Les cheveux de qui ? Tout dépend de qui s'est emparé de la lampe en premier. À nouveau des éclaboussures sur le mur du fond, où une personne a été sérieusement blessée. Très certainement Elizabeth.

Des traces de pas sanglantes traversaient la salle à manger. Glenda et Rainie les suivirent jusqu'à la cuisine et découvrirent toute une batterie de couteaux, pêle-mêle sur le plan de travail carrelé. Les plus petits avaient été jetés à terre par quelqu'un qui cherchait de préférence les lames les plus meurtrières, comme l'indiquait une vaste flaque de sang sur le sol.

Rainie voyait la scène de plus en plus nettement. La délicate Elizabeth attaquée, blessée, folle de terreur, affaiblie par le sang qu'elle avait perdu, tentant vainement de se réfugier dans la cuisine. Devinant que la bataille était perdue d'avance, elle avait cherché à vendre chèrement sa vie. L'instinct de survie est toujours le plus fort. Elle voit ses couteaux de cuisine, écarte d'un geste maladroit les plus petits, décidée à tenter le tout pour le tout.

Pauvre Elizabeth… Trop bien élevée pour savoir qu'une femme ne se bat jamais avec un couteau. Pour se défendre efficacement avec un objet tranchant, il faut être adroit, avoir de la force et le bras plus long que celui de son adversaire, ce qui n'est pas donné aux ménagères de la bonne bourgeoisie comme Bethie. Dans les écoles de police, on vous explique que la grande majorité des femmes qui cherchent à se défendre avec un couteau de cuisine sont tuées à l'aide de leur propre arme. Bethie aurait mieux fait de prendre une poêle en fonte ou un autre objet lourd, susceptible de faire reculer son adversaire.

Elle avait sans doute fini par le comprendre une fois coincée contre le plan de travail, mais il était trop tard et elle s'était écroulée, s'agrippant désespérément aux poignées des placards.

On apercevait encore le dessin de sa hanche et de sa jambe à l'endroit où elle était tombée. Elle avait dû trouver la force de résister car les traces s'éloignaient du plan de travail. Bethie ne s'était visiblement pas laissé faire. À moins que son agresseur ait cherché à faire durer le plaisir.

— À partir d'ici, murmura Glenda Rodman, je vous demanderai de bien faire attention et de suivre le marquage au sol.

Rainie n'avait pas remarqué une bande de ruban adhésif collée sur le sol en zigzag et traversant toute la maison. Ayant été confrontée à une situation similaire lors de la tuerie de la cité scolaire de Bakersville, Rainie savait à quel point il est difficile d'empêcher les secours et les équipes techniques de détruire les indices éventuels. Afin de limiter les dégâts, il est indispensable de sécuriser les secteurs à protéger, elle l'avait appris à ses dépens un an plus tôt.

Elle suivit le marquage au sol sur la pointe des pieds jusque dans le hall, maculé de nouvelles taches rouge sombre. Des mains ensanglantées avaient laissé une multitude d'empreintes effrayantes, formant sur les murs des motifs sordides. *Mon Dieu !* pensa à nouveau Rainie.

— Nous croyons que le meurtrier a fait ça après avoir tué la victime, commenta Glenda.

— Mais… les empreintes sont trop petites pour être les siennes.

— Ce ne sont pas les siennes, se contenta de lâcher l'agent du FBI d'un ton neutre.

— Quincy est passé par ici? demanda aussitôt Rainie.

— À plusieurs reprises. À sa demande.

Les deux femmes arrivèrent enfin dans la chambre à coucher de Bethie. Rainie évita de regarder le lit en voyant que l'assistant du médecin légiste, occupé à quelque besogne sordide, était à la limite de vomir. Elle préféra s'intéresser au reste de la pièce : ici aussi, les miroirs avaient été réduits en miettes, les appliques arrachées du mur, le téléphone jeté par terre. Les oreillers avaient été consciencieusement éventrés, déversant une pluie de plumes sur le tapis. Les flacons de parfum de Bethie avaient également été brisés, formant un curieux mélange avec l'odeur du sang.

— Les voisins ont dû être attirés par le bruit, avança Rainie d'une voix blanche. Comment se fait-il que personne n'ait appelé la police ?

— L'ancien propriétaire de la maison était un pianiste de concert, expliqua Glenda. Il y a vingt ans, il a fait entièrement insonoriser les murs pour ne plus déranger les voisins.

— Mais alors, qui a appelé la police ?

— Quincy.

— Quincy ?!! Que faisait-il ici ?

— Selon lui, il est arrivé un peu après minuit, inquiet de ne pouvoir joindre son ex-femme au téléphone.

— Selon lui ? réagit aussitôt Rainie. Qu'est-ce que vous voulez dire, *selon lui* ?

Glenda Rodman mit un petit moment à répondre, évitant de regarder la jeune femme en face.

— Nous avons trouvé une vitre cassée dans la salle de bains principale, grommela-t-elle. Première possibilité, le meurtrier s'est introduit dans la maison en début de soirée et il a attendu que Mme Quincy rentre chez elle.

— Pourquoi dites-vous « première possibilité » ?

— La propriété est équipée d'une alarme extrêmement sophistiquée qui ne s'est pas déclenchée.

— L'alarme avait bien été activée ?

— Nous sommes actuellement en train de voir ça avec la société de gardiennage. Nous leur avons demandé de nous fournir un rapport détaillé dès que possible.

— Si je comprends bien, vous étudiez donc une seconde possibilité, à savoir qu'elle a été attaquée par un familier, explosa Rainie. Et vous pensez que ce quelqu'un est Quincy, c'est bien ça ? Vous le soupçonnez d'avoir assassiné son ex-femme ?

— Bien sûr que non !

Glenda Rodman avait répondu avec véhémence, veillant pourtant à ne pas élever la voix. Elle jeta un coup d'œil du côté du médecin légiste et de son assistant avant de s'approcher de Rainie.

— Écoutez, mademoiselle Conner, je n'ai pas l'habitude de faire des confidences au premier venu quand je suis sur une enquête, encore moins lorsqu'il s'agit d'une pseudo-flic venue de je-ne-sais-où. Je vais tout de même vous donner un conseil : si vous êtes une amie de Quincy, il risque d'avoir besoin de vous. Jusqu'à présent, le FBI lui apporte tout son soutien. Pour ma part, j'ai passé ma journée à écouter la moitié des détraqués sexuels de ce pays lui laisser des messages immondes sur son répondeur. Nous sommes parfaitement conscients que cette affaire n'est pas aussi simple qu'il y paraît, mais rien ne nous dit que la police locale réagira de la même façon.

— Mais enfin, le FBI a le bras suffisamment long pour leur faire entendre raison !

— Bien sûr que non.

— Vous vous fichez de moi, où quoi ?

— Je ne sais pas si vous êtes au courant, ma chérie, mais il existe encore des lois dans ce pays.

— Où est Quince ? demanda Rainie d'un air buté. Je veux lui parler.

— Si les enquêteurs de la police de Philadelphie sont d'accord, pas de problème.

— Je veux le voir.

— Alors suivez-moi.

Glenda fit demi-tour en direction du hall. Au moment de franchir la porte, Rainie eut l'imprudence de jeter un coup d'œil en direction du lit, et elle crut qu'elle allait se trouver mal.

— Quincy va avoir besoin de vous, se contenta de répéter Glenda en la voyant changer de couleur.

Quincy était retenu par deux inspecteurs en civil qui l'interrogeaient dans l'une des rares pièces de la maison épargnées par le carnage. En d'autres circonstances, Rainie aurait trouvé la scène amusante. La chambre était celle de l'une des deux filles, à en juger par le papier peint jaune pâle à petites fleurs roses et mauves, le grand lit recouvert d'un édredon de la même couleur, le baldaquin de mousseline romantique. Le long de l'un des murs, on apercevait une table de maquillage en rotin surmontée d'une glace ovale recouverte de photos-souvenirs : un défilé de pom-pom girls, le portrait d'un copain de classe, un cliché pris le soir du bal de la promotion. Un bouquet de fleurs séchées pendait au bout d'un ruban au-dessus du miroir, et des animaux en peluche multicolores étaient alignés sur le plateau de la commode.

Le plus gros des deux inspecteurs s'était installé tant bien que mal sur l'unique siège de la chambre, un petit banc en rotin de couleur mauve, obligeant son collègue à rester debout. Quant à Quincy, il était assis sur le lit en baldaquin, la jambe calée contre un oreiller jaune pâle tout froissé. *La Gestapo en visite chez Laura Ashley*, pensa Rainie. Son cœur se serra en voyant le visage défait de Quincy.

— Vous dites être arrivé ici à quelle heure ? demanda le premier inspecteur depuis son banc en rotin.

Ses sourcils épais se rejoignaient au-dessus du nez pour ne former qu'une barre à hauteur du front, accentuant le contraste entre ses allures d'homme des cavernes et son costume de ville.

— Peu après minuit. Je n'ai pas regardé ma montre.

— La voisine, Mme Betty Wilson, prétend avoir vu la victime rentrer chez elle aux alentours de 22 heures en compagnie de quelqu'un répondant à votre signalement.

— Tout ce que je peux vous dire, c'est que je ne me trouvais pas ici à 22 heures. Je vous le répète, je ne suis arrivé qu'après minuit.

— Où étiez-vous à 22 heures ?

— Par définition, inspecteur, je me trouvais dans ma voiture, quelque part sur la route entre ici et la Virginie où j'habite, puisque je ne suis arrivé qu'à minuit.

— Quelqu'un peut en témoigner ?

— À part ma voiture, personne.

— Des reçus de péage ?

— Je n'ai pas pensé à demander le moindre reçu. À ce moment-là, j'étais loin de me douter que j'aurais besoin d'un alibi.

Les deux inspecteurs échangèrent un regard entendu. Témoin hostile, déposition floue, il était temps de passer aux choses sérieuses.

Rainie en profita pour intervenir.

— Messieurs, prononça-t-elle calmement.

Tous les regards se tournèrent vers elle. Les deux inspecteurs, persuadés qu'il s'agissait de l'avocate de Quincy, ne cherchèrent pas à dissimuler leur agacement.

Quincy, encore sous le choc après la vision d'horreur à laquelle il avait eu droit en découvrant le corps de son ex-femme, ne réagit même pas.

— Qui êtes-vous ? aboya l'homme des cavernes.

— À votre avis ? Je m'appelle Conner, Lorraine Conner, dit-elle en tendant la main d'un air décidé.

L'homme des cavernes la lui serra à regret en poussant un énorme soupir, profitant de l'occasion pour lui broyer les phalanges.

— Inspecteur Kincaid, bougonna-t-il.

Rainie se tourna vers son collègue, un petit homme au regard bleu acier.

— Albright, répondit ce dernier en lui serrant à son tour la main, tout en l'observant attentivement.

Il ne faisait guère de doute qu'Albright était la tête et Kincaid les jambes. Rainie avait appris à se méfier des petits flics à l'air insignifiant ; ce sont généralement les plus dangereux.

— Où en sommes-nous ? demanda-t-elle en se posant sur le lit comme si sa présence était naturelle.

Dans son coin, Glenda Rodman observait la scène avec un petit sourire amusé.

— Nous sommes en train de vérifier l'alibi de…

— C'est tout ce que vous avez trouvé comme suspect ? s'étonna-t-elle en plantant son regard dans celui d'Albright. Un agent du FBI ?

— N'oublions pas qu'il s'agit de l'ancien mari de la victime.

Rainie se tourna vers Quincy.

— À quand remonte le divorce ?

— Huit ans.

— Des actions actuellement en cours contre Elizabeth Quincy ?

— Non.

— Un héritage en vue de ce côté-là ?

— Non.

Rainie se retourna vers le petit inspecteur.

— J'avoue avoir du mal à comprendre ce qui aurait pu pousser Quincy à assassiner son ex-épouse.

Évitant de lui répondre directement, Albright se tourna vers Quincy.

— Est-il exact que vous avez acheté une Audi TT rouge il y a deux semaines à New York ?

— Non, répondit Rainie à sa place.

— Maître, nous avons ici une copie de la carte grise du véhicule en question. Elle est au nom de M. Quincy.

— Il s'agit d'un achat frauduleux effectué par un inconnu se faisant passer pour l'agent enquêteur Quincy. Le FBI est déjà au courant, et plusieurs de ses agents procèdent actuellement aux recherches nécessaires, comme pourra vous le confirmer l'agent Rodman, ici présente.

— C'est effectivement le cas, opina Glenda.

Rainie profita de son petit effet pour enfoncer le clou d'une voix décidée :

— Vous êtes probablement au courant que l'agent enquêteur Quincy fait actuellement l'objet de harcèlement de la part d'un inconnu. Sa ligne téléphonique privée a été diffusée à un grand nombre de détenus au sein de diverses institutions pénitentiaires du pays. À votre place, je me renseignerais avant d'aller plus loin.

— Je suppose, rétorqua Albright sans ciller, que vous êtes au courant des huit appels passés par l'agent enquêteur Quincy à son ex-épouse depuis vingt-quatre heures.

— Il s'inquiétait à son sujet, il vient de vous l'expliquer.

— Pour quelle raison ? Je croyais qu'ils avaient divorcé il y a huit ans ?

L'inspecteur marquait un point.

— Elizabeth m'avait demandé d'effectuer une recherche au sujet de quelqu'un, s'interposa Quincy d'une voix calme.

Rainie aurait préféré qu'il continue à se taire. Avec son incroyable capacité à masquer ses émotions, Quincy donnait l'impression du professionnel blasé, habitué aux crimes les plus monstrueux. Elle savait que cette indifférence apparente n'était qu'une façade, ses poings serrés le montraient. Elle le connaissait bien et sentait la colère rentrée derrière ce détachement affecté. Elle aurait donné n'importe quoi pour le prendre dans ses bras. Au lieu de ça, elle devait se contenter de jouer les avocates, consciente que son impassibilité factice risquait de le perdre aux yeux des deux flics bornés qui l'interrogeaient.

— Comme je n'avais rien trouvé sur la personne dont Bethie m'avait communiqué le nom, poursuivit Quincy, je me suis inquiété pour elle, surtout après ce qui venait de m'arriver.

— Quel nom vous a-t-elle donné ?

— Tristan Shandling.

— D'où connaissait-elle ce Shandling ?

— Je n'en ai pas la moindre idée.

— Depuis quand le connaissait-elle ?

— Je n'en sais rien.

L'inspecteur Albright fronça les sourcils.

— Alors là, je ne comprends plus. Vous qui êtes un modèle de conscience professionnelle, vous effectuez une recherche à la demande de votre ex-femme sans lui poser la moindre question ?

— Comme vous avez eu la délicatesse de me le rappeler, inspecteur, cela fait huit ans que nous sommes divorcés. Sa vie privée ne me regarde plus.

— Vous parlez de vie privée. Vous supposez donc qu'il s'agissait d'un amant…

— Je n'ai pas dit ça, le coupa sèchement Quincy.

Mais il était trop tard. Sa réaction n'avait pas échappé à Albright qui s'empressa de prendre des notes. *Voilà le mobile dont ils avaient besoin*, pensa Rainie. *Un type jaloux de son ex-femme.*

— Messieurs, constata-t-elle, je ne doute pas de l'intérêt de cette conversation à 5 heures du matin, mais j'ai comme l'impression que vous passez à côté de l'évidence.

Albright la regarda d'un air intrigué. Quant à l'homme des cavernes, il fit preuve de sa subtilité coutumière en s'écriant :

— De quoi ?

— Jetez un coup d'œil autour de vous. Observez donc l'état de cette maison après cet effroyable carnage. Il ne fait aucun doute que l'on s'est battu sauvagement ici. Personnellement, je ne vois rien sur l'agent Quincy qui puisse permettre de l'associer à ce meurtre. Pas la moindre trace de sang sur son costume impeccable ou ses souliers soigneusement cirés, pas la moindre égratignure sur ses mains ou son visage. Cela ne vous paraît pas bizarre ?

— Il aura fait comme O.J. Simpson, suggéra l'homme des cavernes.

Découragée, Rainie soupira en cherchant du secours du côté de l'inspecteur Albright. Surprise, elle constata que ses arguments n'avaient pas l'air de l'émouvoir le moins du monde.

Elle se tourna vers Quincy. Les yeux perdus dans les motifs fleuris du papier peint jaune pâle de la chambre, il évitait de la regarder, tout comme Glenda Rodman.

Il devait y avoir quelque chose qu'elle ignorait. Quelque chose que Quincy et Glenda n'avaient pas voulu révéler aux inspecteurs de la police de Philadelphie, ce qui était plutôt inquiétant.

Quelle mauvaise surprise attendait encore Rainie ? Et comment réagirait Quincy quand elle lui annoncerait que l'assassin de Bethie était probablement le même que celui qui lui avait déjà enlevé sa fille quatorze mois plus tôt ?

L'assistant du médecin légiste apparut sur le seuil de la chambre.

— Euh… j'ai pensé que vous voudriez voir ça, murmura l'homme en blouse blanche.

Il tenait dans sa main gantée de caoutchouc un sac en plastique que Glenda refusa de prendre, laissant Albright s'en emparer. L'inspecteur le saisit d'une main tremblante et le porta à la lumière avant de s'écrier d'une voix blanche :

— Nom de Dieu !

Pétrifié, il laissa échapper le sac qui roula sur le tapis mauve, formant une tache carmin inquiétante.

— C'était…

L'assistant du légiste, le teint plus terreux que jamais, avait le plus grand mal à dissimuler son horreur, comme hypnotisé par le sac et son contenu.

— Nous avons trouvé ce… euh… cette chose dans la cavité abdominale.

L'homme des cavernes n'osait plus respirer. Sur le lit, Quincy serrait si fort l'édredon que les tendons de sa main ressemblaient à des cordes de piano. La première, Rainie sortit de son immobilisme et se baissa lentement pour saisir le sac avec mille précautions, comme s'il s'agissait d'un serpent venimeux prêt à bondir.

On aurait dit du papier cadeau rouge avec des volutes neigeuses, tel qu'on en trouve couramment au moment de Noël.

C'était une feuille de papier, du papier à lettres dégoulinant de sang. Les taches que Rainie avait prises un instant pour des volutes vaporeuses étaient en fait des gros caractères tracés grossièrement à l'aide de paraffine, une matière blanchâtre choisie par le meurtrier pour faire davantage d'effet lorsque l'on découvrirait la feuille dans les entrailles d'Elizabeth Quincy.

— On dirait un message, balbutia Rainie.

— Lis-le-moi, je t'en prie, demanda Quincy à voix basse.

— Non !

— *Lis-le-moi !*

Rainie ferma les yeux. Elle n'avait eu aucun mal à déchiffrer les mots effrayants laissés par le monstre qui avait tué Bethie.

— Il est écrit… il est écrit : « Dépêche-toi, Pierce. Il en reste encore une. »

— Kimberly, conclut Glenda Rodman.

Personne ne s'attendait à la réaction de Quincy, secoué par un tremblement incontrôlable, tandis qu'un rire sinistre fusait brusquement de sa gorge.

— Une bouteille à la mer ! Cette ordure nous fait le coup de la bouteille à la mer ! s'écria-t-il entre deux hoquets, avant de s'effondrer. Kimberly, ma petite Kimberly… Je t'en supplie, Rainie, emmène-moi loin d'ici.

17

Greenwich Village, New York

Rainie et Quincy couvrirent en silence les cent soixante kilomètres séparant Philadelphie de New York. La première au volant, le second la tête appuyée contre la fenêtre de sa portière. Quincy avait les yeux fermés, mais elle savait qu'il ne dormait pas. Dans moins d'une heure, ils seraient chez sa fille et Rainie rentrait déjà la tête dans les épaules en pensant aux nouvelles que son père lui apportait. Après avoir enterré sa sœur quelques semaines plus tôt, Kimberly allait devoir accepter le meurtre de sa mère, sauvagement assassinée par un fou qui promettait désormais de s'en prendre à elle.

Il fallait impérativement que Quincy se ressaisisse. Le temps lui était compté, et il ne pouvait s'offrir le luxe de laisser le champ libre à son adversaire.

— Raconte-moi ce que tu as découvert, dit-il soudain.

— Nous avons retrouvé le 4 × 4 de Mandy. Je comptais t'appeler ce matin pour t'en parler.

— Quelqu'un a trafiqué la ceinture de sécurité.

— Oui. Mais surtout, il y avait quelqu'un d'autre avec Mandy au moment de l'accident. Nous avons découvert sur la ceinture côté passager des traces qui ne laissent aucun doute à ce sujet. Seul élément positif, Vince Amity a retrouvé quelques cheveux sur la garniture du siège. Si on arrive à mettre la main sur notre homme, au moins aurons-nous le moyen de prouver qu'il se trouvait sur le lieu du crime.

— Quel crime ? À ma connaissance, aucune loi n'empêche quelqu'un de circuler comme passager dans un 4 × 4.

— Nous verrons bien, Quincy. Amity est un bon flic, et je lui fais confiance pour trouver des preuves recevables devant un jury. Maintenant, à mon tour de te poser une question : pour quelle raison t'es-tu rendu chez ton ex-femme précisément ce soir ?

— Je m'inquiétais pour elle. Elizabeth… Bethie ne sortait pas beaucoup et j'ai eu un mauvais pressentiment après avoir tenté de la joindre toute la journée au téléphone.

— Je me demande s'il était au courant.

— Je pense que oui, répondit Quincy, se tournant enfin vers Rainie.

Son visage s'était chiffonné en l'espace de quelques heures, et on aurait dit que ses tempes avaient blanchi. C'était peut-être l'un des agents les plus expérimentés du FBI, et il avait beau être confronté quotidiennement à l'indicible, Rainie n'était pas certaine que son expérience lui fût d'un grand secours dans un moment comme celui-là. Il connaissait trop bien la perversité de certains psychopathes pour ne pas craindre le pire au sujet de sa fille.

— On sait déjà que ce Tristan Shandling a tout mis en œuvre pour te faire porter le chapeau, reprit Rainie d'une voix douce. Il achète une voiture à ton nom et s'arrange pour te ressembler le jour où il raccompagne Bethie chez elle. Mais je voudrais surtout savoir ce que vous avez découvert avec Glenda et que vous n'avez pas dit aux inspecteurs de la criminelle.

— La fenêtre de la salle de bains. Quand les spécialistes examineront les débris, ils remarqueront immédiatement que la vitre a été cassée de l'intérieur.

— On a pourtant retrouvé les morceaux de verre sur le sol de la salle de bains, et non à l'extérieur.

— C'est vrai, mais il suffit de regarder d'un peu plus près pour s'apercevoir que le coup a été donné de l'intérieur. Après ça, rien de plus facile que de récupérer les morceaux tombés par terre pour les remettre dans la salle de bains. Ce qui n'empêchera pas les spécialistes de voir tout de suite que l'angle de rupture des fragments ne correspond pas. Le meurtrier se trouvait déjà dans la maison quand il a brisé la vitre dépolie. Et tu verras que, lorsque la police de Philadelphie recevra le rapport de la compagnie de gardiennage, la mémoire de l'alarme montrera qu'elle a été désactivée normalement.

— Il serait donc entré avec Elizabeth, nota Rainie, songeuse. Je parle du fameux type qui te ressemble, aperçu par la voisine à 22 heures.

— C'est très probable. Autre chose, l'état dans lequel on a retrouvé la maison. Il s'est appliqué à simuler une bataille rangée en saccageant tout sur son passage. En réalité, tu verras que les traces de sang se limitent à quelques endroits bien précis, alors que la plupart des pièces ont été vandalisées. À mon avis, la lutte n'a pas duré longtemps. Elizabeth a été tuée tout de suite et la grande majorité des dégâts ont été faits après coup.

— Pour rendre la chose plus effrayante ?

— Exactement. C'était une autre façon de m'atteindre. Ce type-là n'est pas le premier venu.

— Quant au corps… murmura Rainie.

— Quant au corps, comme tu dis, répéta Quincy d'une voix étrangement calme. Le rapport d'autopsie nous le confirmera, mais je suis prêt à parier qu'Elizabeth a été tuée assez vite, et qu'elle n'a pas été violée, contrairement à ce qu'il a voulu laisser croire en la disposant de la sorte sur son lit. Je n'ai pas noté la moindre ecchymose au niveau des poignets et des chevilles, ce qui aurait prouvé qu'il l'avait attachée après l'avoir tuée. Même chose pour les mutilations.

— Mais alors, pourquoi ?

— Pure mise en scène pour brouiller les pistes : faire passer l'assassin pour un maniaque sexuel. Quel meilleur suspect qu'un ex-mari, spécialiste des tueurs en série et autres psychopathes ?

— La ficelle est un peu grosse. Les flics de Philadelphie ne tomberont pas dans le piège.

— Je n'en mettrais pas ma main à couper.

— Les flics eux-mêmes ont pu constater que tu n'avais ni égratignure, ni aucune trace de sang quelque temps à peine après le crime.

— Ils prétendront que j'avais bien préparé mon coup. Tu verras qu'ils retrouveront du sang dans la plomberie de la salle de bains, prouvant que l'assassin s'est lavé après le meurtre. Je ne serais pas même surpris que notre inconnu, si je commence à le connaître, se soit arrangé pour que le sang retrouvé dans le lavabo soit du même groupe sanguin que le mien. Va savoir ?

Rainie détecta une trace d'amertume dans sa voix.

— Et cet horrible message ? insista Rainie. C'est bien la preuve que tu n'as rien à voir là-dedans.

— Bien au contraire.

— Comment ça ?

Quincy eut un petit sourire étrange.

— Cet aspect des choses n'est pas le moins banal, crois-moi. L'écriture du message… eh bien, c'est la mienne ! Je ne sais pas comment il s'y est pris, Rainie, mais ce cinglé est en train de prendre ma place.

Kimberly buvait un café dans sa petite cuisine, réfléchissant au programme de sa deuxième journée de liberté forcée lorsque l'interphone bourdonna. Bobby était parti travailler après lui avoir dit qu'il dormirait chez sa petite amie la nuit suivante, et elle n'avait envie de voir personne. Elle avait quartier libre et comptait faire de l'exercice, dormir un peu, faire une cure de légumes et de fruits pour se remettre les idées en place.

Elle trempa les lèvres dans son café, épuisée par une nuit d'insomnie, se demandant combien de kilomètres il lui faudrait courir pour reprendre forme humaine.

L'interphone insista, et elle se décida tout de même à voir qui pouvait bien la déranger à cette heure.

— Oui ?

— Kimberly, c'est ton père.

Et merde ! pensa-t-elle en appuyant sur le bouton pour ouvrir la porte de l'immeuble.

L'immeuble n'avait pas d'ascenseur, mais il ne faudrait à son père que quelques minutes pour grimper les sept étages, un délai décidément trop court pour reprendre cinq kilos, rattraper le sommeil qu'elle avait en retard, se laver les cheveux et leur redonner un peu de brillant. Son pantalon de jogging flottait sur ses hanches et son vieux tee-shirt pendait sur ses épaules décharnées.

Perdue dans sa cuisine, elle entendit son père toquer à la porte. Elle n'avait pas envie de lui ouvrir, sans vraiment savoir pourquoi.

Quincy frappa à nouveau, et le cœur de Kimberly fit un bond dans sa poitrine. Très lentement, elle traversa la cuisine et ouvrit la porte. Son père la regardait d'un air grave, avec à ses côtés une jeune femme que Kimberly ne connaissait pas.

— Je suis désolé, annonça-t-il d'une voix rauque.

Il prit Kimberly dans ses bras et elle éclata en sanglots sans même savoir quelle mauvaise nouvelle lui apportait son père.

Ils se faisaient face dans le living-room, Kimberly assise en tailleur par terre, Quincy et son amie, Rainie Conner, installés sur le canapé. En moins d'une demi-heure, Kimberly avait épuisé une boîte de kleenex, passant de l'incrédulité à l'horreur avant de sombrer dans un état second proche de la stupeur. Les yeux perdus dans les motifs de son tapis bleu usé, elle tentait vainement de reprendre ses esprits.

Ta mère est morte.

Ta mère a été assassinée.

Un inconnu a décidé de nous détruire. Il a tué Mandy, il a tué Bethie et il a l'intention de s'en prendre à toi.

— Tu… tu n'as pas la moindre idée de qui ça peut être ? demanda-t-elle enfin.

Les mots avaient du mal à passer, les pensées se bousculaient dans sa tête, et elle avait toutes les peines du monde à ne pas s'effondrer. « Kimberly la forte », comme le lui répétait toujours sa mère.

Ta mère est morte.

Ta mère a été assassinée.

Un inconnu a décidé de nous détruire. Il a tué Mandy, il a tué Bethie et il a l'intention de s'en prendre à toi.

— Non, répondit posément Quincy, mais nous cherchons.

— Il doit sûrement s'agir de quelqu'un lié à l'une ou l'autre de tes enquêtes, tu ne crois pas ? Quelqu'un que tu as fait arrêter ou bien que tu as failli arrêter, ou alors un proche. Un père, un fils, un frère…

— C'est probable.

— Alors il suffit de faire la liste de tous les gens à qui tu as eu affaire depuis des années. On s'intéresse en priorité à ceux qui sont sortis de prison récemment, on procède par élimination et on coince ce salopard !

Kimberly s'exprimait d'une voix anormalement aiguë. Pour la calmer, son père lui répéta :

— Nous cherchons.

— Je ne comprends pas, murmura-t-elle d'une voix tremblante, prête à fondre à nouveau en sanglots. Mandy… avec Mandy, c'était différent. Elle traînait toujours avec de drôles de types. Mais maman ! Maman n'était pas du genre à se laisser embobiner par le premier venu, encore moins à l'inviter chez elle.

— Tu avais parlé à ta mère ces temps derniers ?

— Non, avoua Kimberly en baissant la tête. Je… je n'ai pas eu le temps.

— Elle m'a appelé il y a deux jours. Elle se faisait un sang d'encre à ton sujet.

— Je sais.

— Moi aussi, je m'inquiétais.

— Je sais.

Quincy préféra ne rien dire. Il avait toujours su se taire quand il le fallait, mais Kimberly n'était pas dupe. Ou plutôt, elle ne l'était plus, depuis qu'elle avait décidé de marcher sur ses traces. Pendant longtemps, jusqu'à ce qu'elle entame ses études de psycho, elle l'avait considéré comme un dieu. Depuis, elle comprenait mieux comment son père fonctionnait, elle percevait son côté manipulateur. Et si elle en tirait une certaine fierté au début, tout avait changé depuis la mort de Mandy.

Il se leva pour faire les cent pas dans la pièce, fidèle à son habitude. Kimberly ne l'avait jamais vu aussi pâle, ni aussi maigre. Tel père, telle fille. Elle faillit se remettre à pleurer en entendant dans sa tête la voix de sa mère : « Tu es bien comme ton père ! » Dans ces cas-là, pour se venger, elle répondait inévitablement : « Je sais, maman. Et toi, tu es comme Mandy ! »

— On devrait tout reprendre à zéro, proposa la jeune femme brune assise sur le canapé.

Quincy se retourna et lui lança un de ces regards durs dont il avait le secret, mais elle ne se laissa pas émouvoir.

— Que tu le veuilles ou non, Quincy, ta fille est dans le pétrin comme nous. Autant tout lui dire. L'union fait la force.

— Je ne veux pas…

— Elle a raison, s'écria Kimberly. Je suis effectivement concernée par ce qui se passe. Je veux tout savoir. C'est le seul moyen de comprendre.

— Mais enfin, tu es ma fille, et je n'ai pas la moindre intention de t'envoyer en première ligne !

— Notre inconnu ne t'a pas attendu pour ça. N'oublie pas que je suis sa prochaine cible.

— Je te rappelle que tu n'as que vingt et un ans…

— Et moi, je te rappelle que je fais du karaté et que je sais me servir d'une arme. Je n'ai pas l'intention de me laisser faire !

— Tout ce que j'ai toujours voulu éviter est en train de m'arriver. Si je pouvais…

— Je sais, l'interrompit Kimberly d'une voix plus calme. Je sais que tu ne l'as pas voulu, mais le fait est là, et je suis convaincue de pouvoir vous être utile.

Quincy ferma les yeux. Kimberly crut un instant qu'il allait pleurer, mais il se ressaisit et retourna s'asseoir sur le canapé en soupirant. Lorsqu'il reprit la parole, c'était le Quincy impénétrable, presque détaché, qui s'exprimait à nouveau, et Kimberly en éprouva un certain soulagement.

— Reprenons depuis le début, déclara-t-il. Nous savons que quelqu'un essaie de se venger de moi. Nous ne savons pas qui, mais comme tu le proposes, Kimberly, procédons par élimination. Tout ce que nous savons, c'est que ce quelqu'un cherche à m'atteindre depuis un bon moment. Au moins un an et demi, peut-être davantage.

— Au moins un an et demi !

Kimberly n'en revenait pas.

— Oui, expliqua Rainie. Nous sommes convaincus que sa première victime a été Mandy. Il l'aura probablement rencontrée par le biais des Alcooliques anonymes.

— Son nouveau petit ami ! s'exclama Kimberly. Elle m'en a parlé un jour au détour d'une conversation, j'avoue ne pas avoir fait très attention. Il faut dire qu'elle en changeait souvent.

— Il s'est très vite arrangé pour prendre une place importante dans sa vie, poursuivit Quincy. Leur histoire semble avoir duré plusieurs mois. Mandy était apparemment très amoureuse de lui.

— Comment a-t-il pu faire pour l'accident ? s'étonna Kimberly. On sait qu'elle avait bu avant de prendre sa voiture. Ce qui, entre parenthèses, n'était pas la première fois. Quel rapport y a-t-il entre ce type et l'accident de Mandy ?

— Nous sommes convaincus qu'il se trouvait avec elle dans la voiture cette nuit-là, répondit Rainie. À en croire l'une de ses amies, Mandy aurait commencé à boire tôt dans la soirée, mais son témoignage est sujet à caution, et il est possible que le fameux petit ami ait fait boire ta sœur par la suite. Quoi qu'il en soit, notre inconnu s'était arrangé pour trafiquer la ceinture de sécurité du 4 × 4 côté conducteur. Il est monté en voiture avec Mandy, a attaché sa propre ceinture, et alors deux hypothèses : soit il comptait sur la chance en l'entraînant sur une petite route sinueuse, soit il a tenu le volant pour que l'Explorer s'écrase contre le poteau téléphonique.

— Vous voulez dire qu'il se trouvait à côté d'elle au moment de l'accident ?

— Oui.

— Mon Dieu ! Mais alors, c'est à cause de lui que le vieux monsieur qui promenait son chien a été tué !

Éberluée, Kimberly se mit la main sur la bouche. Si tout ça était vrai, c'était pire que tout ce qu'elle avait pu imaginer. Mandy avait toujours vécu de façon suicidaire, prenant systématiquement les plus mauvaises décisions. Lorsque Bethie l'avait appelée pour lui annoncer l'accident de sa sœur, Kimberly n'avait pas été surprise outre mesure. Elle avait toujours su que la vie de Mandy se terminerait tragiquement. Avec son comportement autodestructeur, elle appelait le malheur. Kimberly avait en revanche beaucoup pensé à ce malheureux type avec son chien.

— Pourtant, Mandy n'est pas morte, finit-elle par dire. Je suppose que son pseudo-petit ami a pris peur.

— Pas sûr, objecta Rainie en haussant les épaules. Elle avait peut-être survécu, mais elle était définitivement plongée dans le coma à cause des lésions au cerveau.

— Il n'avait donc rien à craindre.

— On peut même dire que les choses se sont passées comme il l'espérait.

— Tout ça ne nous dit pas comment il s'y est pris avec maman. Mandy était très fragile au plan affectif, mais maman n'était pas du genre à se jeter dans les bras du premier venu.

— Nous devons tenir compte de sa vulnérabilité. N'oublions pas qu'elle venait d'enterrer sa fille et qu'elle devait se sentir particulièrement seule. Sur ce, arrive ce Tristan Shandling qui connaissait bien ta sœur pour être sorti avec elle des mois durant. Assez longtemps en tout cas pour avoir accumulé quantité d'informations sur ta mère : ses goûts musicaux, ses plats préférés, sa façon de s'habiller… Après, tout devient simple. Un homme charmant et bien élevé rencontre par hasard une mère qui vient de perdre sa fille, et le tour est joué.

— Je le soupçonne même d'être allé plus loin encore pour gagner la confiance de Bethie. Je suis persuadé qu'il a… qu'il a prétendu avoir reçu l'un des organes de Mandy lors d'une transplantation.

— Quoi ? firent Rainie et Kimberly dans un même élan.

— La dernière fois que j'ai eu Bethie au téléphone, elle m'a posé des questions étranges sur les transplantations. Elle voulait savoir si le donneur pouvait transmettre au receveur davantage qu'un simple organe. Un peu de sa personnalité ou de son âme. Sur le moment, je me suis contenté de lui dire que c'était parfaitement ridicule, mais après ce qui s'est produit, je me pose des questions.

— Mon Dieu, balbutia Rainie. La mort dans l'âme, Elizabeth donne l'autorisation aux médecins de ne pas prolonger indéfiniment la vie de sa fille. Quelques semaines plus tard débarque brusquement dans sa vie un type qui prétend porter en lui un peu de la vie de Mandy.

— Un calcul pervers, mais judicieux, remarqua Quincy.

— La théorie des dominos, commenta à son tour Kimberly. Il commence par le maillon le plus faible, c'est-à-dire Mandy. Ensuite, il profite du traumatisme créé par sa mort pour s'attaquer à la mère. Maintenant…

Un coup d'œil au visage grave de son père lui évita d'achever sa pensée.

— Oh, putain ! s'écria Rainie en se levant comme un ressort du canapé. Tout s'explique ! Le coup monté… Souviens-toi de ce qu'on disait tout à l'heure, Quincy. Il suffirait de très peu de choses pour que ça marche.

Bethie assassinée, il s'arrange pour que tu te retrouves dans le collimateur des flics. Le résultat des analyses du labo pourrait bien faire de toi le suspect numéro un. Tout s'enchaîne : la mort de Mandy fragilise Bethie, Bethie est assassinée à son tour, on te colle son meurtre sur le dos et pendant que tu moisis en prison, Kimberly devient une proie facile. Simple et efficace !

— Si jamais on t'arrête, papa… je veux dire… tu crois que tu peux être libéré sous caution ? interrogea Kimberly, inquiète.

Quincy, le regard rivé sur Rainie, mit quelques instants à lui répondre.

— Aucune… aucune importance, bredouilla-t-il. Rainie a raison. À partir du moment où la police me soupçonne, le FBI est mis au courant. Dans un cas pareil, la règle veut que je sois temporairement mis au placard, sans la moindre prérogative. On me retire même mon arme de service. Même si je reste libre en attendant le procès, je me retrouve pieds et poings liés. Je ne sais pas à qui nous avons affaire, mais ce type-là a pensé à tout.

— Mais qui est ce salaud ? hurla Kimberly.

La question restait entière.

18

Greenwich Village, New York

Les choses allaient de mal en pis. Quincy, persuadé que sa fille courait un réel danger, souhaitait l'envoyer en Europe, mais Kimberly s'y refusait catégoriquement. En l'espace de quelques minutes, le ton était monté, le père accusant sa fille d'être arrogante, Kimberly lui répondant que c'était l'hôpital qui se moquait de la charité avant de fondre en larmes, ce qui n'avait rien arrangé. Quincy, debout dans le living, ne savait visiblement plus comment faire.

Rainie décida de prendre les choses en main, et commença par envoyer Quincy se coucher. S'il avait dormi quatre heures depuis deux jours, c'était un maximum et il était à la limite dépassée de l'épuisement. Une fois le père écarté, elle s'occupa de la fille, s'installant avec elle à la table de la cuisine après avoir préparé du café. Kimberly, comme son père, buvait son café noir et sans sucre, mais Rainie parvint tout de même à dénicher une bouteille de lait écrémé dans le frigo et un sucrier au fond d'un placard.

— Ne rigole pas, dit-elle en s'adressant à Kimberly, qui la regardait avec des yeux ronds noyer son café sous des tonnes de lait et de sucre. Je ne supporte pas le café pur.

— Mon père t'a déjà vue faire ça ?

— Plusieurs fois, oui.

— Je suppose qu'il ne s'est pas gêné pour te faire des remarques désagréables.

— Désagréables ? À peine. Sur une échelle de un à dix, je dirais douze.

— Pas trop mal. Avec mon grand-père, tu aurais eu droit à quinze.

— Ton grand-père est toujours vivant ? s'étonna Rainie.

Quincy ne parlait jamais de son père, ou de sa mère. Rainie croyait pourtant se souvenir que Mme Quincy était morte lorsque son fils était très jeune.

Kimberly souffla sur son café pour le refroidir.

— Oui, il est toujours vivant. Si on peut dire. Il a la maladie d'Alzheimer et se trouve dans une maison de retraite spécialisée depuis que j'ai dix ou onze ans. Avant, on lui rendait visite plusieurs fois par an, mais ça fait longtemps que je n'y suis pas allée. Il ne reconnaît plus personne, même pas papa, alors…

— J'imagine que ça doit être dur. Quel genre d'homme était-ce avant sa maladie ?

— Un dur à cuire, pas bavard, avec un sens de l'humour bien à lui. Quand j'étais petite, on allait régulièrement dans sa ferme du Rhode Island. Il y avait des poules, des vaches, des chevaux, et un grand champ de pommiers. On adorait aller là-bas, avec Mandy. Nous avions tout l'espace nécessaire pour courir, et plein d'endroits où se cacher et construire des cabanes.

— Ta mère aussi aimait ça ? demanda Rainie avec une moue dubitative.

Kimberly eut un petit sourire.

— Je ne dirais pas qu'elle aimait ça. Je me souviens d'un jour où une montgolfière, un truc pour touristes, s'est posée en catastrophe près de la ferme. Le type qui dirigeait la manœuvre criait aux passagers de s'accrocher aux branches des pommiers pour essayer de freiner la chute du ballon, et la nacelle a fini sa course au beau milieu d'un champ de grand-père. Je revois encore maman sortir de la maison, tout excitée, en criant : « Vous avez vu ça ? Mon Dieu, mon Dieu ! » D'un seul coup, grand-père émerge du poulailler et va se planter devant les cinq malheureux passagers du ballon qui ne savaient plus où se mettre. Il les regardait fixement, sans dire un mot. Le propriétaire du ballon, tout gêné, sort une bouteille de vin et commence à expliquer qu'il est désolé de ce qui arrive, que la voiture suiveuse sera là d'un instant à l'autre, et il tend la bouteille à grand-père en lui disant que c'est pour le dédommager. Grand-père le regarde droit dans les yeux pendant un bon moment avant de lui dire : « La terre appartient au Bon Dieu. » Et il repart vers son poulailler. Voilà le personnage.

— Je suis sûre qu'il m'aurait plu, conclut Rainie d'un air songeur.

— C'était un grand-père génial, c'est vrai, confirma Kimberly.

Puis elle ajouta, l'air de ne pas y toucher :

— Mais je n'aurais pas aimé l'avoir comme père.

Un silence s'installa, troublé par le bruit de la cuillère de Rainie dans sa tasse.

— Tu sors avec papa ? finit par demander Kimberly.

— Tu as le chic pour poser des questions faciles, toi, bougonna Rainie en fixant son café.

Kimberly était la digne fille de son père, et elle ne comptait pas en rester là.

— Tu es plutôt jeune, remarqua-t-elle.

— Je n'ai jamais dit le contraire.

— Quel âge as-tu ?

— Trente-deux ans.

— Mandy en avait vingt-trois quand elle est morte.

— Raison de plus pour ne pas s'arrêter à des conneries comme l'âge.

— Alors tu sors avec papa ?

Rainie poussa un soupir.

— Nous sommes sortis ensemble à un moment. Maintenant, je ne sais plus très bien. Quand Quincy se réveillera, fais-moi plaisir : pose-lui la question.

— Comment vous êtes-vous rencontrés ?

— L'année dernière, au moment du drame de Bakersville.

— Ah ! lâcha Kimberly, en faisant la moue. Sale affaire.

— C'est un euphémisme.

— Je suppose que tu es la fille qui a perdu son boulot à la suite de cette histoire.

— On ne peut rien te cacher.

Kimberly hocha la tête d'un air entendu.

— Je crois que je vois.

— C'est vrai ? Dans ce cas-là, ce serait gentil de m'expliquer.

— La différence d'âge entre vous n'explique pas tout. Le fossé est d'autant plus grand que vous vous trouvez tous les deux à des moments très différents de vos existences respectives. D'un côté, une fille encore jeune qui recommence à zéro, de l'autre, un homme mûr au top niveau de sa carrière, il y a mieux comme combinaison. Le genre de défi auquel seront confrontées de plus en plus souvent les générations à venir.

— Parfait préambule pour une thèse de psycho, railla Rainie.

— Pas vraiment. Si tu veux tout savoir, je fais une thèse sur « *Les défis de la modernité : les conséquences du développement urbain sur les individus les plus perturbés* ».

— Moi, je m'intéressais aux troubles affectifs. En gros, pourquoi certaines familles bourgeoises font des petits psychopathes.

— C'est vrai ? s'exclama Kimberly sans chercher à dissimuler son étonnement. Moi aussi, je m'intéresse aux troubles affectifs. Je ne savais pas que tu avais fait des études de psycho.

— Je me suis arrêtée à la licence.

— C'est quand même bien.

— Merci.

La conversation s'arrêta, et les deux femmes replongèrent le nez dans leur café. Au bout d'un moment, Kimberly demanda d'une petite voix :

— Rainie, ça ne t'ennuierait pas de continuer à parler ? Ça m'évite de penser à tout ce qui m'arrive en ce moment.

— Je suis sincèrement désolée, Kimberly.

— Maintenant, à qui est-ce que je pourrai parler le jour où je déciderai de me marier ? Qui appeler quand j'aurai un bébé, et que je reconnaîtrai les traits de Mandy et de maman sur son visage ?

— On va trouver le salopard qui a fait ça, et on lui fera payer cher.

— Je me demande si ça servira à quelque chose. Regarde ce qui t'est arrivé l'an dernier. Tu as découvert le meurtrier de ces pauvres gamines avec mon père et tu l'as tué, mais ce n'est pas pour autant que tu as oublié.

Rainie ne savait pas quoi répondre, et ce fut Kimberly qui finit par dire :

— Tu vois bien que j'ai raison.

Au même moment, Quincy rêvait qu'il se trouvait à Philadelphie. Il errait dans la demeure dévastée de Bethie, une taie d'oreiller à la main, récupérant une à une les plumes des couettes éventrées. Sa mission terminée, il tentait de faire de même avec les intestins de son ex-femme qu'il repoussait désespérément dans son ventre.

Même en plein rêve, son subconscient lui ordonnait de ne pas se laisser manipuler par l'assassin. *Arrête ! Souviens-toi de Bethie telle que tu l'as connue, au lieu de te laisser imposer cette vision d'horreur.*

Par un effet de flash-back, il se vit alors beaucoup plus jeune, assis à côté de sa femme. Bethie, les cheveux en bataille et le visage en sueur, sans maquillage ni rang de perles, éclairait la pièce de son sourire, allongée sur son lit à la clinique, leur fille aînée dans les bras. Quincy posait une main délicate sur le visage de Mandy et s'émerveillait en voyant ses mains, ses pieds parfaitement formés, avant de caresser la joue de sa femme en lui murmurant des mots doux. À l'époque, le cœur rempli de bonnes intentions, il se promettait de faire un meilleur père que le sien.

Soudain, il voyait Bethie des années plus tard, entrant dans le salon familial, l'air un peu perdu. En émincant des carottes dans la cuisine, elle s'était coupé le doigt. Sa première réaction lorsqu'elle lui avait expliqué ce qui venait de se passer avait été de lui dire que ce n'était qu'une égratignure. À l'époque, il revenait tout juste de Californie où l'on avait découvert vingt-cinq corps en pleine campagne, dont ceux de quinze femmes et de deux nouveau-nés.

Bethie, choquée par son indifférence, s'était mise à hurler :

— Je n'en peux plus ! Comment ai-je pu épouser quelqu'un d'aussi froid ? Tu n'es pas un être humain, Pierce, tu es un glaçon.

La scène suivante était plus récente. Il se trouvait dans le Massachusetts afin de surveiller Tess Williams, l'ex-femme d'un dangereux tueur en série recherché par toutes les polices d'Amérique. Il était persuadé que le psychopathe finirait par venir là, mais sa planque avait tourné au cauchemar. Il se trouvait dans la maison lorsque les premiers coups de feu avaient éclaté dans la rue. Il avait recommandé à Tess de ne pas approcher de la porte, mais lorsque Jim Beckett était arrivé, Quincy s'était retrouvé du mauvais côté du fusil.

L'espace d'un instant il se souvenait avoir pensé, de manière surréaliste : *Pour un glaçon, je pète le feu.* Plus tard, à sa sortie de l'hôpital, il avait décidé de mettre la pédale douce pendant quelque temps. Un week-end où il venait chercher les filles, il avait demandé à Bethie :

— Comment vas-tu ?

— Mieux, maintenant que tu n'es plus là.

— Tu me manques, Bethie.

— C'est faux.

— Bethie…

— Tu ferais mieux de retourner travailler, Pierce. Les filles et moi n'avons pas besoin de quelqu'un qui se prend pour Dieu le Père.

Il se réveilla en sursaut et ne comprit pas tout de suite qu'il se trouvait dans l'appartement de sa fille. Allongé sur le lit dans la pénombre, il percevait la rumeur de la ville à travers la danse des grains de poussière filtrés par la lumière des stores.

— Je suis désolé, Elizabeth, murmura-t-il.

Il se leva et pénétra dans le salon où l'unique survivante de sa triste famille regardait un épisode de *MASH* à la télévision, assise à côté de Rainie. Il fut aussitôt frappé par le contraste entre les longues boucles blondes de l'une et les cheveux bruns coupés court de l'autre, les traits fins de la première, les grands yeux gris et les pommettes saillantes de la seconde. Le yin et le yang. Elles étaient belles, chacune à sa façon, et il faillit pleurer. Elles ne l'avaient pas vu et il resta longtemps à les contempler. Il aurait voulu pouvoir arrêter l'horloge du temps, préserver l'instant présent pour l'éternité.

— Mesdames, dit-il soudain, j'ai un plan.

19

La maison de Quincy en Virginie

Jeudi en fin d'après-midi, Glenda Rodman du FBI n'avait qu'une hâte, se coucher, lorsqu'elle distingua sur le moniteur de contrôle la silhouette de Quincy debout devant la grille d'entrée. Elle n'avait dormi que deux heures la nuit précédente lorsqu'on l'avait appelée d'urgence à Philadelphie, et la fatigue commençait à se faire sentir, physiquement et moralement. C'est une chose de ne pas dormir, c'en est une autre d'arpenter une nuit entière une maison où a eu lieu un crime abominable avant de passer le reste de la journée à écouter les messages écœurants de criminels déviants sur un répondeur.

En tout, trois cent cinquante-neuf appels, émanant pour certains de meurtriers que Quincy avait fait arrêter, pour d'autres de détenus ayant un compte à régler avec le FBI ou encore de prisonniers cherchant tout bêtement à tromper leur ennui. Il n'avait pas fallu longtemps pour que la rumeur se propage à travers les prisons d'Amérique : par le biais des bulletins internes de nombreux établissements pénitentiaires, on pouvait se procurer à bon compte le numéro privé d'un psychologue du FBI, et beaucoup s'étaient empressés de lui envoyer leurs hommages. Après avoir écouté les uns et les autres pendant des heures, Glenda était prête à reconnaître que certains n'étaient pas dénués d'imagination. Un détenu particulièrement créatif avait été jusqu'à composer un rap particulièrement menaçant à l'intention de Quincy, et le résultat n'était pas si nul que ça.

Glenda ouvrit la grille à distance avec l'étrange impression qu'elle accordait à Quincy la permission de rentrer chez lui. Il portait le même costume que la veille, et avait les traits tirés. Sur l'écran de contrôle, il était difficile de dire dans quel état d'esprit il se trouvait. Pierce Quincy était connu comme un loup solitaire au FBI, où ses collègues le considéraient comme une véritable légende. Glenda était sincèrement désolée de ce qui lui arrivait ; elle était surtout curieuse de savoir comment il allait réagir à cette accumulation de drames personnels.

Toujours courtois, il eut la délicatesse de frapper à la porte et elle s'empressa de lui ouvrir.

— Je suis venu chercher quelques affaires.

— Je t'en prie.

— J'ai l'intention de m'éloigner pendant quelques jours. Avec la bénédiction d'Everett, naturellement.

— J'ai peur que ça ne plaise pas beaucoup à la police de Philadelphie.

— Je suis désolé, mais ma fille passe avant le reste.

Sans attendre la réponse de sa collègue, il se rendit dans sa chambre et Glenda l'entendit ouvrir et fermer ses placards.

Ne sachant quelle contenance adopter, elle décida de l'attendre dans le bureau. Depuis deux jours qu'elle montait la garde dans cette maison, elle trouvait le lieu toujours aussi impersonnel. Plusieurs pièces étaient inoccupées, la plupart des murs étaient nus, la cuisine désespérément vide. La seule pièce un peu moins sinistre était celle-ci, le bureau de Quincy, et c'était invariablement là que ses pas la conduisaient quand elle voulait échapper à l'atmosphère oppressante qui l'entourait.

Le bureau n'avait rien de luxueux, mais il donnait au moins l'impression d'être vivant, avec sa vieille chaîne hi-fi et ses cassettes de jazz. Un fax dernier cri trônait sur une jolie table en merisier, et les diplômes de Quincy, dans leurs cadres dorés, attendaient sagement le long d'un mur qu'on veuille bien les accrocher, à côté d'une pile de cartons de rangement. Le fauteuil de cuir noir respirait le confort et la qualité. C'était de toute évidence la pièce préférée de Quincy lorsqu'il était chez lui, et traînaient encore, ici et là, des effluves de son eau de toilette.

Au moment où elle s'installait dans le fauteuil, le téléphone sonna. Conformément à ses instructions, elle laissa le répondeur prendre le relais.

— Salut, mon grand, fit une voix inconnue. Il paraît que tu as décidé de te consacrer à nous. Super de ta part, mon grand. Surtout que, question conversation, c'est pas le pied par ici. Désolé pour ta charmante fille. J'en dirais pas autant du frigidaire qui te servait de femme. J'ai entendu dire que quelqu'un te cherchait. Le chasseur chassé. Mais t'inquiète pas, mon Quince chéri, j'ai misé sur toi à cent contre un. Vas-y, mon grand, je compte sur toi. Au moins, ça passe le temps. Ciao, ciao.

Le correspondant anonyme raccrocha. La conversation avait duré le temps requis pour qu'on puisse repérer d'où venait l'appel, mais ça ne prouverait pas grand-chose, sinon l'efficacité des bulletins internes des prisons. D'ailleurs, la moitié de ceux qui appelaient laissaient leur nom et leur matricule pour mieux narguer le système.

En sortant du bureau, Glenda découvrit Quincy dans la cuisine, un sac de voyage à la main, fixant d'un œil sombre le répondeur.

— On enregistre tous les messages, expliqua-t-elle.

— Il a misé sur moi à cent contre un, se contenta-t-il de répliquer en jetant un regard dans sa direction. Quand on pense à tous les types que j'ai fait mettre en prison, je croyais mériter mieux que ça.

— J'ai un exemplaire de la petite annonce publiée dans tous ces bulletins, s'empressa de répondre Glenda, avant que la conversation ne dérape.

Le temps qu'elle aille chercher l'annonce dans le bureau, Quincy avait posé son sac de voyage afin d'ouvrir la porte de son réfrigérateur vide. On aurait dit qu'il s'attendait à ce que des lutins soient venus le remplir pendant la nuit. Glenda comprenait ça. Son propre frigo ne contenait guère que des yaourts à 0 % et des bouteilles d'eau, et elle n'avait jamais pu s'y faire.

Elle lui tendit le fax.

L'annonce tenait dans un petit encadré : *Journaliste de DSC Production cherche à s'informer sur la vie dans le couloir de la mort. Les détenus intéressés sont invités à s'adresser à mon agent, Pierce Quincy, au numéro ci-dessous. À défaut, contacter son assistante, Amanda Quincy, à l'adresse suivante.*

— Un peu gros, comme ficelle, commenta Quincy avec sa froideur coutumière. DSC Production, mon agent, le couloir de la mort.

— Je sais tout sur les bulletins de prisonniers, maintenant. Certains prisonniers communiquent entre eux à l'aide de codes plus subtils. Le plus souvent, ils font passer des annonces sous prétexte de recruter des correspondants et jouent avec les acronymes. Au lieu du DRB/V habituel pour « Détenu de Race Blanche condamné à Vie », ils mettent des trucs comme OBP/M pour « Organisation Black Power/Message » afin d'attirer l'attention des autres membres de l'organisation, ajoutant dans leur annonce des infos codées.

— Grandeur et servitude du journalisme ! Voilà ce qui arrive quand les gens n'ont rien de mieux à faire.

— D'après ce qu'on sait, l'annonce est parue dans quatre bulletins différents : le *Journal des prisons*, le *Bulletin des prisons américaines, Amitiés carcérales* et *Liberté pour tous*. Plus de cinq mille abonnés au total. *A priori*, ce n'est pas énorme, compte tenu de la population carcérale totale, mais la manœuvre est plus habile qu'il y paraît quand on sait que les principaux établissements du pays reçoivent au moins l'un ou l'autre de ces bulletins. Le bouche à oreille aura fait le reste.

— Les concierges n'ont rien à envier à nos prisons en matière de commérage, répondit Quincy. Je reste sur notre position de l'autre jour à la réunion. Mes coordonnées ont été communiquées à tant de personnes différentes que jamais nous ne saurons qui en est à l'origine.

— On a tout de même retrouvé l'original de la petite annonce, qui avait été envoyée au *Bulletin des prisons américaines.* Le labo s'en occupe, on devrait en savoir plus d'ici quelques jours. Quant à Randy Jackson, des services techniques, il essaie de découvrir comment notre inconnu a pu se procurer ton numéro privé. Il devrait également nous donner des nouvelles rapidement.

— Pas besoin d'aller chercher loin. Il a eu mon numéro privé par Mandy. Il s'est tout simplement servi de ma fille, déclara Quincy en reposant le fax, regardant Glenda dans les yeux pour la première fois.

Le contraste entre son calme apparent et l'intensité de son regard était saisissant. Encore sous le choc des derniers événements, Quincy ne parvenait à se maîtriser qu'au prix d'une sorte de dédoublement de la personnalité. Il émanait de son regard une telle violence contenue que Glenda en eut froid dans le dos. Elle pensa tout de suite à Ted Bundy, frappée par la ressemblance entre les yeux de son collègue et ceux du célèbre assassin. On parle souvent des similitudes entre le chasseur et sa proie. Pour une fois, le cliché n'était pas galvaudé.

— L'accident de ma fille n'en était pas un, ajouta-t-il. Rainie Conner a découvert la preuve que quelqu'un avait trafiqué sa ceinture de sécurité.

— Oh non ! s'exclama Glenda, horrifiée.

— Il a commencé par gagner sa confiance avant de s'arranger pour la précipiter contre un poteau téléphonique. Va savoir tout ce qu'il a pu apprendre sur mon compte avant l'accident. Mes habitudes, mes goûts, mes manies. Mandy a tout aussi bien pu lui parler de mes amis. C'est également de cette façon qu'il s'est procuré mon adresse et mon numéro de téléphone privé. Tu ne devrais pas rester ici toute seule, Glenda. C'est dangereux.

— Ne t'inquiète pas, je ne suis pas seule. On m'a adjoint Albert Montgomery.

Quincy lui lança un regard qui en disait long, avant de hausser les sourcils d'un air interrogateur. Depuis son arrivée, Montgomery n'avait donné aucun signe de vie.

— Il avait d'autres choses à voir, s'empressa de dire Glenda pour défendre son collègue.

— Pourquoi l'a-t-on mis sur cette affaire ? Il n'a pas du tout le profil requis.

— C'est lui qui a insisté. En tant qu'agent enquêteur du FBI, ce qui t'arrive nous concerne tous.

Quincy la regarda à nouveau. Elle commençait à comprendre d'où lui venait sa réputation de froideur. Il avait une façon bien à lui de scruter les autres, comme s'il pénétrait au fond de leur âme. Ce fut elle qui finit par baisser les yeux.

— Montgomery... Montgomery a été chargé le premier de l'affaire Sanchez, balbutia-t-elle.

Elle n'avait pas besoin d'en dire davantage. Tout le monde savait dans le service que Montgomery avait saboté l'enquête quinze ans plus tôt. Trop sûr de lui, il avait affirmé que le coupable agissait seul et que c'était un psychopathe issu d'un milieu social favorisé, à l'instar de Ted Bundy. La police avait pourtant la preuve que plusieurs personnes étaient présentes au moment des meurtres. De plus, on avait retrouvé de la poussière de ciment sur les lieux de certains crimes, et la police de Los Angeles souhaitait privilégier des pistes dans le milieu ouvrier alors que Montgomery insistait pour que l'enquête se dirige du côté de la bourgeoisie. La police locale avait fini par obtenir gain de cause, le FBI avait retiré l'enquête à Montgomery avant de la confier à Quincy. Le reste faisait désormais partie de la légende à Quantico.

— Voilà qui explique l'attitude pour le moins désinvolte de Montgomery face à Everett l'autre jour, commenta Quincy.

Glenda eut un petit sourire.

— C'est vrai qu'il n'a plus grand-chose à perdre, reconnut-elle.

— Il a tort, et ce n'est pas la première fois. Je ne voudrais pas que tu fasses les frais de ses prochaines erreurs.

— Ne t'inquiète pas pour moi. Tu avais déjà un système d'alarme de tout premier ordre, mais on l'a encore amélioré. Viens, je vais te montrer.

Ouvrant la voie, elle l'entraîna dans le jardin et referma la porte d'entrée derrière eux avant de lui montrer fièrement un boîtier tout neuf installé à côté de la sonnette. Celui-ci était nettement plus volumineux que le précédent ; outre un clavier, il contenait également un scanner et un écran couleur.

— En plus du code traditionnel, le scanner lit les empreintes, expliqua Glenda. Au lieu de déverrouiller la porte et de désactiver l'alarme dans l'entrée, le système protège également la porte d'entrée. Il faut entrer deux fois son code et mettre ensuite l'index sur le scanner pour débloquer l'alarme. Bien évidemment, le système ne reconnaît que les empreintes digitales mises en mémoire. Dès qu'on referme la porte, le système de protection extérieur se remet en marche, de sorte que la maison est constamment sous protection et qu'un simple code ne suffit plus désormais pour rentrer chez toi.

— Je suppose que vous avez dû mettre en mémoire les empreintes de plusieurs personnes.

— Oui. Les tiennes, bien évidemment, les miennes, et celles de Montgomery. Aucun problème pour en ajouter d'autres s'il le faut. Et plus besoin de clés, donc plus de risque de les perdre ou de se les faire voler.

Quincy hocha la tête.

— Que se passe-t-il si quelqu'un récupère mes empreintes ? Le meurtrier de Bethie se sert déjà de mon nom, rien ne l'empêche d'avoir récupéré mes empreintes sur une lettre envoyée à Mandy, par exemple.

— Ça ne marcherait pas. Le scanner ne se contente pas d'analyser le dessin de l'empreinte ; il calcule également la température du corps et les caractéristiques électromagnétiques de l'individu concerné. Une fausse empreinte ne permettrait pas de désactiver l'alarme. Ni même un doigt coupé, ajouta-t-elle avec un sourire forcé.

Quincy approuva de la tête, visiblement impressionné.

— Il doit bien y avoir un moyen de court-circuiter le scanner en cas de besoin. Mettons que j'aie le poignet dans le plâtre ou que je me coupe le doigt. Comment fait-on ?

— Le fabricant est encore plus vicieux que toi, Quincy. Le système mémorise les empreintes des dix doigts. Tant qu'il reste un doigt au propriétaire de la maison, il peut rentrer chez lui.

— Je me demande bien pourquoi je n'ai pas fait installer un système comme celui-là plus tôt, murmura Quincy.

— Jusqu'à présent, ce système n'était proposé qu'aux grandes sociétés, pas au commun des mortels.

Glenda, satisfaite de sa démonstration, entra son code deux fois de suite et mit son index sur le scanner pour ouvrir la porte.

— Avec ce système extrêmement performant, des caméras installées dans toutes les pièces et ton téléphone sur écoute, fit-elle remarquer en franchissant le seuil, je vois mal ce qui pourrait m'arriver. Et si jamais le meurtrier parvenait par miracle à entrer dans la maison, il me reste ceci, ajouta-t-elle en tapotant l'arme de service qu'elle portait à l'épaule dans un étui.

— D'accord. Mais n'oublie pas que mon ex-femme était également persuadée de la fiabilité de son système d'alarme, qu'elle avait suivi des cours d'autodéfense et que ce n'était pas non plus une imbécile.

— C'est vrai, mais elle ne savait pas qu'elle était en danger, ce qui n'est pas mon cas. Ne me sous-estime pas, Quincy.

— Je n'ai pas l'intention de te sous-estimer, à condition que tu ne sous-estimes pas non plus notre homme, rétorqua Quincy avec un petit sourire en coin qui accentuait la gravité de son visage.

Glenda comprit à quel point il était inquiet. Inquiet et blessé au plus profond de son être, sans doute plus qu'il ne se l'avouait lui-même.

— Où comptes-tu aller ? demanda-t-elle d'une voix douce.

— Loin d'ici. Ma fille est en train de boucler son sac et Rainie s'occupe de tout. Nous partons à la première heure demain. Il sait trop de choses sur nous. Qui nous sommes, où et comment nous vivons. En changeant de cadre, je compte bien le déstabiliser.

— Tu as raison.

— Je ne sais même plus si j'ai raison ou non. Demande à Mandy ou à Bethie ce qu'elles en pensent.

— Quincy…

— Bon, il faut que j'y aille.

— Que suis-je censée dire à la police de Philadelphie ?

— Dis-leur que je m'occupe de ma fille et que je les contacterai.

— Tu sais bien que ce n'est pas aussi simple. Surtout avec ce qu'ils vont découvrir dans la maison de ton ex-femme.

Il ne répondit pas.

— C'est un coup monté, Quincy. Je le sais aussi bien que toi, mais ce n'est pas le cas des deux inspecteurs de la criminelle. Ils risquent de prendre ta fuite comme une preuve supplémentaire de ta culpabilité. Après tout, qui est mieux placé qu'un agent du FBI pour monter un coup pareil ?

— J'en suis conscient.

— Sans parler de ce message, laissé délibérément dans le ventre de la victime. Un acte terrible, qui ressemble furieusement à un règlement de compte.

— Tu as eu des nouvelles du labo à ce propos ? demanda-t-il brusquement.

Elle secoua la tête.

— Non. Il est trop tôt. Mais ça ne suffira pas à les convaincre que c'est toi qui étais visé. Pour eux, tu es l'ancien mari de la victime et ils n'iront pas chercher plus loin.

— Je n'ai pas tué Elizabeth.

— Bien sûr que non !

— Je suis sincère, Glenda. Je sais que tu es quelqu'un de bien, et je voudrais que tu me croies quand je te dis n'avoir pas assassiné mon ex-femme.

Glenda marqua le coup. Elle n'avait pas fait carrière au FBI sans avoir un minimum de discernement, et il aurait fallu être sourd pour ne pas percevoir les sous-entendus derrière cette profession de foi.

— Tu veux dire que ce n'est pas tout ? interrogea-t-elle.

— Ce type… balbutia Quincy d'une voix étrange. Ce type est vraiment très fort.

— Nous en avons déjà connu de plus malins. Nous finirons bien par le trouver.

— Tu crois vraiment ? J'ai eu beau chercher dans tous mes dossiers, je n'ai rien trouvé de concluant. Glenda, une fois encore, ne reste pas ici toute seule.

— Ne t'inquiète donc pas, Quincy.

— Je ne crois pas que tu comprennes, Glenda. J'emmène ma fille loin d'ici. S'il n'a pas les moyens de s'en prendre à elle, qui sait à qui il peut s'attaquer ?

20

Les locaux de l'université de New York

— Je n'arrive absolument pas à me faire à l'idée de sa mort.

Les derniers rayons du soleil avaient laissé place au gris du crépuscule dans le bureau du professeur Andrews. Pour Kimberly Quincy, prostrée sur une chaise, ce jeudi était le premier jour. Le premier jour sans sa mère. Agrippée à sa chaise, on aurait dit qu'elle voulait arrêter la course du temps. Elle savait pourtant que le premier jour serait suivi du deuxième, puis du troisième, et qu'ils s'effaceraient lentement pour devenir des semaines, des mois, des années… De grosses larmes lui roulaient le long des joues.

Elle était pourtant venue là avec la ferme intention de rester maîtresse d'elle-même. Elle avait besoin de la bénédiction de son professeur avant de quitter New York, et il fallait bien qu'elle lui parle des derniers événements. Elle avait l'intention de lui annoncer posément sa décision de renoncer à ce poste de stagiaire qu'elle avait pourtant tout fait pour obtenir. Elle s'était promis de faire preuve de dignité et de calme. Il était hors de question qu'elle se laisse aller. Une future étudiante en maîtrise ne se comporte pas comme une adolescente. Après avoir enterré sa sœur aînée, elle venait de perdre sa mère. L'enchaînement des circonstances s'était chargé de la faire entrer définitivement dans l'âge adulte.

Elle avait donc pénétré d'un air assuré dans l'antre de son professeur. À peine confrontée au désordre de ce vénérable bureau, avec ses plantes vertes poussiéreuses et ses piles de vieux bouquins, sa belle assurance s'était envolée. La gorge nouée, les yeux humides, elle s'était montrée incapable de feindre l'indifférence devant cet homme qu'elle respectait presque autant que son père. Avant même qu'elle s'en rende compte, toute la détresse accumulée au cours des dernières heures avait rompu ses digues.

Le professeur Andrews l'avait gentiment dirigée vers une chaise, avant de lui apporter un verre d'eau. Puis il s'était assis de l'autre côté de son bureau, les mains croisées, le visage grave, attendant qu'elle se reprenne, lui épargnant les banalités d'usage et les expressions compassées.

Depuis dix ans qu'il travaillait à l'université de New York, le professeur Marcus Andrews s'était fait une réputation de sévérité auprès des étudiants. Il était célèbre pour sa capacité à faire fondre en larmes les thésards les plus brillants, en les fixant simplement de son regard bleu intense. D'âge indéfinissable avec son dôme gris dégarni, son front éternellement soucieux et son penchant pour le tweed, il avait tout juste la soixantaine selon les uns, dépassé Mathusalem d'après les autres. De taille moyenne, la silhouette préservée par des années de yoga, Marcus Andrews était un monument de dignité lorsqu'il montait en chaire, incitant ses étudiants à plus de curiosité et d'imagination et surtout, pour l'amour du ciel, à davantage d'intelligence.

À en croire la rumeur, il avait commencé sa carrière en tant que psychiatre de la tristement célèbre prison de San Quentin en Californie. Passionné par son travail, il avait passé une thèse en criminologie et s'était fait un nom grâce à ses travaux d'avant-garde sur le monde pénitentiaire, prétendant que la nature même de l'univers carcéral poussait irrémédiablement les prisonniers les moins endurcis à la récidive plutôt que de travailler à leur réhabilitation.

Le professeur Andrews était un ours mal léché, exigeant et tyrannique avec ses étudiants, mais c'était un chercheur brillant que Kimberly admirait profondément.

— Je pense que vous devriez tout me raconter depuis le début, avait-il suggéré à la jeune femme.

— Non, je ne m'en sens pas capable. C'est bien trop douloureux et je n'ai plus la force d'encaisser la douleur. C'est drôle, mais je n'ai jamais pu comprendre comment faisait mon père pour rester toujours aussi calme quand il rentrait à la maison. Les flics que l'on voit à la télé ne sont jamais comme ça. Ils boivent pour oublier ou bien ils fument comme des pompiers et jurent comme des charretiers. Je me souviens qu'avec ma sœur, on trouvait ça normal. Ça nous semblait naturel. Mais chaque fois que notre père arrivait, je ne sais pas comment vous expliquer… On aurait dit un lac. Nous avions beau le regarder, chercher derrière cette façade de sérénité, rien ne venait jamais troubler la surface de l'eau. Aujourd'hui, je crois que je comprends mieux ce qu'il ressentait. C'était un peu comme s'il revenait de la guerre. Pour arriver à vivre normalement après avoir vu ce qu'il avait vu, il était hors de question de se laisser submerger par ses émotions, sinon tout foutait le camp.

— Vous vous êtes demandé ce que penserait votre père s'il pouvait vous entendre ? s'enquit Andrews.

— Je crois que ça lui ferait mal.

— À votre avis, que recherche l'homme qui s'en prend actuellement à votre père ?

— Lui faire mal, répondit-elle d'une petite voix en baissant la tête, voyant où il voulait en venir.

Le professeur Andrews enchaîna d'une voix docte :

— Vous avez employé une image forte, celle de la guerre. À votre avis, mademoiselle Quincy, qui est en train de gagner la première bataille ?

— Ma mère détestait le boulot de mon père.

— La police est l'une des professions où le taux de divorce est le plus élevé.

— Ce n'est pas ce que j'ai voulu dire. Quand je dis que ma mère détestait son boulot, c'était toute cette violence qui lui faisait horreur. Toute cette haine qu'il côtoyait au quotidien et à laquelle il semblait s'être attaché alors qu'elle avait tout fait pour nous construire la vie la plus harmonieuse possible. Elle lui avait fait deux jolies petites filles et tenait une jolie maison, mais lui semblait se complaire dans ce que la société propose de plus sordide.

— Vous devez comprendre que pour votre père, il s'agissait avant tout d'une mission.

— C'est justement ce que j'essaye de vous dire. Ma mère a beau être morte et j'ai beau être infiniment triste et révoltée, j'ai l'impression d'avoir enfin trouvé un but à ma vie. Pour la première fois depuis des mois, je me sens lucide. Jusque-là, je vivais dans une sorte de fuite permanente alors que maintenant… Je veux retrouver ce salaud. Je veux lire les rapports de police et d'autopsie. Je veux le traquer, disséquer son cerveau de malade et le démasquer. C'est à lui que je pense, plus qu'à ma pauvre mère, et c'est bien ça qui m'inquiète. Pourquoi sommes-nous comme ça chez les Quincy, professeur ?

La question avait fini par tirer un sourire à l'austère enseignant.

— Ah, mademoiselle Quincy ! Vous êtes-vous déjà demandé pourquoi les criminologues s'intéressent à la planète entière, sauf aux criminologues ?

— Vous voulez dire que nous ne sommes pas tout à fait normaux, c'est ça ?

— Qui peut donner une définition de la normalité ? Ce que je sais, c'est que nous avons une façon bien à nous d'intellectualiser les choses. Notre désir de comprendre les mécanismes humains est plus fort que le sentiment de rage suscité par les actes de ceux que nous étudions.

— La rage est pourtant un sentiment noble, avança-t-elle, une pointe d'amertume dans la voix.

— Sans doute, mais la rage aveugle ne mène pas à grand-chose. Il faut bien que vous compreniez que les policiers ont une vision positiviste du monde. Bien sûr, il leur arrive d'être révoltés par ce qu'ils voient, et ils procèdent même à des arrestations. C'est leur façon de dominer la situation, mais ils n'en restent pas moins attachés à des faits concrets. N'oubliez pas que les criminologues, les sociologues et les spécialistes du comportement sont des intellectuels. Nous sommes avant tout des curieux de nature. Nous effectuons des recherches, nous essayons de dresser le portrait psychologique des criminels auxquels nous nous intéressons, en espérant aider la police et faire progresser la justice.

— Quand j'étais plus jeune, répondit Kimberly, je voyais mon père un peu comme un général d'armée qui se battait dans un pays lointain. J'étais très fière de lui, même quand je me sentais abandonnée, même quand je lui en voulais de ne pas être là pour un match de foot ou un anniversaire.

Le professeur Andrews se pencha en avant pour répondre d'une voix douce :

— Vous exprimez votre fierté pour votre père, mademoiselle Quincy, et je vous crois volontiers. Il n'empêche que j'observe une certaine distanciation entre vous et lui depuis quelque temps. Comment l'expliquez-vous ?

Kimberly se raidit instinctivement.

— Je ne vois pas ce que vous voulez dire.

— Mais si, voyons. Ces crises d'angoisse. Vous m'en avez parlé, mais j'ai la nette impression que vous avez évité de lui en parler, à lui.

Kimberly baissa à nouveau la tête. Elle croisait et décroisait les doigts d'un air nerveux.

— C'est-à-dire… je ne sais pas. Je suppose que je ne voulais pas l'inquiéter. Non, ce n'est pas vrai. En fait… je n'avais pas envie qu'il me juge, qu'il me prenne pour une trouillarde. Comme Mandy.

Andrews grimaça. Il se recula sur son siège et Kimberly remarqua pour la première fois depuis le début de leur entretien à quel point il était ému. Les rides de son visage s'étaient accentuées et son regard s'était fait moins austère. L'espace d'un instant, elle fut même frappée par la fragilité inhabituelle du personnage.

— Il faut que je vous avoue quelque chose, mademoiselle Quincy. J'ai bien peur de vous avoir induite en erreur.

— Moi ? Mais comment ? demanda-t-elle en se redressant, le cœur battant.

Oh non ! pensa-t-elle intérieurement. *Vous n'allez pas me décevoir à votre tour, professeur.*

Elle n'était pas prête à tolérer la moindre défaillance chez Andrews, l'un des personnages les plus respectés et les plus craints de l'université de New York. C'était peut-être puéril de sa part, mais elle avait assez encaissé de coups les derniers temps sans qu'on vienne mettre à bas l'une de ses dernières idoles.

— Je me suis trompé en attribuant vos crises d'angoisse au seul stress, reprit Andrews.

— C'était pourtant logique, surtout après la mort de ma sœur.

— Oui, mais nous disposons aujourd'hui d'indices supplémentaires. Souvenez-vous de ce que vous a dit votre père. Quelqu'un a décidé de s'attaquer à votre famille. Quelqu'un qui s'intéresse à vous et aux vôtres depuis plus de deux ans.

— Et alors ? demanda Kimberly, perplexe, avant de comprendre brusquement.

Livide, elle prenait brutalement conscience des implications de ce qu'elle venait d'entendre. *Oh non ! Pas ça…*

— Vous voulez dire… quand j'étais persuadée d'être épiée, ce n'était pas uniquement une impression, c'est ça ? Vous… vous croyez que c'était lui ?

— Je n'affirme rien, mais c'est possible, répliqua Andrews d'une voix posée, avant d'ajouter avec une douceur inaccoutumée : Je suis très sincèrement désolé, mademoiselle Quincy. D'autant que je vais peut-être un peu vite en besogne. Moi qui n'arrête pas de recommander la prudence à mes étudiants, je ne devrais pas être aussi affirmatif. Il n'en reste pas moins…

— Il me suit partout. Il me traque…

Kimberly n'arrivait plus à s'ôter cette idée de la tête, et sa propre réaction n'était pas sans l'étonner. D'un côté, elle se sentait violée dans son intimité, à l'idée de servir de gibier à ce prédateur anonyme qui s'évertuait à détruire son existence. De l'autre, elle se sentait presque soulagée, parce que les bouffées d'angoisse qui l'oppressaient depuis des semaines n'étaient pas le fruit de son imagination. Chaque fois qu'un frisson lui parcourait la nuque ou qu'elle avait la chair de poule, ce n'était pas sans raison. Elle, la plus forte des filles Quincy, n'était pas en train de devenir folle. Dieu soit loué…

— Cela correspondrait bien aux méthodes de l'individu qui pourchasse votre famille, poursuivit le professeur.

— Quand je pense que ce salopard me guette depuis tout ce temps !

Chez Kimberly, l'étonnement avait cédé la place à la colère. Une rage salutaire qui redonnait un peu de couleur à ses joues pâles et lui rendait toute sa pugnacité. Plus question de se laisser faire.

Andrews, qui la regardait attentivement d'un œil approbateur, l'encouragea immédiatement.

— Souvenez-vous de ce que je vous ai toujours dit. Ne perdez jamais l'esprit de curiosité qui vous anime.

Mettez-vous dans la peau de celui qui vous poursuit, demandez-vous comment il fonctionne. Quel est son moteur ?

— Il aime jouer au chat et à la souris, répondit-elle sans hésiter. Il joue avec nos nerfs.

— Nous le savions déjà. Quoi d'autre ?

— Il n'a pas l'intention de nous tuer trop vite. Ce sont les préliminaires qui lui procurent du plaisir, bien plus que le meurtre lui-même. Il en fait une affaire personnelle.

— Il est donc probable que vous connaissez l'assassin.

— Pas si sûr. Peut-être ne l'ai-je encore jamais rencontré…

Kimberly réfléchissait à voix haute.

— Cette impression qu'on m'observe… Si je le connaissais déjà, il n'aurait pas besoin de me surveiller à distance, il lui suffirait de me regarder vivre de près.

— Il se contente de reconnaître le terrain, analysa Andrews. Depuis quand, exactement, avez-vous la sensation d'être suivie ?

— Quelques mois déjà. Il prend son temps, comme s'il attendait le meilleur moment.

— Un nouveau petit ami ? suggéra le professeur.

— Non, trop évident. En plus, il a déjà fait le coup une première fois avec Mandy, et ensuite avec ma mère. Avec elle, il s'y est pris de manière plus adroite, probablement en se faisant passer pour quelqu'un ayant reçu un organe de Mandy.

— Stratégie brillante, commenta Andrews.

— On dit toujours que je suis la petite futée de la famille, poursuivit Kimberly d'une voix sourde. Maman et Mandy n'auront pas manqué de le lui dire.

Kimberly la bonne élève, celle qui veut entrer dans la police. Celle qui a commencé à faire du karaté à huit ans, qui aime le football et les armes à feu…

Elle n'alla pas plus loin car une silhouette venait d'apparaître dans un coin de sa tête. Un nouveau venu dans sa vie. Un prof au sourire charmeur récemment recruté par son club de tir. Le dénommé Doug James…

— Vous pensez à quelqu'un, mademoiselle Quincy ?

— Juste une idée en passant, mais je ne voudrais pas aller trop vite en besogne.

— Deux précautions valent mieux qu'une, si vous voulez mon avis.

Kimberly eut un petit sourire complice.

— Depuis que je vous connais, c'est la première fois que je vous entends sortir un cliché. Mais je retiens la leçon.

Andrews sourit à son tour.

— Si je comprends bien, vous êtes venue me dire au revoir, n'est-ce pas ? Vous savez, il n'y a aucun mal à opérer un repli stratégique en cas de danger.

— Je ne sais pas combien de temps durera mon absence.

— Ne vous inquiétez pas.

— Ne m'en veuillez pas de ne pas vous dire où je vais.

— Il ne me serait pas venu à l'idée de vous poser la question.

— Vous savez… je comprendrais très bien que vous recrutiez une autre stagiaire.

— Bah, il est trop tard pour y penser. Et puis ça ne me fera pas de mal de relire mes notes moi-même. Avec le temps, l'homme a une fâcheuse tendance à la paresse mentale et ce petit épisode de solitude imposée me fera le plus grand bien en m'obligeant à me remettre en question. À force de me faire chouchouter par mes étudiants, je risque de prendre des vessies pour des lanternes.

— Professeur… je ne sais comment vous remercier.

— Tout le plaisir a été pour moi, mademoiselle Quincy.

Ne sachant qu'ajouter, Kimberly se leva. Elle tendit la main, forçant Andrews à se lever à son tour pour la lui serrer. Leur poignée de main avait quelque chose de solennel.

— Un dernier conseil, si vous me permettez, ajouta-t-il.

— Je vous en prie.

— Je sais à quel point vous vous passionnez pour les enquêtes criminelles, mademoiselle Quincy. Cet homme a visiblement le don de repérer les faiblesses des autres. Il sait très certainement à quel point vous respectez tout ce qui a trait à la police. En particulier les personnes en uniforme ou porteuses d'un badge.

— Message reçu. Je ferai attention, je vous le promets.

Kimberly eut une ultime hésitation avant de quitter la pièce. Elle n'aurait pas voulu avoir l'air ridicule devant son professeur, mais d'un autre côté… *Le Premier Jour*, pensa-t-elle pour se donner du courage. *Ma sœur est morte, ma mère est morte, et je ne dois rien laisser au hasard.* Son regard scruta furtivement la nuit à travers la fenêtre. Un peu plus loin, un moteur pétarada dans le silence, comme un coup de feu en pleine rue.

— Professeur, finit-elle par se risquer. Si jamais il m'arrivait quelque chose, je voudrais que vous transmettiez un message à mon père. La dernière personne que j'aurai été voir ce soir est un nouveau moniteur de mon club de tir. Il s'appelle Doug James.

21

Le bureau de William Zane en Virginie

— J'ai besoin d'un nom.

— Comme notre appellation l'indique, l'anonymat est la principale raison d'être des Alcooliques anonymes et nous n'avons pas pour habitude de déroger à cette règle.

— Comme vous voulez. Rien à foutre du nom. Si ça se trouve, c'est un pseudonyme, de toute façon. Ce dont j'ai surtout besoin, c'est d'un signalement.

— Vous allez penser que je me répète, mais l'anonymat est la principale raison d'être des Alcooliques anonymes et nous n'avons pas pour habitude de déroger à cette règle.

— Monsieur Zane, vous ne comprenez pas bien. Je suis en train d'enquêter sur une série de meurtres, alors je vous laisse le choix. Ou bien vous me donnez les informations dont j'ai besoin tout de suite, ou bien vous serez obligé de le faire à la police dans le cadre d'une enquête officielle, avec tout le retentissement dans la presse que vous pouvez imaginer. Tout ce que je vous demande, c'est de me décrire un suspect dans le cadre d'une conversation privée. À moins que vous ne souhaitiez lire dans la presse qu'un psychopathe s'est infiltré dans vos réunions pour choisir ses victimes.

William Zane, secrétaire du groupe d'Alcooliques anonymes dont avait fait partie Mandy Quincy, hésita longuement. C'était un géant d'un mètre quatre-vingt-cinq et de cent dix kilos, vêtu d'un costume trois-pièces sentant son banquier à quinze pas. Il était visiblement peu habitué à ce que l'on discute ses ordres. Rainie prit le temps de l'observer, se faisant la réflexion qu'il devait au moins en être à son troisième divorce et qu'il avait dû flirter un temps avec la cocaïne. Simple intuition de flic. Il faisait tout pour donner l'impression de s'être rangé des voitures et jouait parfaitement le rôle de secrétaire modèle de son groupe d'Alcooliques anonymes. Il faudrait qu'elle pense à lui envoyer une carte de Noël pour le féliciter, mais pour le moment, c'était le nom et le signalement du « petit ami » de Mandy qui l'intéressaient.

On était jeudi en fin d'après-midi. Dans douze heures, ils iraient tous se réfugier à Portland, mais pour l'heure, Rainie se faisait du souci au sujet de Kimberly et elle n'avait pas l'intention de faire de vieux os en Virginie.

William Zane soupira. Il avait accepté de recevoir Rainie à reculons, et seulement parce qu'elle lui avait appris que l'accident d'Amanda Quincy était en réalité une tentative de meurtre, mais il regrettait déjà sa décision. Il se leva de son fauteuil et ferma soigneusement la porte de son bureau.

— Je ne sais pas si vous mesurez exactement la portée de ce que vous me demandez, reprit-il. Le fonctionnement des Alcooliques anonymes repose sur un principe simple : fermer les yeux sur le passé de ceux qui nous rejoignent à condition qu'ils arrêtent de boire. Nous n'avons de comptes à rendre à personne. Pas même à la police ou à la justice. Nous sommes une association d'utilité publique et, en tant que tels, nous servons de bouée de sauvetage à de nombreux malheureux.

— Là où elle est, Amanda n'a plus vraiment besoin de bouée de sauvetage.

— Mais ce n'est pas d'Amanda qu'il s agit, puisque vous me demandez de vous communiquer des informations confidentielles relatives à l'un de nos membres actuels.

Rainie soupira à son tour.

— Je vais vous mettre à l'aise, monsieur Zane. Je suis moi-même affiliée aux Alcooliques anonymes et je peux vous dire que je n'aurais jamais poussé la porte de l'association si l'anonymat n'avait pas été respecté. Et quand j'étais flic, je n'aurais jamais continué à me rendre aux réunions si elles n'avaient pas été anonymes. Je comprends donc parfaitement votre position. D'un autre côté, ce type a assassiné Amanda Quincy. Il s'est arrangé pour qu'elle aille s'encastrer dans son pare-brise avant de s'en prendre à sa mère. Voulez-vous que je vous montre les photos ?

— Non, non, non, s'empressa de répondre Zane en pâlissant, secouant ses grosses mains blanches en signe de refus.

Il n'avait peut-être pas été marié trois fois, mais elle l'imaginait très bien à la maternité en train de faire les cent pas en mâchonnant un gros cigare pour ne pas assister à l'accouchement. Avec son courage, il n'avait pas dû non plus se proposer souvent lorsqu'il fallait changer les couches des enfants.

— Je suis à la recherche d'un assassin, monsieur Zane, insista-t-elle. Si vous voulez jouer les bouées de sauvetage, faites-le pour les femmes qui risquent de mourir dans des circonstances abominables à cause de ce type. Pensez à ses futures victimes. À l'heure actuelle, vous êtes mon seul témoin.

— Je ne sais pas si j'ai raison, finit par dire Zane, mais vous devez me promettre de garder le secret. Je ne vous ai rien dit.

— Marché conclu. Alors, asseyez-vous et dites-moi tout ce que vous savez.

Zane retourna s'asseoir derrière son bureau et Rainie en profita pour sortir son calepin.

— Vous vous souvenez d'Amanda Quincy ? commença-t-elle.

— Oui, elle nous a rejoints il y a un an et demi, à peu près.

— Je suppose que, comme tous vos membres, elle avait un parrain.

— Oui, mais je préférerais ne pas vous donner son nom, à moins que vous n'insistiez vraiment.

— Je crois que nous ne nous sommes pas bien compris. Vous voulez que je vous montre à quoi ressemble une boîte crânienne quand elle vient s'encastrer dans un châssis de voiture ?

— Non, non ! cria Zane d'un air apeuré. Amanda Quincy a été parrainée par Larry Tanz. Un type très bien.

— Comment Amanda connaissait-elle ce Larry Tanz ?

— C'est le propriétaire du restaurant dans lequel elle travaillait. Larry a rejoint les Alcooliques anonymes il y a plus de dix ans et ce n'était pas la première fois qu'il parrainait un employé.

Zane observa Rainie avant d'ajouter :

— C'est incroyable le nombre de barmen qui sont alcooliques. Sans parler des cuisiniers…

Rainie leva les yeux au ciel. En tout cas, si Larry Tanz était le patron du restaurant où travaillait Mandy, cela voulait dire qu'il était également l'ancien patron de Mary Olsen. Toujours bon à savoir.

— Mandy et ce M. Tanz avaient-ils des relations extra-professionnelles à votre connaissance ? Je veux dire, en dehors du fait qu'il était son parrain chez les Alcooliques anonymes ?

— Dans notre groupe, nous suggérons aux nouveaux membres d'attendre au moins un an avant d'entamer la moindre relation sentimentale, répondit Zane. Vous le savez aussi bien que moi, l'alcool est une drogue dure dont on ne décroche pas aisément. Inutile d'y ajouter d'autres formes de stress. J'ai vu les membres les plus motivés replonger à cause de simples flirts, et c'est pour cette raison que nous recommandons un an sans alcool avant de reprendre une vie affective normale.

— Quel romantisme ! Plus concrètement, Mandy et Larry baisaient-ils ensemble ou pas ?

Zane prit un air choqué.

— Je ne pense pas, lâcha-t-il d'un ton pincé.

— Pourquoi pas ?

— D'une part, Larry est un garçon très bien, comme je vous l'ai déjà dit. D'autre part, je sais à quel point il a été déçu et désolé de l'accident de Mandy, mais ça n'a pas été au-delà. Une mort tragique, sans plus, même s'il se sentait peut-être un peu responsable quelque part.

— Je vois en effet que ce Larry est un mec bien, ironisa Rainie. Qui d'autre ? Je suppose qu'elle devait fréquenter d'autres membres du groupe ?

— C'était quelqu'un de très sociable, en effet.

— D'autres membres qui seraient entrés chez les Alcooliques anonymes en même temps qu'elle et qui seraient devenus de vrais amis, par exemple.

Zane marqua une hésitation qui n'échappa pas au regard vigilant de Rainie. Pour se donner une contenance, il se mit à jouer avec un presse-papiers aux décorations kitsch, sans doute un souvenir rapporté de vacances exotiques dans les îles. Décidée à ne pas le laisser s'en tirer à aussi bon compte, Rainie ne le quittait pas des yeux.

— C'est-à-dire… il y avait bien un type…

— Son nom ?

— Ben. Ben Zikka.

— Décrivez-le-moi.

— Je ne sais pas, moi. Un type plus âgé qu'elle. Je dirais dans les cinquante ans. Pas très grand, moins d'un mètre quatre-vingts. Cheveux bruns, dégarni, du ventre. Toujours mal fagoté, ajouta Zane en passant machinalement la main sur son costume taillé sur mesure. Il me semble l'avoir entendu dire qu'il était retraité de la police ou quelque chose de ce genre, ce qui expliquerait son embonpoint. À force de rester assis à manger des beignets…

Rainie ne crut pas bon de commenter ce diagnostic, d'autant que la réponse de Zane la rendait perplexe. Le profil de l'inconnu ne collait pas du tout avec l'idée qu'elle s'était faite du tueur.

— Un vieux type pas très reluisant ? Et vous dites qu'il sortait avec Mandy ?

— J'en suis presque sûr. Très vite, je les ai vus quitter les réunions ensemble. Un jour, ils sont arrivés dans la même voiture.

— Je suppose qu'on parle bien de la même Mandy ? Amanda Quincy, une jolie fille de vingt-trois ans, blonde aux yeux bleus, du genre qui faisait des ravages au lycée, on est bien d'accord ?

— Elle était très jolie, c'est vrai, commenta Zane.

Rainie avait du mal à y croire.

— Et vous pensez qu'elle sortait avec ce Zikka ?

— Je ne sais pas ce qu'ils faisaient ensemble, je sais juste qu'ils se fréquentaient. Vous m'avez demandé de vous parler des nouveaux membres qu'elle connaissait. En outre, Zikka n'est pas resté très longtemps chez nous. Mandy a participé à plusieurs réunions par la suite, mais de plus en plus espacées, et je sais que Larry avait l'intention de lui en parler quand nous avons appris son accident.

— Si j'ai bien compris, elle s'est inscrite chez vous, et c'est après avoir rencontré ce type qu'elle a commencé à s'éloigner du groupe.

— C'est bien ça, répliqua Zane, avant d'ajouter en haussant les épaules : Son cas est loin d'être unique. Les gens ont déjà du mal à admettre qu'ils sont alcooliques, mais c'est encore plus difficile d'arrêter de boire. La plupart du temps, ils font plusieurs rechutes avant de parvenir à la sobriété.

— Mandy avait-elle d'autres amis au sein du groupe ? Je pense en particulier à un type de plus d'un mètre quatre-vingts, mince, bien habillé, la cinquantaine ?

Rainie reprenait mot pour mot le signalement du tueur donné par la voisine de Bethie Quincy. Zane secoua la tête.

— Vous êtes certain ? insista-t-elle.

— Je vois que vous ne fréquentez plus guère les groupes d'Alcooliques anonymes, mademoiselle Conner. Chez nous, on voit rarement des gens minces et bien habillés, surtout après une vie d'excès. C'est peut-être bon pour certaines stars hollywoodiennes, mais quand on passe la moitié de sa vie à boire ou à se droguer, croyez-moi, ça se voit. Même chez quelqu'un comme Amanda Quincy, ça commençait à se voir.

Rainie était de plus en plus perplexe. Elle avait beau tenir le nom d'un suspect potentiel, le signalement ne collait pas. Elle regarda Zane droit dans les yeux, et il soutint son regard sans faillir. C'était bien sa chance ! Quand la moitié de l'humanité passe sa vie à mentir, ce type-là lui disait très certainement la vérité.

Elle jeta un coup d'œil à sa montre. Sa journée était encore loin d'être terminée. Elle se leva, serra la main de Zane et s'efforça de ne pas voir à quel point il était soulagé de la voir partir.

Sur le seuil de la porte, elle se retourna pour une dernière question.

— Dans vos réunions, je suppose que vous devez parler de choses assez intimes ?

— Évidemment, pourquoi ?

— De quoi parlait Mandy ?

Le voyant hésiter, elle décida d'en remettre une couche.

— Vous êtes sûr que vous ne voulez pas voir les photos de l'accident ou bien celles du corps mutilé de Mme Quincy ?

— Mandy manquait d'assurance. Terriblement… Elle nous disait toujours à quel point son père était un crack dans son métier, à quel point sa mère était belle, à quel point sa petite sœur était intelligente. Quant à elle… Comment vous dire ? Elle se voyait comme une petite blonde jetable.

— Une « petite blonde jetable » ?

— Mandy était obsédée par la violence, mademoiselle Conner. Elle allait systématiquement voir tous les films d'horreur qui sortaient au cinéma, se gavait de bouquins consacrés aux grandes affaires criminelles. Elle nous racontait comment elle fouillait dans les affaires de son père pour lire ses dossiers et ses comptes rendus quand elle était petite. Elle en éprouvait une terreur malsaine, ce qui ne l'empêchait pas de recommencer. Je ne crois pas qu'elle cherchait à s'endurcir, mais plutôt à se punir. La plupart du temps, quand on voit un film d'horreur ou qu'on lit un roman policier, on s'identifie au flic ou au héros. Pas Mandy. Elle s'identifiait toujours à la victime blonde aux yeux bleus. C'est pour cette raison que j'ai employé l'expression « petite blonde jetable ». De son point de vue, elle faisait partie de ces jolies filles qui servent de gibier aux psychopathes.

Rainie était encore perturbée par sa visite chez Zane lorsqu'elle s'arrêta devant le petit immeuble où Phil De Beers avait ses bureaux. Le ciel était couvert, le temps électrique. La lune était pleine, mais il était difficile de s'en apercevoir à cause de la brume épaisse qui était tombée avec la nuit, faisant taire les grillons.

Elle sortit de sa voiture, le dos voûté et l'air buté. Il était déjà 21 heures. Kimberly se trouvait probablement en sécurité chez elle. Quant à Quincy, après avoir réglé ses affaires et s'être arrangé avec son chef de service à Quantico, il devait être en route pour New York. Rainie avait encore deux rendez-vous avant de les rejoindre.

Plutôt que de se rendre directement chez De Beers, elle prit le temps de s'arrêter au milieu du parking et leva les yeux, tentant vainement de distinguer les étoiles à travers la brume. Le grondement des voitures sur l'autoroute lui parvenait vaguement, troublant la nuit d'encre tout juste trouée par la lueur jaunâtre des réverbères. Avec l'humidité, une forte odeur de chèvrefeuille et de mûres lui monta aux narines.

— Bonsoir, madame.

Surprise, Rainie se retourna d'une pièce, prête à sortir son Glock.

Phil De Beers, debout devant l'entrée de l'immeuble, l'observait en silence. Elle le reconnut immédiatement, pour avoir vu sa photo sur son site Internet.

— Nous serons mieux à l'intérieur, proposa-t-il d'une voix aimable.

Un frisson secoua Rainie qui finit pourtant par accepter en hochant la tête.

— J'ai préparé du café, dit-il quelques instants plus tard, en lui indiquant son bureau. Je ne sais pas pourquoi, mais l'orage me fait toujours le même effet. Malgré la chaleur et l'humidité, ça me donne envie de boire quelque chose de chaud. Ou alors du bourbon. Étant donné que c'était un rendez-vous professionnel, j'ai pensé que du café serait plus adéquat.

— Petit malin, répliqua Rainie, ce qui fit naître un sourire sur le visage du détective privé afro-américain.

— Je vois que je n'aurai pas fait illusion longtemps, plaisanta-t-il. J'ai un de ces bourbons, vous m'en direz des nouvelles…

— Désolée de vous décevoir, mais je suis une alcoolique repentie et je me contenterai de café.

— Petite maligne, laissa-t-il tomber.

D'emblée, Rainie l'avait trouvé sympathique.

Arrivés dans la petite cuisine que se partageaient les différents occupants de cet immeuble de bureaux, Phil versa une rasade de bourbon dans son café, tandis que Rainie noyait le sien de lait et de sucre, ce qui eut le don d'amuser son hôte.

— Vous avez peut-être renoncé à l'alcool, mais à quel prix !

— Sans doute, mais dans une société telle que la nôtre, qui tolère le lait et vénère le sucre, je n'ai plus l'impression de transgresser de tabous.

— Et comme ces bonnes décisions ne vous font pas grossir… ajouta-t-il galamment en lui jetant un regard admiratif, avant de la conduire dans son antre.

De Beers prit place derrière son bureau sur un fauteuil de cuir rouge vif, et Rainie dut se contenter d'une mauvaise chaise de cuisine à moitié branlante. Une vieille recette du métier, pour éviter que les visiteurs ne s'éternisent.

— Des M & Ms ? demanda le privé en lui tendant une bonbonnière.

Rainie repoussa l'offre tandis que Phil en prenait une poignée entière.

— Moi aussi, je suis accro au sucre, avoua-t-il avec un petit sourire, en croquant ses M & Ms pendant qu'elle regardait autour d'elle.

Le bureau était assez petit, mais bien aménagé, avec un pan de mur couvert de rayonnages sur lesquels on apercevait des piles de revues, ainsi que les volumes reliés du Code civil de Virginie. Sur le mur d'en face étaient accrochés toute une série de cadres : un diplôme de l'école de police de Virginie, et plusieurs photos de De Beers posant avec des officiels endimanchés. *Sans doute des huiles locales*, pensa Rainie en se disant qu'avec un tel pouvoir de déduction, Sherlock Holmes n'avait plus qu'à bien se tenir.

— Quelqu'un de célèbre ? demanda-t-elle en désignant du doigt l'un des clichés.

— Freeh, laissa-t-il tomber.

— Qui ça, Freeh ?

De Beers, amusé de son ignorance, lui décocha son plus beau sourire.

— Le patron du FBI.

— Ah ! Ce Freeh-là…

Par crainte de passer plus longtemps pour une imbécile, elle plongea le nez dans son café, regrettant amèrement de ne plus avoir droit au bourbon.

De Beers en profita pour parler affaires.

— J'ai commencé à surveiller Mary Olsen comme vous me l'aviez demandé. Une cliente pas vraiment passionnante, cette jeune Mme Olsen. Elle n'a pas mis le nez dehors depuis hier matin.

— Comme ça, on ne risque pas d'apprendre grand-chose.

— Non, mais j'en ai profité pour contacter un copain à la compagnie du téléphone. Il doit me transmettre son dossier afin que j'y jette un coup d'œil. Si vous lui avez fait peur, je doute qu'elle passe son temps à regarder la télé.

— Vous pensez qu'elle finira par téléphoner à quelqu'un ?

— On ne peut rien vous cacher. Grâce à mes entrées, aucun problème pour me procurer les noms, adresses et numéros de téléphone des personnes appelées.

— Si vous pouviez me faxer les infos sur ses principaux correspondants, ce serait génial. Je connais un flic de la police d'État qui pourra se charger des vérifications.

— Pas de problème.

— Pendant ce temps-là, continuez à surveiller Mary au cas où elle se déciderait à bouger. Ah ! Avant d'oublier. Je voudrais que vous fassiez des recherches sur un certain Larry Tanz. Si mes informations sont bonnes, il s'agit du propriétaire du restaurant où travaillait Amanda Quincy au moment de son accident, et dans lequel Mary Olsen aurait été employée avant de se marier. Je serais curieuse de savoir si Tanz a récemment tenté d'entrer en relation avec Mary.

— On a beau vivre à l'ère d'Internet, les contacts directs ont encore du bon. Surtout lorsqu'il s'agit de consoler une jeune femme inquiète.

— Je vois que vous me comprenez. À propos…

Rainie hésita avant de reprendre :

— Vous êtes armé, je suppose ? En permanence ?

De Beers lui lança un regard interrogatif.

— Oh, oh ! Je vois qu'il n'est plus question de jouer aux gendarmes et aux voleurs.

— Nous avons la preuve que la fille de mon client n'est pas morte des suites d'un accident de la route comme on avait pu le croire. Il s'agissait en réalité d'un meurtre. Quant à l'ex-femme de mon client, elle a été sauvagement assassinée, hier soir à Philadelphie. Très certainement par le même individu.

De Beers fronça les sourcils et se leva pour aller prendre un journal sur une étagère. Il le posa sur le bureau de façon à ce que Rainie voie le gros titre s'étalant à la une : « SCÈNE D'HORREUR DANS LES BEAUX QUARTIERS ». Un photographe débrouillard s'était arrangé pour photographier le hall d'entrée de la maison de Bethie Quincy, avec ses sinistres empreintes sanglantes.

— « Sauvagement » est bien le mot, se contenta de commenter De Beers... L'article précise que la victime était l'ancienne épouse d'un agent du FBI. Votre client, sans doute.

— Vous n'êtes pas détective pour rien.

De Beers se rassit et observa longuement sa visiteuse.

— Récapitulons, belle enfant. Si je comprends bien, vous me demandez de surveiller une fille en espérant qu'elle nous conduira à celui qui s'en prend actuellement aux proches des agents du Bureau fédéral d'intimidation...

— Pas *des* agents, mais *d'un* agent. Nuance. Le meurtrier semble avoir un compte personnel à régler.

— Un compte personnel à régler? s'étonna De Beers en jetant machinalement un regard à la une du journal. Arrêtez-moi si je me trompe, mais ce type-là doit avoir des couilles en béton armé.

— Tout juste, Auguste. N'oubliez pas de mettre vos rangers si vous avez l'intention de les lui défoncer.

De Beers soupira.

— Moi qui croyais que c'était une petite affaire pépère... Vous auriez dû me prévenir plus tôt, j'aurais pris mes précautions.

Rainie se contenta de hausser les épaules.

— Je n'ai pas vraiment eu le temps de vous appeler.

Le privé soupira une nouvelle fois.

— OK. Je ferais mieux de sortir mon beau Tec-DC9 tout neuf et de prendre mon 38 *Special* en cas de besoin. Rien d'autre à savoir sur cet enculé de première ? Nom, âge, signalement ?

Rainie sortit son petit carnet.

— On lui connaît au moins deux pseudonymes. Tristan Shandling, le nom dont il s'est servi à Philadelphie avec Elizabeth Quincy, ou encore Ben Zikka, le nom qu'il se donnait, il y a un peu plus d'un an et demi lorsqu'il a rencontré Amanda Quincy, ici en Virginie. Je n'ai pas encore eu le temps d'effectuer des recherches sur Ben Zikka, mais Tristan Shandling n'existe pas. On a tout de suite su que c'était un pseudo en voyant qu'il ne figurait dans aucun fichier.

— C'est bizarre. On aurait pu croire qu'il y aurait pensé, surtout en s'attaquant à un type du FBI.

— Elizabeth Quincy et sa fille n'auront jamais pensé à se méfier. Elles n'étaient pas flics et n'avaient aucune raison de faire effectuer la moindre recherche.

De Beers hocha la tête.

— Voilà qui arrange mes affaires. Je n'ai plus qu'à prendre l'annuaire et vérifier les noms un par un. Dès que je trouve un patronyme suspect, j'entre en contact avec votre copain de la police d'État.

La remarque désabusée de De Beers donna soudain une idée à Rainie.

— En parlant d'annuaire, pour pouvoir ouvrir une ligne à son nom, notre inconnu aura eu besoin d'un vrai nom. J'ai peut-être ça en magasin…

— Quel nom ?

— Celui de l'agent du FBI, Pierce Quincy.

De Beers écarquilla les yeux, ce qui fit sourire Rainie.

— Eh bien, oui, il a été jusqu'à se servir de l'identité de mon client. On s'en est aperçu il y a deux jours. Le FBI avait mis plusieurs enquêteurs là-dessus, mais depuis le meurtre de Philadelphie, j'ai bien peur qu'ils aient d'autres chats à fouetter.

— Des couilles en béton, marmonna De Beers. Ce type-là a des couilles en béton armé. Mais revenons à nos moutons, sait-on au moins à quoi ressemble notre oiseau ?

— J'ai deux signalements, mais ils sont très différents.

— Ben voyons !

— Le dénommé Ben Zikka, celui rencontré par Amanda Quincy, était un alcoolique repenti, moins d'un mètre quatre-vingts, bedonnant, dégarni, plutôt négligé. À en croire ses anciens petits camarades des Alcooliques anonymes, il se prétendait flic. Je n'ai pas encore eu le temps de vérifier, on vient tout juste de me refiler le tuyau.

— L'autre signalement ?

— À Philadelphie, il se faisait appeler Tristan Shandling. D'après notre unique témoin, il était grand, bien bâti et plutôt élégant. Un peu comme mon client, et à peu près le même âge. La cinquantaine.

— Pour résumer, on recherche un type de race blanche et d'âge moyen. Voilà qui rétrécit sérieusement le champ de nos investigations, plaisanta De Beers. Rien d'autre ?

— Non, répondit Rainie en prenant le temps de la réflexion. Rien d'autre.

— Pas de problème. Dès que je vois quelqu'un qui ressemble au portrait-robot, je n'ai plus qu'à dégainer. Ah, ma toute belle, si tous mes clients étaient comme vous !

— Il n'y a pas de quoi. En attendant, je quitte la région demain matin. En cas de besoin, vous pouvez me joindre sur ma ligne professionnelle, mais comme je serai à cinq mille kilomètres d'ici, je ne pourrai pas grand-chose pour vous en cas d'urgence. Si vous tombez sur un os, appelez de ma part Vince Amity à la police de Virginie. C'est lui qui s'est occupé de l'accident d'Amanda Quincy. Un type bien. Dernière chose, Phil, faites gaffe. Contentez-vous de regarder et de prendre des notes. Si jamais Mary Olsen rencontre notre inconnu, évitez de jouer au héros. Je me suis rendue dans cette maison de Philadelphie et je peux vous dire que la photo du journal est une vraie rigolade à côté de ce qu'il a fait endurer à sa victime.

— Que comptez-vous faire ?

Rainie esquissa un sourire.

— Mon client a encore une fille en vie, et j'entends bien qu'elle le reste.

Deux minutes plus tard, Rainie démarrait sous le regard attentif de De Beers. Il avait tenu à la raccompagner jusqu'à sa voiture et elle lui en était reconnaissante. À peine était-elle sortie du parking que l'orage éclata et des trombes d'eau noyèrent sa voiture en un instant tandis que le tonnerre grondait dans le lointain. Rainie s'assura que sa ceinture de sécurité fonctionnait normalement.

Il était un peu plus de 22 heures. Huit heures plus tard, ils seraient définitivement en sécurité.

22

Le club de tir de Kimberly dans le New Jersey

— Je voudrais voir Doug James.

— Il donne un cours actuellement.

— Je suis l'une de ses élèves. Je n'en ai que pour une minute.

— Le plus simple serait de lui laisser un message.

— Non, il faut que je lui parle en personne. Je n'en ai vraiment que pour un instant.

L'adolescent assis derrière le bureau à l'entrée du club soupira longuement. C'était un nouveau et il ne la connaissait pas encore, sinon il n'en aurait pas fait toute une histoire. Il avait visiblement l'intention de bien faire. Kimberly, au bord de la crise de nerfs, les mains tremblantes, espérait que le jeune con allait finir par céder. Au besoin, elle était prête à le secouer un peu.

Ses intentions devaient se lire sur son visage car le pauvre gamin la regardait d'un air inquiet.

— Il ne faut jamais énerver une fille qui a ses règles, lui susurra-t-elle, pour le déstabiliser.

L'ado rougit comme une pivoine et s'éloigna en direction des salles de tir. *Argument imparable*, pensa

Kimberly. *Il faudra que je m'en souvienne.* Ce n'était que le premier jour, mais il ne lui avait pas fallu longtemps pour prendre la mesure de ses pulsions assassines.

Quelques instants plus tard, Doug James émergeait de l'une des salles d'entraînement. Il la regarda droit dans les yeux et Kimberly dut faire un effort sur elle-même pour ne pas faiblir dans sa résolution. James était beau garçon, mais pas de manière prétentieuse ou artificielle à l'instar des play-boys qu'on rencontre par dizaines sur les plages. C'était un homme mûr, avec ce qu'il fallait de fils argentés dans ses cheveux bruns pour mettre en valeur son teint hâlé et son visage buriné. Il avait le regard alerte et perçant de ceux qui sont habitués à vivre à l'air libre, en plein soleil. Habituellement rasé de près, ses joues avaient tendance à se couvrir en fin de journée d'une ombre bleutée que ses quelques poils gris rendaient plus séduisante encore.

De taille moyenne, il avait une carrure d'athlète, et elle se souvenait de la puissance de ses bras lorsqu'il l'aidait à ajuster son tir.

Dès leurs premières leçons ensemble, Kimberly avait remarqué qu'il portait une alliance à l'annulaire gauche. Pour elle, James était un homme marié et inaccessible, ce qui ne l'empêchait pas de fantasmer gentiment lorsqu'il était près d'elle.

— *Il est probable que vous connaissez l'assassin.*

L'avertissement du professeur Andrews lui revint en mémoire et son estomac se contracta. Elle observa longuement le beau Doug James et se sentit fondre à nouveau, malgré la peur qui la tenaillait. Sa mère avait-elle réagi de la même façon avant que son assassin la découpe en morceaux ? Et Mandy ?

— Bonjour, Kimberly. Tu as demandé à me voir ?

Elle le regarda d'un air vide, la bouche ouverte, incapable de prononcer un mot.

— Je suis désolé, je ne voulais pas te faire peur, s'excusa-t-il, persuadé de l'avoir fait sursauter.

— Je voulais vous dire que j'arrêtais les cours.

James fronça les sourcils. Il avait l'air sincèrement inquiet. *Il cherche à se donner une allure rassurante aux yeux de ses victimes*, lui avait expliqué Andrews. Les femmes aiment qu'on soit doux et prévenant avec elles. Un assassin doux et prévenant.

— J'en suis sincèrement désolé. Rien de grave, j'espère ?

— Où étiez-vous hier ?

— Je ne me sentais pas bien, c'est pour ça que je ne suis pas venu. J'ai essayé de te joindre chez toi, mais tu étais déjà partie.

— Et hier soir ?

— Chez moi, avec ma femme. Pourquoi toutes ces questions ?

— J'ai cru vous voir quelque part. Dans un restaurant.

— Non, ce n'était pas moi. J'ai juste fait un saut ici pour prendre des papiers, sinon je ne suis pas sorti de chez moi.

— Vous n'avez pas quitté votre femme ?

— Non.

— Comment s'appelle-t-elle ?

— Laurie, mais j'avoue avoir du mal…

— Vous n'avez pas d'enfant avec elle, c'est bien ça ?

— Pas encore, non.

— Depuis combien de temps êtes-vous mariés ?

— Écoute, Kimberly, je n'aime pas vraiment le tour que prend cette conversation. Je ne sais pas ce que tu as en tête, mais ça ne me plaît qu'à moitié.

— Je croyais que nous étions amis. On a quand même le droit de se parler entre amis, non ?

— Nous sommes peut-être amis, mais tes questions n'ont rien de très amical.

— Ça vous dérange ?

— Très franchement, oui.

— Vous trouvez que je me mêle de ce qui ne me regarde pas ?

— Exactement.

— Pour quelle raison ? Vous avez quelque chose à cacher ?

Doug James resta silencieux, préférant l'observer. Kimberly, le cœur battant et les poings serrés, soutenait son regard sans fléchir.

— Je vais retourner à mon cours, finit-il par dire.

— Je ne reviendrai pas.

— J'en suis désolé.

— Je quitte New York et vous ne me retrouverez pas.

— Tu fais comme tu veux, Kimberly.

— Ne croyez pas que je me laisserai faire, comme ma mère.

— Il faut que je te quitte.

— Ma mère était une femme formidable, vous savez, même si elle était un peu vieux jeu. Elle aurait peut-être dû faire davantage d'efforts vis-à-vis de mon père, mais elle nous aimait très profondément. Ça n'a pas toujours dû être facile pour elle, mais elle a tout fait pour rester heureuse…

La voix de Kimberly se brisa et elle éclata en sanglots. Debout dans le hall du club de tir, au milieu des trophées et des têtes d'animaux empaillées, elle pleurait à chaudes larmes sous les yeux ébahis des autres membres qui passaient par là.

Doug James recula lentement jusqu'à l'entrée de la salle d'entraînement, cherchant désespérément la poignée de la porte derrière son dos.

— Ma mère me manque, lança Kimberly dans un souffle, tout en contenant ses larmes.

Les yeux secs, elle était presque plus pathétique encore. Ceux qui assistaient à la scène ne savaient plus que faire et Doug James en profita pour s'éclipser.

Au terme d'une minute qui sembla durer une éternité, Kimberly se tourna vers le bureau où le gamin du début l'observait d'un air affolé.

— À quelle heure Doug est-il passé hier soir ? demanda-t-elle.

— Vers 20 heures, articula péniblement l'adolescent. Il est venu prendre des papiers. Sa femme l'attendait dehors.

— Tu l'as vue ?

— Ben… oui.

— À quoi elle ressemble ?

— Elle est moins jolie que vous, s'empressa-t-il de répondre, sans savoir vraiment où elle voulait en venir.

Kimberly hocha lentement la tête. Elle essayait désespérément de comprendre. Qu'avait dit la voisine de sa mère ? Elizabeth et l'inconnu étaient arrivés chez elle vers 22 heures dans une décapotable rouge. À en croire la vieille femme, sa mère était restée absente toute la journée.

— Comment était la femme qui accompagnait Doug ? Blonde, la quarantaine, bien habillée ?

Le gamin fronça les sourcils.

— Pas du tout. La femme de Doug est une petite brune plutôt ronde. Je crois qu'elle est enceinte.

— Ah ?!

Ce n'était donc pas sa mère qui accompagnait Doug la veille au soir. Il devait effectivement s'agir de sa femme, et James était très probablement un prof de tir, marié et futur père de famille.

Ce n'est que le Premier Jour et je suis complètement paumée. J'ai peur et je fais amende honorable auprès de toi, Mandy. Ça doit être terrible d'avoir peur en permanence.

Kimberly tourna brusquement les talons et sortit. Il faisait nuit noire au dehors et l'atmosphère était toujours aussi étouffante. 21 h 30… Il y avait de l'orage dans l'air.

Quantico, Virginie

Quincy quitta les locaux du FBI peu après 22 heures, alors que les premières gouttes se mettaient à tomber. Il leva les yeux et constata que des nuages menaçants empêchaient les rayons de la lune de percer. Le vent s'était levé, précédant l'orage. Il venait tout juste de s'engager sur la bretelle de l'Interstate 95 lorsqu'un premier éclair troua le ciel.

Plus longtemps à attendre, pensa-t-il.

Everett n'avait pas dissimulé son mécontentement lorsque Quincy lui avait annoncé son intention de quitter la région. Il lui avait demandé de garder le contact avec le Bureau et de rester joignable à tout moment.

La mesure n'était sans doute pas très prudente car aucun organisme n'est à l'abri des fuites, pas même l'un des services les plus pointus du FBI. D'un autre côté, Quincy pouvait difficilement avouer à son chef qu'il ne lui faisait pas confiance alors que ce dernier tentait tout son possible pour protéger sa famille et sa carrière. Les deux hommes avaient donc fini par chacun lâcher du lest, sans grand enthousiasme. Un vrai compromis.

Quincy avait pris son ordinateur portable, et mis dans le coffre de sa voiture une pile de vieux dossiers. Il avait également conservé son 10 mm de service, refusant obstinément de s'en séparer. Bref, il était aussi prêt qu'il pouvait l'être, étant données les circonstances.

Plus que quelques heures à attendre.

Le vent soufflait à présent en bourrasques, agitant les cimes des arbres et l'obligeant à ralentir. 22 h 30. Sa fille avait besoin de lui.

Plus que quelques heures à attendre.

Dans le rétroviseur, il vit avec inquiétude se rapprocher des phares.

Le Motel 6 en Virginie

Il était 22 h 45 lorsque Rainie sortit en hâte de sa petite voiture de location pour se précipiter vers l'entrée du motel. Il tombait des cordes et elle fut trempée en moins de cinq secondes. Le veilleur de nuit leva la tête lorsqu'elle déboula en trombe dans le petit bureau vitré, dégoulinante d'eau et de brindilles portées par le vent.

— Sale temps, marmonna-t-il.

— Saloperie de putain de temps, oui, maugréa-t-elle en guise de réponse.

Empruntant le couloir, elle se dirigea vers sa chambre, frissonnant à cause de l'air conditionné. Juste le temps de récupérer ses affaires et elle repartait. Elle prendrait une douche quand elle en aurait le temps. Quant à dîner, on verrait plus tard. Il lui fallait rallier New York le plus rapidement possible. Plus que sept heures à attendre.

Dans sa chambre, le témoin rouge du téléphone lui indiqua qu'un message l'attendait et elle serra les dents, inquiète. Elle soupira, prit un carnet et s'assit sur le lit.

En fait de message, il y en avait six. Un record quand elle pensait que personne ou presque ne savait où la joindre. Quatre de ses correspondants – ou peut-être quatre fois le même – avaient raccroché sans rien dire. Le cinquième avait laissé un message : il s'agissait de Carl Mitz.

— Je cherche toujours à joindre Lorraine Conner pour une affaire la concernant.

À entendre le ton urgent de sa voix, c'était probablement Mitz qui avait raccroché les fois précédentes.

Le sixième message était nettement plus surprenant puisqu'il émanait de son ancien collègue Luke Hayes, désormais shérif de la police municipale de Bakersville.

— Rainie, il y a une espèce d'avocat en ville qui n'arrête pas de poser des questions bizarres sur ta mère et toi. Un certain Carl Mitz. J'ai pensé qu'il était plus prudent de t'avertir.

Rainie jeta un coup d'œil à sa montre. Elle n'avait pas vraiment le temps. D'un autre côté, le Mitz en question avait vraiment l'air pressé de lui parler, au point d'être allé à Bakersville poser des questions sur ses antécédents. Quinze ans après la mort de sa mère, le souvenir de ce qui lui était arrivé restait encore douloureux.

Elle se décida à appeler Luke chez lui et tomba sur son répondeur.

— Salut, c'est Rainie, annonça-t-elle. Merci du tuyau. Je ne suis pas chez moi en ce moment, mais je rentre demain matin. Rends-moi un service, Luke. Arrange-toi pour rencontrer ce Mitz en tête à tête, et fais-moi savoir le lieu et l'heure de façon à ce que je débarque en plein milieu de votre rencard. Ça fait trois jours que ce type me poursuit, il est temps que je sache ce qu'il a dans le ventre.

Elle raccrocha. Ses cheveux mouillés dégoulinaient toujours sur son tee-shirt. Elle se regarda dans la glace et constata avec étonnement qu'elle avait des poches sous les yeux, les traits tirés et la mine blême. Ses cheveux courts ne ressemblaient plus à rien.

J'ai l'air d'une punkette de carnaval, se dit-elle d'un air amusé. *Ou bien d'une fille victime d'un vampire.*

Elle avait peine à se reconnaître dans la glace et une chape de fatigue lui tomba brusquement sur les épaules.

Bethie avait lutté jusqu'à la dernière extrémité. Elle connaissait son agresseur et avait tenté de s'échapper, en vain. Qu'est-ce qui vous passe par la tête dans un moment pareil ? A-t-on le temps de se sentir trahi par l'existence ? Ou bien a-t-on peur, tout simplement ? Adrénaline ou testostérone ? L'instinct de survie est-il toujours le plus fort, comme on le dit généralement ?

Quand elle était jeune, elle s'amusait à regarder les chats sauvages poursuivre les mulots. Le chat prenait toujours le mulot dans sa gueule avant de le laisser s'échapper, et la malheureuse bestiole couinait jusqu'à ce que ses forces l'abandonnent. À la fin, le mulot finissait invariablement par se laisser faire, parce qu'il était plus facile de mourir que de vivre. Une manière pour la Nature de faire preuve de miséricorde vis-à-vis des plus faibles.

Rainie pensa à Mandy, qui s'était brusquement remise à boire après tous ces mois d'abstinence avant de prendre le volant, alors que sa ceinture de sécurité ne fonctionnait pas. Elle pensa à Bethie qui avait choisi d'ouvrir sa porte à un inconnu après des mois et des mois de réclusion et de solitude.

Comme s'il était plus facile de mourir que de vivre.

Rainie se leva et jeta ses affaires pêle-mêle dans son sac. 23 heures. Encore sept heures avant le départ, et deux heures de route devant elle. *La vie n'est qu'un long combat*, se dit-elle, prête à faire front, coûte que coûte.

La maison de Quincy en Virginie

L'agent enquêteur Glenda Rodman était recroquevillée dans un coin du bureau, assise à même la moquette. Il flottait dans l'air des effluves de l'eau de toilette de Quincy. Dehors, le vent soufflait, la pluie griffait les vitres, et les branches d'arbres s'entrechoquaient, ballottées par l'orage. De temps en temps, on percevait encore au loin le grondement du tonnerre, mais les éclairs commençaient à se faire plus rares.

Pas moins de cinq fois, l'alarme s'était déclenchée au gré des coupures d'électricité. La batterie auxiliaire n'avait pas dû être raccordée correctement. Chaque fois, Glenda Rodman avait été contrainte d'appeler la compagnie de gardiennage, dont elle apprit rapidement le numéro par cœur. Quant à son collègue, Albert Montgomery, personne ne l'avait vu.

La sonnerie du téléphone retentit une fois de plus et le répondeur se mit en route dans la cuisine.

— Je te tuerai, il te tuera, nous te tuerons, chantonna une voix à l'autre bout du fil. Hé, Quincy ! Tu ferais bien de jeter un œil dans ta boîte aux lettres. J'ai égorgé ce joli petit chien rien que pour toi ! Sympa, non ? Je te tuerai, il te tuera, nous te tuerons. Je te tuerai, il te tuera, nous te tuerons…

Glenda se recroquevilla encore plus sur elle-même, se balançant nerveusement d'avant en arrière alors que les lumières s'éteignaient et que l'alarme se mettait en route une sixième fois.

23

Greenwich Village, New York

— La bombe lacrymo ? demanda Quincy.

— Ici.

— Ton pistolet ?

— J'ai mon Glock, répondit Rainie, mais je n'ai pas le droit de le prendre dans l'avion avec moi. Contrairement aux agents fédéraux, je n'ai pas de dérogation.

Quincy hocha la tête et se tourna vers sa fille, debout devant sa valise.

— Moi aussi, j'ai un Glock, déclara-t-elle d'une voix posée.

Son père sursauta.

— Qu'est-ce que tu viens de dire ?

— Quitte à être armée, autant l'être vraiment. Comment veux-tu que je me défende convenablement avec un calibre 22 ?

Quincy, dissimulant mal sa surprise, sortit sa propre arme de service, un Smith & Wesson 10 mm chromé. Neuf balles dans le chargeur, plus celle qui se trouvait déjà dans le canon. Par sécurité, il portait deux magasins supplémentaires attachés à son étui de cuir brun. Au total, trente projectiles, de quoi tenir un siège.

— Étant donné que je suis le seul ici à pouvoir garder mon arme avec moi dans l'avion, dit-il, je me charge de vous couvrir tout au long du voyage. Je prends aussi la lacrymo en cas de besoin. Dès l'arrivée à Portland, vous reprenez vos pistolets et vous les gardez à portée de main. OK, Thelma et Louise ?

— J'ai rendez-vous avec Luke Hayes à mon arrivée, expliqua Rainie. Je pourrais lui demander de nous envoyer les auxiliaires de la police de Bakersville en renfort pour nous protéger. Ça ne peut pas faire de mal.

À cette proposition, le visage de Kimberly s'éclaira, mais son père s'empressa de rappeler les deux jeunes femmes aux réalités concrètes.

— Trop voyant. En plus, je ne crois guère à l'efficacité d'une garde rapprochée dans le cas présent. Notre homme n'est pas du genre à tirer de loin. Je le vois mal nous abattre d'une voiture ou posté d'un toit. Il préfère les scénarios alambiqués, afin de mieux approcher ses victimes. Les gardes du corps ne sont d'aucune utilité lorsque la victime elle-même laisse entrer le loup dans la bergerie.

— Mon prof, M. Andrews, pense qu'il s'agit probablement de quelqu'un de proche, avança Kimberly d'une voix calme. D'après lui, le coupable cherche en priorité les points faibles de ses victimes pour mieux les amadouer. Il savait que Mandy avait besoin qu'on s'occupe d'elle, et il savait à quel point Mandy manquait à maman. Quant à moi… j'ai toujours eu une fascination pour tout ce qui porte un badge ou un uniforme.

Quincy, en train de plier soigneusement l'une des chemises de sa fille, s'arrêta brusquement. Son regard se perdit dans les rayures bleues et blanches du tissu.

— Kimberly…

— Tu n'y peux rien, papa. Ce n'est pas ta faute.

Quincy hocha lentement la tête d'un air dubitatif et acheva de mettre la chemise dans un sac de voyage. Il était un peu plus d'une heure du matin. Ils n'avaient guère dormi plus de quelques heures depuis deux jours, et ils se maintenaient éveillés tant bien que mal en préparant machinalement leurs bagages.

— Quoi d'autre ? finit par demander Quincy.

— N'oublie pas les trousses de toilette, répondit sa fille en se dirigeant vers la salle de bains.

Quelques instants plus tard, des bruits de flacons entrechoqués leur parvinrent.

— Tu as pu voir ce détective privé, Rainie ? interrogea Quincy à voix basse en jetant un coup d'œil inquiet du côté de la salle de bains.

— Oui, mais ça n'a rien donné. Et toi, de ton côté ?

— Ils n'ont pas encore découvert que l'écriture du message retrouvé dans le ventre de Bethie était la mienne. Il faut dire qu'ils ont du pain sur la planche. Il leur faudra plusieurs jours pour examiner en détail tous les éléments retrouvés chez Bethie. Avec un peu de chance, ils s'occuperont du message en dernier.

— Comment peux-tu dire que c'est ton écriture ? Ce n'est tout de même pas toi qui as écrit cette horreur !

— Je ne sais pas, mais en tout cas, c'est bien mon écriture. Les boucles, l'inclinaison des lettres, la manière de placer les points sur les i… Ce type s'est visiblement entraîné.

— Il doit bien y avoir un moyen de prouver que c'est un faux.

— Pas sûr. Tout dépend de ses talents de faussaire, et de l'expert graphologue. À dire vrai, je ne pense pas que l'écriture soit parfaite, mais ça ne me servira pas à grand-chose. Tout ce qu'il veut, c'est que l'on *croie* reconnaître mon écriture. Le temps que le FBI s'aperçoive de son erreur, et j'aurai été traîné dans la boue, sans doute arrêté. Ce type n'est pas seulement malin, il est d'une efficacité et d'une perversion redoutables. C'est ce qui me fascine chez lui.

Entrant dans la pièce pour mettre sa trousse de toilette dans son sac, Kimberly stoppa net leur conversation.

— Quoi d'autre ? s'enquit-elle.

Ils étaient arrivés au bout de leurs préparatifs. Quelques instants plus tard, les sacs étaient empilés près de la porte. Plus que trois heures, et il serait temps de partir pour l'aéroport Kennedy où Rainie devrait commencer par rendre sa voiture avant de s'embarquer à destination de Portland avec ses deux compagnons sur le vol de 6 heures. Dehors, la tempête faisait rage et Quincy regardait régulièrement par la fenêtre d'un air inquiet. Ce n'étaient pas le tonnerre et les éclairs qui lui faisaient peur, mais l'idée que leur vol risquait d'être retardé.

Ils s'assirent autour de la table de la cuisine et Kimberly remplit leurs tasses de café, bien qu'ils soient déjà passablement énervés… Bobby, le colocataire de Kimberly, avait décidé d'émigrer lorsque Quincy lui avait expliqué la situation, préférant se faire consoler par sa petite amie plutôt que de sursauter au moindre bruit pendant leur absence. Entre la peur et la bagatelle, Bobby n'avait pas hésité longtemps.

Rainie, les mains plaquées sur sa tasse brûlante, tentait de se réchauffer par tous les moyens. Elle avait attrapé froid avec ses vêtements mouillés.

— Ton prof t'a dit autre chose ? demanda-t-elle à Kimberly.

La jeune fille se contenta de hausser les épaules d'un air blasé. Elle avait peut-être les traits tirés et les nerfs tendus, mais elle tenait le coup, ayant visiblement atteint le stade où l'on continue à avancer pour ne pas s'écrouler.

— À propos du professeur Andrews… il m'a conseillé de te dire que… hésita Kimberly en jetant un coup d'œil furtif à son père avant de se replonger dans sa tasse de café. Depuis… depuis quelques mois, j'ai des crises d'angoisse. En tout cas, c'était ce que je croyais. J'étais persuadée qu'on m'épiait en permanence, et j'avais de telles bouffées d'angoisse que j'avais du mal à respirer.

Quincy reposa brutalement sa tasse, faisant gicler quelques gouttes de café sur la table.

— Pourquoi ne m'as-tu rien dit ?

— À l'époque, j'étais persuadée que c'était lié au stress. La mort de Mandy, la fac, ce poste de stagiaire que je voulais absolument… Je ne sais pas, moi. Et puis ça n'a pas d'importance. Ce qui compte, c'est que tu le saches aujourd'hui. Après tout ce qui s'est passé ces derniers jours, je ne crois pas que c'était uniquement lié au stress.

— Il t'épiait, constata Quincy d'un ton coupant. Il passait son temps à te surveiller et tu ne m'as rien dit !

— J'ai toujours une bombe lacrymo dans mon sac, je suis particulièrement vigilante et je sais me défendre. Enfin, papa, tu ne vas pas passer ta vie à me protéger !

— Justement si ! C'est mon boulot. Je me demande à quoi me sert mon métier si je ne suis même pas capable de protéger ma propre fille.

— Les enfants grandissent et finissent par s'éloigner. C'est la loi de la vie et tu le sais aussi bien que moi.

— Tu oublies que je suis flic.

— Tu es surtout humain, comme tous les pères.

— N'empêche, tu aurais dû m'en parler, Kimberly !

— Moi aussi, je suis un être humain.

— Je commence à en avoir assez de toute cette histoire ! s'écria Quincy.

— Moi aussi, figure-toi, riposta Kimberly sur le même ton. Alors occupons-nous d'attraper ce salaud afin que je puisse terminer mes études tranquillement. Après ça, je pourrai entrer dans la police, avoir un mari et des enfants dont je ne m'occuperai pas, et la boucle sera bouclée.

La mâchoire de Quincy se serra. Il ouvrit la bouche à plusieurs reprises, sans parvenir à articuler un mot. En désespoir de cause, il se leva pour aller à la fenêtre et plongea son regard dans l'obscurité, sa tasse de café à la main.

— Vous savez, ironisa Rainie, il y a des jours où vous me faites regretter de ne pas avoir de famille.

— J'ai peut-être une piste, annonça Quincy.

La pendule indiquait 2 heures, mais par une sorte d'accord tacite, personne n'avait été se coucher. Le pistolet de Quincy était posé sur la table, prêt à servir, et ils avaient pris la précaution de baisser les stores et de tamiser la lumière pour éviter de servir de cibles. Dehors, l'orage grondait toujours. Ils avaient regardé la chaîne météo à la télé, où l'on annonçait une accalmie pour le début de la matinée, mais Rainie n'était pas certaine que les Quincy, dans l'état de tension dans lequel ils se trouvaient, avaient vraiment cru le présentateur.

— Tu ne m'as même pas dit ce que tu avais appris à Quantico, demanda Rainie.

Kimberly, les yeux rivés sur la table, évitait de croiser le regard de son père. Autant faire diversion.

— L'un des types chargés de l'enquête, Albert Montgomery, a un vieux compte à régler avec moi, à cause de l'affaire Sanchez. C'est à lui que l'enquête avait été confiée dans un premier temps, mais il s'est lourdement trompé et le Bureau avait décidé à l'époque de me passer le relais.

— C'est quoi, l'affaire Sanchez ? interrogea Kimberly.

— Une enquête vieille de quinze ans, en Californie. Sanchez et son cousin assassinaient de jeunes prostituées. Huit filles en tout. Il… il leur arrivait de faire durer le plaisir.

— Ah, oui ! Les cassettes.

— Comment, les cassettes ! *Tu les as écoutées ?*

Kimberly haussa les épaules.

— Pas moi. Mandy. Elle était obsédée par ton boulot et quand tu avais le dos tourné…

— Mon Dieu !

— Tu disais donc que Montgomery te cherchait des poux dans la tête, s'interposa Rainie, essayant de calmer le jeu.

Quincy se tourna vers elle, les yeux brillants, les traits brouillés.

— Montgomery est persuadé que j'ai contribué à sa disgrâce en élucidant l'affaire Sanchez. Disons que le jour où le rapport d'enquête arrivera de Philadelphie, il ne fera rien pour m'aider. Je suis même convaincu qu'il va tout faire pour mettre de l'huile sur le feu.

— Alors nous n'avons plus beaucoup de temps, murmura Kimberly.

— Trois jours au maximum, précisa Quincy d'un air fataliste. Dès qu'il aura le rapport du labo entre les mains, Everett m'appellera et me demandera de revenir dare-dare.

— Nous n'en sommes pas encore là, l'interrompit Rainie. Nous avons le temps d'avancer. J'ai appris plusieurs petites choses intéressantes aujourd'hui. J'ai notamment rencontré le secrétaire du groupe d'Alcooliques anonymes dont faisait partie Mandy, William Zane. Il m'a confirmé qu'elle avait bien rencontré quelqu'un dans le cadre de leurs réunions, mais le signalement du type ne colle pas vraiment. Moins d'un mètre quatre-vingts, dégarni, bedonnant, plutôt négligé.

— La voisine de maman a parlé d'un beau mec, plutôt grand et bien habillé, rappela Kimberly.

— Exactement. D'un autre côté, il s'est passé plus d'un an et demi depuis que Mandy a fait la connaissance de ce type, il a donc eu tout le temps de changer d'apparence.

— Ted Bundy, le tueur en série, changeait régulièrement de look et de personnalité, confirma Quincy. À un moment, il avait pris vingt kilos, au point d'être méconnaissable. Les gros donnent souvent l'impression d'être plus petits qu'ils ne sont en réalité. Jim Beckett, par exemple, a réussi à échapper à la police pendant plus d'un an en changeant de look à plusieurs reprises. Il portait des costumes matelassés et se gonflait artificiellement les joues avec du rembourrage pour modifier sa silhouette et son allure générale.

— Ce qui voudrait dire que notre homme est un as du déguisement, reprit Rainie. On sait également qu'il est très patient, puisqu'il a attendu plus d'un an après l'accident de Mandy pour recommencer.

— Il ne fait aucun doute qu'il obéit à un plan soigneusement mis au point, acquiesça Quincy.

— Bon, récapitulons. Dès notre arrivée à Portland, je vous conduis à l'hôtel où vous vous inscrivez sous un faux nom, pendant que je repars à mon rendez-vous. J'ai également demandé à Vince Amity de rouvrir l'enquête sur l'accident de Mandy. Phil De Beers, le détective privé que j'ai vu ce soir, s'occupe de Mary Olsen et doit me tenir au courant. Et même si Montgomery ne te porte pas dans son cœur, Quincy, ton patron a l'air de te soutenir et Glenda Rodman n'est pas du genre à se laisser berner par le premier venu. Je la crois tout à fait capable de faire le tri entre l'info et l'intox.

— Si je comprends bien, il ne nous reste plus qu'à attendre sagement le meurtrier, soupira Kimberly d'une petite voix.

— Pas du tout, contra Rainie. Il avait la partie facile avec Mandy parce que c'était sa première victime. Il a pu continuer en toute tranquillité avec Bethie parce que nous n'avions pas encore compris, mais ce n'est plus le cas.

Elle jeta un coup d'œil à sa montre avant de poursuivre :

— Dans trois heures exactement, nous serons hors de portée, ce qui prouve bien que nous avons repris l'initiative.

Kimberly et Quincy hochèrent la tête, pas tout à fait rassurés. Rainie en profita pour consulter à nouveau ses notes.

— J'ai également une nouvelle piste. À en croire William Zane, le type des Alcooliques anonymes, le parrain de Mandy n'était autre que son patron, un certain Larry Tanz. C'est également pour lui que travaillait Mary Olsen. Je ne sais encore rien sur ce Tanz, mais à en juger par l'attitude pour le moins étrange de Mary…

— Une piste à ne pas négliger, en tout cas, souligna Quincy.

— J'ai mis mon copain Phil De Beers sur le coup. À propos, Phil met du bourbon dans son café. Après ça, j'espère qu'on va enfin me foutre la paix avec mon sucre et mon lait.

Quincy et Kimberly levèrent les yeux au ciel dans un même mouvement. La ressemblance entre le père et la fille était criante.

— Enfin, je dispose d'un second pseudonyme pour notre assassin, reprit Rainie en tournant une page de son calepin. On sait qu'il se faisait appeler Tristan Shandling à Philadelphie… Entre parenthèses, Quince, tu devrais jeter un œil à tes vieux dossiers, histoire de voir si ce nom ne correspond à rien. Mais surtout, j'ai réussi à retrouver le nom dont il s'est servi, il y a un an et demi, pour entrer en contact avec Mandy. À l'époque, il se faisait appeler Ben Zikka.

— Quel nom as-tu dit ?!! s'exclama Quincy.

— Ben Zikka, répéta Rainie.

— Espèce d'ordure ! Fils de pute de mes deux. *Il n'avait pas le droit !*

Quincy avait littéralement jailli de sa chaise. Il se précipita sur le téléphone qu'il arracha de son socle, composa un numéro et attendit, la mâchoire serrée, les doigts crispés autour du combiné. Rainie ne l'avait jamais vu comme ça. Ne comprenant pas ce qui avait pu le mettre dans un état pareil, elle se tourna vers Kimberly et vit que la jeune fille était pâle comme la mort.

— Mon grand-père, murmura-t-elle.

— Mon Dieu ! se contenta de dire Rainie en fermant les yeux.

Lorsqu'ils avaient dressé la liste des personnes menacées, personne n'avait songé au père de Quincy, qui vivait dans une institution médicalisée à cause de sa maladie d'Alzheimer.

— Passez-moi la maison de retraite de Shady Acres, hurla Quincy dans le téléphone. Vite !

Quelques instants s'écoulèrent dans un silence de mort.

— Abraham Quincy, s'il vous plaît… Comment, il n'est pas là ? Bien sûr que si. Il n'est pas autonome, il n'a pas pu partir tout seul… Vous dites que son fils est venu le chercher en début d'après-midi ? Pierce Quincy ? Je suppose que vous lui avez demandé une pièce d'identité… Il vous a montré son permis de conduire, et c'était bien Pierce Quincy ?…

Le visage de Quincy s'était décomposé. Dans la petite cuisine, personne n'osait bouger. *Prends-le dans tes bras, fais quelque chose*, pensa Rainie, incapable de faire un geste. Elle savait que Kimberly devait penser la même chose, sans oser rien dire. Pour Quincy, le cauchemar continuait. Un cauchemar terrible.

Il coupa la communication, mais au lieu de raccrocher, il serra lentement l'appareil contre lui, cherchant un réconfort impossible.

— Ben Zikka était le meilleur ami de mon père, murmura-t-il à l'adresse de Rainie. Ils ont grandi ensemble, ils ont fait la guerre ensemble, une vie d'amitié…

Kimberly et Rainie n'avaient pas bougé.

— C'est un vieillard, poursuivit Quincy dans un souffle. À soixante-quinze ans, il n'est même plus capable de pisser tout seul, nom de Dieu. C'est un vieil homme malade qui a peur de tout. Il ne se reconnaît pas dans la glace, il ne sait même plus qu'il a un fils, ni comment je m'appelle.

Kimberly et Rainie ne disaient toujours rien.

— Une vie de labeur, à travailler la terre en élevant son fils tout seul, s'évertuant à lui faire faire des études quand il avait à peine de quoi vivre. Parce que c'était naturel et qu'il jugeait que c'était son devoir. À soixante-quinze ans, on aurait au moins pu lui laisser le luxe de mourir dignement.

— Quincy…

— Mon père ne se souvient même plus de moi ! Pourquoi ce salaud veut-il le tuer ? Il ne se souvient de rien, putain de bordel de merde ! DE RIEN !

À bout de nerfs, il jeta le téléphone qui se fracassa sur le carrelage avec un bruit mat. Et comme ça ne lui suffisait pas, il attrapa une chaise qu'il brisa contre la cuisinière avant de jeter la cafetière dans l'évier et de renverser la table avec un hurlement de rage impuissante.

— Papa…

Quincy, aveuglé par la douleur, ne l'entendait même pas.

— Il faut que je reste, on ne sait jamais. Il est peut-être encore en vie, ce salaud ne l'a peut-être pas encore tué. C'est mon père, bordel, et il ne sait même plus qu'il a un fils. Ce salopard risque de le torturer avant de l'assassiner et quand on voit ce qu'il a fait à Bethie à Philadelphie… Alors qu'il est vieux et malade et ne sait même plus qu'il a un fils. Tu ne comprends donc pas, Rainie, il ne sait même plus qu'il a un fils…

— Tu viens à Portland avec nous.

— Hors de question !

— Tu viens à Portland avec nous, Quincy. Je ne te laisserai pas ici tout seul. Tu n'as donc pas compris que c'était précisément ce que voulait ce cinglé ?

— C'est mon père…

— Il est mort ! Quincy. Je suis désolée pour toi, mais ton père est mort. Tu le sais aussi bien que moi. Je suis désolée, Quincy…

Soudain, Quincy s'écroula comme une masse, au milieu des débris de bois et de verre éparpillés sur le sol de la cuisine, lançant à Rainie un regard qu'elle n'oublierait jamais.

— Mon père, murmura-t-il. Mon pauvre père…

— Papa, j'ai peur. Je t'en prie, j'ai besoin de toi.

Quincy, à genoux, se tourna vers sa fille qui pleurait à chaudes larmes. L'espace d'une seconde, le temps se figea. Dieu seul sait à quoi il pouvait penser à cet instant précis. Il ouvrit ses bras et Kimberly se précipita contre sa poitrine.

— Tout ira bien, ma petite Kimmy, lui souffla-t-il au creux de l'oreille. Je te le promets, tout ira bien.

Il ferma les yeux, et Rainie sut que c'était pour mieux leur éviter de lire le mensonge dans son regard.

24

L'aéroport John Fitzgerald Kennedy, New York

Le vendredi, à 5 h 35, heure de New York, ils prenaient place dans l'avion à destination de Portland. Il leur avait bien fallu montrer une pièce d'identité au comptoir de la compagnie aérienne avant de récupérer les billets réglés la veille en liquide, mais Quincy s'était servi de son badge du FBI pour faire établir leurs cartes d'embarquement sous des noms d'emprunt, afin d'éviter toute indiscrétion. L'employée s'était exécutée avec empressement, ravie à l'idée de participer à ce qu'elle croyait être une opération secrète. Sous l'effet cumulé de la fatigue et des émotions, ils tenaient à peine sur leurs jambes en empruntant la passerelle.

L'orage avait fini par s'éloigner, mais le ciel restait menaçant et la piste était détrempée. Des employés en coupe-vent jaune vif s'activaient et s'apostrophaient autour de l'appareil du côté de la soute à bagages. Rainie les observait depuis sa place, sans pouvoir distinguer leurs paroles.

Kimberly, à peine installée à côté d'un hublot, s'était endormie, la tête appuyée contre la cloison. Rainie avait dépassé le stade où le sommeil apaise la fatigue. Assise entre le père et la fille, elle avait une perception aiguë, presque douloureuse, de tout ce qui l'entourait. À sa droite, Quincy dissimulait son trouble derrière un masque d'impassibilité artificielle. Lorsqu'elle lui avait effleuré la main, il l'avait retirée aussitôt et elle s'était bien gardée de recommencer.

— Quand ma mère est morte, j'en voulais terriblement à mon père, lui dit-il.

— De quoi est-elle morte ?

— Une crise cardiaque. Comme elle n'avait que trente-quatre ans, personne ne s'y attendait.

— Ton père n'y pouvait donc rien.

— J'étais très jeune. Dans mon esprit, mon père était capable de tout, même d'empêcher ma mère de mourir. Je le considérais comme responsable de ce qui arrivait. Je lui demandais constamment pourquoi elle était morte, et il me répondait invariablement : « Parce que. »

— C'est la vie, commenta Rainie.

— Si tu veux. Pour un fermier yankee comme lui, c'était sa façon de dire : « C'est la vie. » J'ai mis des années à comprendre qu'il avait raison. Il y a des choses qui ne s'expliquent pas, tout simplement. Mais comment veux-tu faire comprendre la sagesse divine à un gamin ? Comment lui inculquer le sens du destin ? Ma mère était morte *parce que*. À sa manière, mon père essayait de me faire comprendre quelque chose d'essentiel.

Rainie conserva le silence.

— Mandy ne méritait pas de mourir, poursuivit Quincy. Bethie non plus ne méritait pas de mourir, tout comme mon pauvre père. Cette fois-ci, on ne peut plus dire « parce que ». Ce n'est plus la vie, cette fois, mais un être de chair et d'os.

— Nous le trouverons, Quincy.

— J'ai l'intention de le tuer, Rainie. Je suis devenu psychologue dans le but d'aider les gens. Aujourd'hui, c'est comme si tout cela n'avait servi à rien. J'ai vraiment l'intention de le trouver et de le tuer. Tu crois que c'est un crime ?

Rainie hésita avant de répondre :

— Plutôt une vengeance, finit-elle par dire au moment où l'avion, les moteurs à plein régime, s'apprêtait à décoller.

Quincy hocha la tête.

— Si c'est ça, je crois que j'arriverai à me débrouiller avec ma conscience.

LE PLAN B

25

Bakersville, Oregon

Luke Hayes, nonchalamment appuyé contre sa voiture devant le Martha's Diner, avait des airs de lézard au soleil. Avec son mètre soixante-quinze, son crâne dégarni et sa carrure modeste, le shérif de Bakersville n'avait rien d'une terreur. En apparence seulement, car cette allure inoffensive dissimulait un homme capable de frapper aussi vite que son ombre, et aussi fort que les meilleurs bûcherons de la région. À Bakersville, personne ne s'y trompait depuis longtemps. *T'as vu le petit chauve ? Méfie-toi de lui, c'est un dur.* C'était déjà assez humiliant de se faire assommer dans un bar, inutile que ce soit en plus par un type deux fois moins costaud que soi.

Le principal atout de Luke Hayes n'était pas sa force, mais son regard. Un regard bleu ciel qui vous traversait l'âme. À la seule force de ses yeux, Luke pouvait calmer les ardeurs des ménagères les plus enragées, faire reculer les ivrognes belliqueux ou amadouer les gamins un peu trop énervés. Un suspect l'avait accusé un jour de jeter des sorts avec ses yeux, mais Luke avait balayé l'argument de la main. Pour lui, c'était beaucoup plus simple : sa force résidait dans son calme et sa pondération. C'est d'ailleurs ce qui faisait son charme auprès des dames.

Adossé à sa voiture, les paupières fermées, il avait l'air de dormir. En réalité, il protégeait ses yeux de la morsure du soleil, la tête légèrement levée, humant une brise marine imaginaire en ce jour de canicule.

Luke soupira lentement, rouvrit les yeux et découvrit Rainie debout devant lui.

— Je vois que Bakersville déborde d'activité, ironisa-t-elle.

— Tu peux être sûre qu'on aura une bagarre vers 18 heures. Peut-être même deux, avec cette chaleur.

— Tu t'es peut-être trompé de vocation en devenant flic. Tu devrais vendre des climatiseurs.

— Pas si bête, ton idée. Je pourrais commencer par m'en vendre un. Salut, ma petite Rainie, ça fait plaisir de te voir.

Il tendit une main que Rainie garda longtemps dans la sienne. Il lui trouvait les traits tirés, comme à son habitude lorsqu'elle travaillait trop. Mais ça ne lui enlevait rien. Rainie avait toujours été belle fille, avec ses pommettes saillantes, sa bouche gourmande, ses yeux gris clair. Elle n'avait pas grossi depuis la dernière fois, bien au contraire, et sa silhouette musclée la mettait en valeur. Elle avait surtout coupé ses cheveux et adopté une coiffure courte, très branchée. Voilà qui risquait de ne pas faire plaisir aux types de Bakersville qui avaient toujours fantasmé sur ses longues boucles châtain, rêvant de les caresser au creux de l'oreiller. En Oregon, on rêve comme on peut.

— Tu sais que tu es beau comme tout, en shérif, plaisanta Rainie.

— L'étalon de ces dames, répondit Luke en bombant le torse.

— Je vois d'ici les bourgeoises protestantes de la ville faire la queue pour te présenter leurs filles.

— Qu'est-ce que tu veux, il faut bien que quelqu'un se dévoue.

— Si tu savais à quel point Bakersville me manque…

— Je sais, Rainie. Toi aussi, tu nous manques, glissa-t-il en lui prenant le bras pour l'entraîner chez Martha.

Il avait donné rendez-vous à Carl Mitz une heure plus tard, ce qui leur laissait le temps de discuter. Ils se glissèrent dans leur box habituel.

— Comment va Chuckie ? demanda Rainie après avoir commandé le plat du jour : un steak grillé avec beaucoup de sauce et de la purée de pommes de terre à l'ail.

Un kilo sur les hanches garanti, satisfait ou remboursé.

— Le jeune Cunningham a fini par se calmer, répondit Luke. Il commence à prendre de l'assurance. Ça doit faire un bon mois que Chuckie ne s'en est pas pris à un pauvre péquin dont le seul tort était d'avoir brûlé un feu rouge.

— Tu veux dire qu'il n'agresse plus ses chers concitoyens ? Je ne le reconnais plus. À part ça, comment se porte le reste de la ville ?

— Le cap du premier anniversaire de la tuerie a été assez difficile, commenta Luke, soudain sérieux. Beaucoup de paranoïa ambiante, de vieilles querelles qui ressortent. C'est dur à dire, mais je crois que Sandy et Shep ont bien fait de quitter la ville. Les gens n'auraient pas supporté qu'ils restent ici.

— C’est vraiment minable.

— C’est la nature humaine, Rainie. Les gens éprouvent toujours le besoin de se trouver des boucs émissaires.

— Je sais, mais quand même…

— Sinon, rien de bien neuf. C’est le propre des petites villes, rien ne change jamais. Et toi, alors ?

Rainie ne répondit pas tout de suite, et Luke n’en fut pas surpris outre mesure. Elle avait toujours été très secrète, même à l’époque où ils travaillaient tous les deux sous les ordres de Shep. Mais Luke aimait Rainie telle qu’elle était, avec ses sautes d’humeur et son mauvais caractère. Elle était consciencieuse, et quand les choses avaient mal tourné l’année précédente, elle avait su affronter les événements avec courage.

Luke n’avait pas caché sa tristesse ou plutôt son mécontentement, lorsque le conseil municipal avait exigé le départ de Rainie. Convaincu qu’elle se battrait pour conserver son poste, il avait été surpris, sans doute même déçu, qu’elle accepte la sentence sans mot dire. L’attitude de Rainie en avait d’ailleurs étonné bien d’autres.

— Quincy est dans la merde, dit-elle brusquement.

— J’avais cru comprendre.

— C’est grave, Luke. Très grave.

— L’accident de sa fille n’était pas un accident ?

Elle acquiesça de la tête.

— Amanda a été assassinée par quelqu’un qui en veut à Quincy. Mais ça ne s’est pas arrêté là, et le type a profité de la mort de Mandy pour s’en prendre à l’ex-femme de Quincy. Il s’est arrangé pour la rencontrer et la séduire avant de la tuer. Un carnage atroce. Moins de vingt-quatre heures plus tard, il kidnappait le père de Quincy.

Luke fronça les sourcils.

— Que fait le FBI ? interrogea-t-il d'une voix grave.

Luke aimait bien Quincy, qu'il prenait pour un type bien. Surtout pour un flic fédéral.

— Le FBI est sur le coup, bien évidemment. Le seul problème, c'est que Quincy risque de se faire arrêter d'un jour à l'autre.

— Quoi ?

— L'assassin essaie de lui faire porter le chapeau pour le meurtre de son ex-femme.

— Ça ne doit pas être drôle tous les jours de travailler pour le FBI. Quand ces mecs-là se font des ennemis, c'est pour la vie. Comment prend-il ça ?

— Je ne sais pas vraiment.

Luke s'approcha de Rainie.

— Si quelqu'un est censé connaître Quincy, c'est bien toi. Y a-t-il quelque chose de changé entre vous ?

— Mais enfin, Luke ! Tu dois bien te douter que Quincy n'est pas dans son état normal. On est en train de décimer toute sa famille, et je me vois mal l'allonger sur un canapé en lui disant de tout me raconter.

— C'est un peu facile, non ?

— Qu'est-ce que ça veut dire ? dit-elle d'une voix tranchante, rouge de colère.

Si Rainie avait l'intention d'impressionner son interlocuteur, la manœuvre avait échoué car Luke avait plutôt l'air satisfait de son petit effet. Au moins, Rainie avait repris des couleurs. Ne lui manquait plus qu'une boîte de crayons de papier pour les casser en deux les uns après les autres, comme au bon vieux temps.

— Je voulais simplement dire…

— Je sais très bien ce que tu voulais dire. D'ailleurs, je n'aurais jamais dû te raconter tout ça.

— De toute façon, je t'en aurais parlé si tu ne l'avais pas fait. Les amis, ça sert à ça.

— À propos d'ami, merci d'être allé raconter à un flic de Virginie que j'en pinçais pour un type du FBI.

— Tu en pinces pour un type du FBI ? C'est vrai, ça ?

— Luke, arrête de te foutre de ma gueule.

En voyant la lueur amusée qui dansait dans son regard, Rainie sentit fondre sa colère. L'instant suivant, Luke recouvrait son sérieux pour lui dire d'une voix calme :

— Tu sais, Rainie, je crois que Quincy et toi êtes faits pour vous entendre. Je suis sérieux. La plupart des gens cherchent l'âme sœur toute leur vie sans jamais la rencontrer. Je te parle d'expérience.

— Mouais… bougonna Rainie.

Luke ne s'y trompa pas, croyant lire dans les yeux gris de la jeune femme quelque chose ressemblant fort à de la reconnaissance. Ou bien à du soulagement. Elle n'était donc pas la seule à penser que son histoire avec Quincy était sérieuse, qu'une gamine de la cambrousse comme elle pouvait intéresser l'une des têtes du FBI.

S'il s'en était senti capable, Luke lui aurait dit qu'elle n'était pas faite pour passer sa vie dans un trou tel que Bakersville, à faire des rondes le week-end autour du stade municipal. Et s'il avait pu, il lui aurait expliqué à quel point il était fier d'elle, mais il préféra se taire, de peur qu'elle ne réagisse mal.

La serveuse arriva avec deux Coca et Luke prit le temps de lui sourire tandis que Rainie saisissait machinalement le sien d'un air absent.

— C'est fou quand on y pense, marmonna-t-elle. Ce salaud passe son temps à persécuter Quincy et on ne sait même pas qui c'est, à quoi il ressemble, ni même pourquoi il fait ça. On sait juste qu'il est malin, très organisé, et qu'il a systématiquement plusieurs longueurs d'avance sur nous.

— Tu as un plan d'attaque ? interrogea Luke d'une voix calme.

— Le mot « attaque » est un peu fort. Pour l'instant, c'est surtout un plan de retraite. On a décidé de se réfugier ici avec Kimberly, la seconde fille de Quincy. Le meurtrier connaît trop bien leurs habitudes, là-bas.

— Tu as besoin d'aide ?

Rainie nia de la tête avant de se passer la main dans les cheveux.

— C'est difficile à expliquer. On a du mal à comprendre son fonctionnement. C'est davantage un chasseur qu'un simple tueur. Il prend son temps, mais il arrive toujours à ses fins. Il réussira bien par nous retrouver et ce jour-là, tu peux être sûr qu'il n'entrera pas en force. Il s'arrangera pour que l'un d'entre nous lui ouvre la porte.

— Carl Mitz.

— Il faut avouer que cet oiseau-là tombe à un drôle de moment, reconnut Rainie.

— Je vois ce que tu veux dire, soupira Luke en posant ses mains à plat sur la table. Je ne sais pas grand-chose de lui, tu sais. Mitz m'a contacté la première fois il y a quatre jours. J'ai vérifié auprès du cabinet Avery & Abbott à Portland, il fait bien partie de leur firme, et figure effectivement sur les listes de l'ordre des avocats d'Oregon. D'un autre côté, je trouve aussi qu'il tombe à un drôle de moment.

— D'après toi, rien de bizarre ?

— En tout cas, il m'a tout l'air d'être avocat.

— Et son client ?

— Quel client ? rétorqua Luke, intrigué.

Rainie acquiesça avant de poursuivre sur un ton confidentiel :

— Notre homme… je l'appellerai Tristan Shandling, à défaut de connaître son véritable nom. Il se sert chaque fois d'un membre de la famille pour en apprendre davantage sur les autres. Il a commencé par Mandy qui lui a parlé de Bethie, et Bethie lui a parlé à son tour de Kimberly. C'est comme ça qu'il procède. Sauf qu'Amanda et Elizabeth ne savaient rien de moi, et que Kimberly ne me connaissait pas jusqu'à hier.

— Je vois où tu veux en venir, répliqua Luke. S'il sait que Quincy a une petite amie à Portland…

— Ce qui est très vraisemblable. Il a l'air de tout savoir de Quincy. Il s'est même servi à plusieurs reprises de son identité. Il lui aura suffi de donner un nom et un numéro de sécurité sociale à la compagnie du téléphone pour consulter la liste des appels de Quincy et retrouver mon numéro.

— Shandling a dû chercher à en apprendre davantage sur toi.

— Il n'a pas pu le faire en personne, analysa Rainie, réfléchissant tout haut. Il avait déjà trop à faire avec la malheureuse Bethie à Philadelphie.

— Il aura engagé quelqu'un.

— Probablement. Quelqu'un de respectable dont nous pouvons aisément vérifier l'identité en cas de soupçon.

Luke approuva d'un air songeur.

— Tu as raison. Il est malin et très organisé. Comment comptes-tu t'y prendre ?

— Nous n'avons pas le temps de faire compliqué. Je m'installe dans le box voisin en me cachant derrière un journal afin que Mitz ne puisse pas me reconnaître en entrant. Tu l'accueilles et tu l'installes confortablement en face de toi, visiblement prêt à l'aider.

— Je joue le bon flic, acquiesça Luke.

— Exactement. Pendant ce temps-là, je ne perds pas un mot de votre conversation, et au moment où il te sert sa soupe habituelle, du genre « Je ne peux rien dire sur mon client », je lui saute dessus et j'en fais de la bouillie.

— Après le bon flic, le mauvais flic.

— Tout juste Auguste, répondit-elle avec un sourire carnassier.

— Décidément, Rainie, conclut Luke en secouant la tête, ça fait plaisir de te revoir.

Il était tout juste 17 heures lorsque Carl Mitz pénétra dans le Martha's Diner. Avec son costume de lin clair et son énorme attaché-case de cuir marron, il détonnait au milieu des habitués, en jeans et chemises à gros carreaux. Il n'eut aucun mal à repérer Luke Hayes grâce à son étoile de shérif et s'approcha de sa table.

Rainie, dissimulée derrière son journal, essayait de se faire la plus discrète possible sur sa banquette de skaï rouge, consciente de la fragilité de son refuge. Elle n'avait pourtant rien à craindre du nouveau venu : des cheveux en broussaille, une mine de rat de bibliothèque, un costume mal coupé et des lunettes démodées, Mitz avait tout du comptable d'opérette. Il devait être avocat d'affaires ou conseiller fiscal. En tout cas, elle espérait pour lui qu'il n'était pas avocat d'assises ; avec une telle dégaine, aucun juré ne l'aurait jamais pris au sérieux.

Mitz grimaça lorsque Luke lui broya la main. Rainie ne put s'empêcher de sourire, à moitié convaincue de l'innocuité du personnage : jamais le meurtrier ne lui aurait envoyé une telle caricature.

Mitz s'assit, prenant soin d'installer à côté de lui son énorme attaché-case qui occupait presque toute la banquette. Il n'avait visiblement pas l'intention de quitter des yeux son précieux fardeau.

— Je souhaiterais tout d'abord vous remercier d'avoir accepté de me rencontrer, commença-t-il.

— Je suis là pour ça, répliqua Luke d'une voix volontairement lente et grave. J'ai pensé qu'il était aussi simple de se voir. C'est toujours plus facile de discuter avec quelqu'un dont on serre la main et qu'on a en face de soi.

— Vous avez parfaitement raison. Rien ne vaut un contact direct, mais j'espère que je ne vous dérange pas…

— Oh, vous savez comment ça se passe dans une petite ville comme celle-ci. Ce n'est pas le temps qui manque et ça fait toujours plaisir de voir de nouveaux visages.

Derrière son journal, Rainie leva les yeux au ciel. Elle trouvait que Luke en faisait un peu trop dans son rôle de flic de cambrousse, mais Mitz avait l'air d'en redemander. Plus décontracté qu'au début, il avait même fini par s'adosser à la banquette.

— Rien de bien compliqué, d'ailleurs, reprit Mitz. Je mène une enquête de routine au sujet d'une personne qui a longtemps vécu à Bakersville, Lorraine Conner. Si mes informations sont exactes, elle a même fait partie de la police municipale.

— Tout à fait.

— Elle vivait ici ?

— Absolument.

— Combien de temps a-t-elle vécu ici ?

— Oh… assez longtemps. Je dirais… des années.

— Hmm, très bien. Sa mère s'appelait-elle Molly Conner ?

— Oui, je crois bien.

— Connaîtriez-vous par hasard l'âge de Lorraine ?

— Ça non, monsieur. On m'a toujours appris qu'il ne fallait jamais demander son âge à une femme.

— J'avais pensé que dans vos dossiers, peut-être… Je veux parler de son dossier professionnel, en sa qualité de policier municipal.

— C'est possible qu'on ait ça quelque part, mais elle travaillait ici du temps de mon prédécesseur, le shérif Shep O'Grady, et il faudrait le lui demander. Seulement il n'habite plus à Bakersville. Il a déménagé.

— Vous dites qu'il s'appelle Shep O'Grady, reprit Mitz en prenant des notes.

— Je ne voudrais pas paraître indiscret, monsieur, mais pourriez-vous me dire à quoi riment toutes ces questions ? Il n'est pas si courant qu'un avocat de la ville vienne nous poser des questions sur nos anciens collègues.

— Simple enquête de routine, comme je vous l'ai dit.

— Lorraine a postulé à un emploi chez vous, c'est ça ?

— Euh… pas exactement.

— Alors vous travaillez pour une banque ou un organisme de crédit ?

— Non, non. Je suis avocat, shérif, pas conseiller financier.

— Encore une fois, je ne veux pas être indiscret, mais pour quelle raison avez-vous besoin de savoir tout ça ?

— Je ne peux malheureusement rien vous dire de plus. Ce sont des raisons qui concernent exclusivement Mlle Conner.

— Alors je n'insiste pas. Je comprends que vous soyez tenu par le secret professionnel. Mais vous pourrez peut-être me dire au moins ce que vous faites précisément ? Simple curiosité de ma part.

Le piège était gros et Mitz n'était pas né de la dernière pluie.

— Je ne peux rien vous dire de plus. Cela ne regarde que Mlle Conner. Vous disiez donc qu'elle avait servi dans la police municipale pendant combien d'années ?

— Oh, pas mal de temps, répondit Luke d'un air niais.

— J'ai cru comprendre qu'elle avait démissionné l'an dernier.

— C'est exact.

— On a parlé d'un scandale ou plutôt d'un incident vieux de quinze ans, c'est bien ça ?

Luke haussa les épaules.

— Lorraine Conner a démissionné pour des motifs tout à fait honorables, monsieur Mitz. J'ajouterai que nous n'avons rien à lui reprocher, et que nous sommes même très fiers de l'avoir eue à nos côtés à la police municipale.

— Voilà qui me rassure, répliqua vivement Mitz. Tant que je suis à Bakersville, vous ne m'en tiendrez pas rigueur si je poursuis ma petite enquête en posant les mêmes questions ici et là.

— Je vous en prie, rétorqua Luke de bonne grâce.

— Bien. Venons-en maintenant au reste de sa famille.

— Que voulez-vous savoir à leur sujet ?

— Vous voulez dire qu'elle a de la famille ? s'écria Mitz d'un air surpris.

Pour la première fois, Luke hésita, comme pris en défaut.

— Pas à ma connaissance, s'empressa-t-il de rectifier. J'aurai mal compris ce que vous vouliez me demander.

— Elle n'a donc ni mari, ni enfants, ni frères ou sœurs ?

— Pas à ma connaissance. Mais pourquoi cette question ?

— La routine, rétorqua Mitz sèchement.

Il s'apprêtait à prendre des notes lorsque Luke lui agrippa la main. Le shérif de cambrousse avait brusquement laissé place à un policier décidé, presque agressif.

— Je trouve que vous posez beaucoup de questions très personnelles pour une simple enquête de routine, comme vous dites. Rainie n'habite peut-être plus ici, mais c'est toujours une amie et je vous demande une dernière fois à quoi rime toute cette histoire.

— Je vous répondrai une dernière fois que je suis tenu au secret professionnel, répondit Mitz du tac au tac.

Rainie jugea qu'il était temps pour elle d'intervenir. La conversation ne menait nulle part et Luke commençait déjà à lui couper l'herbe sous le pied, oubliant son rôle de gentil flic pour devenir nettement plus méchant. Elle se glissa hors de son box et rejoignit celui des deux hommes, un large sourire aux lèvres.

— Surprise, surprise, cher monsieur Mitz, lâcha-t-elle en s'asseyant sur la banquette à côté de l'avocat, lui coupant toute retraite.

— Mais… mais je ne comprends pas, bégaya-t-il.

Il avait déjà le front moite et Rainie ne lui donna pas dix secondes avant de transpirer à grosses gouttes dans son costume de lin. Elle se rapprocha de lui, posant négligemment la main sur le volumineux attaché-case.

— Vous vous donnez beaucoup de mal pour me rencontrer, monsieur Mitz, reprit-elle.

— Eh bien, oui. Je vous ai laissé plusieurs messages en Virginie, mais je ne savais pas… Quand êtes-vous rentrée sur la côte Ouest ?

— Ça vous dérange ?

— Oui, c'est-à-dire que non, pas du tout ! répondit-il, reprenant du poil de la bête. Il aurait été plus simple de me passer un coup de téléphone pour m'en avertir, j'aurais amené tout le dossier. Mais puisque vous êtes ici…

— Vous vous intéressez de très près à mon passé, pas vrai ?

— Pour ne rien vous cacher, nous savons déjà tout de votre passé. Y compris le… l'incident d'il y a quinze ans. Mais ça ne le dérange pas du tout, ne vous inquiétez pas.

— Ça ne dérange pas qui ? De quoi parlez-vous ?!!

Rainie, n'y comprenant plus rien, tourna vers Luke un regard étonné, mais il n'avait pas l'air plus avancé qu'elle.

— Car vous lui avez bien parlé, n'est-ce pas ? s'empressa d'ajouter Mitz. Je lui ai communiqué votre numéro de téléphone en Virginie et il m'a promis de vous appeler. Après tout, c'était normal qu'il vous fasse part de la nouvelle lui-même.

Rainie pensa tout de suite au correspondant anonyme qui avait raccroché à plusieurs reprises sans lui laisser de message. Elle s'était toujours imaginé qu'il s'agissait de Mitz. On a toujours tort de mettre la charrue avant les bœufs.

— De quelle nouvelle s'agit-il ? demanda-t-elle machinalement.

— De l'héritage, mademoiselle Conner. C'est pour cette raison que je suis ici. Je suis spécialisé dans les successions, et c'est à ce titre que je le représente.

— Mais vous représentez *qui* ?

— Oh, mon Dieu ! s'exclama Mitz, papillonnant des yeux derrière ses lunettes de premier de la classe. Il ne vous a donc pas appelée ? Il m'avait pourtant assuré qu'il allait le faire. Mais c'est souvent comme cela dans ce métier, on ne peut jamais savoir comment réagissent les clients.

— Monsieur Mitz, je vous conseille de vous expliquer tout de suite si vous ne voulez pas que je vous étrangle sur-le-champ.

Mitz battit à nouveau des paupières d'un air affolé avant de se décider enfin, d'une petite voix :

— J'ai été engagé par M. Ronald Dawson. Ronnie pense… enfin, nous pensons qu'il est votre père. Ce qui fait de vous son unique héritière, mademoiselle Conner.

26

Portland, Oregon

— Tu as un père ?
— J'en doute fort.
— Mais tu n'as pas l'air contente…
— *Contente ?* Tu te fous de moi ou quoi ?

Debout dans la suite qu'occupaient Quincy et sa fille dans un hôtel du centre-ville de Portland sous les noms de Larry et Barbara Jones, Rainie regardait Kimberly comme si elle avait de la guimauve à la place du cerveau. Elle était revenue de Bakersville en moins d'une heure et demie alors qu'il fallait normalement plus de deux heures pour effectuer le trajet, multipliant les queues de poisson et les appels de phares. Elle avait même failli percuter une voiture de police, et c'est bien parce que le flic de la brigade routière était un bon copain de Luke Hayes qu'elle avait pu sauver son permis.

Au lieu de se calmer à son arrivée à l'hôtel, elle s'était emballée au premier prétexte et arpentait la suite à grands pas. Quincy dormait dans la chambre voisine. Quant à Kimberly, elle regardait la télé d'un air distrait lorsque Rainie avait fait irruption dans la pièce telle une furie. Ne la connaissant pas assez pour se méfier de ses sautes d'humeur, Kimberly avait eu la mauvaise idée de lui demander sa réaction à l'annonce qu'elle avait peut-être un père. Furieuse d'être prise pour un cobaye par la jeune étudiante en psycho, Rainie n'était pas à prendre avec des pincettes. Encore un regard inquisiteur de cette petite peste, et elle lui faisait avaler la télé.

— D'abord, répliqua-t-elle d'un ton cassant, il faut déjà voir le père, le dénommé Ronald Dawson, Ronnie pour les intimes. Un voyou de la pire espèce, qui a passé trente ans de sa vie derrière les barreaux pour meurtre avec préméditation. Quand on a fini par le remettre en liberté l'an dernier à soixante-huit ans, c'est uniquement parce qu'il était complètement décati et ne présentait plus le moindre danger. Mais il n'a pas toujours été comme ça, je te rassure. À trente ans, il a étripé deux types dans un bar au cours d'une rixe. D'après son avocat, Carl Mitz, le pauvre Ronnie avait des circonstances atténuantes. C'est-à-dire qu'il était trop bourré pour savoir ce qu'il faisait. Tu parles d'un père !

— Il a tout de même fait appel à un avocat pour te retrouver, Rainie, remarqua Kimberly d'une petite voix.

Rainie la fusilla du regard avant de poursuivre :

— Ensuite, si Ronnie recherche un héritier, c'est prétendument pour lui léguer ses biens, mais je me demande à quel titre il peut lui-même y prétendre. Il a hérité d'une ferme de quarante hectares à Beaverton. La ferme appartenait à son père, mais il n'y a jamais travaillé puisqu'il préférait tranquillement trucider ses concitoyens le samedi soir. Pendant qu'il était en taule, son père se tapait tout le boulot et faisait fructifier l'exploitation. Au moment du boom immobilier à Beaverton au début des années quatre-vingt-dix, son père a vendu ses terres à un promoteur pour la coquette somme de dix millions de dollars. Alors je veux bien dire merci à grand-père Dawson, mais tu me permettras de me montrer nettement moins affectueuse avec le beau Ronnie.

Kimberly eut un petit sourire.

— Tu sais ce qu'on dit : on ne choisit pas sa famille.

— Continue comme ça, ma fille, et Tristan Shandling n'aura même pas besoin de te faire la peau. Je m'en serai chargée avant.

— Arrête un peu, Rainie. C'est quand même une super nouvelle. Ta mère n'est plus là, tu n'as ni oncle, ni tante, ni frère, ni sœur, et voilà qu'il te tombe du ciel un père. Un père en chair et en os, qui cherche à te retrouver par tous les moyens.

— Il faudrait d'abord qu'on me prouve que c'est bien mon père, répondit Rainie d'un ton brusque. Jusqu'à preuve du contraire, il s'est contenté de coucher avec ma mère il y a trente-deux ans. Et crois-moi, il n'était pas le seul.

— Aujourd'hui, pour s'assurer de ce genre de truc, il suffit d'une prise de sang.

— Je ne sais pas.

— Rainie, ne sois pas de mauvaise foi !

— Je te dis que je ne sais pas ! Et tu veux que je te dise ? Toute cette histoire ne me plaît pas ! Et même pas du tout !

— Parce que c'est un ancien taulard.

— Je ne vois pas comment ça aurait pu être autrement. Ma mère n'avait pas beaucoup d'astrophysiciens dans son carnet d'adresses. Non, ce n'est pas ça qui m'étonne. Ce qui m'étonne, c'est qu'on l'ait laissé sortir de taule.

Kimberly fronça les sourcils.

— Alors qu'est-ce qui te gêne ? L'argent ? Tu me diras, je peux comprendre ça. Hériter de dix millions de dollars, ça doit faire un drôle d'effet.

— Kimberly, arrête de dire des conneries, tu veux ? Tu sais à quoi rêvent tous les orphelins ? À leurs parents. Ils passent leur temps à se monter des mayonnaises dans la tête, du genre « Je suis le dernier héritier du roi et de la reine de Prusse, chassés par le communisme au lendemain de la guerre ». Ou bien alors : « Mon père est un prix Nobel de physique assassiné par les services secrets d'une grande puissance qui jalousait ses découvertes. » C'est normal de s'inventer des histoires quand on n'en a pas. Mais personne ne rêve jamais que son père est un gangster ou un bouseux alcoolique et feignant. Il faut forcément qu'il soit beau, intelligent, et riche. Tant qu'à faire.

Kimberly réfléchit quelques instants au raisonnement de Rainie.

— Tu veux dire que cette histoire est bidon. Que c'est trop beau pour être vrai.

Rainie regarda Kimberly droit dans les yeux et lui demanda :

— Comment opère Tristan Shandling ? Il commence par identifier les *envies* de sa victime avant de se présenter à elle. Ça fait quinze ans que je suis seule au monde, Kimberly. Tu l'as dit toi-même, ni oncle, ni tante, ni frère, ni sœur. La solitude est un sentiment que seuls peuvent comprendre ceux qui y sont vraiment confrontés.

— Rien ne te prouve qu'il s'agit d'un piège, pourtant.

— Une aubaine qui surgit à un moment pareil ?

— Ce n'est pas parce que tu ne crois pas aux coïncidences qu'elles n'existent pas.

— N'oublie pas que Tristan Shandling a le don de se fondre dans le paysage. Il se déguiserait en agneau pour entrer dans la bergerie, répondit Rainie en se laissant tomber sur le canapé, assenant des coups de poing sur un coussin pour marteler sa pensée.

— Tu as peur, murmura Kimberly d'une voix douce.

— Pas de psychanalyse de bas étage.

— Ce n'est pas ça. Je constate juste que… que tu as peur.

— J'étais persuadée qu'il se présenterait sous la peau d'un flic, marmonna Rainie. Ou bien d'un privé. On a beau connaître ses méthodes, je ne m'attendais pas à ce coup-là. Ce type-là est un génie du mal. Telle que tu me vois, je me sens totalement partagée. D'un côté, je me dis de ne pas tomber dans le piège, mais d'un autre… D'un autre, c'est tout juste si je ne pense pas déjà à la fête des Pères.

Kimberly rejoignit la jeune femme sur le canapé. Elle avait les cheveux tirés en arrière, maintenus en queue-de-cheval par un élastique. Grâce aux quelques heures de sommeil volées dans l'avion, elle se sentait presque reposée, plus maîtresse d'elle-même. La gravité des événements semblait même décupler sa combativité. Malgré sa jeunesse, Kimberly n'avait peur de rien, sa détermination venant compenser son manque d'expérience.

— Prenons le temps de réfléchir, annonça-t-elle d'un ton décidé. Comment vois-tu la suite des opérations ?

— Je vais commencer par faire une prise de sang pour voir si mon ADN correspond à celui de Ronald Dawson. Mitz m'a donné le nom d'un labo spécialisé.

— Ça ne peut pas faire de mal.

Rainie eut un sourire amer.

— Oui, mais tu sais combien de temps ça peut prendre ? Quatre semaines au minimum, et peut-être davantage. Si c'est un piège, Shandling aura eu tout le temps d'arriver à ses fins.

— On peut procéder à un certain nombre de vérifications en attendant, rétorqua Kimberly. Tu dis que le père de Dawson a vendu ses terres à un promoteur immobilier de Beaverton. Rien de plus facile à vérifier. Idem pour la condamnation de Dawson.

— Je m'en suis déjà occupée. Luke Hayes a fait sortir le dossier de Dawson à ma demande et tout correspond. Il a également contacté les notaires de Beaverton en ce qui concerne la vente des terrains.

— Super ! s'exclama Kimberly, tout excitée.

Rainie ne partageait pas ce bel enthousiasme. En plus de la fatigue, elle éprouvait une peur incompréhensible, très probablement liée à une vulnérabilité qu'elle avait toujours refusé d'assumer. Malgré toute sa méfiance, elle ne pouvait s'empêcher de ressentir au plus profond d'elle-même un sentiment qui ressemblait fort à de l'espoir.

À trente-deux ans, elle n'avait jamais passé Thanksgiving, Noël ou Pâques en famille. À l'époque où elle faisait partie de la police de Bakersville, elle demandait toujours à travailler les jours fériés faute d'avoir mieux à faire. À longueur d'année, elle voyait ses collègues rentrer le soir à la maison. Elle les entendait se plaindre de leurs beaux-parents, critiquer les fêtes de famille, se moquer gentiment des cadeaux kitsch que faisaient leurs enfants pour la fête des Pères. Pour elle, la famille était un club réservé à une élite, un domaine privé auquel elle n'avait pas droit. Et quand on l'invitait à dîner, elle se retrouvait invariablement en bout de table avec l'impression de recevoir l'aumône.

Si seulement Quincy avait pu se réveiller. Elle aurait voulu lui parler de tout ça. Peut-être même avait-elle envie qu'il la prenne dans ses bras et lui murmure des paroles rassurantes. Il lui avait toujours affirmé qu'il fallait faire confiance au destin. Facile à dire…

— Il y a huit mois de ça, dit-elle brusquement à Kimberly, un type a débarqué à Bakersville. Il cherchait ma mère. Luke a mis assez longtemps avant de me le dire, et il ne m'a jamais précisé le nom du type. En réalité, il s'agissait de Ronald Dawson. Luke a fini par retrouver son nom en fouillant ses notes. Quelques semaines après le passage de Dawson, le substitut du procureur décidait brusquement de classer mon dossier. À l'époque, j'ai pensé que c'était sur l'intervention de Quincy et je lui en ai beaucoup voulu. Cet après-midi, après le rendez-vous avec Mitz, j'ai appelé le substitut. En fait, Quincy ne l'a jamais appelé, il a reçu l'ordre de classer le dossier du procureur lui-même. Le procureur comptait se représenter lors des prochaines élections ; d'après le substitut, son comité de campagne aurait reçu une somme rondelette d'un certain Ronald Dawson.

— Mais alors, cette histoire n'a plus rien d'une coïncidence, Rainie ! Voilà bien la preuve que Ronald Dawson n'est pas une invention récente de Shandling puisqu'il te cherchait déjà il y a près d'un an.

— N'oublie pas que Shandling s'intéresse aux proches de ton père depuis au moins vingt mois. Ça pourrait très bien n'être qu'un épisode supplémentaire.

— Sauf qu'à cette époque-là il s'intéressait uniquement à Mandy. Ce n'est que beaucoup plus tard qu'il s'en est pris à ma mère. Ce type-là est peut-être machiavélique, mais il n'a tout de même pas le don d'ubiquité.

— À l'heure du câble et d'Internet, je ne crois pas que ce soient les distances qui l'arrêtent. En plus, l'Oregon n'est qu'à quelques heures d'avion de la côte Est. Tu peux même faire l'aller-retour dans la journée. C'est fatigant, mais possible.

— Il existe quand même des moyens plus simples et moins onéreux de s'occuper de toi que de graisser la patte à un procureur, rétorqua Kimberly.

— Je ne crois pas que le sieur Shandling en soit vraiment à compter ses sous. Il n'en est pas à une fausse carte Visa près. Quant à faire simple, il a déjà prouvé que ce n'était pas son rayon.

Kimberly fronça les sourcils.

— Dis-moi la vérité. As-tu envie que ce type soit vraiment ton père, ou non ?

— Je ne sais pas. Je t'assure que c'est vrai, je ne sais vraiment pas.

Kimberly conserva le silence quelques instants avant de reprendre :

— Je ne m'étais jamais aperçue à quel point tu peux être pessimiste.

— Arrête un peu !

— Mais c'est vrai ! Il est peut-être en train de t'arriver un truc fantastique, et tu fais tout pour te blinder en te persuadant que ce n'est pas possible. Tu me fais penser… Bien sûr ! C'est pour ça que ça colle si bien avec mon père !

— Je t'en prie, Kimberly ! Je n'ai vraiment pas besoin de ce genre de conneries en ce moment.

Mais Kimberly poursuivait déjà :

— Jusqu'ici, j'étais persuadée que c'était mon père qui traînait les pieds dans votre liaison. Pour plusieurs raisons : ses difficultés relationnelles avec son père, sa retenue avec ses propres enfants, ses rapports distants avec ma mère. Mais cette fois-ci, je suis persuadée que la difficulté ne vient pas de papa. C'est toi qui ne lui fais pas confiance. Je me trompe, Rainie ?

— Pourquoi diable est-ce que vous vous évertuez tous à parler de confiance comme si la vie était un film de Walt Disney ? Kimberly, il faut bien que tu comprennes que ma mère me battait comme plâtre pour se distraire. Quant à mon père, il s'est contenté de transmettre une goutte de sperme à la putain de Bakersville avant d'aller se faire pendre ailleurs. Dix-sept ans plus tard, le petit ami du moment de ma chère mère décide brusquement qu'il préfère la viande fraîche et s'en prend à moi avec les conséquences que tu sais, et tu me parles encore de confiance ? Eh bien, oui ! J'ai le plus grand mal à faire confiance aux autres. Ma mère avait beau être une putain alcoolique et brutale, je l'aimais. Crois-moi, le monde ne ressemble pas à l'univers de Disney.

— Mon père ne boit pas.

— Donne-lui quelques jours et tu verras, répliqua Rainie d'un ton amer. Jusqu'à ces trois derniers jours, je ne l'avais jamais entendu dire de gros mots et le terme même de vengeance lui faisait horreur. Je te laisse juge des changements qui se sont opérés en lui en si peu de temps.

— Papa ne te ferait jamais de mal, affirma Kimberly d'une voix grave.

— Qu'est-ce que j'ai fait au Bon Dieu pour qu'il passe son temps à me mettre des psychologues de pacotille entre les pattes ? gronda Rainie. Écoute, Kimberly. Je sais pertinemment que ton père est un type bien et qu'il est différent des autres. Mais il ne suffit pas de le savoir. Je ne suis pas sûre de bien me faire comprendre. C'est une chose de savoir les choses d'un strict point de vue intellectuel, c'en est une autre d'en être convaincue viscéralement. J'ai beau me dire que Quincy n'est pas comme les autres, que c'est un type bien et que jamais il ne me fera le moindre mal, je n'arrive pas à lui faire confiance. On ne change pas en un jour les habitudes d'une vie. Faire confiance aveuglément, sans pudeur ni retenue, ce n'est pas donné à tout le monde.

— J'ai beau savoir que ma mère est morte, avoua Kimberly, l'air songeur, je n'arrive toujours pas à y croire.

Rainie hocha lentement la tête.

— Je vois que tu as compris.

— J'essaie de me dire que ce n'est pas la faute de ma mère, de Mandy ou de mon père, mais je leur en veux tout de même terriblement. Je leur en veux de m'avoir abandonnée. On m'a répété toute ma vie que j'étais forte et capable de tout encaisser, mais je n'ai pas envie d'être forte. C'est pour ça que je leur en veux.

— Ça fait plusieurs fois que je fais le même rêve, expliqua Rainie. Depuis deux ou trois nuits, je vois un bébé éléphant en plein désert. Il a perdu sa mère et cherche désespérément un point d'eau. Surgit alors un troupeau d'éléphants, mais au lieu de lui venir en aide, ils font tout pour l'écarter, le considérant comme une menace. Malgré tout, il suit le troupeau, cahin-caha. À un moment, les éléphants arrivent à un point d'eau. À cet instant, je me sens chaque fois soulagée, convaincue que le petit éléphant va s'en tirer, que sa force de caractère a fini par payer. Mais juste à ce moment-là arrive une meute de chacals affamés. Ils le mettent en pièces, et je me réveille en sursaut avec les cris du bébé éléphant plein la tête. Je ne sais pas pourquoi, mais je n'arrive pas à me débarrasser de ce cauchemar.

— L'année dernière, réagit Kimberly, on a étudié en cours cette phase de l'enfance au cours de laquelle les gamins veulent qu'on leur raconte toujours la même histoire. D'après les spécialistes, les enfants s'identifient à la problématique de l'histoire et ils ont besoin de la réentendre tant qu'ils ne l'ont pas assimilée.

— Tu crois que j'ai quatre ans d'âge mental ?

— Non, mais tu t'identifies à l'un des protagonistes de ton rêve. Probablement le bébé éléphant.

— Dans mon rêve, c'est lui qui meurt.

— Oui, mais il se bat pour sa survie.

— Personne ne l'aide. Il ferait n'importe quoi pour trouver sa place au milieu du troupeau, mais il aurait mieux fait de vivre seul.

— Il suit son instinct. L'instinct grégaire dirige l'humanité, et il est prouvé que l'union fait la force.

— Pas dans mon rêve, puisque c'est le désir du petit de se joindre aux autres qui le conduit à sa perte.

— Je ne crois pas, Rainie. Dans ton rêve, c'est au contraire ce désir qui le maintient en vie. Pourquoi décide-t-il de traverser le désert ? Et pourquoi se relève-t-il malgré tout ? Ce n'est pas uniquement pour vivre. S'il se bat, c'est bien pour rejoindre le troupeau, avec l'espoir d'être reconnu par les autres s'il se montre assez fort. Soit le troupeau finit par trouver de l'eau et il gagnera sa place parmi eux, soit ils finiront par l'accepter pour sa force de caractère. Dans un cas comme dans l'autre, il finira par rejoindre le troupeau. Exactement comme toi, Rainie. Ta mère avait beau te battre, tu étais persuadée que les choses finiraient par s'arranger. Si tu n'avais pas eu l'instinct de survie, tu serais déjà morte d'une cirrhose ou bien alors tu te serais flinguée. Ce n'est pas le cas. Pourquoi, à ton avis ?

— Parce que je suis aussi conne que têtue, marmonna Rainie.

Un sourire étira les lèvres de Kimberly.

— Sans doute, mais aussi parce que tu crois en l'avenir. Il y a des choses qui te dérangent chez toi, et c'est normal. Moi aussi. Par exemple, j'espère sincèrement tuer ce salaud de Shandling, mais ça me met très mal à l'aise. Ça me prendra un peu de temps de m'habituer à cette idée.

— Kimberly, répondit gentiment Rainie. Je ne suis pas du genre à me mêler des affaires des autres ou à leur donner des conseils, mais ne fais pas ça. Shandling n'est qu'une merde, et tu te mettrais à son niveau en faisant ça. Tu ne t'en remettrais jamais.

— Pourquoi tu me dis ça ?

— Parce que je le sais. Contrairement à toi, j'ai tué quelqu'un, Kimberly. Grâce à Ronnie Dawson, la justice a fini par me laisser tranquille, mais ça n'empêche que j'ai assassiné quelqu'un quand j'avais dix-sept ans. Ce qui fait de moi une meurtrière à tout jamais. Jamais je ne pourrai savoir quelle adulte j'aurais pu être si je n'avais pas tué. Crois-moi, ce n'est pas un truc avec lequel on vit bien tous les jours. Sans parler du fait qu'on a ôté la vie à quelqu'un, et c'est encore un poids supplémentaire à porter.

— Je ne sais pas… je n'avais pas pensé à ça.

Rainie haussa les épaules.

— Chacun porte un fardeau dans la vie, mais réfléchis à deux fois avant de t'embarrasser d'un pareil boulet.

— Pourtant il n'a pas l'intention de nous laisser tranquilles, insista Kimberly. Il ne nous lâchera jamais, sauf si nous le tuons en premier. Il faut bien que nous nous défendions.

Une demi-heure plus tard, Kimberly dormait sur le canapé, le visage perdu dans la masse de ses cheveux blonds. Le soleil n'allait pas tarder à se coucher et les murs de la pièce commençaient à se teinter de gris. Dehors, l'air devait être irrespirable, mais il faisait bon dans la suite climatisée et Rainie passa un long moment, appuyée à la fenêtre, à regarder le mouvement de la rue six étages plus bas. Le décalage horaire commençait à faire son effet. Kimberly semblait partie pour la nuit et aucun bruit ne filtrait de la chambre où dormait Quincy.

Après toutes ces heures d'angoisse et d'agitation, le calme qui régnait dans la pièce était presque irréel. Rainie ne s'était jamais rendu compte à quel point elle aimait et détestait le silence tout à la fois.

L'idée qu'elle avait peut-être un père l'obsédait. C'était tellement peu probable… Un jour, sa mère lui avait déclaré, avec la délicatesse qui la caractérisait, que son père aurait pu être n'importe qui. À l'époque de sa conception, elle avait couché avec une bonne dizaine de types dont elle avait tout oublié. « Tu sais, les hommes, c'est comme la marée ; ça repart aussi vite que c'est venu, lui avait dit Molly. Alors, ne te fais pas trop d'illusions. »

À trente-deux ans, Rainie n'arrivait toujours pas à se représenter son père. Dans sa tête, il n'avait ni yeux, ni cheveux, ni âge. Rien qu'une silhouette noire, comme celle qu'on voit parfois à la une des magazines avec un gros point d'interrogation blanc. *Je t'ai donné la vie. Qui suis-je ?*

Rainie n'en avait pas la moindre idée.

Si ça se trouve, elle avait vraiment un père. À moins que tout ça ne soit un piège signé Tristan Shandling. Elle aurait voulu s'efforcer d'y croire, afin de ne pas laisser une fois de plus le cynisme l'emporter.

Elle s'éloigna de la fenêtre, traversa le salon et poussa la porte de la chambre. Les stores étaient tirés, la pièce était plongée dans une obscurité marbrée par la lueur du jour finissant. Quincy dormait tout habillé, à même le couvre-lit, un bras le long du corps et l'autre au-dessus de sa tête. Il s'était contenté d'enlever ses chaussures, sa cravate et son arme, posée à portée de main sur la table de nuit.

Rainie pénétra dans la chambre et referma la porte derrière elle avant de s'allonger à côté de Quincy sans que celui-ci bouge. Le col de sa chemise blanche était ouvert, laissant entrevoir quelques touffes de poils sombres qu'elle avait déjà caressées ; ce jour-là, elle avait même senti son cœur.

— Quincy, murmura-t-elle pour ne pas l'effrayer. C'est moi.

Il soupira profondément dans son sommeil et se tourna de l'autre côté.

Assise contre lui, elle respira lentement son parfum. Depuis un an qu'elle le connaissait, elle ne savait toujours pas le nom de son eau de toilette. Pourquoi ne le lui avait-elle jamais demandé ? À l'époque où ils se voyaient régulièrement, elle rapportait toujours son odeur chez elle, tel un trésor, s'endormant en respirant son parfum, blottie sous sa couette. Le réveil était d'autant plus douloureux, le lendemain matin, que la précieuse odeur s'était évanouie…

Elle étendit la main et lui toucha délicatement l'épaule. La caresse de sa chemise était douce, son bras chaud. Cette fois, il ne fit rien pour lui échapper.

Rainie ne bougeait plus, s'étonnant de ne pas avoir peur, de ne pas se sentir mal à l'aise, de ne pas voir défiler sous ses yeux des champs de fleurs ou l'eau d'un ruisseau, tous ces artifices dont elle avait toujours usé pour échapper à ses compagnons d'une nuit. Ce soir, rien de tout ça. Juste la chaleur de son corps contre le sien. Elle se remémora leur dernière soirée ensemble. Cette nuit-là, elle l'avait vraiment désiré. Elle en avait été d'autant plus surprise qu'elle ne s'était jamais crue capable de désirer quiconque.

Kimberly lui avait affirmé que Quincy ne lui ferait jamais de mal. Elle le savait déjà. Elle en était même convaincue. Mais de là à l'accepter…

Les gens ont mille et une manières de faire du mal. Ils peuvent vous frapper, vous blesser ; ils peuvent aussi mourir en vous abandonnant à votre solitude, sans espoir de jamais réparer leurs fautes. Ils peuvent vous laisser physiquement et moralement détruit, avec pour seul remède l'envie de leur rendre coup pour coup en se dégradant à son tour.

Alors, quand personne n'est plus là pour vous faire du mal, on a encore la possibilité de se punir soi-même. On a le choix de se punir jour après jour, de prolonger cette violence qui vous a détruit, simplement parce qu'on ne sait rien faire d'autre.

Ou alors, on peut essayer de changer. On peut arrêter de boire. On peut arrêter de coucher avec n'importe qui. On peut essayer de faire preuve de davantage de respect vis-à-vis de soi-même. Mais pour y parvenir, il faut avoir confiance en soi, et Rainie avait encore pas mal de progrès à faire dans ce domaine-là. Elle avait toujours pensé qu'il était plus facile de se montrer agressive et dure, afin de ne jamais être accusée d'avoir voulu tricher.

Elle aurait pu mourir en plein désert, mais elle avait choisi de se battre afin de trouver sa place dans le monde des humains, sans vraiment savoir comment s'y prendre.

Elle enfouit son visage dans le dos de Quincy. Les battements de son cœur lui parvenaient. Des battements réguliers, lents, puissants. Elle mit ses bras autour de sa taille et il marmonna des paroles inintelligibles dans son sommeil. Brusquement, il prit ses mains dans la sienne.

Rainie aurait dû avoir peur, voir défiler devant ses yeux des champs de fleurs, des ruisseaux de montagne. Rien du tout.

Elle respira longuement son odeur, portée par la chaleur de cette main qui enfermait les siennes, se disant que jamais elle ne s'était sentie aussi bien.

Enfin, elle ferma les yeux et s'endormit en tenant Quincy entre ses bras.

27

La maison de Quincy en Virginie

— Où étais-tu passé ? On te cherche partout.

On était samedi, et même pour un agent du FBI, être réveillée à 6 h 30 du matin n'était pas vraiment agréable : Glenda Rodman, les yeux embrumés de sommeil dans le hall d'entrée de la maison de Quincy, s'adressait à son collègue Albert Montgomery qui venait d'arriver. Rodman ne l'avait pas revu depuis quarante-huit heures. Elle avait passé la nuit dans le bureau de Quincy, assise dans son fauteuil, et son costume gris était complètement chiffonné. Son visage ne valait guère mieux. Pas uniquement à cause de la fatigue. Toutes ces journées passées à écouter la lie des prisons américaines transmettre leurs amitiés à Quincy via son répondeur avaient fini par marquer ses traits.

Et les choses ne s'étaient pas arrêtées là. Depuis quelques heures, les cadeaux commençaient à affluer. La veille, c'était un chien éventré qu'elle avait retrouvé dans la boîte aux lettres de Quincy, avant qu'une bonne âme ne s'amuse à lâcher quatre serpents à sonnette devant la grille d'entrée. Deux d'entre eux s'étaient glissés dans le jardin tandis que les autres partaient en reconnaissance dans le quartier, attirant l'attention d'un chat et d'un enfant de deux ans, fasciné par ces charmantes bestioles. Fort heureusement pour tout le monde, l'enfant avait été récupéré juste à temps par sa mère et les pompiers, appelés en urgence, s'étaient chargés de tout faire rentrer dans l'ordre. Le soir même, un correspondant anonyme, visiblement satisfait de lui-même, annonçait fièrement à Quincy sur son répondeur que le jour où les serpents à sonnette auraient fini de s'occuper de lui, il serait ravi de venir l'écorcher pour se faire une ceinture de sa peau.

Les rêves de Glenda n'étaient pas exactement sereins lorsqu'elle parvenait malgré tout à trouver le sommeil.

Sourcils froncés, elle regardait Montgomery d'un air furibard. Contrairement à elle, il avait trouvé le temps de prendre une douche et de se changer depuis l'avant-veille, et la fureur de l'enquêtrice du FBI n'était pas sans faire penser à celle de ces femmes délaissées qui voient rentrer leur mari à une heure indue.

— Où crois-tu que j'étais ? s'exclama-t-il d'un air étonné, refermant la porte d'un coup de pied avant d'ôter son vieil imperméable. Je suis allé à Philadelphie mener ma petite enquête, c'est tout.

— À Philadelphie ? Je te rappelle que nous étions censés surveiller la maison de Quincy ensemble.

— Ouais, mais c'était avant qu'il ne transforme son ex-femme en chair à saucisse. Parce que tu te figures peut-être que les trous du cul de flics municipaux de Philadelphie sont capables de mener convenablement une enquête comme celle-là ? Putain ! Il a même fallu que je leur montre moi-même comment on examine des débris de verre. Ces pauvres cons étaient persuadés que la fenêtre avait réellement été brisée de l'extérieur.

— Montgomery, je te rappelle que ta mission…

— Tu peux te la foutre au cul, ma mission. On ne trouvera rien d'intéressant ici, Rodman. Circulez, y a rien à voir. C'est à Philadelphie que ça se joue, et si on veut comprendre ce qui a pu se passer, c'est là-bas qu'il faut remuer la merde.

— Je te signale que cette maison est loin d'être aussi calme qu'il y paraît.

— À cause de tous ces coups de téléphone et d'un malheureux cadavre de clebs ? Tu as raison, Rodman, continue comme ça. En attendant, dis-moi un peu ce que tu as découvert d'intéressant dans cette baraque depuis trois jours.

Glenda Rodman dansait d'un pied sur l'autre sous le regard lourd de sous-entendus de son collègue.

En effet, mis à part les coups de téléphone, il ne s'était pas passé grand-chose au cours des derniers jours. En revanche, c'est bien à Philadelphie que Bethie Quincy avait été assassinée. La veille, Everett avait téléphoné à Glenda afin de la prévenir que le père de Quincy avait été enlevé de sa maison de retraite du Rhode Island. Everett avait immédiatement mis trois de ses agents sur l'affaire, mais à en juger par le sort réservé à l'ancienne femme de Pierce, personne ne se faisait beaucoup d'illusions sur l'avenir de son père.

Si les événements s'étaient effectivement bousculés depuis quarante-huit heures, ce n'était pas dans la maison de Quincy. À part écouter des heures durant la triste litanie des menaces proférées contre le propriétaire des lieux, Rodman s'était contentée d'attendre dans un état de tension grandissant. C'était toutefois la mission qui lui avait été confiée et Glenda Rodman n'avait pas pour habitude de remettre en cause le bien-fondé des consignes de sa hiérarchie. Tout en comprenant sa position, elle était choquée que Montgomery n'ait pas eu la décence de lui faire part de ses projets, alors qu'il savait aussi bien qu'elle ce qui attendait sa collègue dans la maison de Quincy.

— Il est indispensable de comprendre comment tous ces gens ont pu avoir le numéro privé de Pierce, annonça-t-elle à Montgomery. Et qui sait si le coupable ne finira pas par venir ici ?

— Quel coupable ? Le mystérieux inconnu dont Quincy nous rebat les oreilles depuis le début de la semaine ? Arrête un peu, Rodman. Tu ne vas pas me dire que tu crois encore à ce tissu de mensonges.

— Je ne comprends pas…

— Tu me comprends très bien, au contraire. Mais puisqu'il faut te mettre les points sur les i, je vais t'expliquer ce que j'ai découvert lors de ma petite virée à Philadelphie. D'abord, personne n'est entré chez cette femme par effraction. On essaie de nous faire croire que la victime ne connaissait pas son agresseur, mais c'est du pipeau. Toute cette histoire pue la mise en scène à plein nez, on se croirait à Broadway. À commencer par la fenêtre de la salle de bains, par laquelle le prétendu coupable serait entré dans la maison. Ça va peut-être te faire de la peine, Rodman, mais la fenêtre a été cassée de l'intérieur. Les morceaux de verre ont ensuite été redisposés dans la salle de bains, c'est tout. Maintenant, passons à cette alarme dernier cri censée protéger la maison. Comme par hasard, le système a été neutralisé à l'aide du code secret juste après 22 heures, c'est-à-dire à l'heure précise où la voisine jure avoir vu Elizabeth Quincy rentrer chez elle avec un type ressemblant étrangement à Quincy. Quant aux circonstances mêmes du crime, tout prouve que les choses se sont déroulées très rapidement, sans viol ni torture, contrairement à ce qu'on voudrait nous faire croire. La position du corps, les mutilations, tout est bidon ! Tout ça pour nous faire avaler toute crue la thèse d'un détraqué sexuel.

— Si je comprends bien, tu es convaincu que Quincy a tué sa femme.

— Je ne suis pas convaincu que Quincy a tué sa femme, je le *sais* ! Mais contrairement à toi, je n'ai plus rien à sauver au FBI où ma carrière est foutue depuis longtemps, ce qui me permet de faire preuve d'un peu de lucidité vis-à-vis de ton Quincy chéri. C'est fou ce que les gens sont imbus de hiérarchie ! Rien qu'à l'idée de soupçonner saint Quincy, vous pétez tous de trouille…

— Tais-toi !

Furieuse, Glenda lui tourna le dos pour se réfugier dans la cuisine où Montgomery vint la rejoindre quelques instants plus tard.

— Je sais bien que tu ne m'apprécies pas, Glenda. Pas besoin de me faire un dessin, insista-t-il. Contrairement à d'aucuns, je ne sais pas m'habiller, je ne lèche pas le cul de mes supérieurs et je ne joue pas au petit soldat chaque fois qu'on m'en donne l'ordre. Mais ce n'est pas parce que je suis gros et mal fringué que je suis con pour autant, tu sais.

— C'est vrai, ce ne sont pas tes vêtements qui plaident contre toi, mais ta conduite lors de l'affaire Sanchez.

Montgomery ne s'attendait pas à une attaque aussi directe, et il serra les poings.

— Ben voyons ! Ça fait longtemps qu'on ne me l'avait pas ressortie, celle-là.

D'un seul coup, Glenda se sentait comme libérée car elle venait de reprendre la main. Depuis le début, elle savait pertinemment que le crime de Society Hill n'était pas aussi transparent qu'il en avait l'air, mais elle avait le plus grand mal à entendre les arguments d'un collègue aussi douteux que Montgomery. Loin de se ranger à son opinion, elle passa même à l'offensive.

— Tout le monde sait que tu as bâclé l'enquête au moment de l'affaire Sanchez.

— Je me suis trompé, c'est tout. Ça peut arriver à n'importe qui.

— N'empêche que c'est Quincy qui a récupéré le coup.

— Je n'ai jamais dit que c'était un mauvais professionnel.

— Tu ne vas pas me faire croire que tu éprouves le moindre respect pour lui, tout de même ! Tu ne peux pas le sentir à cause de cette vieille histoire. C'était déjà assez dur de se tromper sur toute la ligne sans voir débarquer un collègue qui s'empresse de trouver le fin mot de l'énigme et qui reçoit les félicitations de tout le monde en prime. Depuis, ça t'est resté en travers de la gorge. Avoue-le, Albert. Je suis sûre que tu n'arrêtes pas de ressasser cette histoire et que tu détestes Quincy à cause de ta propre incompétence. Je me trompe ?

Le silence de Montgomery était suffisamment éloquent. Sous le regard de sa collègue, il avait même baissé les yeux.

— Ça fait des années que tu attends ce moment, poursuivit Glenda Rodman. Quand cette affaire est arrivée, l'occasion était trop belle de torpiller la carrière de Quincy et tu t'en es donné à cœur joie.

— C'est faux.

— Mais si, avoue-le.

— Mais, bordel ! Puisque je te dis que c'est faux ! hurla Montgomery d'un air buté.

Avec sa moue boudeuse, on aurait dit un enfant pris au piège de ses propres mensonges. Visiblement mal à l'aise, il cherchait désespérément une issue de secours.

— Tu veux que je te dise ? finit-il par éructer. Tu ne me croiras jamais, mais ça n'a aucune espèce d'importance, je te le dirai quand même. Je n'ai accepté de m'occuper de cette affaire que pour aider Quincy. Ça t'étonne ? C'est pourtant pas compliqué à comprendre. Après l'affaire Sanchez, la seule chance qui me restait de redorer mon blason, c'était de sauver la peau de l'as des as du FBI. Comme ça, au moins, j'aurais pu me refaire une petite place au soleil.

— Quoi !

Glenda en était proprement éberluée.

— Et alors ? Tu veux que je te fasse un dessin ? J'ai voulu aider Quincy. Parfaitement ! Je me suis dit que ça pourrait m'aider à redémarrer ma carrière. Je ne suis peut-être pas un saint comme Môssieur Quincy, mais je ne suis pas complètement débile non plus. Je savais mieux que personne qu'à moins d'un coup d'éclat, je n'avais aucun avenir au FBI. Je ne suis plus un gamin, Glenda. J'ai cinquante-deux balais. Mon ex-femme ne peut pas me voir en peinture, je n'ai plus aucun contact avec mes mômes, et c'est tout juste si j'ai neuf cents dollars à la caisse d'épargne. Comment veux-tu que je m'en tire si je me fais virer du service ?

Glenda ne savait plus quoi penser. Elle n'éprouvait aucune sympathie pour Montgomery, mais son raisonnement se tenait. Il avait beau être vulgaire et indiscipliné, ce n'était pas un imbécile. Il avait au moins raison sur un point. Au sein d'une institution aussi soudée que le FBI, sauver un collègue constituait un fait d'armes majeur. Si jamais Montgomery parvenait le premier à mettre la main sur le type qui persécutait Quincy, sa carrière pouvait très bien rebondir. C'était même son unique chance de se refaire une virginité.

— Et malgré tous tes bons sentiments, reprit Glenda, tu es désormais convaincu que Quincy est l'assassin de sa femme.

— Plutôt deux fois qu'une.

— J'aimerais savoir ce qui a bien pu te faire changer d'avis. Le fait qu'on ait voulu faire croire que la victime ne connaissait pas son agresseur ?

Montgomery haussa les épaules.

— Ça, et quantité d'autres indices. Très franchement, tous ces coups de téléphone anonymes me laissent perplexe. Si tu en voulais vraiment à quelqu'un et si tu avais son numéro de téléphone privé, tu crois vraiment que tu t'amuserais à le donner à des taulards pour qu'ils balancent des messages dégueulasses quand tu peux le tuer n'importe quand ? Moi pas. Supposons que Quincy soit effectivement pourchassé par un cinglé. C'est forcément quelqu'un qu'il aura croisé à un moment ou à un autre de sa carrière. Un psychopathe, donc. OK ? Alors, toi qui connais les psychopathes aussi bien que moi, dis-moi un peu pourquoi il s'amuse à faire ça alors qu'il peut le tuer tranquillement ?

— On a longuement évoqué le problème. Simple ruse pour brouiller les pistes et multiplier à l'infini le nombre de suspects possibles.

— D'accord, mais d'un autre côté, cette petite théorie a l'inconvénient de mettre la victime potentielle sur ses gardes, rétorqua Montgomery. L'inconvénient est de taille, surtout à une époque où il est aussi facile de commettre un crime incognito. Ce ne sont pas les sites Internet qui manquent pour expliquer en long, en large et en travers comment commettre le crime parfait. Je ne sais pas ce que tu en penses, mais je réfléchirais à deux fois avant de m'attaquer à un type du genre de Quincy, d'autant plus s'il est au courant qu'on veut lui faire la peau. Je préférerais de loin m'attaquer à lui par surprise.

— Qui te dit que le coupable recherchait la facilité ? En supposant qu'il soit poussé par la vengeance, il pouvait très bien vouloir lui faire le plus de mal possible avant de le tuer.

— Peut-être, mais tout ça me paraît un peu tiré par les cheveux. Ma théorie est à la fois plus simple et plus plausible. Supposons que Quincy ait monté l'histoire de bout en bout. Il s'arrange pour faire circuler lui-même son numéro de téléphone dans toutes les prisons d'Amérique par le biais de petites annonces, avant de courir chez Everett pour crier au loup. Il sait d'avance que dans un cas pareil Everett va immédiatement mettre sur pied une cellule d'enquête. À partir de ce moment-là, le jour où on apprend que sa femme a été sauvagement assassinée, tout le FBI est prêt à jurer à la police de Philadelphie que Quincy est poursuivi par un mystérieux inconnu. Pour faire bonne mesure, son père disparaît mystérieusement dans la bagarre.

Mais qui nous dit que le mystérieux inconnu existe bel et bien ? Et si c'était un coup monté par Quincy dans le but de tuer son ex-femme en toute impunité ?

— Toute cette histoire ne tient pas debout, Albert. Tu es en train de me dire que Quincy a tendu un piège au FBI et qu'il a fait disparaître son propre père pour tuer sa femme tranquillement ?

— Je te ferai remarquer qu'on n'a pas encore retrouvé le corps de son père.

— Mais enfin, Abraham Quincy est un vieil homme atteint de la maladie d'Alzheimer. Ça fait plus de vingt-quatre heures qu'il a disparu de sa maison de retraite. Non, je t'assure, ça ne tient pas debout.

— Tu as l'air d'oublier un peu vite que papa Quincy a été enlevé par Pierce Quincy en personne, pièce d'identité à l'appui.

— De nos jours, n'importe qui peut se procurer un faux permis de conduire.

— Ouais, ou bien alors en utiliser un vrai. On n'a pas retrouvé le corps, Glenda. Si ça se trouve, le vieil Abraham a tranquillement été installé quelque part par son propre fils. Tu verras que, si la police avale la thèse de l'assassin fantôme, papa Quincy réapparaîtra comme par miracle du jour au lendemain après s'être échappé des griffes de son ravisseur. À moins que Quincy ne passe un coup de fil anonyme aux enquêteurs et qu'on ne retrouve son père planqué quelque part. Dans un cas comme dans l'autre, Quincy s'en tire les doigts dans le nez, et avec les honneurs en prime.

— J'ai du mal à y croire, et pour trois bonnes raisons, protesta Glenda. D'abord, tu as vu Pierce à Philadelphie comme moi, et il n'avait pas la moindre trace de sang ou autre sur lui.

— Facile. Il a tué son ex-femme par surprise. Elle n'a donc pas eu le temps de le griffer ou de le blesser. Quant au sang, on sait que l'assassin s'est nettoyé sur place, on en a retrouvé les traces dans la plomberie.

— Ensuite, poursuivit Glenda sans se départir de son calme, je ne vois toujours pas quel pourrait être son mobile. Quincy et sa femme étaient divorcés depuis des années. Tel que tu le décris, ton plan repose sur une longue préméditation, mais tu oublies de donner la moindre raison valable pour ce crime monstrueux.

— C'est vrai que je n'ai pas d'explication, concéda Montgomery. Il est encore trop tôt. Qui te dit qu'elle n'avait pas pris la précaution de résilier son assurance-vie ? Ou bien alors qu'elle lui reprochait d'être à l'origine de l'accident de leur fille ? Laisse-moi fouiller et je trouverai, tu peux me faire confiance.

— Je vois que ta petite théorie ne tient déjà plus tellement la route, assena Glenda d'un air satisfait. Enfin, troisième petit problème, la mort de sa fille, justement. Quincy vient d'apporter la preuve qu'il ne s'agissait finalement pas d'un accident, comme on l'avait cru. Amanda Quincy a été assassinée, probablement par le même inconnu.

— Quoi ?!! s'étrangla Montgomery. On a toujours dit que sa fille avait été victime d'un accident de la circulation. Conduite en état d'ivresse. Quel rapport avec un assassinat ?

— On s'est aperçu que quelqu'un avait saboté la ceinture de sécurité, et qu'il y avait un passager à bord du véhicule au moment de l'accident. La police de Virginie vient de rouvrir l'enquête.

— Si ça se trouve, c'est la fille qui a saboté elle-même sa ceinture de sécurité pour se suicider.

— Tu es vraiment prêt à dire n'importe quoi, Albert. Si elle avait voulu se suicider, il lui suffisait de ne pas mettre sa ceinture, tout simplement. Elle n'avait pas besoin de la saboter, répondit Glenda en haussant les épaules, d'un air dédaigneux.

— Mouais… se contenta de répondre Montgomery. Visiblement désarçonné, il commença par faire les cent pas dans la pièce d'un air bougon avant de reprendre la parole.

— Je ne sais pas. Tout ça mérite réflexion.

— Cette histoire est incroyablement complexe, avoua Glenda. Tout ce que nous savons, c'est que l'un de nos agents a perdu successivement trois de ses proches et qu'il est trop tôt pour apporter la moindre conclusion.

— Ce n'est pas l'opinion d'Everett.

— Ne me dis pas que tu as parlé de ta théorie à Everett ! s'exclama Glenda.

— Bien sûr que si. Je l'ai appelé hier soir. Si c'est Quincy l'assassin, le Bureau finira par en faire les frais. Il était donc normal que je lui en parle.

— C'est dégueulasse d'avoir fait ça !

— Et pourquoi pas ? Putain, Glenda ! Il faut vraiment que tu m'en veuilles pour dire des conneries pareilles.

D'un geste rageur, il ouvrit la porte du réfrigérateur.

Glenda, debout au milieu de la cuisine, les poings serrés, le cœur battant, faisait des efforts désespérés pour conserver son calme. Elle n'avait jamais été aussi en colère de toute son existence, et elle s'en voulait de perdre ainsi son sang-froid. Maintenant qu'il était au courant, Everett risquait fort de faire revenir Quincy d'urgence. Il n'avait pas le choix. Et si Quincy était bien innocent, ce dont Glenda était convaincue, sa vie était plus que jamais en danger.

Montgomery, espèce de salaud. Comme si tu n'avais pas pu attendre un ou deux jours... Mais tu as voulu faire du zèle pour te rattraper. Sale con !

La sonnerie du téléphone vint interrompre les sombres pensées de Glenda, et le répondeur se mit en marche. L'enquêtrice tenta de faire passer son mal de crâne en se massant lentement les tempes, en vain. Elle ne savait plus quoi penser. Montgomery avait soulevé certaines zones d'ombre de l'affaire et si jamais Quincy était effectivement l'assassin, c'était à elle de le démasquer.

D'un autre côté, s'il n'avait rien à se reprocher et s'il avait dit la vérité...

Auquel cas, ils étaient tous en train de tomber dans le piège tendu par l'assassin, et celui-ci n'avait plus qu'à se frotter les mains. À l'heure qu'il était, il devait être ravi du bon tour qu'il venait de jouer à trois des plus fins limiers du FBI. Que pouvait faire Quincy si Everett lui donnait l'ordre de rentrer ? Dès l'instant où il franchirait le seuil de son bureau, on lui demanderait de rendre son badge et son arme de service, et le dernier rempart qui protégeait sa fille disparaissait. Mais Quincy avait-il vraiment le choix ? Il ne pouvait tout de même pas se mettre hors la loi pour défendre Kimberly. Le Bureau ne le laisserait jamais faire, et tout le monde connaît la diligence avec laquelle le FBI sait faire rentrer dans le rang ses employés récalcitrants.

Dans un cas comme dans l'autre, l'avenir n'était rose pour personne. *En tout cas*, pensa Glenda, *Quincy est le criminel le plus intelligent qu'ait jamais connu le FBI, ou bien alors il est victime de la plus grande injustice qui soit.*

Dans le bureau, la sonnerie du fax retentit. Un léger ronronnement indiqua que la machine se mettait en route et Glenda décida d'aller voir de quoi il retournait, laissant Montgomery à ses pensées dans la cuisine.

Il s'agissait du rapport préliminaire du labo sur l'original de l'annonce passée dans le *Bulletin des prisons américaines*. En tout, il y avait quatre pages que Glenda lut attentivement au fur et à mesure qu'elles sortaient de la machine.

On avait retrouvé un total de cinq empreintes digitales sur la feuille de papier sur laquelle avait été tapée l'annonce. Toutes appartenaient à des employés du *Bulletin des prisons américaines*. À ce détail près, aucun cheveu et pas la moindre fibre textile, juste quelques grains de poussière correspondant à celle que l'on trouvait dans les locaux du journal. Pour couronner le tout, on n'avait pas trouvé la moindre trace d'ADN sur le papier ou sur l'enveloppe.

Les types du labo s'en étaient pourtant donné à cœur joie, examinant le document avec une minutie qui leur avait permis de noircir trois pages du rapport. Au moins Glenda n'était-elle pas fâchée de lire autre chose que les sempiternels « RAS » du début. Il avait ainsi été démontré que l'encre utilisée provenait d'une cartouche noire équipant en série les imprimantes laser HP, ce qui réduisait le champ des investigateurs aux millions de machines de ce type commercialisées à travers la planète. Une paille. Quant au logiciel dont s'était servi l'auteur de la petite annonce, on avait pu déterminer qu'il s'agissait de PowerPoint. On était bien avancé…

Glenda poussa un soupir, se souvenant de la glorieuse époque où les criminels écrivaient encore à la main. À quoi pouvait bien servir l'analyse d'une police informatique ? Par la magie du traitement de texte, finis les points d'interrogation hésitants et les barres de « t » rageuses dans les demandes de rançon. Décidément, les enquêteurs avaient bien du souci à se faire quant à leur avenir à une époque où les tueurs en série commençaient par apprendre à se servir d'un logiciel Microsoft avant de passer aux choses sérieuses.

Heureusement pour Glenda, la dernière page du rapport était nettement plus édifiante. Au lieu du papier blanc courant auquel on aurait pu s'attendre, le rédacteur de l'annonce s'était servi d'un papier à lettres de fort grammage. Grâce à son filigrane distinctif, on avait pu identifier sans peine le fabricant ; d'après les spécialistes du labo, il s'agissait d'un papetier italien dont la production se vendait exclusivement dans une boutique de luxe d'Old Bond Street à Londres. Il s'en écoulait à peine deux mille paquets par an dans le monde, au prix de cent dollars les vingt-cinq feuilles.

Glenda reposa le rapport. On savait donc que l'inconnu disposait d'un ordinateur avec un logiciel PowerPoint et qu'il avait des goûts de luxe en matière de papier à lettres. Qui diable pouvait bien s'amuser à envoyer des petites annonces à un bulletin de prisonniers sur du papier à cent dollars ? Elle imaginait des feuilles présentées dans de jolies boîtes cartonnées décorées de fleurs séchées et fermées par un joli ruban. S'agissait-il d'un cadeau, comme une femme peut en faire à son mari, une fille à son père, un patron à l'un de ses cadres ?

Glenda regarda autour d'elle, observant l'élégant bureau de Quincy, son fax dernier modèle, son fauteuil en cuir. Pas une faute de goût. Le genre de mobilier que Bethie Quincy, en digne épouse bourgeoise, avait dû choisir pour son bourreau de travail de mari à l'époque où ils étaient encore mariés…

Glenda ouvrit machinalement le premier tiroir et découvrit des crayons, des stylos, un porte-chéquier Louis Vuitton. Poursuivant ses recherches, elle fit glisser les autres tiroirs avant de trouver dans celui du bas trois paquets de papier à lettres entamés.

Elle s'était trompée en s'imaginant des boîtes cartonnées décorées de fleurs séchées, fermées par un joli ruban. Le papier à lettres de Quincy était enfermé dans de superbes coffrets en bois de santal entourés de lanières de cuir. Du papier à lettres de luxe fabriqué par un papetier italien du nom de Geppetto. En tout, Quincy en avait encore dix-neuf feuilles.

— Quincy ! balbutia Glenda d'une voix déchirante, la main tremblante. Comment as-tu pu nous faire ça ?

28

Portland, Oregon

Lorsque Rainie se réveilla, Quincy avait disparu. Elle jeta un coup d'œil au réveil dont les chiffres rouges brillaient dans l'obscurité sur la table de nuit. 7 heures du matin, c'est-à-dire 10 heures sur la côte Est. Quincy et Kimberly étaient sans doute levés depuis longtemps. Elle se passa la main dans les cheveux, se regarda dans le miroir placé au-dessus du bureau et grimaça. Les cheveux dressés sur la tête, elle donnait l'impression de s'être mis les doigts dans une prise électrique. Elle avait surtout un goût très désagréable dans la bouche. Charmant tableau pour un samedi matin…

Elle quitta le lit et se dirigea vers la salle de bains attenante. Le dentifrice lui ayant redonné une haleine acceptable, elle prit une douche rapide qui acheva de la réveiller, puis elle enfila avec une moue dégoûtée le jean et le tee-shirt blanc qu'elle n'avait pas quittés depuis trois jours, avant de sortir de la chambre.

Quincy et sa fille étaient installés l'un à côté de l'autre à la petite table ronde de la cuisine aménagée à l'autre extrémité du living. Quincy faisait face à son ordinateur portable ; Kimberly, appuyée sur son épaule, regardait fixement l'écran. Armés de gobelets de café, ils discutaient âprement. Rainie aperçut un peu plus loin un troisième gobelet rapporté de chez Starbucks, sans doute à son intention. Elle l'attrapa au passage avant de s'intéresser à leur discussion.

Le père et la fille travaillaient sur la base de données rassemblées par Quincy. Kimberly penchait pour la piste Miguel Sanchez, mais Quincy affirmait que Sanchez ne pouvait pas grand-chose contre lui depuis sa cellule de San Quentin.

— Et sa famille ? demanda Kimberly.

— Quelle famille ? répondit Quincy. Sanchez n'a plus personne à part sa mère, une femme de soixante-dix ans en permanence sous respirateur artificiel. Personnellement, je le vois mal dans le rôle du tueur de la semaine.

— Un à zéro pour Quince, comptabilisa Rainie.

Le père et la fille se retournèrent ensemble, et Rainie vit une ombre passer sur le visage de Quincy sans pouvoir en déterminer la nature.

— Bonjour, Rainie, dit-il d'une voix calme. Il y a des croissants pour toi si tu veux.

Elle secoua la tête.

— Ça fait longtemps que vous êtes réveillés ?

— Quelques heures, répondit Quincy en évitant son regard.

Rainie aimait autant, car elle ne savait pas non plus avec quels yeux le regarder. Elle aurait donné cher pour savoir comment il avait réagi en se réveillant à côté d'elle. Avait-il été content ou bien voyait-il la chose comme un simple arrangement de voyage, Kimberly occupant déjà le canapé du living ?

— Où en êtes-vous ? finit-elle par demander, les yeux plongés dans son gobelet de café.

— Nous sommes en train de passer au peigne fin ma base de données.

— Je suis convaincue qu'il faut commencer par examiner d'un peu plus près le dossier de Sanchez, intervint Kimberly. Non seulement il s'est arrangé pour avoir papa directement au téléphone, mais surtout, ce qu'il a fait à son cousin Richie Millos prouve bien qu'il n'est pas du genre à pardonner. Sans oublier l'angle Montgomery, car n'oublions pas que c'est suite à l'affaire Sanchez que papa s'est fait d'Albert Montgomery un ennemi mortel.

— Tu oublies que j'ai décroché quand Sanchez appelait chez moi par le plus grand des hasards, rectifia Quincy. Il a eu la chance de tomber sur moi au bon moment, mais ça aurait pu arriver à n'importe lequel des quarante-sept autres condamnés qui avaient déjà laissé des messages sur mon répondeur. Quant à « *l'angle Montgomery* », comme tu dis si bien, il ne faudrait pas prendre une simple coïncidence pour une véritable conspiration. Une chose est sûre, en tout cas : Miguel Sanchez se trouve bien derrière les barreaux en Californie et il n'a donc rien pu faire. Je m'en suis assuré personnellement. En plus, pour te dire le fond de ma pensée, je ne crois pas qu'il soit assez intelligent pour avoir mis sur pied toute cette affaire.

— Et son cousin ? interrogea Rainie.

— Millos ? Que vient-il faire là-dedans ?

Rainie prit un siège, bien décidée à ne plus penser qu'à l'affaire pour ne pas avoir à s'aventurer sur le terrain glissant de leur relation.

— Je vois les choses comme ça : grâce à toi, la police a décidé de concentrer ses efforts sur Richie qui était le maillon faible du tandem, ce qui a fini par conduire à la mort de Richie. On peut donc penser que Richie est mort à cause de toi. CQFD.

— Quelqu'un qui me reprocherait d'avoir tué Richie, en quelque sorte, murmura Quincy, les yeux perdus dans le vague. Pas bête…

— Tu sais si Richie a encore des parents ? demanda Kimberly.

— Pas la moindre idée. Il suffit de regarder dans le dossier.

Kimberly se pencha sur les papiers posés aux pieds de Quincy. Ce n'était visiblement pas la première fois qu'elle fouillait dans ses cartons car elle en exhuma une grande enveloppe de papier kraft en un temps record

— Millos Richie, lut-elle sur l'étiquette. Voyons un peu combien il reste de fêlés dans son arbre généalogique…

D'un doigt sûr, elle ouvrit l'enveloppe et sortit un rapport dont elle tourna les pages rapidement.

— Ah, voilà ! Nous avons donc une mère. Cinquante-neuf ans, ménagère. Le père, un ancien concierge de soixante-trois ans, reçoit une pension d'invalidité. Apparemment pour polyarthrite chronique, ce qui l'élimine d'emblée.

— Des frères et sœurs ? demanda Quincy.

— Deux frères et une sœur, tous plus jeunes que lui. José, trente-cinq ans, n'est pas non plus un enfant de chœur. Condamné plusieurs fois pour vol avec effraction, actuellement en liberté. Il faudra penser à vérifier. Ensuite nous avons Mitchell Millos, dit

Mickie, trente-trois ans et pas de casier. Tiens, tiens… il a même un diplôme d'ingénieur de l'université du Texas. Il semble que la famille n'ait pas produit que des fruits pourris. Enfin, Rosa Millos, la petite dernière, vingt-huit ans, mais on ne sait rien sur elle. Pour quelle raison, à ton avis ?

— Sexisme caractérisé. Le FBI a toujours eu la réputation de maltraiter les femmes, plaisanta Rainie.

— Je préfère ne pas répondre à ce genre d'insinuation, murmura Quincy. D'autant que je suis largement minoritaire dans cette pièce. Plus sérieusement, Kimberly, peux-tu m'en dire plus sur ce Mickie ?

La jeune fille feuilleta à nouveau le dossier.

— Je ne vois rien d'autre le concernant. Il faut croire que le type chargé d'établir sa fiche n'a pas jugé bon d'aller plus loin, probablement parce qu'il n'avait pas d'antécédents judiciaires.

— Ce serait logique, marmonna Quincy, que cette absence de détails avait l'air de tracasser.

Son regard se porta sur celui de Rainie, occupée depuis quelques minutes à observer la courbe de son cou, mise en valeur par son polo bleu marine qui faisait ressortir la couleur de ses yeux. Elle se demandait pourquoi Quincy s'évertuait à porter des costumes stricts alors que les tenues décontractées lui allaient si bien…

Pourquoi donc ne l'avait-il pas réveillée ce matin ? Il aurait au moins pu lui caresser la joue ou bien lui dire quelque chose. N'importe quoi.

Elle rougit brusquement en s'apercevant qu'il la regardait et détourna aussitôt les yeux, mal à l'aise.

— Rainie ? lui demanda-t-il d'une voix douce.

— Euh… tu parlais du petit frère. Tu as raison, il faut tenter d'en savoir plus.

Kimberly fronça les sourcils.

— Pourquoi lui ? Il n'a même pas l'âge qu'il faut. Je vous signale que notre inconnu est nettement plus vieux.

— Rien de plus facile que de tricher sur son âge, remarqua Quincy sans quitter Rainie des yeux. Il faut également savoir que les témoins sont généralement peu fiables dès qu'il s'agit de déterminer avec précision l'âge d'un suspect. On donnera facilement une vingtaine d'années à quelqu'un sous prétexte qu'il porte un tee-shirt et un jean. Le même type en costume sombre donnera l'impression d'avoir passé la trentaine. Je ne dis pas qu'il faut se méfier des témoins ; ils jouent un rôle capital dans la plupart des enquêtes, mais ils sont aisément manipulables, notamment par quelqu'un qui s'est un tant soit peu penché sur la question.

— Mickie est ingénieur, protesta Kimberly. Il n'a absolument pas le profil d'un criminel.

— Justement, intervint Rainie. Notre homme est loin d'être le premier venu. C'est visiblement un personnage subtil et manipulateur, capable de mettre au point des stratégies complexes et détournées. Vois avec quelle aisance il est parvenu à séduire une jeune fille comme ta sœur avant de faire de même avec ta mère, pourtant d'une tout autre génération. Si on me demandait de le décrire, je dirais que notre inconnu est un type intelligent, bien élevé, élégant et plutôt débrouillard.

— C'est également quelqu'un qui a de l'argent, ajouta Quincy. À l'allure où vont les choses, je ne serais pas surpris que cette affaire monopolise le plus clair de son temps, ce qui voudrait dire qu'il a les moyens de ne pas travailler. Ses déplacements aussi lui coûtent cher. En attendant, je voudrais également qu'on évoque les derniers développements te concernant, Rainie. Kimberly m'a raconté ta rencontre avec ce Carl Mitz. Si ce pseudo-père qui te tombe du ciel est effectivement Tristan Shandling, comme tu as l'air de le croire, cela voudrait dire que notre homme a versé une contribution appréciable au fonds de campagne du procureur et qu'il s'est adjoint les services d'un avocat. Encore une fois, il lui a fallu de l'argent pour ça. Beaucoup d'argent. Le tout est de savoir si un ingénieur de trente-trois ans du genre de ce Mickie Millos a autant de fric à sa disposition. *A priori*, je dirais non, mais, à notre époque, avec tous les informaticiens et autres jeunes loups de l'Internet qui gagnent des sommes astronomiques, qui sait ? Si ça se trouve, notre Mickie a très bien pu amasser une petite fortune en quelques années.

Kimberly acquiesça lentement.

— Je n'avais pas pensé à ça. Il faut donc faire une enquête poussée sur le jeune Millos, en s'intéressant de près à son compte en banque. En voilà déjà un, soupira-t-elle en regardant le tas de dossiers qu'il leur restait à éplucher. Encore une cinquantaine et on peut aller se coucher.

— Sans vouloir vous vexer, s'interposa Rainie, je ne crois pas que cette base de données nous mène bien loin.

Quincy et sa fille la regardèrent d'un air surpris, mais Rainie haussa les épaules.

— Réfléchis une seconde, Quincy. Il est probable que le nom de notre homme se trouve quelque part dans tes dossiers ou dans ceux du FBI, je ne reviens pas là-dessus. D'un autre côté, je ne pense pas que ça nous soit d'un grand secours pour la bonne et simple raison qu'il est le premier à savoir que son nom figure là-dedans.

Rainie se pencha en avant pour mieux défendre sa position.

— À votre avis, quel est son principal point faible ? Le fait qu'on procède par élimination. Ce type-là a un compte personnel à régler avec Quincy et il sait qu'avec un peu de temps on finira nécessairement par l'identifier. Comment faire pour éviter cet obstacle ? Il commence par travailler dans l'ombre, choisissant de s'en prendre à Mandy parce qu'elle a très peu de contacts avec le reste de sa famille. Il se déguise, trouve un nom d'emprunt et maquille son assassinat en accident. Tout marche comme sur des roulettes, mais il est parfaitement conscient qu'il ne pourra pas éternellement écarter les soupçons. Dès l'instant où il s'en prend à Bethie, personne n'est plus dupe et les recherches vont commencer. Il se tient donc prêt. Quatorze mois après l'accident de Mandy, il met au point une nouvelle stratégie en commençant par une phase de diversion. Pour y parvenir, il donne ton adresse et ton numéro de téléphone personnel à tous les cinglés d'Amérique. Il passe ensuite à une deuxième phase, celle qui consiste à brouiller les pistes. Il prend ton nom, se fait passer pour toi, laisse derrière lui quantité de fausses preuves afin de semer la confusion chez les enquêteurs de Philadelphie. Tant qu'ils sont sur tes traces, tout le monde le laisse tranquille. Reste à passer à la dernière phase, celle que j'appellerais la phase éclair.

— Celle qui consiste à brusquer les choses, approuva Quincy.

— Mercredi, il assassine maman, soupira Kimberly dans un filet de voix. Jeudi, il enlève grand-père. Vendredi, nous prenons tous la fuite et Rainie est contactée par un avocat inconnu au sujet de son père. Ce qui veut dire qu'il ne nous laisse même plus le temps de réfléchir, d'analyser et d'anticiper. Tout simplement parce qu'il sait très bien que le temps est son pire ennemi.

— Ce type est une véritable énigme, Quincy, souligna Rainie. Qui, quand, comment, pourquoi ? Nous ne savons rien de lui ni de ses intentions. Il fait très attention de ne nous donner aucun élément concret sur ses motivations. Et surtout, il n'a jamais commis l'erreur de te sous-estimer jusqu'à présent. Tu sais pourquoi ?

— Oui, parce que je le connais, répondit Quincy.

— Mieux encore, ajouta-t-elle avec un sourire. Parce que *lui* te connaît. Il sait à quel point tu aimes les mystères et les devinettes. Il sait que c'est ta vie. Il fallait donc que tu ne te doutes de rien aussi longtemps que possible. Maintenant que tu sais, il veut t'obliger à bouger afin de t'empêcher de réfléchir. Tant que tu fais ce qu'il attend de toi, jamais tu n'arriveras à le prendre. Tant que tu réagis à ses provocations, tu joues perdant et il le sait. Il faut absolument arriver à briser ce cercle vicieux, Quince. Il faut reprendre l'offensive, fourbir notre propre plan de bataille. À mon avis, ce n'est pas en se planquant à Portland et en pianotant sur un clavier d'ordinateur qu'on y arrivera. Si on reste ici, il finira par nous retrouver tôt ou tard. Sans doute plus tôt que tard, d'ailleurs.

Quincy garda le silence un long moment. Enfin, il leva les yeux sur Rainie.

— Que penses-tu des déclarations de ce Carl Mitz au sujet de ton père ? demanda-t-il.

— Je ne sais pas.

— Ce n'est pas parce que c'est une coïncidence que ça veut forcément dire…

— J'ai compris, merci ! laissa tomber Rainie d'un ton sec avant de reprendre sa respiration. Il faut que je fasse très attention à ce que je fais. Mitz a l'air sincère, et l'histoire personnelle de ce Ronald Dawson plaiderait plutôt en sa faveur. Il a passé le plus clair de son existence en prison et il était facile de vérifier que son père a effectivement fait fortune en revendant ses terres à un promoteur immobilier. D'un autre côté, Tristan Shandling a la mauvaise habitude de dire à ses victimes ce qu'elles ont envie d'entendre. Je ne peux pas nier que ce Ronald Dwason m'intéresse. Je mentirais en disant le contraire, et ça me fait même très peur.

— Et si Mitz s'arrangeait pour que tu rencontres Dawson en personne ?

— Pas question, répondit aussitôt Rainie en secouant violemment la tête.

Mais Quincy avait son regard brillant des mauvais jours, comme à chaque fois que germait dans son cerveau un plan compliqué.

— Ce serait pourtant le piège rêvé, conclut-il à mi-voix.

Rainie ferma un instant les yeux. Elle avait parfaitement compris ce qu'il voulait. Pour elle, c'était une épreuve quasi insurmontable, mais elle ne pouvait s'empêcher de penser qu'il avait raison. Une fois de plus.

— Bon, d'accord ! bougonna-t-elle. Si tu veux que je rencontre le beau Ronnie, je m'y colle, même si je dois y laisser la moitié de mon âme. Après ça, ne viens plus jamais me dire en face que je suis incapable de bouger le petit doigt pour les autres.

— Mais enfin… vous n'êtes pas sérieux ! s'exclama Kimberly. Si c'est lui le meurtrier, il est capable de s'en prendre à toi, de te kidnapper ou pire encore.

— Je ne crois pas que ton charmant père ait l'intention de me laisser aller à l'abattoir toute seule, répondit Rainie. Non pas que ça le dérange de se servir de moi comme appât…

— Je n'ai jamais…

— Oh, ta gueule, Quince ! Je sais ce que je fais, c'est moi qui viens de vous expliquer en long et en large qu'il fallait reprendre l'initiative et passer à l'attaque. Si Dawson est le meurtrier, c'est le moment ou jamais de renverser la vapeur. Bon, voilà ce qu'on va faire. Je vais appeler Mitz pour lui dire d'organiser un déjeuner, en présence de Luke et de ses hommes. J'en profiterai pour sonder Ronnie sur ses rapports supposés avec ma mère. Au pire, je reviendrai avec un nouveau signalement pour Shandling, l'homme aux mille visages.

— Et s'il tente quelque chose ? s'inquiéta Kimberly.

— Aucune chance, laissa tomber Rainie.

— Je ne vois pas comment tu peux en être aussi certaine.

— À cause de sa technique, expliqua Rainie. Si Ronald Dawson et Tristan Shandling ne sont qu'une seule et même personne, il ne va pas se précipiter sur moi pour me couper en morceaux, bien au contraire. Il commencera par me dire qu'il a toujours rêvé d'avoir une fille, il essayera de m'éblouir avec son fric, me faisant miroiter tout ce qu'on peut faire avec dix millions de dollars, tout en disant que je suis le plus grand bonheur de sa vie, le rayon de soleil qui réchauffera sa vieillesse. Pendant ce temps, je me rongerai les sangs en me demandant si c'est du lard ou du cochon, sans savoir si j'ai enfin retrouvé mon père ou bien si je suis assise en face d'un dangereux psychopathe. Belle journée en perspective !

— Rainie…

— Ne t'inquiète pas, Quincy, je vais le faire.

— J'ai changé d'avis. J'ai eu tort de te demander ça, je ne suis plus d'accord.

— Mais non, tu n'as pas eu tort, s'emporta-t-elle. C'est toi qui as raison, et je le sais aussi bien que toi, alors n'essaie pas de me la faire. Ma résolution est prise.

Un silence pesant s'installa dans la pièce. Quincy, les sourcils froncés, regardait Rainie droit dans les yeux.

— C'est quand même dur, finit par dire Kimberly.

Quincy hocha la tête sans quitter Rainie du regard.

— Très dur, même.

— On ne sait même pas qui est ce type et pourquoi il t'en veut à ce point. Il a tué maman et Mandy, et maintenant tu crèves de trouille pour Rainie et moi.

— J'ai toujours eu peur pour les miens, tu sais.

— D'accord, mais pas de cette façon-là. Sans jamais savoir d'où le coup va partir.

— Depuis que je fais ce travail, reprit Quincy d'une voix anormalement calme, je n'ai jamais cessé d'avoir peur. Ça fait partie du boulot et je n'arrête jamais d'y penser, surtout la nuit.

— Je suis sûre qu'on va finir par s'en tirer, martela Kimberly d'un ton décidé. Jusqu'à présent, nous ne savions rien, mais ce n'est plus le cas. J'ai confiance.

— Nous allons commencer par enquêter sur Mitchell Millos, poursuivit Quincy. Je vais faire de même avec les autres suspects que l'on dénichera dans mes dossiers. Ensuite, je verrai si Everett a du nouveau, s'il a pu en apprendre davantage sur ce qui est arrivé à mon père…

L'espace d'un instant, son regard se voila, mais il se reprit rapidement.

— Après, il sera toujours temps de s'occuper de Ronald Dawson. D'une manière ou d'une autre, nous finirons bien par savoir qui est vraiment ce type.

— Nous disposons également d'un atout en Virginie, intervint Rainie. Phil De Beers. Je lui ai demandé de continuer à surveiller Mary Olsen, et je crois franchement que j'ai bien fait. Voilà une fille qui a trahi sa meilleure amie et s'en veut terriblement, sinon elle ne m'aurait pas parlé comme elle l'a fait. Je suis convaincue qu'elle aura essayé de prendre contact avec notre inconnu, et qu'elle fera tout pour le rencontrer. Ce jour-là…

— Il nous faut absolument des photos, constata Quincy. Dis à De Beers de s'arranger comme il veut, mais il nous faut les meilleures photos possibles, qu'on sache enfin à quoi ressemble ce type.

— Si ça se trouve, il sera encore déguisé, objecta Kimberly. Les deux premiers signalements ne collent déjà pas. À quoi nous servirait un troisième ?

— Nous *supposons* que Shandling est un spécialiste du déguisement, en nous fondant sur des témoignages qui restent très flous, ne l'oublie pas, corrigea Rainie. Les gens se mélangent les pinceaux tous les jours quand ils décrivent des suspects, comme le rappelait ton père tout à l'heure. Rien de plus facile, de nos jours, de changer de couleur de cheveux ou d'yeux, de s'habiller différemment, de porter une barbe ou de la raser. Les seuls critères fiables restent la forme générale du visage, celle des oreilles ou du menton, l'écartement des yeux. Si on avait une photo, les spécialistes n'auraient aucun mal à dresser un portrait-robot crédible du meurtrier.

— Rainie, je compte sur toi pour appeler De Beers, conclut Quincy.

— Je lui téléphone immédiatement, promit Rainie avant d'ajouter avec un petit sourire : Ensuite, j'appellerai Mitz pour organiser ce fameux déjeuner avec papa. Pas une minute à perdre, ça fait déjà trente-six heures que notre psychopathe préféré n'a pas frappé. Je doute qu'il nous laisse encore beaucoup de répit.

29

La résidence des Olsen en Virginie

Recroquevillée sur elle-même au fond de son placard à vêtements, Mary Olsen tenait le téléphone collé contre son oreille. Ses cheveux noirs étaient décoiffés, des coulures de mascara lui barbouillaient les joues et un énorme hématome violacé s'étalait sur son épaule gauche, sa petite robe de soie bleu pâle dissimulant les autres aux regards indiscrets. Lorsque son mari était rentré à l'aube d'une opération qui avait mal tourné, il était d'une humeur massacrante et s'était acharné sur elle. À peine avait-il disparu quelques heures plus tard au volant de sa Jaguar en faisant hurler ses pneus sur les graviers de l'allée que Mary se précipitait dans son placard avec son téléphone.

— Je sais bien que tu m'as interdit d'appeler, se hâta-t-elle de dire à son correspondant, mais je n'en peux plus. Tu n'imagines pas le calvaire que je vis tous les jours. J'ai besoin de te voir. Je t'en prie, mon chéri, je t'en supplie…

— Allons, allons ! Calme-toi. Tu verras, tout va s'arranger.

— Non, ça ne s'arrangera pas ! Je le *sais* !

La voix de la jeune femme, de plus en plus aiguë, s'étrangla dans un sanglot. Elle avait mal au dos, au ventre, aux côtes, partout. Ses cuisses allaient, à nouveau, être recouvertes de bleus. Quand elle l'avait rencontré, avec ses airs délicats de fils de famille, jamais elle n'aurait soupçonné que son mari fût aussi violent.

— Je me sens si seule, gémit-elle. Ça dure depuis des semaines, et je ne peux même pas me consoler en me disant que je vais te voir. Je n'en peux plus !

— Je sais, ma chérie. Crois-moi, je sais à quel point c'est dur.

La voix était aussi calme que celle de Mary Olsen était hystérique. Le téléphone collé contre sa joue maculée de mascara, elle pouvait enfin laisser libre cours à ses frustrations afin de mieux exorciser sa douleur.

Elle avait toujours adoré sa voix. Mandy lui avait dit un jour avoir été envoûtée par le pouvoir de séduction de son regard, mais Mary, qui le voyait rarement, était surtout sensible à la douceur pénétrante de cette voix rassurante. Malgré leur éloignement, il savait mieux que quiconque apaiser ses angoisses. La nuit, quand son mari s'était endormi, lui laissant de trop rares heures de répit, il était le seul à lui murmurer à l'oreille les mots qui lui donnaient la force de continuer à vivre.

— Si tu savais à quel point il me tyrannise, poursuivit-elle d'une voix hachée. Il me dit ce que je dois dire, ce que je dois faire, comment je dois m'habiller. Jamais je n'aurais cru ça de lui. Pourquoi a-t-il voulu m'épouser s'il me déteste à ce point-là ?

— Tu es belle, Mary. Très belle. Trop belle, même, pour certains hommes.

— Mais je n'ai jamais rien fait pour mériter ça ! pleura-t-elle. Enfin… je veux dire… avant toi. Mon Dieu, je n'en peux plus ! Tu me manques. J'ai *besoin* de toi. Je donnerais n'importe quoi pour que tu sois là, avec moi, que tu me tiennes la main avec ton sourire que j'adore. Il n'y a que toi au monde qui puisses me sauver.

— Moi aussi, je voudrais te voir, mon amour, répondit-il sur un ton désolé.

— Qu'est-ce qui t'en empêche ? Je n'ai plus entendu parler de cette Lorraine Conner, la détective privée. On ne craint plus rien. Dis-moi où tu veux me voir, n'importe où, je serai là, je te le promets ! Je ferai très attention, comme tu m'as montré. Je t'en supplie, mon chéri !

— Mais tu sais bien que c'est impossible, mon pauvre amour ! On te surveille.

— Comment ? Qui… qui me surveille ? bégaya-t-elle, tombant visiblement des nues.

— J'ai essayé de te faire parvenir un mot il y a deux jours, expliqua la voix. En arrivant, je me suis aperçu qu'il y avait une petite voiture gris métallisé cachée dans les bois à un endroit stratégique d'où l'on peut voir tout ce qui se passe chez toi. Je suis resté là pendant des heures et la voiture n'a pas bougé. Je suis désolé, mon amour, mais j'ai comme l'impression que ton mari te fait suivre.

— Le salaud ! Il est jaloux comme un tigre, alors que je ne lui… enfin, pas encore. Oh, et puis merde ! Il faut faire quelque chose, on ne peut pas continuer comme ça.

— Faire quelque chose, mais quoi ? Si jamais il arrive à nous faire prendre en photo tous les deux, tu sais aussi bien que moi ce qui se passera. Nous ne pouvons pas courir ce risque, surtout après tout ce que nous avons enduré.

— Jamais je ne lui donnerai ce plaisir, à cette ordure ! jura Mary. Crois-moi, le jour où je le quitterai, je lui ferai cracher jusqu'à son dernier sou. Si j'étais moins conne, je m'en irais tout de suite. Rien ne m'en empêche, d'ailleurs.

— Non, tu ne peux pas faire ça. Tu n'es pas mariée avec lui depuis assez longtemps. Si tu le quittais aujourd'hui, jamais les juges ne t'accorderaient la moitié de sa fortune. C'est trop tôt.

Malgré le ton rassurant de la voix, Mary recommença à sangloter.

— Je n'en peux plus. Tu me manques trop. Je crois que je vais devenir folle !

Le ton de la jeune femme était si pathétique, la voix ne disait plus rien à l'autre bout du fil. Mary ne voulait pas se l'avouer, mais il n'y avait sans doute plus rien à dire. Mariée, sans ressources, elle ne pouvait se passer de l'argent du docteur Olsen. Et pourtant, elle avait mal partout. À la poitrine, aux bras, aux épaules. Elle ne savait même plus comment elle arrivait encore à se lever, certains matins. Plus son mari la battait, plus il avait l'air de lui en vouloir, si bien qu'elle ne savait plus s'il la haïssait parce qu'il la battait ou bien parce qu'elle se laissait faire.

Comment ai-je pu en arriver là ? Je ne sais pas… je ne sais plus…

— Je crois que j'ai une idée, annonça soudain la voix.

— Oh oui, mon amour. Dis-moi ce que je dois faire.

— Cet après-midi, on te livrera une boîte de chocolats. Probablement de chez Godiva, mais c'est un détail sans importance. Tu m'écoutes ?

— Oui, oui ! murmura Mary dans un souffle.

— Tu vas prendre cette boîte de chocolats, tu sortiras de chez toi et tu iras jusqu'à la voiture gris métallisé dont je t'ai parlé. Tu trouveras un Noir installé au volant.

— Oh, non, j'aurai bien trop peur.

— Il ne te fera aucun mal, ma chérie, rassure-toi. C'est un détective privé, sûrement le meilleur que ton mari a pu trouver. Tu frapperas à sa vitre en lui faisant ton plus beau sourire, et tu lui diras que tu es au courant de sa mission de surveillance. Bien sûr, il risque d'être très surpris d'apprendre qu'il s'est fait prendre. Alors tu lui fais un numéro de charme. Tu lui dis que tu as l'intention de discuter avec lui et tu t'installes du côté passager avant qu'il ait eu le temps de réagir. Ensuite, tu lui dis tout ce que tu as sur le cœur au sujet de ton mari. Au cours de la conversation, tu en profites pour lui offrir un chocolat, l'air de rien. S'il refuse, tu en prends un toi-même, que tu manges ostensiblement sous ses yeux avant de lui en proposer un autre. Arrange-toi pour qu'il en prenne deux ou trois et le tour est joué.

— Pourquoi ? Ils seront empoisonnés ? demanda-t-elle en frissonnant.

— Bien sûr que non, puisque je t'ai dit d'en manger un toi-même ! Décidément, ton mari t'a vraiment mis la tête à l'envers pour que tu me soupçonnes de vouloir t'empoisonner.

— Je te demande pardon, mon chéri…

— Non, mon bébé. J'aurai juste trafiqué les chocolats en injectant un laxatif avec une seringue. Une seule truffe ne devrait pas te faire grand-chose. Deux ou trois, en revanche, obligeront le flic privé à quitter précipitamment sa planque. Le temps qu'il cherche des toilettes en catastrophe, tu en profites pour t'esquiver.

— Et je te rejoins !

— Exactement. Toi aussi, si tu savais à quel point tu me manques, mon amour.

— Dis-moi que tu m'aimes et que tu me trouves belle.

— Tu es la plus belle femme que j'aie jamais connue, s'empressa d'obtempérer la voix avec conviction. Surtout quand tu portes des sous-vêtements noirs en dentelle.

— Je mettrai mes porte-jarretelles rien que pour toi, souffla Mary.

— Et moi, je ne mettrai rien…

— Je voudrais déjà être dans tes bras.

— C'est pour très bientôt, mon amour. Quelques truffes au chocolat, et le tour est joué.

Pour la première fois de la journée, elle esquissa un sourire, avant de se reprendre :

— Tu sais… j'ai mal partout et je ne dois pas être très belle à voir, murmura-t-elle.

— Pour moi, tu seras toujours la plus belle. Il suffira que je t'embrasse tout partout et tu ne sentiras plus rien.

Au fond de son placard, Mary Olsen pleurait en silence, mais de soulagement cette fois. Dans quelques heures, il lui ferait tout oublier, comme à son habitude. La première fois qu'il l'avait vue avec des ecchymoses sur tout le corps, elle avait parlé d'une simple chute dans l'escalier. Il avait immédiatement deviné la vérité et, au lieu de la repousser, il l'avait prise tendrement dans ses bras pour la consoler.

— Ma pauvre petite chose, lui avait-il dit. Comment peut-on te faire mal comme ça ?

Cette nuit-là, elle avait pleuré des heures durant, pendant qu'il lui caressait les cheveux en la tenant serrée contre lui. Personne ne l'avait jamais traitée avec autant de douceur de toute son existence.

L'espace d'un instant, le visage d'Amanda surgit dans sa mémoire. Amanda qui ne lui avait jamais fait de mal, elle. Amanda qui était sa meilleure amie. Amanda qui était tout excitée lorsqu'elle lui avait présenté son petit ami…

Tu n'aurais jamais dû continuer à boire, Mandy. Tu avais le mec le plus génial de la terre, et tu t'es quand même remise à picoler. Après tout, tu n'as eu que ce que tu méritais. Et puis un mec de plus ou de moins, après tous ceux que tu t'étais tapés… Tandis que moi, j'avais besoin *de lui.*

Elle raccrocha lentement avant d'essuyer les traces noires de ses joues. Quelques truffes au chocolat, et elle serait dans ses bras. Quelques truffes…

30

Pearl District, Portland

Il était un peu plus de 11 heures du matin lorsque Rainie et Quincy pénétrèrent dans le loft de la jeune femme. Elle alluma machinalement la lumière alors que le soleil entrait déjà à flots par les fenêtres. L'appartement avait cette odeur de poussière et de renfermé caractéristique des lieux inhabités, un relent que Quincy connaissait bien pour le retrouver chaque fois qu'il rentrait chez lui.

— J'ai deux ou trois trucs urgents à faire, annonça Rainie sèchement.

Quincy hocha distraitement la tête et se dirigea vers le coin salon pendant que Rainie vaquait à ses occupations. Elle était de mauvaise humeur depuis le début de la matinée, nerveuse et mal dans sa peau, détournant les yeux dès qu'elle croisait son regard, sursautant systématiquement lorsqu'il passait à côté d'elle. Quincy croyait deviner ce qui la taraudait mais, en ce moment, il ne se sentait sûr de rien.

Peu après leur discussion du matin, Rainie avait laissé un message sur le répondeur de Carl Mitz.

Comme il lui était impossible d'indiquer le numéro de portable de Quincy sans risquer de révéler sa présence à ses côtés, et encore moins de donner celui de leur hôtel de Portland pour ne pas trahir leur planque, elle s'était décidée à communiquer le seul numéro déjà connu de Mitz, celui de son loft de Pearl District. Kimberly avait proposé de rester à l'hôtel, où elle utilisait le numéro de licence professionnelle de Rainie pour obtenir les renseignements dont ils avaient besoin auprès des organismes officiels concernés. Pendant ce temps-là, il avait été décidé que Quincy et Rainie attendraient le coup de fil de Mitz chez elle, se partageant les tâches le plus efficacement possible, sans arrière-pensées.

Quincy contourna le canapé et s'arrêta devant une fenêtre, offrant son visage à la caresse des rayons du soleil. Immobile, les yeux fermés, il sentait toute la tension de ces derniers jours s'évacuer peu à peu de ses muscles endoloris. Respirant profondément, il tenta de se persuader que les heures finissent toujours par s'écouler, même lorsqu'elles sont dures et sombres.

Il avait téléphoné à Everett afin de savoir s'il avait du nouveau au sujet de son père. On n'avait toujours pas retrouvé le vieil homme et Quincy savait mieux que quiconque que ce silence n'avait rien de rassurant. Chaque minute passée sans nouvelles d'Abraham Quincy diminuait d'autant les chances de le retrouver vivant. Cela faisait déjà trente-six heures qu'il s'était évaporé dans la nature, abandonnant brusquement la chambre où il vivait paisiblement pour partir au bras de l'inconnu qui s'était fait passer pour son fils. Un employé de la maison de retraite avait vu le vieil homme monter dans une petite décapotable rouge, très certainement celle dans laquelle Bethie avait passé ses dernières heures en compagnie de son assassin.

Depuis, plus rien. Personne n'avait revu ni la voiture ni le vieil Abraham. Pas la moindre indication susceptible de soulager Quincy. Pour lui, plus encore que les assassinats de Mandy et de Bethie, conscientes et responsables au moment de leur mort, l'enlèvement de son père était la preuve ultime de son échec et de son impuissance. L'homme fier et indépendant qui avait élevé seul Pierce Quincy avait laissé place à un vieillard vulnérable et sans défense, et son fils s'en voudrait éternellement de n'avoir pas su le protéger.

À cette idée, Quincy se sentait à la fois perdu et furieux, triste et agité, totalement anéanti, mais résolu à ne pas baisser les bras. Sa rage était d'autant plus terrible qu'il avait le plus grand mal à comprendre ce qui lui arrivait. Sa logique infaillible et parfaitement rationnelle ne lui était d'aucun secours, ajoutant à sa détresse.

Pourquoi mon père a-t-il disparu ? Parce que.

Pour la première fois de son existence, la solitude derrière laquelle il avait toujours veillé à se cacher ne suffisait plus à le protéger, bien au contraire.

Brusquement, sans raison, un épisode oublié depuis longtemps lui revint en mémoire. Kimberly, celle que l'on appelait affectueusement « la petite Kimmy », était rentrée à la maison très énervée, le soir de son deuxième cours de ballet. Il la revoyait encore, déboulant comme une furie dans le salon où se trouvaient sa sœur et ses parents. Elle s'était plantée devant eux, les mains sur les hanches, et leur avait annoncé d'un ton sans appel : « Rien à foutre du ballet ! »

Quincy revoyait encore la mine horrifiée de Bethie et l'air ahuri de Mandy, tandis qu'il faisait des efforts désespérés pour ne pas éclater de rire. « Rien à foutre du ballet ! » Tout l'aplomb et la détermination de sa fille cadette tenaient dans cette phrase. Ce soir-là, il s'était senti particulièrement fier d'être son père.

Il ne savait même plus s'il avait raconté cette histoire à Abraham. Elle aurait certainement beaucoup plu au vieil homme. Il n'aurait sans doute rien dit, mais il aurait souri d'une façon qui ne trompait pas. Lui aussi aurait été très fier de Kimberly. Chaque génération a le devoir de conduire la suivante toujours plus loin sur le chemin de la réussite, et c'était bien la preuve que le vieux paysan yankee avait joué son rôle en faisant de son fils un brillant enquêteur fédéral, père à son tour d'une future criminologue au caractère trempé.

La solitude ne suffirait plus jamais à protéger Pierce Quincy. En lui enlevant son père, qui sait si le destin n'avait pas voulu lui donner l'occasion de découvrir sa fille ?

— Il faut encore que je me change, lâcha Rainie depuis le vaste placard qui lui servait de dressing. Si le téléphone sonne, ne bouge pas et laisse-moi répondre.

— Je ne suis pas là, promit Quincy.

— Tu sais si Kimberly a besoin de quelque chose ?

Il eut un petit sourire.

— À mon avis, tu sauras ça mieux que moi.

— Et pourquoi ? Tu n'es pas complètement autiste, tout de même.

— Venant de toi, je prends ça pour un compliment.

Rainie sortit du dressing. Mille petits signes montraient qu'elle était heureuse de se retrouver chez elle. À commencer par une vivacité qu'elle n'avait pas le matin même, qui rendait son pas plus souple. Elle avait troqué son vieux tee-shirt pour une chemise bleue, et Quincy ne put s'empêcher d'observer la courbe gracieuse de ses reins sous le vêtement alors qu'elle passait devant lui pour se rendre à la cuisine.

Dieu qu'elle est belle, pensa-t-il. Il fut le premier surpris de sa réflexion. À ses yeux, elle avait dépassé le stade où une femme est jolie ou attirante, pour devenir belle, tout simplement. Elle était vraiment belle en jean et en chemise. Tout comme elle était belle le soir où elle avait trouvé le moyen d'embobiner les deux flics de la police de Philadelphie, leur faisant croire qu'elle était avocate, sachant à quel point il avait besoin d'elle. Tout comme elle était belle en présence de ses collègues du FBI, malgré les complexes qu'elle ne pouvait manquer de ressentir face à des professionnels nettement plus qualifiés qu'elle. Tout comme elle était belle dans la simplicité avec laquelle elle avait choisi de rester à ses côtés, alors que sa vie était en train de s'écrouler.

Elle avait eu beau lui affirmer un jour qu'elle ne connaissait ni l'amour, ni la fidélité, il savait mieux que personne combien son âme était droite.

— Rainie, murmura-t-il soudain, je me suis comporté comme un con ce matin.

Elle s'arrêta brusquement sur le seuil de la cuisine.

— Je ne sais pas à quoi tu fais allusion, répondit-elle.

— J'étais en plein milieu d'un rêve, le premier, depuis tous ces mois de cauchemar. Nous étions ensemble sur une plage, allongés sur le sable, et je te passais la main dans les cheveux. Tu ne disais rien, moi non plus, nous étions heureux… c'est tout.

— Alors, pas de doute, c'était vraiment un rêve.

— Sauf qu'au moment où je me suis réveillé, tu te trouvais vraiment là, à mes côtés.

— Je ronflais ?

— Non, tu ne ronflais pas.

— Ouf ! Je l'ai échappé belle ! plaisanta-t-elle en s'essuyant le front d'un geste faussement dramatique. Et moi qui étais persuadée de t'avoir fait fuir en ronflant trop fort.

— Ta tête était posée sur mon épaule, continua-t-il d'une voix tendre, et tes bras m'enlaçaient. Et puis… ta jambe était accrochée à la mienne.

— C'est parce que j'ai froid quand je dors.

— Je ne sais pas comment te dire ça, mais… jamais aucune femme ne s'est montrée aussi délicate avec moi.

— Va te faire foutre, Quince !

Surpris de l'attaque, il battit désespérément des paupières. Sans lui laisser le temps de se reprendre, Rainie s'avança vers lui, les joues en feu, le doigt menaçant. À un moment ou à un autre, sans qu'il y prenne garde, son petit discours avait dû l'irriter car elle était à présent furieuse. S'il avait été plus malin – moins courageux, peut-être –, il se serait enfui en courant.

— Je ne suis pas gentille ! s'écria-t-elle. Je voudrais que tu te mettes bien ça dans la tête. Je n'ai *jamais* été gentille de ma vie !

— OK, OK, s'empressa-t-il de dire d'un ton docile, hypnotisé par le doigt accusateur de la jeune femme.

— Si je suis venue me mettre à côté de toi sur le lit, ce n'était pas par gentillesse. Je ne me suis pas blottie contre toi par gentillesse et je ne me suis pas endormie dans tes bras par gentillesse. C'est compris ?

— Mais je ne voulais pas…

— Bien sûr que si, tu voulais. Je t'ai tendu la main, c'est vrai, et ça représentait un effort quasiment surhumain pour moi. Et non seulement tu es parti comme un lâche ce matin, mais tu continues à te comporter comme un lâche en essayant de me persuader que j'ai agi par pitié.

— Tu comptes me transpercer avec ça ?

— Avec quoi ?

— Avec ce doigt accusateur.

— Quincy ! hurla-t-elle en levant les bras au ciel. Arrête de faire le clown une minute, on dirait que tu cherches à m'imiter. Arrête ça tout de suite ou je me fâche.

Comme il ne répondait rien, la colère de Rainie s'éteignit aussi vite qu'elle était venue. Ce fut lui qui finit par reprendre :

— J'avoue avoir eu peur en me réveillant ce matin.

— Je suis ravie de te l'entendre dire.

— Tu pourrais au moins faire preuve d'un peu de bienveillance à mon endroit. C'est assez difficile à reconnaître comme ça.

— Et puis quoi encore ? Vas-y, ne t'arrête pas en si bon chemin.

— J'ai peut-être réagi égoïstement, poursuivit-il humblement. Quand je me suis réveillé et que je t'ai trouvée à côté de moi, j'étais extrêmement content, mais… Tu sais, Rainie, le moment est peut-être mal choisi pour que je m'intéresse à toi. Les gens que j'aime ont une fâcheuse tendance à se faire assassiner depuis quelque temps.

— Les amants sont censés s'excuser quand ils font une connerie, Quincy, et c'est le boulot des psychiatres d'analyser leurs patients. Choisis ton camp.

Il battit à nouveau des paupières.

— Tu sais que tu deviens bonne, à ce petit jeu.

— Allez, accouche. Mitz risque d'appeler d'une minute à l'autre et on n'aura plus le temps de s'expliquer. Dépêche-toi de t'excuser et on n'en parle plus.

— Excuse-moi, répondit-il docilement.

— Tut, tut, tut ! s'exclama-t-elle en faisant non de la main. Ça ne suffit pas. Excuse-moi pour avoir… ?

— Excuse-moi pour avoir quitté la chambre comme un voleur en plein milieu de la nuit sans prendre la peine de te réveiller même si j'en avais envie. Excuse-moi d'avoir fait comme si de rien n'était, alors que le simple fait d'avoir dormi avec moi et de m'avoir tenu dans tes bras t'a coûté un effort considérable dont je suis parfaitement conscient, d'autant que…

— D'accord, d'accord, s'empressa-t-elle de l'interrompre. Arrête avant qu'il ne soit trop tard. Et si on te propose d'animer une émission à la télé, accepte les yeux fermés, tu feras un tabac.

— Rainie, j'adore me réveiller à côté de toi.

Pour la première fois depuis le début de leur face-à-face, Rainie laissa ses mains tranquilles.

— Pour tout t'avouer, je n'ai pas trouvé ça désagréable non plus, susurra-t-elle en lui jetant un petit regard en coin.

— Et moi, je n'ai pas ronflé ?

Incapable de se contenir davantage, il fit un pas vers elle et Rainie ne chercha pas à s'esquiver.

— Non, tu n'as pas ronflé.

— Je ne me suis pas tourné dans tous les sens ? Je n'ai pas cherché à te piquer toute la couette ? Je ne t'ai pas empêchée de dormir ?

Il s'approchait irrémédiablement et elle ne bougeait toujours pas.

— Non, et je t'ai même trouvé plutôt confortable. Surtout pour un agent du FBI.

Il n'était plus qu'à quelques centimètres d'elle. Les sens aux aguets, il sentait l'odeur du savon sur sa peau, le parfum de son shampooing à la pomme. Il se tenait maintenant si près, il semblait voir pour la première fois la force de son regard, la courbe décidée de ses lèvres, la ligne volontaire de son menton. C'était maintenant ou jamais. Si Carl Mitz appelait, il attendrait. Le monde aurait pu s'écrouler autour d'eux.

Il avait tellement envie de la toucher qu'il en avait des fourmis au bout des doigts. C'était elle qui l'avait cherché, qui l'avait défié. Mais c'était surtout grâce à elle que les rêves sombres qui peuplaient ses nuits avaient cédé leur place à une plage de sable fin... Lui qui s'appliquait depuis si longtemps à dissimuler ses sentiments et ses émotions derrière le paravent de son professionnalisme.

— Je ne voudrais pas te faire de mal, murmura-t-il.

— Ce qui doit arriver finit toujours par arriver, Quince. On n'y peut rien. Quelqu'un que je respecte énormément m'a dit une fois qu'on n'avait pas le pouvoir d'arrêter le malheur. Alors il nous reste celui de saisir le bonheur quand il est là.

— Si jamais je devais te perdre...

— Tu continuerais à vivre, l'interrompit-elle avec une pointe de brutalité. Moi aussi je continuerais à vivre, si tu disparaissais. Nous sommes trop pragmatiques l'un et l'autre pour réagir autrement. Mais nous allons nous en tirer, parce que nous sommes durs.

Maintenant, arrête de parler. Arrête de réfléchir et d'analyser tout le monde et embrasse-moi, bordel de merde !

Il ne se le fit pas dire deux fois, tout en veillant à le faire avec délicatesse.

Malgré ou plutôt à cause de ses propos volontiers directs et agressifs, Quincy savait à quel point la jeune femme avait peur. Il sentit à quel point elle était tendue en découvrant la raideur de sa nuque à l'instant où sa main s'y posait doucement. Elle hésita un ultime instant avant de lever la tête, lui offrant sa bouche. Elle s'attendait sans doute à ce qu'il la brusque car il la sentit se raidir, mais Quincy n'avait pas la moindre intention de céder aux pulsions masochistes de Rainie. Il la connaissait tellement. Il savait à quel point elle considérait le sexe comme une contrainte et une punition, et ne souhaitait pas forcer les choses, même si c'était pour elle la solution de facilité.

Il commença par frôler de ses lèvres le coin de sa bouche, avant d'enfouir sa main gauche dans ses boucles brunes. Depuis le début, elle fermait les yeux et il caressa ses longs cils du doigt.

— Tu me chatouilles, murmura-t-elle, ce qui le fit sourire.

— Ouvre les yeux, Rainie. Regarde-moi. Tu dois me faire confiance, jamais je ne te ferai le moindre mal.

Elle lui obéit, découvrant un regard gris et limpide, d'une profondeur insondable. Il n'avait jamais vu des yeux pareils, de la couleur d'une nuit voilée. Sans la quitter du regard, il baissa légèrement la tête pour l'embrasser à hauteur de la pommette gauche.

— Je ne crois pas t'avoir jamais dit à quel point j'aime ton profil, murmura-t-il d'une voix douce. J'aime ce menton décidé, ces pommettes fières…

— Tu me décris comme si je ressemblais à un tableau de Picasso, répondit-elle.

— Rainie, tu es la plus belle femme que je connaisse.

Lentement, les lèvres de Quincy glissèrent jusqu'à celles de Rainie, et elle eut un dernier sursaut avant de s'abandonner. Elle mit ses mains derrière la tête de Quincy et vint se coller tout contre lui.

Dès leur première rencontre, il avait été frappé par sa bouche charnue, par le curieux contraste entre ces lèvres gourmandes et le reste du visage, taillé à la serpe. Des lèvres que l'on avait envie de caresser, d'embrasser, de manger. Des lèvres capables d'inspirer les plus beaux sonnets, de faire fondre les candidats à la chasteté. Comment avait-elle pu atteindre l'âge de trente-deux ans sans se laisser aimer ? Depuis qu'il la connaissait, cette pensée ne cessait d'intriguer Quincy. Elle lui donnait surtout conscience de l'honneur qui lui était fait, de la responsabilité qui lui échoyait.

La main posée dans le creux de ses reins, Quincy la sentit s'enrouler autour de lui, le poussant à s'enhardir. De ses lèvres, il embrassa son menton, avant de s'attarder longuement sur la cambrure délicate de son cou. Rainie respirait de plus en plus vite. Par la pointe de la langue, Quincy percevait même les battements de son cœur.

— Parle-moi, lui demanda-t-il en plongeant la tête dans l'échancrure de sa chemise, enivré par l'odeur de sa peau.

— Je… je ne peux plus parler.

— Je voudrais que tu ne penses plus à rien, que tu oublies tout, Rainie. Tout sauf nous.

Il lui prit délicatement la main pour la poser sur sa poitrine, à l'endroit où son propre cœur s'emballait.

— Parle-moi, dis-moi ce que tu veux pendant que je te caresse.

D'un mouvement léger, il posa à nouveau ses lèvres sur la gorge de Rainie.

— Quand… quand j'étais petite, lâcha-t-elle d'une voix rauque, je voulais… je voulais faire de la gymnastique… devenir une championne olympique. Hmmmmmm…

— Tu aurais pu y arriver. Tu as un corps fait pour ça.

Tout en parlant, il caressait son dos musclé. Comme lui, elle faisait du jogging chaque matin. L'espace d'un instant, il entrevit leurs deux corps entremêlés dans un lit blanc, mais il était trop tôt. Il ne voulait pas risquer de la perdre en brusquant les choses.

— Tu as pris des cours ? demanda-t-il à voix basse tout en commençant à déboutonner la chemise de la jeune femme.

— Des cours ?

— Oui, de gymnastique.

— Hmmmmmm…

Avec sa bouche et sa langue, il lui caressait le bas du cou.

— Non…

— Tu as déjà assisté à des concours de gymnastique ?

Tout en effleurant sa clavicule des lèvres, il glissa une jambe entre celles de Rainie et l'attira contre lui, la faisant hoqueter de plaisir.

— Non, mais je regardais toujours… les Jeux olympiques à la télé.

— Je comprends ça, commenta-t-il en ôtant le dernier bouton de sa chemise.

Rainie frissonna tout en se laissant faire.

— Ma préférée, c'est Nadia Comaneci, reprit-il.

Il glissa ses mains sous la chemise de la jeune femme. Sa peau était tiède et douce, son corps parfaitement musclé. Il la caressa longuement tandis qu'elle se frottait contre lui.

— Quelle préférée ? balbutia-t-elle.

— En gymnastique…

— Ah, oui, c'est vrai… ohhh…

Il ne voulait pas lui enlever sa chemise tout de suite, préférant remonter sa bouche vers celle qui s'ouvrait enfin à lui. Il s'attarda le long du menton, caressa le lobe d'une oreille, mais Rainie tourna la tête et l'attira vers ses lèvres tout en se blottissant contre lui avant de prendre sa langue avec la sienne.

Il lui caressa le dos, en profitant pour défaire la boucle de son soutien-gorge qui s'ouvrit en dégageant sa poitrine.

— Tu n'as pas le droit. Normalement, tu dois faire ça d'une seule main, lui murmura-t-elle dans le creux de l'oreille.

— C'est parce que je manque d'entraînement. Je ferai attention la prochaine fois…

— Quincy ? demanda-t-elle dans un souffle. Et si on allait sur mon lit ?

Sans attendre, il la prit dans ses bras et l'emporta vers le grand lit, de l'autre côté de la pièce. Au dernier moment, il se prit les pieds dans une paire de chaussures et ils s'effondrèrent sur la couette avec un grand bruit. Rainie éclata de rire et Quincy, la tête perdue entre ses seins, l'embrassait tendrement. Loin de le repousser, elle le serra contre elle alors qu'il prenait un sein pour le téter goulûment.

— Ne pensons plus qu'à des exercices de gymnastique, murmura-t-elle. Un cheval d'arçon, des barres parallèles… ohhh, Quincy…

Ce soupir faillit le faire entrer en transe. Il aurait voulu gémir en même temps qu'elle, sentir sa peau contre la sienne. Surtout ne pas la brusquer, ne pas l'effaroucher. Mais s'il n'enlevait pas son polo tout de suite, il allait devenir fou.

Il l'arracha d'un geste, avant de faire de même avec la chemise et le soutien-gorge de Rainie. Sans savoir comment, il se retrouva sur le dos, sous elle, les seins blancs de Rainie collés contre la peau mate et brune de son torse.

— Je n'ai plus envie de penser aux Jeux olympiques, souffla-t-elle.

— Je ne sais même plus de quoi tu parles, répondit-il d'une voix rauque.

— Je vois qu'on se comprend…

Elle aperçut la cicatrice qu'il portait à l'épaule gauche. Elle la prit entre ses lèvres avant de faire de même avec celle qu'il avait sur le bras, puis avec une troisième, à hauteur de la clavicule.

— Qui t'a fait celle-là ? demanda-t-elle.

— Jim Beckett.

— Tu l'as tué ?

— Non, son ex-femme s'en est chargée.

— Une femme comme je les aime…

S'interrompant, elle couvrit de petits baisers sa poitrine et son ventre. Quincy retenait son souffle. Les cheveux courts de Rainie le chatouillaient, une impression délicieuse qui lui tournait la tête.

— Quincy, dit-elle d'une voix grave, je ne veux pas devenir comme ma mère.

— Mais tu n'es pas comme ta mère.

— Un type différent tous les soirs.

— Si jamais tu as quelqu'un d'autre demain soir, je le tue.

— Alors ça va.

— Rainie ?

Elle mit un doigt sur ses lèvres pour le faire taire.

— Ne dis rien, murmura-t-elle. Il faut en garder pour plus tard.

Profitant de ce moment de répit, elle enleva son jean avant de l'aider à s'extraire de son pantalon. Cette fois, Quincy s'allongea sur elle. Rainie écarta les jambes et souleva ses hanches. Comme hypnotisé, il ne quittait pas des yeux ce visage aux traits résolus sur lequel il lisait pour la première fois une note d'espoir.

— Rainie, dit-il à voix basse, le plaisir est un droit, pas une contrainte.

— On ne me l'a jamais appris.

— Moi non plus. On apprendra ensemble.

Elle enroula ses jambes autour des siennes et il entra doucement dans son ventre, les mâchoires serrées, attentif à ses moindres réactions. Il sentit aussitôt son corps se raidir tandis que son visage se contractait. Il se figea, décidé à ce qu'elle partage son plaisir. S'obligeant à reprendre sa respiration, il se répéta qu'il ne fallait surtout pas la brusquer. Soudainement, l'expression presque douloureuse de son visage s'effaça. Ses traits s'adoucirent et son corps se relâcha alors qu'un éclair d'étonnement traversait son regard, et il la sentit bouger contre lui, autour de lui, dans un mouvement de va-et-vient qui allait en s'accélérant.

— Doucement… soupira-t-il.

— Je t'en prie… je t'en prie !

Il baissa la tête, décidé à s'abandonner à son désir, guidé par les mains de Rainie qui pétrissaient son corps. Quincy ne pensait plus à rien, ne contrôlait plus rien, emporté par les gémissements et le corps de Rainie, par cette preuve suprême de confiance qu'elle lui accordait.

Elle poussa un grand cri. Un cri de surprise et de plaisir mêlés. Quincy arrêta un instant son regard sur l'expression de béatitude qui se lisait dans les yeux de Rainie avant de s'abandonner à son tour et de glisser avec elle dans un abîme de plaisir.

Rainie s'endormit la première. Quincy crut un instant qu'il allait en faire autant, mais il n'avait pas sommeil. La couette blanche était emmêlée autour d'eux et le soleil éclairait la pièce d'une lueur colorée à travers les vitraux. Allongé sur le dos, il n'osait bouger de peur d'éveiller Rainie dont la tête reposait sur son épaule, un bras posé sur son ventre. Régulièrement, il faisait courir ses doigts sur la courbe de son dos, s'assurant qu'il ne rêvait pas et qu'elle était bien là, blottie contre lui.

Il la trouvait presque plus belle encore dans le sommeil, le visage perdu dans ses boucles châtain, ses longs cils sombres posés nonchalamment sur le haut de ses pommettes, la bouche entrouverte pour laisser passer son souffle paisible. Une Rainie mi-femme, mi-enfant. Sa Rainie.

Il lui caressa le bras du bout des doigts et elle balbutia des paroles inintelligibles dans son sommeil.

— Jamais je ne te ferai le moindre mal, murmura-t-il.

Soudain, son regard s'arrêta sur le téléphone, qui risquait de sonner d'une minute à l'autre. Le répit aurait été de courte durée. Il serait bientôt temps de reprendre la chasse à l'homme.

Il pensa à sa fille avec son caractère résolu, seule dans leur chambre d'hôtel, passant ses dossiers au peigne fin. Il pensa à Rainie, à son menton décidé, à sa façon de faire des étincelles partout où elle passait. Il pensa à lui-même, à l'âge qui commençait à le rattraper, à la sagesse qui ne venait qu'à force d'erreurs assumées et corrigées.

Dans la foulée, il prit la résolution de cesser de se lamenter sur ce qui n'était plus, et décida de se battre pour ce qui lui restait.

31

La propriété des Olsen en Virginie

La boîte de chocolats arriva peu après 15 heures, par porteur spécial puisque c'était un samedi. Le livreur de chez UPS avait de jolis yeux noisette. Mary signa le reçu que lui tendait le jeune homme en uniforme et eut la satisfaction de le voir rougir lorsqu'elle lui adressa un clin d'œil. Elle emporta son paquet à l'intérieur, impatiente de l'ouvrir, et découvrit une ravissante boîte d'un beau vert sombre nichée dans un écrin de papier de soie doré. Contrairement à ce que lui avait dit la voix, ce n'étaient pas des truffes de chez Godiva, mais d'un chocolatier dont le nom lui était inconnu.

Elle défit le ruban et ouvrit la boîte qui exhalait une forte odeur de chocolat amer et d'amande. Douze truffes en tout, en quatre rangées de trois, roulées dans du cacao et coiffées d'une noisette confite. La boîte était belle, les truffes appétissantes, restait à vérifier si le détective privé qui la surveillait était gourmand.

Mary referma la boîte et s'observa dans le miroir posé au-dessus de la console de l'entrée. Une épaisse couche de fond de teint l'avait aidée à masquer ses coquards, elle portait un gilet de soie rose afin de cacher les bleus qu'elle avait aux bras et aux épaules. Quant à ses cheveux, un coup de fer leur avait redonné forme et elle se sentait à nouveau présentable. Mieux que ça. Elle était même jolie, en femme de médecin modèle avec sa tenue rose bonbon.

— Le sort en est jeté, dit-elle à l'adresse du miroir, avant de prendre la boîte de chocolats et de sortir.

La voiture grise se trouvait bien à l'endroit annoncé par son correspondant, et un Afro-Américain plutôt élégant attendait sagement à l'intérieur, derrière le volant, une carte routière étalée sur les genoux. À peine avait-il aperçu Mary Olsen qu'il se mit à regarder autour de lui dans tous les sens, tel un animal pris au piège. Sans hésiter, elle s'avança et frappa à la fenêtre côté conducteur.

— Bonjour, ma toute belle, lança-t-il en descendant la vitre. Jamais je n'aurais rêvé rencontrer une aussi jolie personne dans cet endroit désert. Figurez-vous que je suis complètement perdu et que l'aide d'une autochtone serait la bienvenue, surtout si elle est aussi ravissante que vous.

Tout en lui débitant son boniment avec un large sourire, il montrait sa carte routière, sans toutefois empêcher Mary de remarquer qu'il repoussait quelque chose sous son siège avec le pied. Sûrement sa caméra de surveillance.

— Pas la peine de vous donner tant de mal, répliqua la jeune femme. Je sais que vous êtes détective privé.

— Vous savez, toutes ces petites routes de campagne se ressemblent et…

— Surtout quand on attend au même endroit plusieurs jours de suite. Ça vous dérange ?

D'un geste, elle lui désignait le siège du passager. Le malheureux ne savait plus où se mettre.

— Si vous pouviez juste m'indiquer le chemin le plus rapide pour rejoindre l'Interstate 95…

— Pas de problème, je vais vous montrer ça sur la carte.

Sans se démonter, Mary Olsen fit le tour de la voiture et s'installa à côté de lui avant qu'il ait eu le temps de protester.

Il faisait une chaleur étouffante à l'intérieur de l'auto et sa robe lui colla aussitôt à la peau sur le siège de velours. Le plastique noir de la boîte à gants était brûlant et Mary se dit qu'elle aurait mieux fait d'apporter de la citronnade ou du thé glacé. Qui voudrait manger du chocolat par un temps pareil ? Comme il était trop tard pour changer de stratégie, elle lui tendit la boîte.

— Tenez, je vous ai apporté un petit quelque chose, dit-elle. J'ai pensé que vous deviez avoir faim.

— Mais, madame…

— S'il vous plaît ! Ne me prenez pas pour une imbécile. N'ayez pas peur, ce ne sont que des truffes.

— Des truffes au chocolat ? s'étonna le privé avec une pointe de gourmandise.

Il hésita pourtant avant de saisir la boîte qu'elle lui tendait. À peine l'avait-il ouverte qu'un fort parfum d'amande et de chocolat envahit l'habitacle. À cause de la chaleur et de l'atmosphère confinée, l'odeur était presque désagréable et il s'empressa de refermer le paquet. Mary, écœurée, en était presque soulagée.

— Je vous remercie, madame, dit-il poliment en posant la boîte sur le tableau de bord. Je suis plutôt gourmand, mais pas tout de suite. Je sors de déjeuner.

Un silence inconfortable s'installa, que la jeune femme rompit la première.

— Je m'appelle Mary Olsen, annonça-t-elle en lui tendant la main. Mais je ne dois rien vous apprendre.

— Phil De Beers, répondit l'homme après un long moment d'hésitation.

— Vous travaillez pour mon mari, d'après ce que j'ai cru comprendre.

— Un jour comme aujourd'hui, je préférerais ne pas travailler, soupira-t-il.

— Mon mari ne m'aime guère, reprit Mary. Quand nous nous sommes rencontrés, je n'étais qu'une petite serveuse plutôt flattée de l'intérêt qu'il me portait. Il faut dire que mon mari est un neurochirurgien de réputation internationale. Il passe son temps à sauver des cas désespérés et à aider des enfants en difficulté. Son travail m'a toujours beaucoup impressionnée.

Phil De Beers, plus mal à l'aise que jamais, hocha la tête.

— Quand il m'a demandé de l'épouser, poursuivit la jeune femme, j'étais sur un nuage. J'avais l'impression de vivre un conte de fées. À l'époque, je ne savais pas ce qui m'attendait. Je n'avais pas encore compris qu'il détestait ma façon de m'habiller et de parler. Il faut croire que j'étais un peu naïve, monsieur De Beers, parce que j'étais persuadée qu'il m'avait choisie par amour.

— Je ne suis pas sûr de vous suivre, avoua De Beers avec des accents de sincérité qui ne trompaient pas.

Le pauvre était véritablement perdu.

— Il croit que je le trompe, c'est bien ça ? interrogea Mary, se tournant vers De Beers pour le regarder droit dans les yeux. Il se figure sans doute que je passe mon temps à coucher avec mes amants dès qu'il a le dos tourné. Pourquoi le ferais-je ? Parce qu'il me laisse tout le temps toute seule ? Parce qu'il m'interdit de voir ma famille et mes amis ? Il faut que je vous explique : je ne travaille pas, je ne vois personne et je n'ai le droit de rien faire, à part attendre mon cher petit mari dans ma chère petite maison. Ça aussi, il vous l'a dit ?

Faisant glisser son gilet rose, elle dénuda son épaule, dévoilant une énorme ecchymose. Phil De Beers écarquilla les yeux avant de serrer les dents. Avec un tel argument en sa faveur, Mary ne doutait pas de son revirement. Peut-être même parviendrait-elle à s'en faire un allié. Qui sait si elle ne finirait pas par gagner la bataille engagée contre son mari ?

De Beers ne disait rien et le silence devenait de plus en plus lourd. Mary finit par détourner la tête, brusquement désemparée, et elle remit son gilet, le boutonnant jusqu'au cou.

— Je crois… je crois que je vais prendre un chocolat, bégaya-t-elle avec une toute petite voix.

De Beers lui tendit la boîte et elle la prit en évitant son regard. Cette fois, elle le tenait.

— Vous prendrez bien une truffe pour m'accompagner, murmura-t-elle. Comme ça, j'aurai moins l'impression de commettre un péché.

Elle lui tendit une bouchée avant d'en prendre une elle-même, puis elle reposa la boîte sur le tableau de bord. Comment aurait-il pu refuser, surtout dans un pays comme la Virginie où l'on se félicite à longueur d'année de la galanterie sudiste ? Elle leva sa truffe comme si c'était un verre en disant : « Santé », puis elle la mit dans sa bouche, obligeant Phil De Beers à faire de même après une dernière hésitation.

Elle s'attendait à trouver à son chocolat un goût chimique ou pharmaceutique quelconque, mais il n'en était rien. La truffe, délicieusement fraîche, fondait dans la bouche, exhalant un parfum alcoolisé auquel se mêlait celui de l'amande et du chocolat noir.

De Beers fronça les sourcils.

— De chez quel chocolatier viennent-elles ?

— N'est-ce pas qu'elles sont bonnes ? Vous en voulez une autre ?

— Merci, elles sont un peu fortes pour moi.

Mary acquiesça, ce qui ne l'empêcha pas de reprendre la boîte. À cet instant précis, elle ressentit une vive brûlure au niveau de la langue. Son cœur se mit à battre à tout rompre, le sang lui monta à la tête et la voiture se mit à tourner autour d'elle.

Cramponnée au tableau de bord, elle s'aperçut que Phil De Beers suffoquait, lui aussi. De grosses gouttes de sueur coulaient de son front et les yeux lui sortaient des orbites.

— Bon sang, qu'est-ce que vous avez mis dans ces chocolats ?

Elle voulut lui répondre, mais sa gorge était en feu et son visage, trempé de sueur, était comme paralysé. De plus en plus mal, elle sentait la bave lui monter aux lèvres.

— Ça brûle, murmura-t-elle. Ça brûle…

Elle fit un effort désespéré pour agripper la poignée de la portière qu'elle parvint péniblement à ouvrir.

Il était là, devant elle.

Mon Dieu, non ! voulut-elle crier, mais les mots, coincés dans sa gorge, ne passèrent pas ses lèvres pleines d'écume. Elle aurait voulu lui faire signe de s'éloigner, mais ses mains refusaient de lui obéir.

Va-t'en, il ne faut pas qu'il te voie. J'ai réussi à lui faire prendre un chocolat. Encore une heure et je te rejoins. Tu me feras oublier ces bleus qui me font mal, tu me diras que je suis belle. Je t'en prie…

Mais l'homme de ses rêves, immobile, la regardait de façon étrange. Il semblait ne l'avoir jamais vue, ne l'avoir jamais tenue dans ses bras, ne lui avoir jamais murmuré à l'oreille des mots tendres. Sa bouche s'étirait en un rictus cynique. Ce n'était plus le même homme. D'ailleurs, pourquoi avait-il coupé ses cheveux ?

Elle voulut parler, mais l'air ne parvenait plus à ses poumons.

— À l'aide, parvint-elle péniblement à balbutier, tendant les bras dans sa direction. À l'aide…

Au lieu de lui prendre la main, l'homme s'éloigna. Elle le vit faire le tour de la voiture et s'approcher de Phil De Beers, cramponné à son volant, qui observait l'inconnu d'un air horrifié tout en cherchant quelque chose sous son siège.

— Esp… espèce de salaud, balbutia De Beers. Le goût d'amande… il faut…

Son bras émergea enfin, et Mary, affolée, constata qu'il tenait une arme d'une main tremblante.

Mary aurait voulu hurler, dire à l'homme qu'elle aimait de s'enfuir, mais les mots ne voulaient plus sortir de sa bouche. Sa gorge la brûlait horriblement et tout tournait autour d'elle. Une souffrance atroce. *À l'aide…*

Phil De Beers leva son arme d'une main mal assurée, tentant vainement d'enlever le cran de sécurité. Son bras retomba…

Mary ne quittait plus De Beers des yeux et, dans cet habitacle brûlant qui ne cessait de tourner, elle croisa enfin son regard. Il avait l'air de lui demander pardon, s'excusant de n'avoir rien pu faire pour elle. Un gargouillement sinistre s'échappa de sa bouche, ses yeux se révulsèrent et il s'effondra sur le volant dans un déluge de bave tandis que son pistolet tombait à terre.

Mary ne voyait plus que cette arme qui tournait follement au rythme de la voiture.

Ça brûle. Respirer... Dans mon ventre... Les amandes, mais pourquoi ? Ça brûle... Mon fond de teint qui coule... ne me regarde pas...

Dans un ultime effort, elle leva les yeux sur cet homme qu'elle aimait tant. Pourquoi était-il presque chauve ? Et pourquoi la regardait-il sans lever le petit doigt ?

— Ne t'inquiète pas, tu n'en as plus pour longtemps, dit-il froidement en regardant sa montre. Une minute tout au plus. Je suis d'ailleurs surpris que tu aies tenu aussi longtemps. C'est bien la preuve que les gens réagissent tous différemment.

Les amandes, les amandes...

— Tu sais, je crois avoir oublié de te le dire tout à l'heure au téléphone. Finalement, j'ai changé d'avis. Au lieu d'un laxatif, j'ai pensé qu'il serait plus prudent d'injecter cent cinquante milligrammes d'acide cyanhydrique dans chacune de ces jolies truffes. Ce n'est pas terrible pour le goût, je l'avoue, mais c'est diablement efficace.

Les lèvres de la jeune femme bougeaient encore faiblement. Il s'approcha pour tenter de comprendre.

— Que dis-tu ? Tu fais tes prières ? Mais, ma pauvre Mary, je vois que tu as la mémoire courte. Aurais-tu déjà oublié que tu as trahi ta meilleure amie ? J'ai bien peur que le Bon Dieu ne veuille pas de toi dans son paradis.

Il se redressa, les rayons du soleil en contre-jour lui donnant des airs d'ange exterminateur.

Et moi qui t'aimais tant, pensa-t-elle au moment où la vie s'apprêtait à la quitter. *J'aurais dû me méfier. Qui voudrait d'une fille comme moi ?*

Une pensée plus forte encore surnageait dans son esprit embrumé par le poison, alors que les convulsions de la mort secouaient son corps.

— C'est le tien, trouva-t-elle miraculeusement la force de murmurer. Le tien…

Il fronça les sourcils et suivit machinalement le mouvement de ses mains, crispées autour de son ventre. Soudain, il écarquilla les yeux.

— Oh non ! Non, pas ça…

— Le tien, prononça Mary Olsen dans un dernier souffle.

L'inconnu se précipita et la sortit brutalement de la voiture. Il l'allongea sur l'asphalte brûlant et tenta de la ranimer en lui tapotant le visage.

— Réveille-toi ! Mais, bon Dieu, tu vas te réveiller, oui ? Ne me fais pas ça, Mary, je t'en supplie…

Mais Mary Margaret Olsen n'entendait plus. Dans sa poitrine, son cœur avait définitivement cessé de battre. Le cyanure provoque une mort douloureuse, mais terriblement rapide. Debout à côté du cadavre de la jeune femme, l'homme regardait avec des yeux déments son ventre qui commençait à s'arrondir.

S'il l'avait laissée vivre, elle lui aurait annoncé la nouvelle l'après-midi même. Elle l'aurait regardé d'un air doux et inquiet tout à la fois, quêtant son approbation. Et lui, après toutes ces années de solitude et d'abandon, lui qui avait irrémédiablement perdu les siens…

— Salopard ! Fils de pute ! grinça-t-il. Pierce Quincy, espèce d'ordure, je te ferai payer au centuple tout le mal que tu m'as fait ! Regarde ce que tu viens de me faire faire ! Regarde ! Regarde ! REGARDE !

32

Portland, Oregon

Kimberly s'appliquait à relire le dossier de Miguel Sanchez pour la quatrième fois en moins de deux heures. De fines mèches blondes, s'échappant de sa queue-de-cheval, lui tombaient régulièrement sur les yeux, qu'elle s'évertuait chaque fois à remettre en place d'un geste impatient. Maintenant qu'elle était seule, elle aurait dû en profiter pour prendre une douche et se changer, mais elle n'arrivait pas à détacher son attention de ce fichu dossier. Elle était persuadée d'avoir laissé échapper un indice important. Son père avait raison de souligner que seul le hasard lui avait fait répondre à l'appel de Sanchez ; elle savait aussi que la présence d'Albert Montgomery dans l'équipe d'enquête mise en place par le FBI était une simple coïncidence, mais il y avait autre chose. Son instinct lui disait que la clé de l'énigme se cachait quelque part dans l'affaire Sanchez.

Elle fut interrompue par un bruit insolite. Un grincement de roues, comme si quelqu'un poussait péniblement quelque chose dans le couloir, sans doute une vieille table roulante. Kimberly fronça les sourcils et se replongea dans son dossier.

Enfermé à San Quentin dans le quartier des condamnés à mort depuis plusieurs années, Sanchez vivait seul dans une cellule de deux mètres sur trois, excluant la possibilité d'un ancien codétenu complice, décidé à venger Sanchez à sa place. Il devait bien y avoir d'autres hypothèses...

Kimberly savait déjà que certains prisonniers ont droit à quatre heures de promenade quotidienne dans la cour de la prison, au milieu d'une soixantaine d'autres détenus avec lesquels ils jouent au basket, font de la musculation ou Dieu sait quoi d'autre.

À en croire le personnel pénitentiaire, San Quentin comptait deux types de prisonniers, classés en A et B. Relevaient de la première catégorie ceux qui s'étaient habitués sans trop de difficultés aux contraintes de la vie carcérale. Schématiquement, ceux-là obéissaient au règlement et ne donnaient guère de fil à retordre à leurs gardiens, en échange de quoi on leur accordait certains privilèges, notamment celui de fréquenter leurs semblables à l'heure de la promenade.

À l'inverse, les prisonniers de type B n'avaient jamais pu se faire à l'enfermement. Ils perdaient leur temps à se bagarrer avec d'autres détenus, à menacer leurs gardiens. La plupart d'entre eux passaient une bonne partie de leur peine en isolement administratif, le terme officiel pour désigner ce que les détenus appellent vulgairement le trou.

Miguel Sanchez était un habitué du trou ; d'après son dossier, il avait entamé sa peine en détenu de classe B avant de se calmer et de passer en classe A en 1997. Moins de six mois plus tard, il retournait chez les B ; en clair, cela signifiait qu'il n'avait guère eu le temps de se faire des relations à San Quentin. Théoriquement, tout du moins, car cela n'avait pas empêché Richard Millos de se faire tuer un jour où Sanchez se trouvait comme par hasard en isolement administratif. Car les mesures disciplinaires les plus strictes ne suffisent pas à rendre inoffensif un détenu de l'acabit de Sanchez.

Le grincement de roues dans le couloir commençait à taper sérieusement sur les nerfs de Kimberly. Le personnel d'étage pourrait au moins huiler ses tables roulantes de temps en temps.

Le dossier de Sanchez recelait des dizaines de coupures de presse et de portraits psychologiques. Le fait qu'il ait agi en tandem était tellement rare dans le petit monde des tueurs en série que quantité de journalistes et de criminologues s'étaient penchés sur son cas. Les entretiens que Sanchez leur accordait apportaient sans doute un peu de piment à son quotidien. Sous le manteau pudique de la recherche scientifique, ces rencontres flattaient son ego, lui permettant de revivre les moments les plus exaltants de son effroyable carrière.

Ces articles avaient appris à Kimberly que Sanchez et Millos avaient été précédés par plusieurs tandems homme-femme. La femme, davantage témoin et victime que complice, servait chaque fois d'esclave à son acolyte. L'immense majorité des psychopathes, incapables d'entretenir des relations sociales normales, sont généralement peu enclins à se faire des amis. Dans le cas de Miguel et de Richard, les experts estimaient que le second servait de témoin aux actions de Miguel. Richard Millos avait peur de son cousin, et ce dernier en éprouvait une certaine jouissance.

Un expert en criminologie avait écrit un jour que Richard était la personnification des tendances homosexuelles refoulées de Miguel. Lorsque le même expert avait demandé à revoir Sanchez, ce dernier avait sagement attendu de se trouver dans le parloir avec son visiteur, sans menottes, pour se jeter sur lui et tenter de l'étrangler. Il avait fallu pas moins de quatre gardiens pour maîtriser Miguel et le traîner hors de la pièce. De toute évidence, Sanchez n'aimait guère qu'on évoque son homosexualité latente. Une chose était claire, en tout cas : Miguel Sanchez n'avait rien d'un agneau.

Kimberly avait réussi à trouver sa photo sur Internet. Il était très brun, avec une tignasse touffue qui aurait plu à Charles Manson, et des orbites enfoncées profondément dans un visage taillé à la serpe. Il avait les épaules couvertes de tatouages ; selon un rapport de la prison, il avait même enrichi sa collection à San Quentin à l'aide d'une aiguille et d'un stylo-bille. À l'entendre c'était sa façon de rendre hommage à ses victimes. Kimberly avait dû longuement observer la photo avant d'arriver à déchiffrer les quelques lettres tatouées sur l'une de ses épaules, dans une débauche d'arabesques : Amanda.

Son cœur avait bondi dans sa poitrine et il lui avait fallu un bon moment pour se reprendre. Elle savait très bien de quelle Amanda il s'agissait, pour avoir entendu les terribles cassettes de Sanchez avec Mandy quand elles étaient petites. Un lien de plus entre le psychopathe et la famille de Kimberly. Ou plutôt ce qu'il en restait.

Les grincements, de plus en plus proches, l'empêchaient de se concentrer.

Elle se leva et se dirigea vers la porte. Elle n'avait vraiment pas besoin de ça. Sa tâche était déjà assez pénible sans qu'on vienne la déranger avec ces grincements parasites.

Paradoxalement, si la mort de Mandy lui avait fait perdre tous ses moyens, l'assassinat de sa mère avait redonné un but à sa vie. Plongée dans ses recherches après des mois de mal-être, Kimberly retrouvait toute sa combativité. En dépit des avertissements de Rainie, elle était fermement décidée à tuer le salopard qui avait fait ça. Ce n'était pas la mort d'un cinglé comme Miguel Sanchez qui allait l'empêcher de dormir.

Simple processus de sélection naturelle, pensait-elle. *Darwin l'a dit, le plus fort tue le plus faible. En s'en prenant à ma famille, ce salaud doit s'attendre à en payer les conséquences un jour ou l'autre. J'attends ce jour-là depuis que j'ai douze ans, et je n'ai pas l'intention de me laisser faire.*

Kimberly venait d'entrer dans la kitchenette lorsqu'on frappa à la porte. Elle s'arrêta net, brusquement perdue. En l'espace d'un instant, toutes ses bonnes résolutions venaient de s'envoler. Livide, le front moite, elle en avait des palpitations.

— Room-service, annonça une voix de crécelle de l'autre côté de la porte.

Le coup du room-service était vieux comme le monde et Kimberly n'était pas née de la dernière pluie. Elle se précipita dans la chambre, fouilla fébrilement son sac dont elle sortit son Glock avant de repartir au pas de course pour se planter devant la porte avec son semi-automatique.

— Vous devez vous tromper de chambre, mon vieux, cria-t-elle. Reculez immédiatement !

Seul le silence lui répondit. Les mains de Kimberly tremblaient tellement qu'elle ne parvenait pas à ajuster son arme. *Mercredi, c'est ma mère. Jeudi, mon grand-père. Vendredi, on réussit à s'enfuir et ce serait mon tour aujourd'hui ? Pas question. Je n'ai pas l'intention de me laisser faire.*

— Euh… Mademoiselle, c'est le room-service. Pour une commande.

— Éloignez-vous immédiatement de cette porte !

— Bon, bon ! Très bien… Quand vous voudrez votre champagne et vos fraises, vous n'aurez qu'à venir les chercher en cuisine.

Le grincement reprit, et Kimberly entendit l'homme marmonner :

— Je ne sais pas ce qu'ils ont tous aujourd'hui, ça doit être la pleine lune…

Lentement, elle abaissa son arme. Elle tremblait de tous ses membres et son tee-shirt était trempé de sueur. Son cœur battait aussi fort que si elle avait couru le marathon, et elle s'obligea à souffler lentement à plusieurs reprises pour reprendre sa respiration.

Pas tout à fait rassurée, elle se mit à quatre pattes afin de regarder sous la porte. Ce n'est qu'en constatant l'absence de toute ombre suspecte qu'elle s'assit par terre, son Glock entre les jambes.

— Et moi qui pensais que j'allais mieux, souffla-t-elle d'un air sombre, adossée contre le mur.

— À propos, Quince, ne t'amuse pas à me donner des petits noms ridicules du style de ceux qu'on trouve sur les cartes d'anniversaire ou dans les feuilletons à la télé. Ça n'est pas trop mon genre. Pour ta gouverne, je ne suis pas du genre à m'extasier sur les mecs qui envoient des cartes à la Saint-Valentin. Les fleurs, à la rigueur, je crois que je pourrais m'y habituer, surtout les roses. Je crois que ça ne me déplairait pas. Ce qui nous amène au sujet épineux des boîtes de chocolats et autres assortiments de bonbons pour amoureux bêlants. Les chocolats, oui, mais tu peux oublier les boîtes en forme de cœur. Ah ! J'oubliais ! Pas de velours rouge non plus. Le ridicule ne tue plus, mais on ne sait jamais.

Rainie et Quincy, allongés l'un contre l'autre sur le lit de la jeune femme, ne s'étaient pas encore rhabillés. Il était midi passé, le soleil brillait comme jamais et le téléphone risquait de sonner d'une minute à l'autre.

La tête posée sur l'épaule de Quincy, elle dessinait avec le doigt des motifs imaginaires sur sa peau. Elle aimait son torse bronzé et musclé, la sensation soyeuse et ferme des poils sur sa poitrine ; elle aimait son odeur, mélange d'eau de toilette et de sexe. Pour un peu, elle lui aurait proposé de reprendre leur intéressante conversation sur les mérites de la gymnastique aux Jeux olympiques.

— Je récapitule : d'accord pour les fleurs et les chocolats, à condition que l'emballage soit carré, et interdiction absolue de se donner des petits noms ridicules, répéta consciencieusement Quincy en caressant doucement ses cheveux.

Lui non plus n'avait aucune envie de se lever. Il recula la tête pour la regarder et dit du ton le plus sérieux du monde :

— Il faudra quand même que tu m'expliques ce que tu entends précisément par « petits noms ridicules ». Je ne voudrais pas risquer de me faire étrangler en ayant cru bien faire.

— Pas compliqué. Évite à tout prix ma chérie, ma poupée, mon sucre d'orge ou encore ma petite rose en sucre, énuméra Rainie. Bref, tous ces sobriquets grotesques qui donnent envie de tuer chaque fois qu'on les entend dans la bouche des autres.

— Je remarque chez toi une aversion poussée pour tout ce qui est en sucre.

— Je vois que tu as compris. Si tu t'abstiens de m'appeler ma petite caille en sucre, j'éviterai de t'appeler mon gros étalon adoré.

— Tu sais, Rainie, en y réfléchissant bien, je crois que ça ne me déplairait pas que tu m'appelles ton gros étalon adoré…

Elle lui donna une bourrade et il fit semblant d'être touché à mort. Juste au moment où elle s'apprêtait à le ressusciter en lui faisant le bouche-à-bouche, le téléphone sonna.

— Carl Mitz, murmura Quincy.

— J'aurais préféré poursuivre notre discussion sur la gymnastique, répondit-elle.

— J'ai malheureusement peur que ce ne soit pas le moment.

— Rabat-joie, va !

Se tournant vers la table de nuit, elle décrocha le téléphone.

— Allô ! marmonna-t-elle.

— Lorraine Conner ! Quelle joie d'entendre votre voix !

Rainie fronça les sourcils. La voix ne lui disait rien.

— Qui est à l'appareil ?

— Vous le savez très bien. Passez-moi Pierce, s'il vous plaît.

Elle jeta à son compagnon un œil interrogateur. Il ne pouvait s'agir de Carl Mitz ou du prétendu père de Rainie, puisqu'il avait demandé à parler à Quincy. Le plus curieux, c'est que personne ou presque n'appelait jamais celui-ci par son prénom… Et si…

Elle se leva soudain comme une furie, le cœur battant. Elle venait seulement de faire tilt.

— Comment vous êtes-vous procuré ce numéro ?

— En m'adressant aux renseignements, tout simplement. Passez-moi Pierce.

— Va te faire foutre ! Tu me prends pour ta bonniche ou quoi ?

— Allons, allons ! Pas d'enfantillages. Passez-moi Pierce.

— Quand tu appelles chez moi, c'est à moi que tu parles, espèce de trou du cul. Alors si tu as quelque chose à dire, je te conseille de ne pas traîner, sinon je racc…

Elle n'eut pas le temps de terminer sa phrase car Quincy lui avait arraché le téléphone des mains. Rainie s'apprêtait à le lui reprendre de force, mais il calma ses ardeurs d'un simple regard.

— Allô ! fit-il d'une voix calme. Qui est à l'appareil ?

— Pierce Quincy, bien sûr. Vous voulez voir mon permis de conduire ? Ou bien alors mon écriture ?

— Je vois que j'ai affaire à un malade paranoïaque, atteint de folie des grandeurs.

— Oh, oh ! Comme vous y allez, cher ami ! Comme si c'était un honneur insigne d'être dans la peau du grand Pierce Quincy. Votre fille aînée est morte, votre femme est morte, et votre père a disparu. Pour quelqu'un d'aussi remarquable, je trouve que vous laissez quelque peu à désirer.

— Je ne suis pas marié, je ne peux donc pas avoir de femme, riposta Quincy.

— Excusez-moi, Monseigneur. Je faisais référence à votre ex-femme. J'ajouterai que ce n'est pas très élégant de votre part de l'évacuer aussi vite de votre existence. Décidément, vous êtes un animal à sang froid, Pierce.

— Que voulez-vous ? demanda Quincy en faisant signe à Rainie d'aller chercher un magnétophone pour enregistrer la conversation.

Sans chercher à cacher sa nudité, elle se précipita hors du lit.

— Je ne veux rien, Pierce. Je veux *quelqu'un*. Nuance. Mais tout vient à point à qui sait attendre, dit-on. Vous avez quelque chose à dire à votre cher père ?

— Nous savons tous les deux qu'il est mort.

— Comment pouvez-vous le savoir ? Vous supposez qu'il est mort pour éviter tout sentiment de culpabilité. Si je ne me trompe, il vous a élevé tout seul, faisant office de père et de mère. Et c'est comme ça que vous le remerciez ? À peine votre père disparaît-il de sa maison de retraite que vous vous enfouissez la tête sous le sable ? Vraiment, quelle éducation ! Vous me décevez, Pierce.

— J'en doute.

Rainie était déjà de retour avec un magnétophone. Quincy plaça le téléphone le plus près possible du micro et elle mit l'appareil en route.

— Votre père est vivant, reprit l'homme. Bien à l'abri de toute la flicaille du FBI, mais il est bien vivant. Et même plutôt agité.

Quincy ne répondit pas.

— On pourrait peut-être faire un échange. Votre fille contre votre père. C'est vrai qu'elle est beaucoup plus jeune, mais d'un autre côté, il est encore moins adulte qu'elle.

Quincy refusait toujours de répondre.

— Ou alors on pourrait faire un échange avec la belle Lorraine. Votre père contre votre maîtresse. J'ajoute qu'elle a un fort joli petit cul, et comme vous ne gardez jamais vos femmes très longtemps… Est-ce qu'elle crie quand vous la baisez, Pierce ? En tout cas, je peux vous dire que votre femme criait quand je la baisais. Votre fille aussi.

— Quel temps fait-il au Texas ? demanda Quincy.

Rainie lui jeta un regard surpris, avant de se souvenir que Mickie Millos vivait au Texas. Quincy allait à la pêche aux informations, c'est tout.

— Pourquoi me parlez-vous du Texas ? Je vois que vous faites fausse route.

— Quelle route me conseillez-vous de prendre ? Celle qui m'a déjà permis de briser votre carrière, de détruire votre vie ? C'est drôle, quand on y pense. Comment ai-je pu vous oublier si vite, alors que j'ai visiblement joué un rôle majeur dans votre vie ? Il faut dire que j'ai croisé pas mal de cinglés et de minables dans ma vie, railla-t-il.

La voix de l'inconnu se fit soudain plus agressive.

— N'essayez pas de m'énerver, Pierce. Je pourrais encore tuer pas mal de monde autour de vous.

Quincy bâilla ostensiblement à l'appareil.

— Vous savez que vous devenez carrément ennuyeux, mon vieux ?

— Tu t'ennuieras peut-être un peu moins quand je m'occuperai de ta petite fille, quand j'arracherai sa chemise pour caresser sa poitrine de garçon manqué. Et ça pourrait venir plus tôt que tu ne le penses.

— Je vous trouve bien présomptueux, d'un seul coup. Je ne m'inquiète pas vraiment pour elle, vous savez.

— Papa a l'intention de monter la garde auprès de sa gentille petite fille ?

— Même pas ! À votre place, je ne l'approcherais pas de trop près, car elle pourrait bien vous faire avaler vos couilles.

L'homme éclata de rire.

— C'est drôle, ironisa-t-il, mais Bethie et Mandy préféraient en faire un autre usage.

Pour la première fois depuis le début de la conversation, Quincy serra les dents.

— Allez, Pierce, poursuivit l'inconnu, assez rigolé. Si tu ne veux pas échanger ton père, il faudra bien que je tue quelqu'un à la place. Je te donne une heure pour reprendre l'avion et rentrer en Virginie.

— C'est dommage, mais j'avais d'autres projets.

— Alors je m'arrangerai pour la faire souffrir abominablement avant de la tuer.

— Je vous ai déjà dit que ma fille…

— Je ne parlais pas de Kimberly. À votre place, agent enquêteur Quincy, je me précipiterais à l'aéroport. Il ne vous reste plus tellement d'amis. Ah ! N'oubliez pas de transmettre un message de ma part à Mlle Conner. La prochaine fois qu'elle a recours aux services d'un détective privé, dites-lui de s'arranger pour qu'il n'aime pas les truffes au chocolat.

L'homme coupa la communication et Quincy raccrocha avant de se tourner vers Rainie, une lueur indescriptible dans les yeux. Elle l'avait vu comme ça une seule fois, le soir où Henry Hawkins avait tenté de la tuer.

— Il compte s'en prendre à toi, murmura-t-il.

Elle secoua la tête.

— Non, je ne crois pas. Souviens-toi de ses paroles exactes, Quincy. Il veut que tu rentres, et il s'en est visiblement pris à De Beers, ce qui veut dire qu'il se trouve sur la côte Est. Probablement quelque part en Virginie.

— Mais alors, il ne peut s'agir que de… Glenda ! s'exclama Quincy. Vite, pas une minute à perdre.

Il se précipita sur le téléphone et composa un numéro d'une main fébrile.

33

La maison de Quincy en Virginie

— Quitte immédiatement cette maison !

— Pierce ? Je ne crois pas…

— Écoute-moi, Glenda. Le meurtrier vient de m'appeler au téléphone. Il exige que je rentre en Virginie et menace de tuer quelqu'un pour m'obliger à le faire. C'est après toi qu'il en a, j'en suis convaincu. Je t'en supplie, quitte tout de suite cette maison.

La main de Glenda se crispa autour du téléphone. Debout dans le bureau de Quincy, elle ne voyait que son stock de papier à lettres dont elle avait prélevé une feuille pour l'envoyer au labo. Jamais elle n'aurait dû accepter de travailler sur cette affaire.

— Je ne suis pas censée parler avec toi, dit-elle calmement.

— Montgomery est-il là ?

— Ça ne te regarde pas, Quincy.

— Tu es toute seule, c'est ça ? Il n'est même pas là pour te protéger ? Mais, bon sang, comment a-t-on pu confier un poste pareil à cet incompétent de Montgomery ! Glenda, le meurtrier a mon adresse. Il connaît parfaitement le fonctionnement du Bureau et il sait très bien qu'on aura mis quelqu'un en surveillance. Si ça se trouve, il connaît peut-être même la disposition des lieux, il est sans doute déjà venu en repérage et sait comment s'introduire dans la propriété. Il est extrêmement dangereux, Glenda. C'est un monstre.

— Tu veux parler de ton mystérieux assassin, je suppose.

Quincy, désarçonné, en restait muet.

Tant mieux, pensa-t-elle. *À ton tour de trinquer un peu. Ça fait trois jours que je tourne en rond dans cette maison à écouter des messages tous plus horribles les uns que les autres, et j'en suis toujours à me demander qui joue au chat et à la souris dans cette histoire. Sans savoir si tu es le chat ou la souris, Pierce. J'ai la tête en marmelade à force de me poser des questions, et j'en ai franchement marre.*

— Ça ne va pas, Glenda? finit par interroger Quincy, nettement moins sûr de lui.

Quelque part, Glenda était contente de voir qu'il commençait à douter.

— Le crime parfait est un leurre, Quincy. Tu devrais le savoir mieux que quiconque. Il y a toujours un ou deux petits détails qui coincent.

— Le rapport graphologique est arrivé de Philadelphie, je suppose, et les experts se sont aperçus que l'écriture du message trouvé chez Bethie ressemblait à la mienne, c'est ça?

— Quoi?

Glenda en avait l'intuition, Quincy ne savait plus quoi dire, il était perdu. Mais ce n'était rien comparé au malaise qu'elle ressentait. Même après avoir trouvé le papier à lettres, elle avait encore douté de la culpabilité de Quincy. Mais après ce qu'il venait de lui dire… Ce message atroce et morbide, dégoulinant de sang, retrouvé dans le ventre d'Elizabeth Quincy. C'était donc lui qui l'avait écrit. Pierce Quincy, l'un de ses collègues les plus éminents. *Sainte Marie, mère de Dieu, priez pour nous, pauvres pécheurs…*

— Tu n'es qu'un monstre, Quincy, souffla-t-elle dans l'appareil. Montgomery avait raison, tu es un monstre.

— Glenda…

D'un geste rageur, elle referma son téléphone portable et le jeta sur la moquette, comme s'il s'agissait d'un serpent venimeux. Elle en avait la chair de poule. Après toutes ces nuits de veille, la fatigue la rattrapait brusquement. Elle avait peur, elle avait froid. Comment avait-elle pu faire confiance à Quincy ? Elle ne s'en remettrait jamais.

Par terre, son portable se mit à sonner, mais elle ne voulait plus répondre. Malin comme il était, il aurait encore réussi à l'embobiner. La sonnerie résonna pendant bien dix secondes avant que la messagerie prenne le relais, ramenant le silence. Ses nerfs commençaient tout juste à se détendre lorsque la sonnerie reprit, pour ne plus s'arrêter cette fois.

Merde ! Elle ramassa son portable et l'ouvrit brutalement pour décrocher.

— Je ne te crois plus ! hurla-t-elle. Tu passes ton temps à mentir. Et ne t'imagine pas que tu pourras me tuer aussi facilement que les autres, Quincy ! Je suis armée !

— Tu sais, Glenda, je suis en Oregon. Je vois mal comment je pourrais te faire le moindre mal.

— Qu'est-ce qui me prouve que tu es là-bas ?

— Écoute-moi, Glenda, nous n'avons pas beaucoup de temps. Ce n'est pas moi qui ai écrit ce message. Je sais que les apparences sont contre moi, mais je n'ai *pas* écrit ce message.

— Bien sûr que si, tu me l'as avoué toi-même il y a quelques minutes à peine !

— Mais pas du tout ! Réfléchis un peu. Tu te doutes que je suis capable de reconnaître ma propre écriture, tout de même ! À la minute où le légiste m'a tendu ce mot, j'ai tout de suite compris. Mais ce n'est pas moi qui l'ai écrit. Ce type s'est procuré un spécimen de mon écriture et son imitation est presque parfaite. Je ne sais pas comment il s'y est pris, mais en tout cas je peux te jurer que je n'ai rien à voir là-dedans.

— Tu entends un peu ce que tu es en train de me dire, Quincy ? C'est mon écriture, mais ce n'est pas moi. Tu dérailles, mon vieux.

— Mais enfin, Glenda ! Pourquoi n'aurais-je pas maquillé mon écriture ? J'ai suivi assez de cours de graphologie dans ma carrière pour maîtriser parfaitement ce genre d'exercice. Moi qui suis si malin, pourquoi aurais-je fait un truc aussi bête ?

— Peut-être pas par bêtise, Quincy, mais par arrogance. À force de te croire plus malin que tout le monde, ça t'est monté à la tête. Et puis il n'y a pas que le message retrouvé chez ton ex-femme. Le labo a analysé l'original de la petite annonce envoyée aux journaux de prisonniers, et elle a été rédigée sur ton propre papier à lettres.

— Le… le tiroir du bas de mon bureau, bégaya-t-il. Mon Dieu, mais ça fait des années… Quoi qu'il en soit, constata-t-il en se reprenant, ça prouve bien qu'il est déjà venu chez moi. Glenda, je t'en supplie, ne reste pas là.

— Je refuse de t'écouter, hurla-t-elle, au bord de l'hystérie.

Inconsciemment, elle regarda autour d'elle et s'aperçut que les fenêtres du bureau n'avaient même pas de rideaux. Elle avait brusquement l'impression d'être enfermée dans un bocal à poissons, à la merci du chat. Qui sait si Quincy ne la surveillait pas de l'extérieur ? Ou bien son mystérieux meurtrier s'il existait vraiment, ou encore des serpents à sonnette comme l'autre jour ? Elle n'en pouvait plus. Et que pouvait bien faire Montgomery ?

— Réfléchis une minute, Glenda, insista Quincy. Tu es quelqu'un d'intelligent. Moi aussi. Pourquoi aurais-je élaboré un stratagème aussi compliqué, pour ensuite me trahir avec mon propre papier à lettres ? Pourquoi aurais-je laissé un message sans prendre la peine de camoufler mon écriture après avoir voulu faire croire que Bethie avait été assassinée par un rôdeur ? Sans compter qu'il faudra encore m'expliquer pourquoi j'aurais fait tout ça. Pour quel mobile ?

— Parce que tu te crois intouchable. Parce que tu as pété les plombs après toutes ces années d'enquêtes.

— Ça fait une éternité que je n'enquête plus sur le terrain.

— Alors ça te manquait trop et tu as voulu te venger.

— En assassinant ma propre fille et mon ex-femme ? Ça ne tient pas debout, Glenda, et tu le sais aussi bien que moi. Maintenant, je t'en supplie, ne reste pas une minute de plus dans cette maison.

— Trop tard, balbutia-t-elle.

— Que veux-tu dire ?

— Je… je crois qu'il y a déjà quelqu'un dehors.

— Oh, non !

Elle l'entendit reprendre sa respiration, puis parler à voix basse à quelqu'un à côté de lui. Elle reconnut distinctement une voix féminine. Lorraine Conner était donc sa complice.

Bizarrement, Glenda commençait à trouver la chose bizarre. Sa complice ? Pour quelle raison ? Quelle raison avait-elle de l'aider à tuer sa fille et son ex-femme, à faire peur à une collègue ? Décidément, ça ne collait pas. Les arguments de Quincy commençaient à la troubler. Pourquoi s'amuser à envoyer une petite annonce anonyme sur du papier à cent dollars ? Bêtise ou provocation ?

Sans lâcher son téléphone, Glenda sortit du bureau et se rendit à la cuisine d'où elle avait une meilleure vue sur le jardin et la porte d'entrée. Elle dégagea le rabat de l'étui qu'elle portait à l'épaule afin de sortir plus facilement son automatique en cas de besoin, et vérifia que l'arme attachée autour de sa cheville n'avait pas bougé. La voix de Quincy la tira brusquement de sa rêverie.

— Ne t'inquiète pas, Glenda, ça va aller, reprit-il d'une voix rassurante. Je vais t'aider. En attendant, je voudrais te faire entendre un enregistrement fait par Rainie il y a vingt minutes. Un enregistrement d'un appel reçu dans son loft de Portland. C'est la voix du meurtrier, Glenda. Si tu ne me crois toujours pas, écoute un peu.

Glenda perçut un claquement à l'autre bout du fil, suivi d'un enregistrement de mauvaise qualité. Il lui fallut moins de trois minutes pour comprendre la gravité de la situation. *« Je m'arrangerai pour la faire souffrir abominablement avant de la tuer. »* Cette phrase avait suffi à lui ouvrir les yeux. Quincy ne mentait donc pas… les preuves contre lui étaient bien trop accablantes, et l'absence de mobile trop flagrante.

Dans ce cas, le meurtrier existait bel et bien. Il était dangereux, il avait assassiné sans scrupules la fille d'un enquêteur du FBI et éventré son ex-femme. Sans parler du père de Quincy qui devait être mort à l'heure qu'il était. Mon Dieu…

— D'accord, finit-elle par articuler. Que fait-on ?

— Tu as une voiture ?

— Pas dans le jardin. Elle est garée dans la rue.

— Loin ?

— Trois ou quatre minutes.

— Voilà ce que tu vas faire, Glenda. Fais comme à l'exercice, prends ton Smith & Wesson, enlève la sécurité et cours jusqu'à ta voiture.

— Pas question.

— Glenda…

— Je n'ai nulle part où me réfugier en cas de problème, Quincy. Si ça se trouve, il est caché dans le jardin du voisin, dans un arbre, n'importe où. Ton jardin est complètement à découvert. Dès que je mettrai un pied dehors, il me tirera comme un lapin. Non, crois-moi, j'ai plus de chances de rester vivante en ne bougeant pas d'ici.

— Glenda, il connaît la maison. Tu risques d'être prise au piège si tu restes là, tandis que dehors…

— Non, c'est trop risqué. À l'intérieur, je le verrai arriver. En plus, nous avons changé le système d'alarme, comme tu le sais ; non seulement il a besoin du code d'accès, mais ses empreintes ne sont pas répertoriées. Ça peut le retarder et me laisser un peu de répit.

Tandis qu'elle parlait, ses yeux fouillaient le jardin depuis la fenêtre de la cuisine. Elle sortit son 10 mm dont elle retira péniblement la sécurité à cause de ses mains moites.

— Ne crois pas qu'il se laissera impressionner par le nouveau système de sécurité. Jusqu'à présent, il a montré qu'il avait de la ressource.

Glenda avait enfin réussi à armer son pistolet. Elle prit une longue inspiration et tenta de maîtriser sa peur.

— Souviens-toi de sa façon d'opérer, rappela-t-elle à Quincy d'une voix mal assurée. Ce type-là n'est à son aise que lorsqu'il manipule ses victimes. Je ne vois pas comment il pourrait manipuler une alarme aussi perfectionnée que celle-là.

— Demande du renfort, lui conseilla Quincy, dissimulant mal son inquiétude.

— Je m'en occupe tout de suite.

— Combien de temps leur faut-il pour arriver ?

— Cinq minutes. Dix au grand maximum.

— S'il arrive dans l'intervalle, ne le laisse pas parler. Tu tires d'abord, quitte à poser les questions plus tard. Promets-le-moi, Glenda.

Glenda acquiesça distraitement tout en prenant sa radio pour appeler du renfort. Elle allait la mettre en marche lorsqu'un appel retentit sur la ligne privée de Quincy. Probablement l'un de ses admirateurs, comme si elle avait besoin de ça… Le répondeur prit le relais et elle reconnut aussitôt la voix d'Albert Montgomery.

— Bon Dieu, Glenda, s'énerva-t-il. Tu pourrais répondre quand je t'appelle. Ça fait une heure que j'essaie de te joindre sur ton portable. J'ai une urgence ! Le meurtrier n'est pas une invention de Quincy. Il existe vraiment et il est ici. Attention ! Il est armé, il vient de sortir un couteau !

Quincy cria quelque chose dans les oreilles de Glenda, mais elle ne l'écoutait plus. Elle posa son portable sur le plan de travail de la cuisine et voulut s'emparer du téléphone de Quincy, mais une douleur fulgurante lui traversa aussitôt la main. Comme si quelqu'un l'avait marquée au fer rouge. Elle poussa un hurlement et lâcha le téléphone qui alla se briser sur le sol de la cuisine. Au même moment, elle reconnut le bip-bip caractéristique du système d'alarme lorsqu'on le neutralisait, suivi du bruit de la porte d'entrée qui s'ouvrait.

Elle chercha des yeux son 10 mm, posé un peu plus loin. Sa main droite, rongée par un acide foudroyant, était couverte de cloques, rendant impossible tout mouvement des doigts.

— Je suis désolée, Quincy, murmura-t-elle, avant de voir Albert Montgomery pénétrer dans la cuisine, un téléphone portable dans une main, son arme de service dans l'autre.

— Surprise, surprise, ma chérie ! C'est moi.

Quincy entendit un coup de feu, puis plus rien…

— Glenda ! Glenda ! Réponds-moi ! *Mais réponds-moi, bon sang !*

Quincy se prit la tête dans les mains, la respiration rauque. La communication avait été coupée et il avait laissé tomber le téléphone sur le lit de Rainie. *Surtout, ne pas perdre mon sang-froid. Ce n'est pas le moment…*

Rainie lui passa un bras autour des épaules, sans dire un mot. Elle pleurait.

— Il faut que j'appelle Everett pour savoir ce qui s'est passé là-bas, balbutia-t-il. Si ça se trouve…

Rainie préféra conserver le silence, persuadée aussi que Glenda avait été tuée.

Quincy poussa un soupir en reprenant le téléphone. Au même instant, l'appareil se mit à sonner. Croyant deviner qui l'appelait, il décrocha lentement, résolu à ne pas laisser son interlocuteur percevoir sa détresse.

— Je viens de tirer sur Montgomery, annonça Glenda à l'autre bout du fil.

— Glenda ! C'est bien toi ? Dieu soit loué.

— Il avait déposé une sorte d'acide sur le téléphone, sans doute lors de sa dernière visite. Ce crétin espérait me mettre hors de combat, mais il aurait mieux fait de consulter mon dossier avant de s'en prendre à moi. Mon père était flic, et il m'a appris à tirer des deux mains, en me disant qu'on ne sait jamais ce qui peut arriver en cas de pépin. Aujourd'hui, je lui dois la vie.

— Comment vas-tu ?

— Heureusement qu'Albert est aussi mauvais tireur qu'enquêteur, répondit-elle. Il va falloir que je m'occupe de ma main droite, mais à part ça, ça va aller.

— Et Montgomery ?

— Ratatiné.

— Glenda…

— Mais non, Quincy, ne t'inquiète pas. Je l'ai juste blessé au genou et à la main droite. Je savais que tu voudrais le faire parler. À ce propos, il refuse de répondre à nos questions et ne veut parler qu'à toi seul. Il prétend savoir où se trouve ton père. Il faut que tu rentres le plus rapidement possible, avant que je change d'avis et que je le tue pour de bon.

— Glenda !

— Je plaisantais, ricana-t-elle en raccrochant.

34

Portland, Oregon

À l'hôtel, Quincy se hâta de jeter quelques affaires dans son sac de voyage pendant que Rainie, assise sur le canapé du salon, discutait au téléphone avec Vince Amity. Debout dans l'encadrement de la porte, Kimberly les observait en silence en faisant le dos rond. Elle s'était accrochée avec le responsable de la réception pendant leur absence. Apparemment, un garçon d'étage surmené s'était trompé de numéro de chambre en apportant ses fraises et son champagne. Lui qui croyait être accueilli à bras ouverts avait eu affaire à une jeune femme hystérique. Heureusement pour lui, il n'avait jamais su qu'elle brandissait un semi-automatique de l'autre côté de la porte.

Dès son retour, la direction de l'hôtel avait fait part de l'incident à Quincy, qui en avait parlé à Kimberly. Elle avait bien tenté de prendre la chose en souriant, mais son père avait vu à quel point elle était choquée. L'attaque dont Glenda venait d'être victime n'avait rien fait pour la rassurer.

— Tu es sûre que Glenda Rodman s'en tirera ? demanda-t-elle pour la troisième fois d'une voix mal assurée.

Kimberly était dans le même état de nerfs que quarante-huit heures plus tôt. Il avait beau tenter de la calmer, rien n'y faisait.

— Ne t'inquiète pas pour elle, répliqua Quincy avec calme tout en empilant ses paires de chaussettes. Glenda est une excellente professionnelle qui a su faire face au pire le moment venu. Non seulement elle s'en est tirée, mais en plus elle a mis Montgomery hors d'état de nuire.

— Je ne savais pas que c'était une tireuse d'élite.

— Si, je crois même qu'elle a remporté plusieurs concours.

— Moi aussi, je ne tire pas trop mal. Je m'entraîne trois fois par semaine.

Quincy leva les yeux sur sa fille.

— Tout ira bien, Kimberly. Rainie reste ici avec toi, et tu n'es plus une gamine. Je ne m'inquiète pas pour toi.

Kimberly mâchonnait sa lèvre inférieure en évitant de le regarder. Comment être sûr qu'il l'avait rassurée ?

— Comment va la main de Glenda Rodman ? demanda-t-elle.

— On ne sait pas encore. Montgomery a expliqué qu'il avait déposé du Teflon sur le téléphone avec un aérosol avant d'étaler une bonne couche d'acide fluorhydrique, un produit extrêmement corrosif. Au contact de la main moite de Glenda, l'acide lui a brûlé la paume et les doigts. Je ne sais pas comment elle s'en sortira.

— En plus, c'est la main droite. Si jamais elle restait handicapée…

— On l'a tout de suite conduite chez les meilleurs spécialistes. Je suis convaincu qu'elle s'en tirera.

— Mais tu n'en sais rien…

— Écoute, Kimberly ! s'écria-t-il d'une voix sèche. Albert s'apprêtait à la tuer. Tu le sais aussi bien que moi. Au lieu de ça, elle a réussi à surmonter sa douleur et c'est elle qui l'a mis hors de combat. Pour elle, c'est déjà une victoire. N'essaie pas d'en faire un échec, histoire de te saper le moral.

— Je n'ai pas envie que tu t'en ailles, murmura-t-elle.

Quincy ferma les yeux pour ne pas s'énerver. Il se sentait gagné par une immense lassitude.

— Je sais, répondit-il doucement.

— C'est-à-dire… Je sais bien qu'Albert Montgomery a été arrêté, mais je suis sûre qu'il n'est pas le seul. Il n'y a pas que lui. Tel que tu me l'as décrit, je vois mal ce type-là séduire maman. Sans parler de son manque d'intelligence. Si Montgomery était malin, il n'aurait jamais été mis au ban du Bureau. Tu ne crois pas ?

— En tout cas, il correspond au signalement du type que ta sœur a rencontré dans son groupe d'Alcooliques anonymes, biaisa Quincy.

Sa fille n'était pas dupe. Elle le regarda d'un air abattu, peu satisfaite de ses explications. Quincy ne savait plus quoi dire ni quoi faire. Il souhaitait lui redonner confiance, d'autant que la mère de Kimberly n'était désormais plus là pour prendre le relais. Bethie avait toujours su parler aux filles mieux que lui. Il avait beau être docteur en psychologie, Bethie s'était toujours montrée plus douée que lui avec leurs enfants.

— Je t'aime, Kimberly, finit-il par dire.

— Papa...

— Moi non plus, je n'ai aucune envie de te quitter, mais je n'ai pas le choix. Tu as peut-être l'impression que je confonds envie et devoir, mais je t'assure que ce n'est pas le cas. J'obéis strictement à mon devoir en repartant là-bas. Montgomery prétend avoir des informations concernant ton grand-père, et il ne veut parler qu'à moi seul. Tu sais que ça fait déjà quarante-huit heures, Kimberly. Si je ne retrouve pas ton grand-père rapidement...

Il ne jugea pas utile d'achever sa phrase. Sa fille voulait entrer dans la police, elle savait pertinemment que l'espoir de retrouver Abraham Quincy vivant diminuait d'heure en heure. L'inconnu affirmait que le vieil homme se trouvait à l'abri, mais Quincy avait reçu de nouvelles informations le jour même. Une fois sa conversation avec Glenda terminée, il avait appelé Everett ; celui-ci lui avait annoncé que la petite Audi rouge avait été retrouvée par la police à 4 heures du matin à l'endroit précis où Mandy avait eu son accident quatorze mois plus tôt. Les techniciens du FBI avaient trouvé des traces d'urine sur le siège passager, probablement laissées par Abraham Quincy. Des renforts avaient été appelés sur place pour fouiller les environs, ainsi que des chiens. Des chiens spécialisés dans la recherche de cadavres...

— La culpabilité de Montgomery est plus que plausible, reprit Quincy d'une voix ferme. Il me haïssait depuis l'affaire Sanchez et il aura voulu se venger. Si ça se confirme, nos ennuis sont terminés, Kimberly, et tu peux enfin respirer. Tu verras, ça va aller.

— Dans ce cas, pourquoi ne veux-tu pas nous laisser rentrer avec toi ?

— Parce que je ne suis pas sûr à cent pour cent, et que je n'ai pas l'intention de vous faire courir le moindre risque tant que je n'aurai pas la certitude que c'est lui. Le mystère n'étant pas entièrement éclairci, vous serez plus en sécurité ici.

— Et toi, alors ? Tu ne crois pas que c'est dangereux de retourner dans l'Est alors que ce type sait tout de toi ?

— Je suis mieux entraîné que vous deux, tu le sais aussi bien que moi.

— Maman n'est plus là ! s'écria Kimberly. Mandy n'est plus là ! Grand-Père n'est plus là, et voilà que toi aussi tu t'en vas !

Quincy avait enfin compris. Kimberly n'avait pas peur pour elle, mais pour lui. Après avoir perdu les trois quarts des siens, elle voyait avec terreur son père partir au-devant d'un danger inconnu. Il aurait dû comprendre sa réaction depuis le début. Quel idiot…

Quincy s'approcha de sa fille et la prit dans ses bras. Pour une fois, Kimberly, pourtant si fière de son indépendance, se laissa faire.

— Il ne m'arrivera rien, lui murmura-t-il dans le creux de l'oreille. Je te le promets.

— Tu sais très bien que tu ne peux pas me le promettre.

— Bien sûr que si. Aurais-tu oublié que ton vieux père était l'as des as de Quantico ?

— Papa…

— Écoute-moi, Kimberly, dit-il en reculant d'un pas pour la regarder droit dans les yeux. Je connais mon boulot, je ne prends jamais une enquête à la légère et je ne sous-estime jamais mon adversaire. C'est un jeu dangereux, je n'oublie jamais que la mort peut se trouver au bout du chemin. C'est pour cette raison que je m'en suis toujours tiré mieux que les autres.

Kimberly avait encore les yeux brillants. Elle ravala son envie de pleurer en reniflant.

— Tu me jures que tu ne prendras aucun risque ? insista-t-elle. Tu ne croiras pas tout ce que racontera Montgomery ?

— Je ferai très attention car j'ai la ferme intention de venir te rechercher ici. De votre côté, avec Rainie, je vous demande de vous montrer extrêmement prudentes. Je ne voudrais pas qu'il vous arrive quelque chose.

— On se protégera mutuellement.

— Merci, ma fille.

Debout sur le seuil de la chambre, Rainie toussota. Quincy se retourna et comprit immédiatement à son air qu'elle avait quelque chose de grave à lui annoncer. Il soupira longuement et laissa sa fille s'éloigner à regret.

— Je viens d'avoir des nouvelles de Virginie, annonça Rainie.

Quincy hocha la tête.

— Je t'écoute.

— Phil De Beers et Mary Olsen sont morts. La police a retrouvé leurs corps il y a une heure dans une voiture, tout près de chez Mary. La voiture appartenait à Phil. Il faudra attendre le rapport du médecin légiste, mais la police penche pour la thèse de l'empoisonnement. Phil et Mary avaient de la bave plein la bouche et les enquêteurs ont relevé une forte odeur d'amande...

— Du cyanure, déclara Quincy.

Rainie acquiesça d'un air amer.

— On a retrouvé une boîte de truffes au chocolat dans la voiture. Il en manque deux, et les autres ont la même odeur d'amande. D'après le majordome des Olsen, un livreur est passé peu avant le départ de Mary. Le carton d'emballage se trouvait encore dans l'entrée. Sans la moindre indication sur l'expéditeur, bien sûr.

— Tu veux dire que quelqu'un a fait livrer des chocolats empoisonnés à Mary et qu'elle est allée en proposer à De Beers, avant d'en prendre un elle-même ? Ça ne tient pas debout ! s'exclama Kimberly, perplexe.

— Pas si sûr, répliqua Quincy. Imaginons que Montgomery ait repéré De Beers en planque près de chez Mary Olsen. Montgomery connaissait Mary par le biais d'Amanda, et il lui fallait impérativement se débarrasser d'elle avant qu'elle parle à ce détective encombrant.

— Alors il empoisonne une boîte de chocolats, poursuivit Rainie, il la fait porter à Mary et lui raconte n'importe quelle histoire pour qu'elle en donne à De Beers. Il fait d'une pierre deux coups. Pas mal. Tu avais raison, Quincy, ce type-là a une imagination démoniaque.

— La mort par porteur spécial, frissonna Kimberly.

— Montgomery a beau être malin, c'est quand même nous qui avons fini par avoir sa peau, martela Rainie.

— Tu iras dire ça à Phil De Beers, répliqua la jeune fille d'un air lugubre.

Rainie serra les dents et tourna les talons. Quelques instants plus tard, le père et la fille entendirent plusieurs craquements. Rainie venait de mettre la main sur le stock de crayons de papier de Quincy. De rage, elle les cassait en deux l'un après l'autre. Quincy allait en être réduit à prendre ses notes au stylo-bille.

— J'ai l'impression d'avoir gaffé, murmura Kimberly.

— Je ne te le fais pas dire.

— Je suis désolée…

— Ce n'est pas à moi qu'il faut faire des excuses, répliqua-t-il sèchement.

Surprise par son agressivité, Kimberly baissa la tête. Son père n'avait pas l'habitude de la voir aussi fragile, mais comment lui en vouloir dans les circonstances présentes ?

— Kimberly, dit-il d'une voix douce. Rainie connaissait Phil De Beers, elle l'appréciait assez pour lui avoir confié une mission délicate. Je suis persuadé qu'elle ne va pas craquer, sachant à quel point la situation est encore tendue. Mais ne t'imagine pas qu'elle est insensible aux gens et aux événements. En plus, c'est stupide de t'en prendre à elle pour évacuer tes frustrations.

— Je suis désolée… je ne suis pas moi-même en ce moment, c'est tout ! s'écria-t-elle en se frottant les bras tout en hochant la tête frénétiquement. Je suis tendue, je m'énerve pour un rien. Un instant, j'ai l'impression de dominer la situation, mais la minute d'après, je pète de trouille et je sursaute au moindre bruit. Tu vois bien ce qui s'est passé tout à l'heure avec ce malheureux garçon d'étage. Je n'en peux plus. J'en ai marre de douter de moi en permanence, de ne jamais savoir ce qui va se passer. Je suis paumée, papa. Moi qui ai toujours été la plus forte dans cette putain de famille !

— Tu as eu des crises d'angoisse, récemment ? demanda Quincy. Tu as toujours l'impression que quelqu'un t'épie ?

— Non… répondit-elle d'un air pensif. C'est vrai… Ça ne m'est plus arrivé depuis que je suis ici.

— C'est bien, la rassura son père. À ta place, je ne m'en ferais pas trop. Étant donné les épreuves qu'on vient de traverser, je trouve que tu t'en tires même plutôt bien.

— Ah oui, vraiment ? s'étonna-t-elle, campée sur la défensive. Parce qu'il t'arrive aussi de te sentir complètement perdu, d'avoir des bouffées d'angoisse, d'avoir peur de ton ombre au point de sortir ton flingue quand le garçon d'étage frappe à la porte ?

— Non, mais ça fait quinze ans que je fais ce métier.

— Et ça ne te fait pas peur ?

— Quoi ?

— De côtoyer la mort quotidiennement et de trouver ça normal ?

Il s'approcha pour l'embrasser.

— Si, Kimberly, ça me fait peur. Beaucoup plus que tu n'imagines. En attendant, poursuivit-il en désignant son sac, aide-moi à faire mes bagages. La seule façon de s'en tirer est d'avancer.

Kimberly acquiesça. Elle décroisa les bras, poussa un grand soupir et prit une pile de chemises avec une telle détermination que Quincy en eut les larmes aux yeux.

Il avait menti à sa fille afin de ne pas l'effrayer. Non seulement il n'était pas sûr que Montgomery fût le vrai coupable, il était même convaincu de l'inverse. Il savait à quoi il s'exposait en rentrant dans l'Est, conscient qu'on essayait une fois de plus de le manipuler. Mais comment faire autrement ? Lui, l'un des meilleurs spécialistes du FBI, fonçait comme un débutant dans le piège qu'on lui tendait.

Ou bien alors… Car il devait bien y avoir une autre solution.

— Je n'ai rien découvert d'intéressant sur Millos, dit Kimberly. Il n'a même pas tellement d'argent sur son compte en banque. En revanche, ce ne sont pas les articles qui manquent sur Miguel Sanchez. On a plus écrit sur ce type que sur Bundy.

— Parce qu'il travaillait en tandem avec son cousin, ce qui est rare.

— Qui sait si ce n'est pas le cas dans notre affaire ? murmura-t-elle.

Quincy avait parfaitement compris l'allusion. Il ferma son sac et se redressa pour regarder sa fille.

— J'ai besoin de ton aide, commença-t-il d'un air dégagé. Comme tu as une excellente mémoire, je voudrais que tu fasses la liste de tous tes amis et de tous les amis de la famille depuis ton enfance. Tous les gens que nous connaissions quand j'étais encore marié avec ta mère.

Kimberly n'était pas dupe, mais elle finit par hocher la tête.

— Hey, Kimberly ! dit-il. Rien à foutre du ballet.

Lentement, elle esquissa un sourire.

Quelques instants plus tard, Rainie et Quincy prenaient place dans l'ascenseur. Arrivés dans le hall, ils se dirigèrent vers la sortie. Il leur fallait encore trouver un taxi pour le conduire à l'aéroport. Kimberly, restée dans la suite, avait compris qu'il valait mieux les laisser seuls. Quincy, gêné, ne savait quoi dire. Les seuls mots qui lui venaient naturellement aux lèvres étaient justement ceux que Rainie lui avait interdit de prononcer le matin même.

Elle jeta un coup d'œil à sa montre.

— Tu as encore deux heures.

— Ça me fait bizarre de retourner là-bas.

— La trêve est finie.

— Rainie…

— Ne t'inquiète pas. Il n'arrivera rien à Kimberly, se hâta-t-elle d'ajouter. Tu as ma parole.

Il se contenta de hocher la tête. Rainie avait compris elle aussi que Montgomery n'était pas le cerveau de l'affaire.

Dis-lui quelque chose. Fais quelque chose. Remue-toi pour une fois, se répétait Quincy intérieurement avant de finir par lâcher dans un filet de voix :

— Fais bien attention à toi.

— Ce n'est pas moi qui vais me jeter dans la gueule du loup, répondit-elle, détournant ostensiblement les yeux pour observer un taxi qui venait de tourner le coin de la rue.

Quincy fit signe au chauffeur qui s'arrêta et sortit de la voiture pour prendre son sac. Tout allait trop vite.

— Je t'appelle, dit-il.

— Pas ici, au loft. C'est plus sûr.

— Sans faute.

Le chauffeur lui tenait déjà la portière d'un air impatient. Quincy, feignant de ne pas s'en apercevoir, faisait face à Rainie. Il avait le cœur serré. Il savait pertinemment ce qu'il aurait dû dire, mais les mots restaient coincés dans sa gorge. Il avait peur d'avoir l'air trop sérieux. Il avait surtout peur de laisser percer son angoisse.

Rainie eut l'air de comprendre. Elle s'avança d'un geste brusque et l'embrassa sur la bouche avant qu'il ait eu le temps de réagir.

— Allez, Quince. À bientôt.

Lorsqu'il monta enfin dans le taxi, elle avait déjà disparu dans le hall de l'hôtel.

— À l'aéroport, demanda-t-il au chauffeur, avant d'ajouter, tout bas : Moi aussi je t'aime, Rainie.

Rainie ne savait plus comment s'occuper depuis le départ de Quincy. Il était 15 heures lorsqu'elle eut enfin des nouvelles de Carl Mitz sur son répondeur. Pour ne pas laisser Kimberly seule, elle avait relevé le message depuis sa chambre d'hôtel.

Kimberly, studieusement installée devant l'ordinateur portable de Quincy, lisait pour la énième fois les rapports consacrés à Miguel Sanchez. Assise un peu plus loin sur le canapé, Rainie avait le téléphone collé à l'oreille.

Mitz lui annonçait qu'il avait bien entendu son message et qu'il serait à son bureau dans l'après-midi si elle souhaitait le rappeler. Rainie raccrocha et jeta un coup d'œil à sa compagne.

— Je pensais organiser un rendez-vous avec Ronald Dawson pour demain. Qu'en penses-tu ? demanda-t-elle doucement.

Kimberly leva les yeux de son écran.

— Je pense qu'Albert Montgomery est un gros con.

— Moi aussi.

— Je pense que jamais ma mère ne l'aurait laissé approcher à moins de vingt mètres. En clair, c'est peut-être un bon petit soldat, mais il nous manque toujours le général.

— Cent pour cent d'accord.

— Et je pense que si Ronald Dawson est bien notre homme et que tu lui files un rancard… eh bien, il ne sera pas en Virginie.

— Bien vu.

— Propose-lui un déjeuner. Ensuite, appelle ton pote Luke et prépare ton flingue.

Rainie eut un petit sourire en coin.

— Tu sais, ma vieille, je crois que tu commences à me plaire !

À 15 h 30, Rainie appelait Carl Mitz ; à 15 h 40, le taxi de Quincy arrivait à l'aéroport de Portland ; à 15 h 45, le téléphone sonnait sur le bureau du shérif Luke Hayes à Bakersville. La conversation dura à peu près un quart d'heure. Il raccrocha, annonça à Cunningham qu'il devait s'absenter, lui demanda de tenir la boutique en son absence et monta presque aussitôt dans sa voiture.

Le plan n'était sans doute pas parfait, mais il avait le mérite d'exister…

35

En Virginie

— Tiens. Voici tout ce dont on dispose.

Glenda Rodman posa un dossier devant son collègue, l'ouvrit, et mit son crayon derrière l'oreille avant de faire à nouveau les cent pas dans la salle de réunion. Il la suivit des yeux sans dire un mot. On était dimanche, il était presque 3 heures de l'après-midi. L'attaque dont Glenda avait été victime avait eu lieu vingt-quatre heures plus tôt à peine, et personne n'avait encore pu parler à Montgomery. Ce dernier avait commencé par exiger d'être soigné, ce qui n'avait rien de surprenant vu l'état de son genou et de sa main droite. Amené aux urgences, il avait été conduit assez rapidement en salle d'opération. L'intervention s'était bien déroulée, mais ses médecins avaient interdit qu'on l'interroge immédiatement au prétexte qu'il sortait d'une anesthésie générale.

Depuis, Montgomery avait demandé une piqûre pour calmer la douleur, histoire de faire patienter le FBI encore plus longtemps, car il était bien évidemment impossible de lui poser la moindre question tant qu'il serait sous morphine. Le FBI aurait pu brusquer le cours des choses, mais le premier juge venu se serait fait un plaisir d'invalider le résultat d'un tel interrogatoire. Albert Montgomery n'était peut-être pas bon à grand-chose, mais il était passé maître dans l'art de l'esquive.

Chaque heure qui s'écoulait ajoutait au calvaire de ses anciens collègues. Il ne faisait plus aucun doute aux yeux du Bureau que quelque chose d'important risquait de se passer.

— Arrête un peu de t'agiter ! s'écria Glenda.

Surpris, il s'aperçut qu'il jouait machinalement avec un bouton de sa veste et cessa immédiatement son manège. Glenda lui avait apporté un costume en arrivant. D'habitude, le simple fait de porter un costume suffisait à lui redonner confiance, mais aujourd'hui, il n'en était rien. Plus les heures passaient, plus il avait l'impression que sa cravate l'étranglait.

Il se demandait comment allait Rainie. Le pire, c'est qu'il ne pouvait même pas l'appeler à son hôtel.

Glenda reprit place à la table afin de se plonger à nouveau dans le dossier. Sa main droite était entourée d'un épais bandage, car on l'avait traitée la veille pour des brûlures au troisième degré. Elle n'avait pas encore retrouvé l'usage de ses doigts et les médecins réservaient leur pronostic. Personne ne pouvait encore dire si elle ne garderait pas des séquelles de ses brûlures, l'acide ayant attaqué plusieurs nerfs. Il fallait attendre et, dans l'attente anxieuse du résultat, elle n'avait pas envie d'en parler.

— Le chemin d'Albert Montgomery a croisé le tien la première fois il y a quinze ans, au moment de l'affaire Sanchez, résuma-t-elle d'une voix nette. Pour mémoire, rappelons qu'il était déjà plutôt mal noté par l'administration ; cette enquête a été la goutte d'eau qui a fait déborder le vase. Dès le début, il s'est accroché avec les enquêteurs locaux, affirmant de façon péremptoire que Sanchez agissait seul. Ton arrivée a achevé de lui faire perdre toute crédibilité car tu as résolu l'affaire en démontrant que Sanchez avait un comparse. La femme d'Albert l'a quitté trois semaines plus tard en emmenant leurs deux enfants. Entre parenthèses, ses gosses ne se sont jamais bousculés par la suite pour aller le voir le week-end.

— Il ne fait aucun doute qu'il a le profil, commenta-t-il d'une voix sourde et rauque.

— Je ne suis pas tout à fait d'accord avec toi, répliqua Glenda. La situation correspond davantage au profil que l'individu lui-même. D'après son dossier, Albert a un QI de 130, c'est-à-dire au-dessus de la moyenne. C'est plutôt la manière dont il se sert de son intelligence qui laisse à désirer. Les psychologues disposent d'un nouveau type d'évaluation pour ça, quand un idiot réussit à faire tourner sa propre entreprise alors qu'un génie met son pantalon à l'envers. Je ne sais plus comment ça s'appelle.

— Le Quotient émotionnel, précisa-t-il.

— Le QE, c'est ça. Qu'est-ce qu'on ne va pas inventer ! soupira Glenda en levant les yeux au ciel. Eh bien, Albert en manque sérieusement. Dans chacune des affaires dont il a eu à s'occuper, on constate qu'il est brouillon et manque singulièrement de zèle. En vingt ans de carrière pour le Bureau, il a eu droit à six rapports. Un record. Chaque fois, il arguait du fait qu'il n'avait pas commis la moindre faute, mais que son supérieur voulait sa peau.

— Albert Montgomery, champion de la cause des fonctionnaires persécutés.

La remarque fit sourire Glenda.

— Arrange-toi pour faire imprimer ça sur un autocollant et je le mets sur sa voiture. Plus sérieusement, et avant de l'éliminer complètement, n'oublions pas une chose : Albert n'est peut-être pas Einstein, mais il aurait matériellement pu commettre les meurtres. L'heure approximative de la mort d'Elizabeth a pu être fixée à 22 h 30 mercredi. Albert n'a pas le moindre alibi pour ce soir-là. En outre, il prétend avoir passé les journées de jeudi et de vendredi avec les types de la brigade criminelle de Philadelphie, ce qui est faux. J'ai vérifié avec les enquêteurs qui l'ont uniquement vu vendredi matin. Le reste de son emploi du temps – c'est-à-dire en gros de mercredi après-midi à samedi matin – reste un mystère. Il a eu tout le loisir d'aller chez Mary Olsen en Virginie, dans la maison de retraite de ton père dans le Rhode Island, ou même à Portland pour un rendez-vous. On ne sait pas.

— Aucune trace du côté des agences de voyages, des compagnies aériennes ou des hôtels ?

— On a vérifié auprès des banques avec son numéro de carte de crédit, rien. Rien non plus à l'aéroport de Washington, mais comme il en existe une demi-douzaine d'autres à moins de trois heures de route, rien ne l'empêchait de prendre un avion ailleurs en achetant un billet en liquide, ou de se servir d'une fausse pièce d'identité. C'est beau, les mégalopoles !

— Comme quoi même quelqu'un de brouillon et de peu zélé peut faire beaucoup de mal en soixante-douze heures, remarqua-t-il en faisant la grimace. Que dit sa banque ?

— Albert possède en tout et pour tout neuf cents dollars sur son compte, ce qui me paraît un peu juste pour faire des folies. Mais supposons qu'il ait tout payé en cash, rien n'empêchait un complice de financer ses déplacements. Impossible à vérifier tant qu'on ne connaîtra pas le nom du complice en question, s'il existe.

— Paresseux et rusé, pauvre mais subventionné par Criminels & Compagnie, SARL. Tout un programme…

— On sait en tout cas qu'Albert a tout essayé pour te faire porter le chapeau. Il a passé un coup de fil à Everett vendredi soir pour lui dire que tu avais très probablement tué ton ex-femme, avant de semer le doute dans mon esprit le lendemain. Je dois avouer qu'il s'est montré plutôt convaincant, avoua Glenda. Everett a longuement hésité à te faire revenir. S'il ne l'a pas fait, c'est uniquement à cause de la mauvaise réputation d'Albert. Il aurait d'ailleurs fini par céder en lisant le rapport du labo sur le papier à lettres retrouvé chez toi. Le rapport n'est pas encore revenu, mais il est probable qu'il établira que la petite annonce a été rédigée sur ton propre papier, et Everett aurait été obligé de te rappeler. Entre-temps, je doutais de plus en plus de ton innocence, ce qui laissait le champ libre à Albert pour l'acte deux.

— Ton assassinat.

— Oui. Un assassinat commis chez toi, avec un système d'alarme ultra-sophistiqué dont tu étais l'un des seuls à avoir le code. Et, cerise sur le gâteau, les douilles des deux balles tirées par Albert portaient tes empreintes. Il s'est probablement servi dans l'une de tes boîtes de munitions lors de l'une de ses visites.

— Quoi ?!! Quel salaud ! s'exclama-t-il, outré.

Glenda réagit aussitôt.

— Tu ne dois pas parler comme ça…

— Excuse-moi, se reprit-il.

— Et arrête de t'agiter dans tous les sens.

Sans le vouloir, il avait recommencé à triturer le bouton de sa veste. Il s'arrêta aussitôt comme un gamin pris en faute. Il leva machinalement les yeux et aperçut son reflet dans l'immense miroir accroché au mur. Le légendaire agent enquêteur Pierce Quincy, réputé pour son sérieux et son expérience, avait l'air d'un fantôme hagard. S'il entendait tirer les vers du nez d'Albert Montgomery, il ne pouvait se permettre de l'interroger avec cette tête-là.

Le manque de sommeil et l'angoisse se lisaient sur son visage, donnant l'impression qu'il était dépassé par les événements, pour la première fois de sa vie. Il n'avait aucune raison valable de se mettre dans un tel état. Après tout, Montgomery n'était qu'un pion dans toute cette histoire.

Glenda Rodman devait avoir deviné ses pensées car elle lui dit doucement :

— Ne t'inquiète pas, il parlera. Albert ne rêve que d'une chose, c'est de te damer le pion et de prouver qu'il est plus intelligent que toi. À ta place, je ferais semblant de ne pas croire ce qu'il me raconte. C'est le meilleur moyen de lui faire dire tout ce qu'il sait.

Tu le détestes, tu le méprises, et tu l'écraserais volontiers comme une punaise, mais tu dois rester calme en toutes circonstances. Garde ton sang-froid et tu verras, tout se passera bien.

Il hocha la tête et regarda sa montre pour la énième fois. 15 h 32. Glenda avait été attaquée vingt-quatre heures plus tôt… Plus qu'il n'en fallait à quiconque pour aller à l'autre bout du pays et se faire passer pour n'importe qui. Si seulement il avait pu téléphoner à Rainie. Et voilà qu'il recommençait à triturer le bouton de sa veste !

La porte s'ouvrit enfin et un jeune collègue passa la tête.

— On est en train de conduire Montgomery à la salle d'interrogatoire.

Glenda fit signe qu'ils arrivaient et le jeune agent referma la porte.

Sous le regard critique de Glenda, il se redressa et vérifia que sa cravate n'était pas de travers avant de demander :

— Tu crois que ça ira, comme ça ?

Portland, Oregon

À 12 h 18, heure locale, Rainie et Kimberly attendaient, assises sur le petit canapé. Une position stratégique leur permettant de surveiller à la fois la chambre et l'entrée de la suite. Tendues et incapables de discuter, elles avaient les yeux rivés sur le téléphone.

— Pourquoi n'appelle-t-il pas ? finit par demander Kimberly.

— Sans doute parce qu'il n'y a rien de nouveau.

— J'étais pourtant sûre qu'il allait se passer quelque chose.

— Moi aussi, murmura Rainie en regardant la porte d'entrée.

En Virginie

L'agent Albert Montgomery était assis dans la salle d'interrogatoire plongée dans une semi-pénombre. Pour quelqu'un blessé par balles la veille, il était plutôt en forme. Il avait troqué son costume éternellement chiffonné contre une chemise de nuit d'hôpital bleu pâle. Ses cheveux n'étaient pas en bataille et son visage était moins terreux que d'habitude. Sa main droite, entièrement dissimulée par un épais bandage, reposait sur la table tandis que sa jambe gauche, dans le plâtre à cause de son genou opéré, était calée sur une chaise. Malgré ses handicaps, Montgomery avait l'air très à son aise.

Les deux hommes s'observèrent pendant près de trente secondes, aucun des deux ne voulant baisser les yeux le premier.

— T'as une sale gueule, Quincy, finit par articuler Montgomery.

— Merci, mais j'ai travaillé toute la nuit, répliqua son interlocuteur en s'approchant de la table sans s'asseoir pour autant.

Sa posture lui permettait de regarder Montgomery de haut. Les bras croisés d'un air dédaigneux, il le dévisageait comme s'il s'agissait du dernier des vers de terre. De son côté, Albert Montgomery lui souriait naïvement. Après tous les interrogatoires auxquels il avait procédé au cours de sa carrière, il connaissait les ficelles du métier.

— On dirait que t'as perdu ta voix, ricana Albert. T'as attrapé froid dans l'avion ou quoi, Quince ? Faut dire que ces trucs-là sont de vrais nids à microbes, et qu'avec tous tes allers et retours… côte Est, côte Ouest, re-côte Est… Quel effet ça fait d'être une marionnette, Quincy ?

Son interlocuteur serra les poings. Il serait tombé dans le piège si les conseils de Glenda ne lui étaient pas revenus à l'esprit. Il était plus utile de faire parler Albert que de lui taper dessus.

Il prit une chaise et s'assit.

— Tu voulais me parler, je suis là. Maintenant, accouche.

— Je vois que tu n'es toujours pas guéri de ta putain d'arrogance, Quincy. On verra bien si tu fais toujours le malin quand les flics de Philadelphie s'occuperont de tes fesses. T'as déjà vu les prisons, là-bas ? Tu devrais demander à faire une petite visite avant de t'y installer.

— À vrai dire, je ne me fais pas trop de soucis au sujet de la police de Philadelphie.

Albert lui lança un regard haineux que l'autre lui rendit aussitôt. Montgomery céda le premier.

— Espèce de sale con, gronda-t-il.

— Qui est-ce, Albert ?

Montgomery ne répondit pas immédiatement. Son regard s'arrêta brièvement sur la pendule accrochée au mur.

— Je ne sais pas de quoi tu veux parler.

— Tu as agi seul ?

— Bien sûr, pour qui me prends-tu ? Tu ne crois pas que j'avais de bonnes raisons ? Tu as bousillé ma carrière, Quincy. À cause de toi, ma femme et mes mômes sont partis, ma vie est foutue. Mais rira bien qui rira le dernier. Où se trouve ta fille aînée aujourd'hui ? Et la mère de tes enfants ? Et ce bon vieux père qui a tant besoin de toi ? Tu as beau crâner, je ne donne pas cher de ta carrière le jour où on recevra le rapport des experts de Philadelphie. Plus dure sera la chute, mon vieux.

— Tu n'as pas monté cette histoire-là tout seul.

— Et mon cul ?

— Tu n'es pas assez intelligent, Albert.

Le visage de Montgomery s'empourpra.

— Toi qui te trouves si malin, Quincy, tu n'as jamais pensé que la vengeance pouvait donner des ailes ? Ça fait quinze longues années que j'attends ce moment. J'aurais pu m'arranger pour travailler sur une de tes enquêtes et te mettre des bâtons dans les roues, mais c'était trop risqué. Ou alors te tirer dans le dos en faisant croire que quelqu'un d'autre l'avait fait au cours d'une affaire quelconque, mais c'était trop facile. Alors un soir, j'ai eu l'idée…

— *Il* a eu l'idée.

— *J'ai* eu l'idée, pauvre con. Pourquoi m'en prendre directement à toi ? Au boulot, tu es dans ton élément, c'était pas la meilleure solution. Mais Dieu sait que tu n'es pas parfait pour autant, mon petit vieux ! Comme mari, comme père ou comme fils, tu es même plutôt du genre lamentable. Le jour où j'ai compris ça, j'ai su que je te tenais par les couilles.

— Tu t'es débrouillé pour faire la connaissance de Mandy à une réunion des Alcooliques anonymes.

— J'ai commencé par me rancarder sur ton père, ton ex-femme, tes filles. Fallait pas être prix Nobel pour comprendre que Mandy était le maillon faible. Je ne sais pas ce que tu lui as fait quand elle était gosse, Quincy, mais tu l'as bien bousillée. Non seulement elle picolait, mais en plus elle couchait avec n'importe qui. Une gamine à la dérive, complètement angoissée. T'as fait des études de quoi, déjà ?

L'autre serra les dents. Ravi de son petit effet, Montgomery était persuadé d'avoir repris le dessus. Glenda avait raison, son envie de faire valoir sa supériorité finirait par le perdre.

— Mais t'as raison, j'ai rencontré Mandy et je me suis présenté à elle comme le fils d'un vieux copain de ton père, Ben Zikka. C'est ce qu'il y a de bien dans ces réunions d'Alcooliques anonymes. Les gens se sentent tout de suite proches, même quand ils se connaissent à peine. Au bout de trois réunions, je la tenais.

— Alors tu l'as présentée à ton patron.

— Non ! C'est moi qui la tenais.

— Mandy n'avait peut-être pas beaucoup d'amour-propre, mais quand même. Tu ne t'es pas vu, Albert. Elle n'aurait jamais accepté que tu la touches.

Il avait visé juste car Montgomery se renfrogna, avant de se reprendre aussitôt.

— Tu te trompes, Quincy. Ta fille n'était pas du genre farouche et il ne m'a pas fallu longtemps pour tout savoir sur ta charmante petite famille. Sans parler des détails qu'elle m'a servis sur toi, Pierce. Tes habitudes, ton système d'alarme, elle m'a même fait lire les lettres pitoyables que tu lui envoyais pour essayer de maintenir un semblant de relation avec elle.

— Je comprends maintenant comment le meurtrier s'est procuré des échantillons de mon écriture. Sans parler de mon papier à lettres.

Albert se contenta de sourire. Ses yeux se posèrent à nouveau sur l'horloge.

— Je me trouvais chez Mandy un soir où tu l'as appelée. Je ne te dis pas le niveau de la conversation. C'est fou d'être infoutu de communiquer avec sa propre fille à ce point-là. À ta place, j'aurais honte, Quince.

— Il lui a tiré les vers du nez avant de la tuer.

— C'est moi qui ai eu l'idée de la soûler et de la mettre au volant. C'était un peu risqué. Je ne pouvais pas être certain qu'elle meure sur le coup. Elle pouvait même se réveiller, mais après tout… Elle était tellement bourrée, elle ne se serait souvenue de rien et il nous suffisait de l'achever tranquillement à l'hôpital. Un accident est si vite arrivé !

— *Nous*. Tu as dit *nous*, Albert.

— Il *me* suffisait de l'achever, rectifia-t-il. Sa mort était un premier test. Je voulais voir si tu découvrirais le pot aux roses. Quincy, l'as des as de Quantico. Mais je n'ai pas été surpris outre mesure que tu ne t'aperçoives de rien. Dès qu'il s'agit de ta propre famille, tu ne comprends plus rien. C'est tout juste si tu daignais venir la voir de temps en temps à l'hosto. Tout ce que tu voulais, c'était qu'on la débranche. En fin de compte, c'est toi qui as tué ta fille, Quince. Moi, je m'en fous, mais est-ce que tu y as déjà pensé ?

Son interlocuteur fit celui qui n'avait rien entendu.

— Avec les informations qu'elle t'avait données, tu as pu rencontrer Bethie.

— On ne peut rien te cacher. Mandy nous avait… Mandy m'avait beaucoup parlé de sa mère. Je connaissais son restaurant préféré, ses goûts musicaux, ses plats préférés. Après, c'était un jeu d'enfant. Je suis plutôt du genre charmeur, quand je veux.

— Bethie détestait les charmeurs. C'est *lui* qui s'est chargé de la rencontrer, prétendant qu'on lui avait greffé un organe de Mandy. Bethie, traumatisée, a vu en lui l'image vivante de sa fille.

Albert écarquilla les yeux. Il ne s'attendait pas à ce que Quincy en sache aussi long. Pour la troisième fois, il jeta un coup d'œil en direction de la pendule avant de regarder à nouveau son interlocuteur, l'air méfiant.

— Eh oui, mon vieux. Il m'arrive d'avoir des idées géniales.

L'autre secoua la tête.

— Il lui a fallu attendre un an que Mandy meure, continua Quincy. Je suppose que ça a dû contrecarrer ses plans.

— La patience est une vertu.

— Non, il commençait à trouver le temps long. Pour que le jeu en vaille la chandelle, il fallait éveiller mes soupçons, d'une manière ou d'une autre. C'est pour cette raison qu'il m'a envoyé Mary Olsen.

— Je n'avais pas envie de te démolir trop vite. La vengeance est un plat qui se mange froid.

— Mary Olsen est morte.

Albert ne dissimula pas son étonnement. Il écarquilla les yeux et pâlit brusquement.

— Et alors ? conclut-il sans conviction.

— Comment l'as-tu tuée, Albert ?

— Moi ? C'est-à-dire…

— Tu t'es servi d'un pistolet ou d'un couteau ?

— Tu le sais aussi bien que moi, je l'ai descendue.

— Pauvre crétin ! Mary est morte empoisonnée, gronda son interlocuteur. Son amant lui a fait parvenir une boîte de chocolats au cyanure. Une mort atroce.

— C'était une pauvre conne, maugréa Albert, de plus en plus mal à l'aise.

— Comment crois-tu qu'il te tuera ?

— Ta gueule !

Nouveau coup d'œil en direction de la pendule.

— Tu crois qu'il t'empoisonnera ? À moins qu'il ne trouve quelque chose de plus original… Tu te doutes bien que tu représentes un danger pour lui. Un danger mortel. Mais un danger qui, grâce à Glenda, n'a plus la possibilité de s'enfuir en courant…

— Tu vas fermer ta gueule, oui ?

— Je constate que tu as oublié ce qui est arrivé au malheureux cousin de Sanchez. Les psychopathes ont parfois des complices, mais ils ne les considèrent jamais comme leurs égaux. Sanchez est toujours vivant, mais son cousin Richie a terminé sa triste existence dans les douches de sa prison, les couilles dans la bouche.

Albert voulut se jeter sur Quincy. Dans sa précipitation, sa jambe plâtrée tomba sur le sol avec un bruit mat et il poussa un hurlement, s'agrippant au rebord de la table pour ne pas tomber. Sous l'effet de la rage, son visage s'était couvert de plaques rouges.

— Espèce de connard prétentieux ! J'avais l'intention de te dire où se trouve ton père, le pauvre vieux me faisait pitié, mais tu peux toujours courir. Il peut étouffer dans sa merde et se noyer dans sa pisse, je ne lèverai pas le petit doigt. T'es content de toi, maintenant ?

— Mon père est mort, bluffa-t-il d'une voix étrangement calme alors que son cœur battait à tout rompre.

Le risque était énorme, mais il le prenait en toute connaissance de cause. *Mon Dieu, faites que je ne me sois pas trompé, sinon…*

— Mon père est mort, répéta-t-il. On a retrouvé son corps.

— Je ne te crois pas !

— Tu veux venir à la morgue avec moi ?

— Jamais il n'aurait pu remonter à la surface aussi vite. Pas avec tout le lest qu'on lui avait mis, s'emporta Albert avant de comprendre qu'il s'était trahi. Espèce de salaud ! Tu m'as piégé alors que tu ne savais même pas s'il était encore vivant. Tu n'es qu'une ordure !

— Ça fait partie du boulot, mon cher Albert, murmura-t-il d'un air faussement dégagé.

Il avait la gorge nouée et se sentait un poids terrible sur la poitrine. Montgomery et son commanditaire étaient deux monstres. Si seulement tout pouvait s'arrêter…

— Tu es au bout du rouleau, Albert, reprit Quincy d'une voix sourde. De toute façon, tu es fini, alors tu as le choix : soit tu nous dis ce que tu sais, soit tu paies pour lui.

— Je te dis que j'ai agi seul !

— Tu en parleras à Mary Olsen.

— Mais putain ! Puisque je te dis que c'est moi qui décide !

— Alors prouve-le ! Apprends-moi quelque chose de nouveau puisque tu sais tout !

Montgomery eut soudain un sourire cynique. Il se redressa et regarda la pendule, ostensiblement cette fois.

— Tu veux du nouveau, Quincy ? Eh bien, tu vas être servi. Pour ta gouverne, Mandy ne devait pas être la première victime. Normalement, ça aurait dû être Kimberly, pour vous avoir tous trahis.

— Qu'est-ce que tu dis ?

— Regarde bien l'heure, mon petit vieux. 16 h 14. À ta place, j'appellerais l'hôtel à Portland. Tu pourras dire à ta fille que c'est très imprudent de se planquer dans un hôtel dont Everett m'a si gentiment donné les coordonnées l'autre jour. Mais suis-je bête ! Il est déjà trop tard ! Tu ne pourras plus parler à cette pauvre Kimberly. Ta fille est *morte*, Quincy.

36

Portland, Oregon

Lorsque la sonnerie du téléphone retentit enfin, Rainie n'était plus qu'une boule de nerfs

— Merde ! s'écria-t-elle en lançant un coup d'œil du côté de Kimberly.

— Merde ! s'exclama en écho la jeune fille.

13 heures. Elles ne s'étaient pas attendues à patienter aussi longtemps, d'où leur état d'énervement. Rainie arracha le téléphone de son socle avant même qu'il ait le temps de sonner une seconde fois.

— Allô !

— Rainie ? Luke à l'appareil. J'ai un problème.

— Que se passe-t-il ? répondit-elle machinalement avant de rouler des yeux éberlués et de faire des signes désespérés à Kimberly.

La jeune fille comprit aussitôt et courut chercher son Glock.

— Je ne suis pas persuadé que le rendez-vous de cet après-midi soit une bonne idée, Rainie, poursuivit son interlocuteur. C'est trop risqué. Il serait préférable qu'on se voie avant pour en discuter.

— Cette voix… c'est incroyable, marmonna Rainie. Si je ne savais pas que…

— Comment ? Je n'ai pas compris ce que tu disais, demanda son interlocuteur d'une voix qui ressemblait à s'y méprendre à celle du shérif de Bakersville.

Celui qui tentait de se faire passer pour Luke Hayes avait de réels dons d'imitateur.

— Comment t'es-tu procuré ce numéro de téléphone ? demanda Rainie.

— J'ai cherché le nom de l'hôtel dans l'annuaire, pourquoi ?

— Impossible, Luke. Je ne t'ai jamais dit où nous étions descendus.

— Bien sûr que si, le jour de notre rendez-vous avec Mitz.

— Jamais de la vie. En plus, jamais Luke ne m'aurait demandé où je m'étais planquée. Pas mal essayé, psychopathe de mes deux, mais il faudra retenter ta chance en deuxième semaine.

L'homme modifia instantanément sa voix, pour retrouver cette intonation doucereuse qui avait déjà frappé Rainie la veille, lors de leur conversation précédente.

— Eh bien, mademoiselle Conner ! Je constate qu'on ne fait pas confiance à ses meilleurs amis ? J'avoue être agréablement surpris. En parlant d'agréable surprise, Bethie m'a étonné, elle aussi, le soir de sa mort, lorsque je me suis aperçu qu'elle avait diligenté une petite enquête sur mon compte. Je me demande bien pourquoi Quincy n'est entouré que de femmes méfiantes. Il devrait en parler à son psychiatre.

— Ça prouve simplement qu'il sait s'entourer de gens intelligents, ce qui n'est pas le cas de tout le monde. Où êtes-vous ?

— Allons, allons, Rainie ! Après tout ce que j'ai fait, vous ne voudriez tout de même pas me priver de ma petite récompense, tout de même ! Cela risque de vous paraître bien immodeste, mais je crois avoir fait un sans faute.

— Un sans faute à moitié raté, tout de même. Glenda Rodman est toujours vivante, que je sache, et je n'ai pas cru un instant que vous étiez Luke Hayes.

— Vous n'avez rien compris, voyons. Il n'a jamais été question que Glenda Rodman soit tuée.

— Pourquoi ? Vous avez un faible pour les femmes en costume gris ?

L'homme eut un petit rire.

— Ne vous faites pas plus bête que vous êtes, Rainie. Nous savons tous les deux qu'Albert Montgomery est un parfait raté. Vous avez travaillé dans la police, et vous conviendrez qu'il est essentiel de connaître les petits travers de ses collègues. J'avais demandé à Albert de s'occuper de Glenda, connaissant sa haine des représentants de l'autorité publique. Je crois qu'il tient ça de son père, un triste gardien de nuit qui maltraitait notre pauvre Albert. En conséquence de quoi, Montgomery père nous a fabriqué un petit Albert décidé à prouver coûte que coûte sa supériorité sur son géniteur. Ce qui ne l'a pas empêché de marcher tout droit sur les traces de ce père détesté. Mais je ne vous apprendrai rien en vous disant que la nature humaine est aussi complexe que paradoxale. Quoi qu'il en soit, Albert n'est qu'un raté et j'étais sûr qu'il échouerait dans sa mission.

— Ce n'est pas très bien de parier contre son propre cheval, railla Rainie.

— Quelle importance ! Et puis, si d'aventure Albert avait réussi, on aurait accusé Pierce du meurtre de

Glenda, et ses supérieurs l'auraient contraint à retourner en Virginie, ce qui était mon but premier.

— Vous vouliez forcer Quincy à repartir en Virginie pour le tuer ?

— Pas du tout ! Quel manque de clairvoyance, Rainie ! Non, je voulais l'éloigner de Portland pour mieux vous tuer, *vous*.

— Excusez-moi, je crois que j'ai gaffé. Mais puisque vous abordez le sujet, je ne voudrais pas vous frustrer, mais je n'ai pas l'intention de mourir aujourd'hui.

Rainie adressa un autre signe à Kimberly. Cette dernière hocha la tête et partit vérifier les fenêtres l'une après l'autre, soulevant les stores avec précaution afin de s'assurer que personne ne se cachait dans l'escalier à incendie. Vérification faite, elle laissa les fenêtres ouvertes comme convenu, fit signe à Rainie que tout allait bien et se dirigea vers la chambre afin de poursuivre son inspection.

— Auriez-vous peur de l'enfer, Rainie ? demanda l'homme.

Une série d'interférences confirmèrent à la jeune femme ce qu'elle savait déjà depuis un moment : son interlocuteur l'appelait depuis un portable. L'homme pouvait donc surgir dans la pièce à tout instant. Il lui parlait uniquement pour faire diversion, mais il n'allait pas tarder à s'apercevoir de son erreur.

— Non, je n'ai pas peur de l'enfer, répondit-elle. Pour la bonne raison que notre vie sur terre est un excellent terrain d'entraînement.

— Les souffrances terrestres ? Allons ! J'ai du mal à croire que vous n'entreteniez pas l'espoir d'une récompense à la mesure de vos mérites le jour du Jugement dernier.

— Parlons-en, du Jugement dernier. À votre place, je me ferais du souci. Pour persécuter ce pauvre Quincy, vous avez été jusqu'à tuer un nombre impressionnant d'innocents. J'ai du mal à croire, l'imita-t-elle, que vous entreteniez le moindre espoir de visiter un jour le paradis. J'ai comme l'impression que vous finirez votre vie à bronzer sur les plages de l'enfer.

Kimberly, son inspection terminée, signala que tout était normal. Rien du côté des escaliers de secours. Elle s'approcha de la porte, mais Rainie l'en éloigna d'un geste. Elle avait souvent entendu dire qu'on pouvait se faire tirer dessus à travers une porte et n'avait pas la moindre intention que Kimberly serve de cobaye à ce genre d'expérience. Elle désigna la moquette et Kimberly se mit à quatre pattes pour regarder sous la porte. Rien.

— Vous auriez donc l'intention de me tuer, Rainie ? demanda l'homme.

— Pourquoi pas ?

— Je sais, on prétend souvent que c'est l'intention qui compte, mais je ne suis pas convaincu que cela suffise. Il est nettement plus difficile de passer à l'acte, vous savez. Il faut commencer par être sûr de gagner.

— Je vous trouve bien bavard. Si seulement on pouvait me présenter un jour un tueur en série muet, j'en serais ravie.

Du regard, Kimberly demanda de nouvelles instructions. Elle avait visiblement peur et Rainie, malgré son insouciance apparente, commençait également à s'inquiéter. Il était tout près, elle le sentait. Ce type-là avait un besoin maladif de voir mourir ses victimes.

— Kimberly est-elle avec vous ? demanda-t-il.

— Pourquoi ? Je ne suis pas assez bien pour vous ? répliqua Rainie tout en parcourant la pièce des yeux.

Rien dans les escaliers de secours, rien du côté de la porte, où pouvait-il bien être ? Par où allait-il débarquer ?

Brusquement, elle leva les yeux et crut comprendre en apercevant l'extrémité d'une mèche de perceuse dépassant du plafond. Comment avait-il pu s'y prendre ?

— Vas-y ! hurla Rainie.

Kimberly se rua sur la porte d'entrée à l'instant où le meurtrier lui glissait dans l'oreille :

— Merci, Rainie. J'accepte avec plaisir votre invitation.

Elle réalisa son erreur, mais trop tard. La mèche n'était qu'un leurre ! Si l'homme avait vraiment voulu percer le plafond, elle l'aurait forcément entendu. La mèche était donc là depuis un moment. En revanche, rien de plus facile que d'attendre *à côté* de la porte. Rainie voulut se précipiter, mais l'homme l'attendait, un pistolet pointé sur Kimberly.

— Carl Mitz ! s'écria-t-elle.

De son côté, Kimberly avait les yeux qui lui sortaient de la tête.

— Pro… professeur Andrews !

— Vous ne m'en voudrez pas si je prends vos armes, mesdemoiselles, annonça Marcus Andrews en pénétrant dans la suite avant de refermer la porte derrière lui avec le pied.

Il était habillé de façon tout à fait banale, pantalon de toile beige et chemise blanche. Tel quel, il serait passé parfaitement inaperçu dans la rue s'il n'avait eu à la main un semi-automatique de calibre 9 mm et un grand sac de toile noir passé sur son épaule gauche. Le canon de l'arme se trouvait à moins de dix centimètres de la poitrine de Kimberly qui le fixait, livide, avec des yeux écarquillés.

— Ne lui donne pas ton arme, réussit-elle à dire, sur un ton forcé. Un policier ne rend jamais son arme !

— Arrête tes conneries, Kimberly. Donne-lui ton pistolet, s'empressa de répondre Rainie, irritée. Ce n'est pas l'examen de fin de stage à l'école de police et tu n'es pas immortelle.

— L'une de nous deux peut s'en tirer, insista Kimberly. Même s'il tire, il ne peut pas nous tuer toutes les deux.

— Kimberly…

— Tout ça est de ma faute. Regarde-le. Tu ne comprends donc pas ? *C'est de ma faute !*

Andrews esquissa un petit sourire, puis il posa à terre son grand sac de toile.

— Très bien, Kimberly. Je me demandais quand vous finiriez par comprendre. Ne vous avais-je pas dit et répété que vous connaissiez le coupable ?

— Toutes ces crises d'angoisse…

— Je vous suivais, effectivement. Avouez que j'étais plutôt fair-play en vous annonçant que vous reconnaîtriez votre meurtrier le jour venu. Mais de là à vous dire tout de go que vous le fréquentiez depuis longtemps… Vous ne l'avez apparemment pas remarqué, mais vous m'avez très peu vu après l'enterrement de votre sœur. Vous vous imaginiez sans doute que je vous laissais du temps pour vous remettre du choc. En réalité, c'est à moi qu'il fallait du temps pour prendre soin du reste de votre charmante petite famille. Que voulez-vous, nous avons tous nos impératifs…

D'un geste ample, il montra sa tenue avant de poursuivre :

— Que pensez-vous de mon nouveau look ? C'est fou ce qu'une perruque, des vêtements et des lentilles de contact peuvent changer un homme. Je n'ai pas toujours ressemblé à un vieux prof un peu rance, vous savez. Mais je pensais que vous n'iriez jamais vous méfier d'un universitaire poussiéreux en veste de tweed. J'ai petit à petit adopté l'allure vieillotte que vous m'avez connue à l'université pour mieux vous apprivoiser, ma chère enfant. Paradoxalement, il m'a fallu faire exactement l'inverse avant d'approcher votre sœur et votre mère. Maintenant, assez discuté, posez votre arme sans faire de gestes brusques et poussez-la vers moi avec le pied.

— Quand je pense que je vous faisais une confiance absolue ! Vous étiez mon maître, et c'est pour cette raison que je ne vous ai rien caché de ma famille. Je vous parlais de mon père, de ma mère, de ma sœur, et vous…

Kimberly tremblait de tous ses membres, proche du malaise, mais elle n'avait toujours pas baissé son Glock.

— Kimberly, gronda Rainie qui transpirait à grosses gouttes, persuadée que la situation pouvait dégénérer d'une seconde à l'autre.

Andrews tourna brusquement les yeux vers elle et Kimberly suivit machinalement son regard. Rainie n'eut pas le temps de lui crier de se méfier. À peine Kimberly avait-elle quitté Andrews des yeux qu'il lui porta violemment une manchette à l'avant-bras droit. Elle poussa un cri de douleur et son Glock roula sur le sol. Rainie voulut en profiter pour diriger son arme sur Andrews, mais ce dernier avait anticipé son geste et la tenait déjà en joue.

— Ne faites pas l'idiote, lui lança-t-il en attrapant Kimberly, lui tordant le bras pour s'en servir comme bouclier.

Rainie fit signe qu'elle avait compris. Elle se baissa lentement et déposa son Glock sur la moquette. Apercevant un peu plus loin le grand sac de toile noir, elle se demanda ce qu'il pouvait bien contenir.

— Maintenant, poussez votre arme vers moi. Sans les mains, s'il vous plaît…

Rainie obéit sans grand enthousiasme et le lourd pistolet s'arrêta moins d'un mètre plus loin, sous la table basse du salon. Elle haussa les épaules, espérant faire croire à son adversaire qu'elle ne l'avait pas fait exprès. Elle était curieuse de voir comment il allait réagir. Andrews fronça les sourcils, mais décida de ne rien dire, jugeant qu'il avait assez à faire avec Kimberly.

Rainie prit sa respiration. *Surtout, garder mon sang-froid*, se dit-elle intérieurement. Ses mains tremblaient et son cœur battait à tout rompre dans sa poitrine. Elle s'était arrangée pour garder son adversaire le plus longtemps possible au téléphone. Si Kimberly et elle parvenaient à gagner encore une minute ou deux… Les fenêtres étaient grandes ouvertes, les escaliers de secours à portée de main, il ne manquait plus que la cavalerie.

Que pouvait bien contenir ce satané sac noir ?

Kimberly pleurait en silence, coincée contre Andrews, les épaules voûtées, la tête baissée. Elle avait visiblement perdu toute combativité.

— Parfait, dit Andrews. Maintenant que vous êtes sages, mesdemoiselles, un peu de travail nous attend. Une bombe à fabriquer, un détonateur à brancher sur le téléphone. Vous allez voir, on va bien s'amuser, tous les trois. Votre père doit vous appeler à 13 h 15 très précises, Kimberly, et je compte bien lui laisser le privilège de faire sauter sa fille chérie et sa dulcinée en direct.

Voilà donc ce que contenait ce putain de sac. Et merde !

Rainie ferma les yeux. Andrews n'avait même pas besoin d'une grande quantité d'explosif. Un rien suffirait à réduire en miettes une pièce de cette dimension, et tant pis si le reste de l'étage sautait avec. Andrews n'en était plus à ça près. Pour lui, c'était la cerise sur le gâteau. Non seulement Quincy y perdrait sa seule et désormais unique fille, mais il apprendrait tôt ou tard qu'il était lui-même responsable de la catastrophe. Simple comme un coup de fil… Jamais il ne se remettrait d'avoir tué sa propre fille, sans parler de Rainie.

Rainie se décida à rouvrir les yeux, sentant la caresse d'un courant d'air. Les fenêtres étaient bien ouvertes, mais il ne leur restait plus beaucoup de temps. Il fallait à tout prix empêcher ce cinglé de fabriquer sa bombe. Pas question qu'il fasse sauter la moitié des clients de l'hôtel pour régler ses comptes avec Quincy.

Elle regarda Kimberly, espérant attirer son attention. Il fallait impérativement trouver une parade. N'importe quoi. Si seulement Kimberly pouvait distraire Andrews en lui posant des questions pendant que Rainie s'approchait de son arme. Le Glock se trouvait à moins d'un mètre d'elle, c'était faisable.

Mais Kimberly restait prostrée, la tête baissée. Comment lui en vouloir à son âge, dans une telle situation ?

— Et moi qui rendais mon père responsable de tout ce qui nous arrivait, balbutia Kimberly, s'adressant autant à elle-même qu'à Andrews. Alors qu'en réalité, c'est moi qui les ai tous trahis.

Prise d'une idée soudaine, elle releva brusquement la tête en écarquillant les yeux.

— L'affaire Sanchez ! Et moi qui n'arrêtais pas de lire et de relire ce satané dossier, convaincue qu'il existait bien un rapport avec ce qui nous arrivait ! Mais bien sûr ! Les recherches du professeur Andrews à la prison de San Quentin !

Elle se retourna pour le regarder avant d'ajouter, l'air hagard :

— Vous connaissiez Sanchez ! Voilà le rapport ! Comment ai-je pu être assez conne pour ne pas y penser ?

— Vous avez oublié de vous poser la question essentielle depuis le début, répondit Andrews d'un ton neutre tout en tordant un peu plus le bras de sa prisonnière afin de prévenir toute réaction inopinée.

Rainie en profita pour avancer de quelques centimètres.

— Toute la question était de savoir pourquoi le coupable voulait se venger après tant d'années, reprit Andrews, très docte. Il pouvait s'agir d'un criminel récemment sorti de prison, et je suis sûr que vous y avez pensé, mais la piste a fatalement tourné court. Il pouvait également s'agir de la famille d'un criminel, mais pourquoi avoir attendu aussi longtemps ? Ou bien alors cette histoire n'avait rien à voir avec le travail de Quincy au FBI. Mais encore une fois, pourquoi si tard ? Je crois cependant qu'il commençait à entrevoir la vérité.

— Tout simplement parce que vous êtes tombé sur moi ! siffla Kimberly.

— Dites plutôt que vous êtes venue vous jeter tout droit dans mes bras, oui ! s'écria Andrews. Vingt ans après m'avoir pris mes propres filles, ce salaud m'envoyait la sienne sans le savoir ! Une fille intelligente et belle, décidée à marcher sur les traces de son cher papa. Comment le destin avait-il pu se montrer si généreux avec lui, alors que je me retrouvais sans rien, privé de mes enfants à cause de ce pseudo-psychologue incompétent et prétentieux ?

Sans crier gare, il se tourna vers Rainie qui se figea aussitôt. Elle avait profité de son énervement pour se rapprocher encore de son Glock. Mais elle était encore loin du compte. Andrews la regardait d'un air étrange. Avait-il remarqué son manège ? Il fallait à tout prix faire diversion…

— Je ne comprends pas, demanda-t-elle. Vous étiez donc l'un de ses clients ?

— Sûrement pas ! s'énerva-t-il. Mais ma connasse d'ex-femme l'avait choisi comme psychologue. Elle est allée le voir un jour en lui racontant toutes sortes d'histoires abracadabrantes. D'après elle, j'étais un mauvais père et je traumatisais mes enfants.

À ton tour, Kimberly, il faut absolument que tu le fasses parler pour gagner du temps !

— Pourquoi ? Vous leur faisiez subir des sévices ?

— Des sévices ? Jamais de la vie ! C'était mes petites filles ! Mes toutes petites filles que j'aimais et pour lesquelles j'aurais fait n'importe quoi. Mais leur mère ne comprenait rien à mes filles. Elle ne pensait qu'à les câliner et à les faire jouer. Mais la vie n'est pas un jeu !

— Quincy a témoigné contre vous lors du procès et vous avez perdu la garde de vos enfants, c'est ça ? insista Rainie.

Allez, Kimberly ! Fais quelque chose ! Vite !

— Il a été dire au juge que j'étais atteint de graves troubles de la personnalité. Il m'a décrit comme un être dangereux, égocentrique, dénué de toute capacité relationnelle normale. À l'entendre, j'étais un vrai psychopathe, je me servais de mes enfants pour manipuler mon entourage au détriment de leur épanouissement individuel, au point qu'il craignait pour leur avenir. À la suite de son réquisitoire, on m'a enlevé mes enfants et je n'ai jamais pu les revoir. Personne ne saura jamais par quel enfer je suis passé. J'avais toujours été considéré comme un citoyen honorable. Du jour au lendemain, je devenais un paria, rejeté par la société. C'est tout juste si on ne m'empêchait pas de continuer à travailler. Ma vie était foutue, et c'est à ce cher Quincy que je le dois.

— Vous avez pourtant réussi à remonter la pente, feignit de s'étonner Rainie avec un haussement d'épaules, espérant pousser Andrews à poursuivre sa diatribe.

— Oui, mais il m'a fallu quitter la Californie pour refaire ma vie à New York. Tout seul. Abandonné de tous. Sans rien. Le pire, c'est que j'aurais peut-être pu recommencer avec Mary Olsen. Elle portait mon enfant quand elle est morte. Nous aurions pu être heureux, mais Pierce s'est ingénié à détruire mon existence une fois de plus. C'est lui qui m'a obligé à la tuer, avant même que je sache qu'elle était enceinte.

La voix d'Andrews se fit soudain haineuse.

— Pierce est une véritable ordure. À cause de lui, j'ai tout perdu. Il m'a pris tout ce que j'aimais. Tout ! Eh bien, aujourd'hui, c'est fini ! À partir de maintenant, je prends les choses en main. Je vais montrer au grand expert du FBI ce qu'est un véritable expert. Un expert en explosifs. Tout ce cinéma a assez duré, il est temps de passer aux choses sérieuses.

Il martelait chacune de ses phrases en secouant Kimberly comme un prunier. Elle saisit l'occasion pour lui écraser le pied, mais il anticipa la manœuvre, la poussa et lui fit perdre l'équilibre. Kimberly fit une grimace en s'effondrant. Rainie voulut tirer parti de la situation, mais elle se trouvait encore trop loin du Glock qui semblait la narguer sous la table basse en verre.

Elle n'avait plus le temps d'attendre, et elle décida de jouer son va-tout…

— Luke ! Toi, enfin ! s'écria-t-elle en regardant soudainement derrière Andrews.

Le piège était grossier, mais Andrews se retourna en sentant pour la première fois le courant d'air, persuadé qu'il avait été pris à revers. Rainie n'avait plus le temps de ramasser son pistolet, coincé sous la table. Elle se jeta sur Andrews comme une furie, attrapant au passage la seule arme qui lui tombait sous la main, une malheureuse chaise de cuisine.

— Kimberly ! *Maintenant !*

Kimberly planta son coude dans les côtes de son agresseur avant de lui assener un coup de pied magistral. Déséquilibré, Andrews la lâcha tout en essayant désespérément de pointer son semi-automatique en direction du danger. Trop tard ! Rainie le frappa de plein fouet avec sa chaise. Il poussa un cri de douleur, laissa s'échapper son arme qui alla voler quelques mètres plus loin tandis que la chaise s'écrasait contre un mur avec fracas.

— Salope ! hurla-t-il.

— Kimberly ! Son flingue !

Leur salut dépendait de leur rapidité.

Rainie se jeta à quatre pattes pour récupérer son Glock, mais Andrews l'en empêcha d'un formidable coup de pied au menton. Sa mâchoire fit entendre un craquement sinistre et elle s'effondra sur le dos, à demi assommée. Kimberly voulut en profiter pour se précipiter sur l'arme d'Andrews, mais celui-ci devina son intention. S'emparant de la chaise, il prit son élan et la lui écrasa sur le crâne avec un bruit sinistre.

Andrews, triomphant, envoya valser la chaise et ramassa son 9 mm qui gisait à quelques centimètres du corps inerte de Kimberly. La malheureuse avait bien failli réussir…

Rainie jugea pourtant qu'il leur restait une chance. Roulant sur elle-même, elle vit le Glock tout près, coincé contre le pied de la table. *Vas-y, ma vieille ! La vie est la plus forte !* pensa-t-elle, résolue à se battre jusqu'au bout.

Comme dans un brouillard, elle entendit le bruit caractéristique d'un pistolet qu'on arme et se prépara à mourir.

— Adieu, Rainie, lui jeta Andrews d'une voix froide.

Au même instant, Rainie reconnut la voix de Quincy.

— Salut, Andrews. À ta place, je la laisserais tranquille.

En Virginie

Albert Montgomery semblait avoir recouvré son calme lorsque Quincy le rejoignit dans la salle d'interrogatoire quinze minutes plus tard. 16 h 32. Sans doute venait-il d'avoir la confirmation de la mort de sa fille. Albert aurait tellement aimé le voir pleurer…

Quincy traversa la salle mal éclairée et se planta devant lui.

— Alors, Albert ! prononça-t-il d'une voix moqueuse, que Montgomery ne reconnaissait pas. À mon tour de te donner du nouveau. Primo, Kimberly se porte comme un charme. Et secundo, je ne suis pas Pierce Quincy.

Joignant le geste à la parole, il arracha d'un coup sec sa perruque poivre et sel. Il avait fallu pas moins de deux heures à un expert du FBI pour le grimer de manière crédible. Il en profita pour enlever ses chaussures à talons compensés et sa veste bleue rembourrée aux épaules.

— Je me présente : Luke Hayes. Je suis un ami de Rainie.

Portland, Oregon

En entendant la voix, Andrews blêmit. Il se retourna d'un bloc vers la porte de la chambre et baissa machinalement son arme, sans pour autant lâcher Kimberly.

— Qu… Quincy ? Mais… comment… Tu es en Virginie !

Quincy s'avança, la main crispée sur la crosse de son arme. Il ne quittait pas Andrews des yeux. Il avait perdu plus d'un quart d'heure dans le hall de l'hôtel à faire le tour de tous les hommes d'affaires en train de téléphoner avec leur portable, avant de comprendre son erreur. Son adversaire devait déjà se trouver au sixième, dans la chambre de sa fille. Conformément au Plan B, il avait emprunté l'escalier à incendie, grimpant les marches métalliques aussi vite qu'il le pouvait.

Paradoxalement, il éprouvait une paix intérieure oubliée depuis longtemps face à cet homme armé, accroupi à côté de sa fille. Le temps, figé depuis trop longtemps, reprenait enfin sa course. Tout redevenait possible depuis que le meurtrier avait un visage. Celui d'Andrews n'avait rien d'exceptionnel : les traits ordinaires d'un homme ordinaire, d'âge moyen et de taille moyenne, le profil type du psychopathe.

— C'est donc toi qui as tué Mandy, parvint-il à articuler.

Il s'approcha lentement et Andrews n'esquissa pas le moindre geste. Ses victimes étaient pourtant là, bien vivantes. *C'est probablement le signe qu'il n'aime pas les armes à feu*, pensa Quincy, sachant que la plupart des tueurs en série n'affrontent jamais leurs proies et préfèrent les tuer par surprise.

— Mandy ? Mort ingénieuse, n'est-ce pas ? répondit Andrews avec un cynisme affecté que trahissait le tremblement de sa voix.

Derrière lui, le bras de Rainie avançait centimètre par centimètre vers le pied de la table basse, derrière lequel Quincy apercevait le Glock. Il s'efforça de regarder ailleurs pour ne pas la trahir, et posa son regard sur Kimberly qui commençait à s'agiter aux pieds d'Andrews.

— Et c'est toi qui as tué Bethie, articula-t-il.

— La belle affaire ! répéta Andrews, passant brusquement son bras autour du cou de Kimberly afin de la maintenir contre lui.

Kimberly ouvrit les yeux et jeta autour d'elle un regard étonné. En apercevant son père, elle prit un air désolé.

— Ce n'est rien, dit Quincy pour la rassurer et tenter d'effacer la tristesse de ses yeux.

Il aurait voulu se précipiter, la prendre dans ses bras, mais Kimberly avait du caractère. Il la savait capable de tenir jusqu'au bout, à condition de lui faire confiance. *N'aie pas peur*, pensa-t-il très fort. *Je ne vais pas te laisser tomber.*

Andrews serra Kimberly davantage contre lui avec un sourire inquiétant.

— Allez ! Debout, la Belle au bois dormant ! Il est l'heure de dire au revoir à papa.

Andrews la releva d'un mouvement brutal et Quincy n'esquissa pas un geste pour l'arrêter.

Du coin de l'œil, il aperçut un léger mouvement du côté de la table basse, mais se garda bien de détourner le regard. Il fixait Andrews intensément car il fallait lui faire oublier la présence de Rainie.

— Quel effet ça fait, Quincy ? demanda Andrews, tordant méchamment le bras de Kimberly afin de la maintenir contre lui. Je serais vraiment curieux de savoir l'effet que ça fait de tout perdre sans même savoir pourquoi.

— Pourquoi t'évertuer à faire croire que tu es plus intelligent que les autres ? rétorqua Quincy d'un ton badin, se déplaçant légèrement vers la gauche pour distraire son adversaire. Tu n'existes même pas ! Tu n'es qu'une coquille vide, dépourvue de tout sentiment, de toute humanité. Tu as fait semblant d'exister toute ta vie. Il fallait absolument que tu copies les autres pour te sentir un homme. Tu ne sais même pas qui tu es. Heureusement pour elles, tes pauvres petites filles n'auront jamais eu à subir le triste spectacle de cette débâcle pitoyable.

Ivre de rage, Andrews leva son pistolet, visant Quincy à la tête.

— Va te faire foutre ! rugit-il, faisant tressaillir Kimberly. Je vais te tuer ! Je vais faire éclater ta cervelle de petit malin !

— Bien sûr que non, rétorqua Quincy d'une voix aussi calme que celle d'Andrews était hystérique.

Il regarda sa fille, lui intimant de ne pas lâcher prise. *Fais-moi confiance !*

— Oh, mais si !

— Bien sûr que non. Sans moi, ta vie n'aurait plus aucun sens. Que deviendrais-tu sans moi, Andrews ? Tu n'aurais plus de but, plus de rêves. Tu as beau me haïr de toutes tes forces, tu ne peux pas te passer de moi. Sans moi, tu n'es plus rien.

Andrews, apoplectique, les yeux exorbités, était au bord de l'implosion. Exactement ce que voulait Quincy. Lui faire perdre le peu de sang-froid qui lui restait, libérer le monstre enfermé en lui.

Le doigt d'Andrews se crispa sur la détente. Quincy ne quittait pas Kimberly des yeux, essayant de lui dire combien il l'aimait, combien il regrettait d'avance la violence du spectacle qui l'attendait.

Rainie et Kimberly. Kimberly et Rainie. Elles allaient devoir se montrer fortes.

À l'extrémité de son champ de vision, quelque chose bougea.

— Kimberly, murmura-t-il. Rien à foutre du ballet !

Comme s'il s'agissait d'un signal, Kimberly se laissa tomber à terre, telle une poupée de chiffon. Dans un hurlement d'étonnement, Andrews appuya sur la détente, mais le mouvement brusque de sa prisonnière l'avait déséquilibré et la balle alla se perdre dans un mur. Se jetant de côté, Quincy leva son 10 mm, mais la présence de Kimberly entre les bras d'Andrews l'empêchait de tirer. Trop risqué. Bien trop risqué.

— Kimberly, cria-t-il, sans trop savoir pourquoi.

— Papa !

— Hé, Andrews ! s'écria Rainie. Tu m'avais oubliée ?

L'homme se tourna d'un bloc et Kimberly profita de la surprise pour se libérer de son étreinte tandis que Rainie récupérait enfin son Glock.

— Non ! hurla Andrews.

Il voulut mettre Rainie en joue, mais il était trop tard. Avec un calme surprenant, Quincy venait de lui tirer une balle à bout portant en pleine poitrine. Andrews s'écroula pour ne plus se relever.

— C'est… c'est fini ? demanda Kimberly, une fois éteint l'écho du coup de feu.

Elle essaya de se mettre debout, mais son bras gauche ne lui obéissait plus. Elle avait du sang plein les cheveux.

Quincy se précipita pour la prendre dans ses bras. Elle tremblait de tous ses membres. Il la serra doucement contre lui, comme au jour de sa naissance. Sa petite fille. Il lui avait sans doute sauvé la vie, mais il savait aussi qu'elle risquait de porter longtemps le traumatisme de cette journée. Bien des années passeraient avant de démêler l'écheveau de leurs sentiments contradictoires, mais il avait la ferme intention de tout mettre en œuvre pour se débarrasser à jamais de cette carapace de solitude qui l'avait toujours isolé du reste du monde.

Pierce Quincy venait enfin de comprendre que la solitude est un leurre.

Il se tourna vers Rainie, penchée au-dessus du corps d'Andrews.

— On ne peut plus rien pour lui, dit-elle à voix basse.

Kimberly, blottie contre son père, pleurait silencieusement, et il la berçait d'un mouvement lent en caressant ses cheveux coagulés.

— C'est fini, dit-il, autant à l'adresse de Kimberly qu'à celle de Rainie, avant de répéter d'une voix forte : La partie est terminée.

Au même moment, on frappa à la porte.

— Ouvrez ! Sécurité ! aboya une voix inconnue.

La suite ne faisait que commencer…

Épilogue

Pearl District, Portland

Six semaines plus tard, Rainie Conner était penchée sur l'écran de son ordinateur, assise à son bureau dans son loft. Officiellement, elle était plongée dans ses comptes. En réalité, elle passait le temps en attendant que ce satané téléphone veuille bien sonner. Ça faisait des jours que ça durait, et elle n'en pouvait plus d'attendre.

Elle décrocha l'appareil, histoire de vérifier que la ligne n'était pas en dérangement.

— Putain de tonalité ! maugréa-t-elle.

Elle raccrocha d'un air bougon et tenta, sans vraiment y croire, de s'intéresser à son tableur.

Quincy l'avait payée. Elle avait eu beau crier et le menacer sur tous les tons, il n'avait rien voulu entendre. En désespoir de cause, elle avait fini par accepter son chèque. Après tout, elle ne vivait pas de l'air du temps et comme le montant de ses billets d'avion venait d'être prélevé sur son compte… L'entreprise Conner n'était pas restée bénéficiaire bien longtemps car elle n'avait pas tardé à retourner en Virginie sous divers prétextes, tous plus fallacieux les uns que les autres.

Tout d'abord, il fallait bien qu'elle aide Quincy à faire parler Albert Montgomery. Ce dernier avait fini par raconter sa rencontre avec le professeur Marcus Andrews deux ans et demi plus tôt. Andrews souhaitait se venger de Quincy depuis longtemps. Du temps où Quincy avait encore son cabinet privé, la femme d'Andrews, Emily, avait eu recours à ses services en tant qu'expert pour obtenir la garde de ses enfants. Le témoignage de Quincy s'était révélé capital dans la décision du juge d'interdire tout contact entre Andrews et ses enfants. Une affaire qui avait mobilisé tous les efforts de Quincy à l'époque, mais qu'il avait eu le temps d'oublier depuis. Andrews était un patronyme relativement courant, et il n'avait jamais fait le rapprochement lorsque Kimberly lui avait parlé de son cher professeur.

Bethie s'était trompée en s'imaginant que le danger viendrait du travail de son mari pour le FBI, alors que ses années dans le privé l'avaient amené à côtoyer au moins autant de déséquilibrés.

Andrews s'était penché sur le cas Sanchez dans le cadre de ses activités universitaires. En se familiarisant avec les détails de l'affaire, il avait appris le rôle joué par Montgomery dans l'enquête et s'était imaginé, à juste titre, que le collègue de Quincy lui en voulait mortellement. Andrews s'était donc appliqué à retrouver Montgomery en Virginie. Le temps d'un dîner bien arrosé, et Montgomery s'était joint à lui dans son entreprise criminelle.

Par désir de vengeance, Montgomery avait progressivement initié Andrews aux secrets du FBI. En particulier, il avait apporté des réponses concrètes à plusieurs de ses questions : Comment réagissait le Bureau lorsque l'un de ses hommes se trouvait en danger ou bien lorsque la famille d'un agent était menacée ? Combien de temps fallait-il à un service comme le FBI pour passer au crible les dossiers criminels traités par l'un de ses employés ? Qu'arrivait-il lorsqu'un agent était soupçonné de meurtre ? Peu à peu, Montgomery avait mis le doigt dans un engrenage dangereux qui l'avait amené à présenter Mandy à Andrews, à subtiliser du papier à lettres appartenant à Quincy, et enfin à s'en prendre à Glenda Rodman.

Neuf mois plus tôt, Montgomery avait effectué des recherches dans les dossiers du département de la Justice de l'Oregon afin de découvrir un candidat plausible pour jouer le père de Rainie. Car Ronnie Dawson existait bel et bien. S'il avait effectué un long séjour derrière les barreaux avant d'être remis en liberté conditionnelle, ce rouquin vieillissant d'un mètre soixante n'avait en revanche jamais entendu parler de Molly Conner, et il avait été le premier surpris d'apprendre qu'un don substantiel avait été fait en son nom au comité de campagne du procureur.

L'existence de ce père inconnu était encore trop récente pour que Rainie en soit profondément affectée. Elle avait fini par en faire son deuil au terme de quelques jours pénibles. Avec un courage qui l'étonnait elle-même, elle s'était dit qu'il serait dommage de regretter un fantôme, d'autant que le fantasme de retrouver un jour son vrai père restait bien vivant. Qui peut dire de quoi l'avenir est fait ?

Carl Mitz existait bel et bien, lui aussi ; cet avocat honorablement connu dans la profession était même un homme charmant, Rainie avait pu s'en apercevoir lors d'un déjeuner. Il avait suffi à Montgomery de se procurer son numéro de sécurité sociale, le nom de jeune fille de sa mère et sa date de naissance pour qu'Andrews usurpe son identité.

Montgomery avait accepté de répondre jusqu'au bout aux questions de Quincy, mais il n'était pas prêt à aller jusqu'au procès. Andrews lui avait laissé en cadeau d'adieu une triple dose de cyanure dissimulée dans un flacon de médicament. Montgomery avait innocemment demandé à se faire apporter dans sa cellule le flacon, et il l'avait ouvert en rentrant de son dernier entretien avec Quincy. Il avait dévissé le bouchon et l'odeur d'amande s'échappant de la bouteille avait immédiatement alerté son gardien, mais trop tard. Montgomery avait déjà avalé la moitié du flacon. Moins d'une minute plus tard, la question de son avenir judiciaire ne se posait plus.

Sans être aussi radicales, les choses n'avaient pas été aussi simples pour Quincy et Kimberly. Celle-ci avait commencé par passer quarante-huit heures à l'hôpital pour y soigner un bras cassé et une mauvaise blessure au cuir chevelu. Son âge aidant, elle s'était rapidement remise de ses blessures physiques. Quincy avait voulu la ramener chez lui en Virginie, mais elle avait insisté pour rentrer à New York où elle avait l'intention de retrouver son appartement, ses études et son quotidien. Rainie et Quincy l'avaient appelée tous les jours dans un premier temps, jusqu'à ce que Kimberly, excédée, finisse par se mettre aux abonnés absents. Son esprit d'indépendance avait repris le dessus, elle n'avait pas l'intention de se laisser dicter sa conduite plus longtemps, ce que Rainie comprenait parfaitement.

Quinze jours après le suicide d'Albert Montgomery, la brigade criminelle de Philadelphie avait voulu arrêter Quincy pour le meurtre de son ex-épouse après avoir reçu un rapport graphologique accablant. Cette fois, Rainie n'avait pas fait l'aller-retour pour rien, comme pouvaient en témoigner les enquêteurs de la brigade criminelle et le procureur de Philadelphie, qu'elle avait copieusement insultés. Espérant mettre tout le monde d'accord, Glenda Rodman avait obtenu du procureur qu'il confie une contre-expertise aux spécialistes du FBI. Ceux-ci avaient noté de nombreuses anomalies dans la calligraphie du message retrouvé chez Elizabeth Quincy, confirmant qu'il s'agissait d'un faux. Et si Rainie avait eu droit aux remerciements de Quincy, Glenda en avait retiré une promotion bien méritée.

Rainie avait donc repris le chemin de Portland où son agence l'attendait. De son côté, Quincy avait beaucoup à faire avec la fin de l'enquête, sans parler de sa fille. Chaque fois qu'ils se parlaient au téléphone, c'est-à-dire relativement souvent, Rainie se montrait particulièrement compréhensive, s'efforçant de faire preuve de tolérance, d'indulgence, et même d'abnégation – autant de sentiments parfaitement nouveaux pour elle. Il ne pouvait pas être à ses côtés, elle le comprenait fort bien et se montrait prête à tous les sacrifices, comme de juste entre deux adultes responsables. Chaque fois qu'elle raccrochait, Rainie se serait donné des claques !

Deux semaines plus tôt, un chalutier pêchant au large des côtes du Maryland avait remonté dans ses filets le cadavre d'Abraham Quincy. Depuis la gaffe de Montgomery lors de sa confrontation avec Luke

Hayes, on savait que le corps du vieil homme, lourdement lesté, avait été jeté à la mer par Andrews, mais il n'avait jamais été retrouvé, Montgomery n'ayant pas voulu en dire davantage afin d'empêcher Quincy de faire le deuil de son père.

Rainie avait appris la nouvelle par Kimberly. Au téléphone, elle donnait l'impression d'avoir pris quinze ans d'un seul coup. Les Quincy souhaitaient organiser dans l'intimité une cérémonie à la mémoire d'Abraham, et ils avaient pensé que Rainie voudrait s'y rendre.

Rainie avait aussitôt acheté son énième billet pour la Virginie, s'apprêtant à recevoir des nouvelles de Quincy. Mais elle avait eu beau attendre, jamais il ne s'était manifesté. En désespoir de cause, elle avait pris son téléphone, était tombée sur sa messagerie, et il n'avait jamais rappelé.

Rainie commençait à en avoir assez de toutes ces conneries. Prenant à peine le temps de boucler un sac, elle s'était rendue à l'aéroport deux jours avant la date prévue, avait demandé à changer son billet en prétextant une urgence familiale. Huit heures plus tard, elle frappait à la porte de Quincy qui n'avait pas caché son étonnement avant de lui exprimer sa satisfaction avec sa réserve habituelle. Rainie lui avait littéralement sauté dessus. Pour tout dire, ils n'avaient même pas eu le temps d'aller jusqu'à sa chambre.

Quelques heures plus tard, ils s'étaient rendus au cimetière d'Arlington et ils étaient restés là tout l'après-midi, assis à côté des tombes de Mandy et de Bethie, sans parler, sans bouger, jusqu'à ce qu'arrive la fraîcheur du soir. En repartant, Quincy lui avait pris la main. Rainie en était toute drôle… À trente-deux ans, c'était la première fois qu'un homme lui tenait la main. Arrivés à la voiture, il lui avait tenu galamment la portière ; lorsqu'il s'était installé à côté d'elle quelques instants plus tard, elle avait ressenti un premier pincement au cœur. Elle avait envie de le toucher, de le prendre dans son ventre, d'enrouler ses jambes autour de son corps, de le serrer contre elle.

Pourtant, ils étaient rentrés chez lui et elle l'avait sagement mis au lit car il était exténué. Elle était restée longtemps à ses côtés à caresser son visage, s'attardant sur les petites rides qui refusaient de s'en aller, même pendant son sommeil. Elle avait compté ses cheveux gris, avait appris à reconnaître chacune des cicatrices sur sa poitrine. C'est à ce moment-là que le déclic s'était produit, qu'elle avait enfin compris le grand secret de la vie. Celui qui pousse ceux qui s'aiment à vivre ensemble, à avoir des enfants. Celui qui pousse les bébés éléphants à tenter l'impossible pour survivre dans le désert. Celui qui pousse les humains à se battre, à rire, à haïr, à aimer. Celui qui nous pousse tous à exister.

Elle savait désormais qu'elle avait quelqu'un avec qui partager sa douleur, avec qui se battre, avec qui porter toutes ses peines. Elle n'avait aucune envie de reprendre l'avion et de repartir. Pour quoi faire ? Ils avaient beau être adultes, indépendants et très pris par leurs occupations respectives, elle n'avait tout simplement pas envie de reprendre ce putain d'avion. Le téléphone est une belle invention, mais ça ne suffit pas toujours.

Elle assista à l'enterrement d'Abraham Quincy, consolant Kimberly qui pleurait en silence et tenant la main de Quincy. Elle fut présentée au reste de la famille et fit preuve de beaucoup d'amabilité. Après la cérémonie, elle repartit avec Quincy chez lui et ils firent l'amour comme s'ils ne l'avaient jamais fait et ne devaient jamais le refaire.

Le lundi matin, il la conduisit à l'aéroport, et elle ressentit à nouveau le même pincement au cœur, en plus fort. Elle aurait voulu parler, mais les mots restaient coincés dans sa gorge.

Quincy finit par lui dire :

— Je t'appellerai.

Elle acquiesça lentement et il ajouta :

— Très bientôt.

Elle acquiesça à nouveau et Quincy reprit :

— Tu sais, Rainie, je suis désolé.

Elle acquiesça une fois de plus sans vraiment savoir pourquoi ni de quoi il était désolé.

Au bout de la route, il y avait son loft de Pearl District à Portland. Cinq jours, six heures et trente-deux minutes s'étaient écoulés depuis, et son téléphone refusait obstinément de sonner. Elle avait bien essayé de joindre Quincy, mais il n'était jamais chez lui. Ou alors il filtrait ses appels…

— Je ne peux pas prendre sur moi éternellement, dit-elle à son écran d'ordinateur. Ça n'est pas mon genre. Je ne crois pas que ce soit aux femmes de faire le premier pas et de se plier aux envies des hommes. Avant, j'étais têtue, insupportable, mal dans ma peau et il prétendait vouloir me connaître. Maintenant, je fais des efforts surhumains, je me comporte comme une personne responsable et adulte, et il ne me donne plus signe de vie. Je sais bien que ce n'est pas facile pour lui en ce moment et qu'il a d'autres chats à fouetter, mais n'empêche. Je trouve ça proprement dégueulasse.

Contrairement au miroir magique des contes de fées, l'écran d'ordinateur refusait obstinément de répondre.

— Tu crois que c'est parce que j'ai refusé qu'on se donne des petits noms ridicules ? Après tout, j'aurais peut-être dû l'appeler mon gros étalon adoré…

L'interphone grésilla. Rainie redressa la tête et se tourna vers l'écran de contrôle sur lequel on apercevait une silhouette masculine devant la porte de l'immeuble. Elle aurait reconnu n'importe où ces cheveux poivre et sel.

— Merde ! s'écria-t-elle. Il ne pourrait pas prévenir, que j'aie au moins le temps de prendre une douche ?

Tant pis pour la douche. Elle appuya sur l'interphone pour lui ouvrir, se précipita vers l'évier de la cuisine afin de se passer un peu d'eau fraîche sur le visage. Elle vérifia qu'elle n'avait pas oublié de mettre du déodorant ce matin-là, et elle sortait une chemise blanche de son placard lorsqu'on sonna à la porte. Un dernier petit coup dans les cheveux avec la main et elle lui ouvrait.

— Salut, Rainie, dit-il simplement.

Elle restait là, debout, sans rien dire. À sa manière, il était toujours aussi beau. Un peu coincé peut-être, un peu trop bien habillé, l'air de porter le poids du monde sur ses épaules, mais beau quand même, avec son pantalon kaki et sa chemise bleu marine ouverte. C'était la première fois qu'elle le voyait sans costume et sans cravate depuis longtemps.

— Salut, répondit-elle enfin en ouvrant grand la porte.

— Je peux entrer ?

— Ça peut se faire.

Elle s'effaça avant de refermer le battant derrière lui. L'agenquêteur Quincy avait visiblement une idée derrière la tête. Il se dirigea sans hésiter vers le coin living et se mit à faire les cent pas à grandes enjambées pendant qu'elle se rongeait les sangs. Eux qui étaient si proches six jours plus tôt se comportaient à présent comme deux étrangers.

— J'avais l'intention de t'appeler, dit-il.

— Ah !

— Mais je ne l'ai pas fait. Je suis désolé.

Il hésita avant de reprendre :

— Je ne savais pas quoi te dire.

— Il suffisait de commencer par allô. Ça se fait couramment. Parfois, les gens continuent en disant « Comment ça va ? » ou un truc du même style. C'est toujours plus sympa que « Va te faire foutre ».

Il grimaça.

— Tu es complètement folle.

— Je vois que tu fais des progrès.

— Tu as fait preuve d'une tolérance incroyable.

— Si tu as l'intention de m'annoncer que tout est fini entre nous, fais-le sans prendre de pincettes. Je préfère.

La réponse de Rainie le surprit tellement qu'il s'arrêta net.

— Mais je n'ai jamais dit ça.

— Alors qu'est-ce que ça veut dire, tout ce cinéma ? Je t'ai demandé si tu avais l'intention de rompre. Si ce n'est pas le cas, dis-le une bonne fois pour toutes, bordel !

— Je le dis une bonne fois pour toutes, bordel.

— Cinq jours, six heures et trente-sept minutes !

— De quoi parles-tu ?

— Je parle du temps qui s'est écoulé depuis que tu m'as promis de m'appeler bientôt. Mais enfin, Quincy, s'écria-t-elle en levant les bras au ciel, tu veux faire de moi une de ces bonnes femmes qui passent leur vie à attendre à côté du téléphone, ou quoi ? Je m'étais toujours juré de ne jamais devenir comme ça, et voilà où j'en suis ! Tu devrais avoir honte !

— Rainie, je te jure que je ne voulais pas te faire de mal. Quand tu es arrivée chez moi la semaine dernière, je peux t'assurer que je n'avais jamais été aussi heureux de voir quelqu'un de toute mon existence. Je n'ai jamais… je n'ai jamais eu envie de quelqu'un comme j'ai envie de toi. Quand on allait à l'aéroport, je ne pensais qu'à une chose, c'est que je ne voulais pas que tu t'en ailles. Et puis, je nous voyais déjà passant notre vie dans les aéroports, heureux de nous retrouver et malheureux de nous quitter, essayant désespérément de vivre normalement alors que tout nous sépare… Alors, je te le dis honnêtement, je me suis dit que je n'avais plus l'âge de ces conneries. Il me reste déjà tellement peu de chose, qu'est-ce qui pouvait bien me pousser à te conduire à l'aéroport ?

— Peut-être le fait que j'avais un billet d'avion.

Il poussa un soupir, et elle remarqua à quel point il avait les yeux cernés. Ils se tenaient à plusieurs mètres l'un de l'autre. La moitié du loft les séparait, mais elle n'osait s'approcher, attendant la suite avec inquiétude. Quand on commence par le meilleur, c'est que le pire reste à venir…

— Je ne fais plus partie du FBI, dit-il calmement. J'ai démissionné il y a deux jours.

— Je ne te crois pas.

Rainie faillit tomber à la renverse. Il lui aurait annoncé qu'il lui avait poussé des ailes qu'elle n'en aurait pas été plus étonnée.

— J'ai décidé de recommencer ma vie. Kimberly est retournée à la fac et elle me dit que tout va très bien, ce qui signifie en clair qu'elle a besoin d'aide. Elle est trop fière pour me le dire comme ça, mais je sais qu'elle a besoin de moi, de pouvoir compter sur moi. Je ne risque pas de lui être d'un grand secours si je me fais tuer en mission ou même si je passe mon temps sur la route, comme je l'ai toujours fait. Je n'ai pas besoin de lui tenir la main, mais ce serait idéal si je n'étais pas trop éloigné. À New York, par exemple, pas trop loin du campus, qu'elle puisse venir dîner ou discuter quand elle en a envie. Je pourrais m'acheter un loft, visser ma plaque et proposer mes services comme expert.

— Profileur à louer.

Quincy eut un petit sourire.

— Tu n'as pas idée du nombre de profileurs qui quittent le boulot pour devenir consultants. Tu ne prends que les enquêtes qui t'intéressent, tu es libre de tes horaires et surtout, tu n'as plus à t'inquiéter des problèmes de hiérarchie au sein du Bureau. Seulement il y a un problème.

— Vas-y toujours, répondit Rainie d'un air méfiant.

— Le problème, c'est que j'ai besoin d'une associée.

— Tu as traversé toute l'Amérique pour me dire que tu allais travailler avec Glenda ?

Quincy leva les yeux au ciel.

— Rainie, Rainie… Non, j'ai traversé toute l'Amérique pour te proposer le job. Assurances sociales et retraite incluses, bien sûr.

— Quoi ? s'écria Rainie, outrée. Tu me fais poireauter cinq jours, six heures et trente-sept minutes pour me dire que tu prends en charge mes frais dentaires ?

Quincy, dérouté, prit un air ennuyé.

— Peut-être pas les frais dentaires, Rainie. N'oublie pas que mon entreprise est une start-up.

Rainie s'approcha, les sourcils froncés, le doigt menaçant.

— Tu joues à quoi, Quincy ?

— Pour l'instant, je cherche surtout à éviter que tu me transperces avec ton doigt.

— Tu prends l'avion et tu débarques sans prévenir pour me proposer un boulot, c'est ça ? Parce que tu te figures peut-être que j'ai besoin d'un patron ?

— Pas d'un patron, Rainie. Je suis bouché, mais pas à ce point-là. J'ai besoin d'une associée, ce qui n'est pas la même chose.

— Et voilà ! Tu cherches à te dédouaner en me proposant un boulot ! Eh bien, je vais te dire : au bout de cinq jours, six heures et trente-sept minutes, ce n'est pas d'un boulot que j'ai le plus besoin. Je n'ai pas fait l'aller-retour trois fois en six semaines pour trouver du boulot. Je ne t'ai pas sauté la semaine dernière pour avoir un boulot. Putain de bordel, Quincy…

— Je t'aime.

— Tu as dit quoi ?!!

Son doigt s'était brusquement figé.

— Je t'aime, Rainie. Tu ne sais pas combien de fois je te l'ai déjà dit parce que chaque fois tu dormais ou bien tu n'étais pas là. Je n'étais pas sûr que tu sois prête. Ou peut-être bien que c'était moi qui n'étais pas prêt, mais ça n'a aucune espèce d'importance. Je t'aime, Rainie. Je ne peux pas quitter la côte Est à cause de ma fille, mais je n'ai pas non plus l'intention de passer ma vie à t'attendre dans des aéroports.

— Mais…

— Je crois que tu pourrais te montrer un peu plus imaginative. « Mais », je trouve ça un peu court dans un moment pareil.

— J'ai bien compris.

— Rainie, je crève de trouille.

— Tu sais que je ne suis pas quelqu'un de foncièrement gentil, et ça fait cinq jours que tu me fais poireauter.

— Autant d'enquêtes que tu veux. Le métier n'est pas facile, mais tu ne risques pas de t'ennuyer. Tu sais comment je fonctionne. Ça fait trop longtemps que j'attends le moment de m'épanouir dans ma vie, Rainie. J'ai commis beaucoup d'erreurs par le passé, mais j'ai la ferme intention de m'amender. Avec toi, et pour toi.

Elle soupira. Son pincement au cœur la reprenait. C'était donc ça…

Elle s'approcha et lui mit doucement ses bras autour du cou.

— Tu sais, Quince, murmura-t-elle. Moi aussi, je t'aime.

PAPIER À BASE DE
FIBRES CERTIFIÉES

Le Livre de Poche s'engage pour
l'environnement en réduisant
l'empreinte carbone de ses livres.
Celle de cet exemplaire est de :
450 g éq. CO_2
Rendez-vous sur
www.livredepoche-durable.fr

Composition réalisée par Belle Page

Achevé d'imprimer en mai 2015 en France par
CPI BRODARD ET TAUPIN
La Flèche (Sarthe)
N° d'impression : 3011315
Dépôt légal 1re publication : juin 2015
LIBRAIRIE GÉNÉRALE FRANÇAISE
31, rue de Fleurus – 75278 Paris Cedex 06

11/2223/2